말은 말로 이어진다

시와정신

머리말

이제 곧 정년을 맞이한다. 여기까지 올 수 있도록 한 걸음 한 걸음 이끌어 주신 하느님께 먼저 고개 숙여 고맙다는 말씀을 올린다. 그리고 둘레에서 지내면서 배우고 익히며 깨닫고 섬기며 함께 웃고 울던 모든 분들에게 감사의 인사를 드린다. 아울러 지금까지 나를 이 땅에서 잘 살게 한 나무와 꽃, 바람과 물한테도 고마운 눈길을 보낸다.

이 책은 모두 우리말에 대해 깊이 생각하고 연구한 글을 모아 놓았다. 그런데 국어의 세계가 워낙 넓고 깊어 본서가 다룬 분야는 기껏 티끌 몇 개에도 못 미칠지 모른다. 그렇지만 한 편 한 편을 우리말을 아끼고 사랑하는 마음으로 썼기 때문에 책으로 묶는 만용을 부렸다.

이 저서는 두 부분으로 이루어져 있다. 1, 2부는 『시와정신』에 연재되고 있는 작품들을 실었고, 3, 4부는 이미 발표한 논문들을 수록하였다. 그런데 후반부는 기존 논문을 그대로 옮기지 않고 분량을 반으로 줄이고 형식을 바꾸어 전공을 하지 않은 독자들도 쉽사리 읽도록 했다.

본서를 발간할 수 있도록 기획하고 편집해 주신 김완하·고명자 두 분 선생님께 심심한 사의를 표한다. 또한 입력과 교정을 도와 준 제자 우태균·전명진 군의 두터운 정을 잊지 못할 것이다. 마지막으로 늘 글을 맨 처음 읽고 비평해 주고 이 저서의 출판을 적극 권유한 아내 한진숙 교수에게 매우 고맙다는 말을 하고 싶다.

아무쪼록 이 책을 읽는 많은 이들이 우리말에 더욱 애정을 갖고 줄기차게 국어를 갈고 닦는 일에 함께 하길 바란다.

2018년 7월 20일
박영환

차례

머리말 · 3

제1부   말, 엉성하고 헐렁하다

말, 쉽지 않다 · 11
말, 때론 힘에 부친다 · 26
말, 캘수록 재미있다 · 42
말, 엉성하고 헐렁하다 · 54
반대말, 단순하지 않다 · 68
뜻이 똑같은 말, 없다 · 80

제2부   말은 말로 이어진다

말은 말로 이어진다 · 101

기윽, 니은, 디읃, 시읏 · 113

국어의 불교 용어, 무진장하다 · 125

얄리얄리얄라셩 : 청산별곡의 속내평 · 138

시에도 문법이 있다 : '설야' 의 경우 · 150

어휘 의미 관련성 찾기 : 시 해석의 첫걸음 · 162

동음어의 시적 의미 상승 효과 · 177

제3부　　국어의 현상과 본질

동음어의 숨바꼭질 · 191
재미있는 동음어 교육 · 203
한국어 지시어 교육 · 217
중국에서 한국어교육의 효율적 방안 · 232
뿌리가 같은 말 : '도시락'과 '다슬기' · 246
국어 문법의 단순화 현상 · 257

제4부　　국어학의 전개 양상

『성경전서 새번역』의 형태 · 구문론적 검토 · 275
『성경전서 개역개정판』의 의미론적 점검 · 285
국어 신체어휘의 생성과 변화 · 296
금강 유역어의 문법과 어휘 · 307
명사형성 접미사 '-지' 류의 양상 · 324
농업과학 술어의 재정립 · 339

제1부

말, 엉성하고 헐렁하다

말, 쉽지 않다

1.

　우리는 말을 하고 산다. 하루라도 말 한 마디 하지 않고 지내기란 결코 쉬운 일이 아니다. 산속에서 면벽하며 수도하는 스님이나 수도원 울타리에 틀어박혀 기도하고 명상하는 수사가 아니라면, 보통 사람인 우리는 하루에도 수천 내지 수만 마디의 말을 하며 지낸다.

　누구나 알다시피 말은 크게 두 가지로 이루어져 있다. 하나는 소리이고, 다른 하나는 뜻이다. 소리와 뜻이 합쳐져야만 제대로 된 말이 된다. 예를 들어 머릿속에 있는 '소나무' 란 의미를 지닌 단어가 입을 통해 '소나무' 로 발음될 때 온전히 '소나무' 라는 말이 형성되는 것이다. 머릿속에서 '참나무' 를 생각하면서 입으로는 '소나무' 라고 말했다면 올바른 말이 아니며, 그 반대도 참말이라고 할 수 없다. 이렇게 우리는 안에는 '뜻' 이 있고 그 뜻이 있는 것을 '소리' 로 표출하며 말을 한다.

그런데 곰곰이 생각해 보면 말소리가 언제나 똑같은 것은 아니다. 똑같은 사람이라도 감기가 걸렸을 때나 화가 났을 때 음성이 다르고, 불안하거나 이가 빠졌을 적에도 평상시와 음색이 다르다. 게다가 특정한 발음을 못내는 사람도 있어 '쌀'을 '살'이라고 한다거나 '의리'를 '으리'로 발음한다. 그래도 일반 언중은 비교적 소리에 대해 관대한 태도를 지니고 있는 듯하다. 그리하여 문자에 이끌려 '스산'을 '서산'이라고 해도 그러려니하고, 'yɨːnhada'를 '연하다'라고 발음해도 세상 다 흘러가는 대로 사는 것이라며 묵인한다. 하긴 어느 대통령이 관광지인 제주도에 가 "제주도를 개발하여 세계적인 '강간도시'로 만들겠습니다, 여러분!"이라고 연설해도 경상도 출신이기 때문에 그렇다며 그저 웃고 넘어갈 뿐이지, 그런 것 가지고 이렇다저렇다 시비를 거는 사람들이 그리 많지 않다.

하지만 뜻을 가지고서는 물고 늘어지는 이들이 적지 않다. 사실 말의 뜻이라는 것도 그다지 분명한 것이 아니다. 마치 두부모 자르듯이 명쾌하게 의미가 나뉜다면 좋으련만 어느 단어도 뜻이 무엇이라고 똑똑 떨어지는 것이 아니다.

'손'이라는 낱말만 해도 그렇다. 미술 선생님께서 '손'을 그려 오라는 숙제를 냈다고 가정해 보자. 그저 그런 학생들은 엇비슷하게 그림을 그려 제출할 것이다. 그러나 좀더 생각이 있는 학동은 도대체 어디까지가 손인지 갸우뚱할 것이다. 물론 손가락과 손바닥 정도야 누구나 손에 포함하여 그릴 것이다. 그러나 손목에 이르면 얘기가 달라진다. '손목시계'를 차는 곳이 '손목'이므로 깊이 생각하는 아이는 손목이 손의 일부라 여겨 '손'그림을 반드시 손목까지 그릴 것이다. 그런데 좀더 나아가 손목시계를 팔목에 차는 경우가 더 많으므로 팔목이 손에 속하는지 고심할 것이며, 드디어 '손'과 '팔'의 정확한 경계에 대해서도 더욱 숙고할 것이다. 아이가 만약에 뒤러의 '기도하는 손'을 비롯하여 수많은 화가의 손을 그린 그림에 팔이 상당히 많이 들어가 있는 것을 본다면 '손'의 뜻에 대해 더욱 궁금해 할 것이다. 게다가 "손이 크다", "손이 모자라다", "손을 본다", "손을 씻다"와 같은 '손'의 다의어나 관용어를 본다면, '손'의 뜻이 무엇인지 몹시 답답해 할 것이다.

이와 비슷한 경우는 얼마든지 있다. 맥아더 장군은 대머리였던가 보다. 어느 날 가까이 있는 사람이 그를 놀릴 작정을 하고 장군에게 물었다. "장군께서는 어디까지가 이마이고, 어디부터가 머리입니까?" 맥아더는 매우 재치있게 이렇게 대꾸했다. "아침에 세수할 때 물이 닿는 데까지가 이마이고, 그 위는 머리입니다." 이처럼 우리가 너무나도 자주 쓰는 '이마'인데 그 뜻은 그리 정확한 게 아니다. 어떤 사전에도 '이마'를 '눈썹으로부터 거리가 얼마까지이며, 넓이가 몇 평방센티미터'라고 정의해 놓은 예는 없다.

'복숭아'의 뜻도 모호하긴 매일반이다. 복사꽃이 떨어지고 자그마한 열매가 달렸다고 하자. 그것이 '복숭아'인가? 우리는 딱딱한 품종의 복숭아도 '복숭아'이고, 물렁물렁한 복숭아도 '복숭아'라고 한다. 어쨌든 서로 다른 데도 같은 이름을 붙이며 그냥 그렇게 부른다. 복숭아가 다 익어 따먹을 때 아직 껍데기에 까칠까칠한 것이 붙어 있는 과일 명도 '복숭아'이고 그걸 씻어 놓아 맨숭맨숭해진 과일 이름도 '복숭아'란 말인가? '고욤'과 '감'은 같은 어원이며, 감나무에 접을 붙여 '감접같이' 즉 '감쪽같이' 똑같은 나무처럼 보이게 만든 것과 같이, '복숭아'에 대해서도 비슷하지만 다른 단어인 '복송'이나 '복사'라는 말 따위를 빌어다 써야 옳은가?

이와 같이 우리가 늘 쓰는 낱말의 뜻을 똑바로 대기란 여간 힘든 일이 아니다. 그런데도 우리는 말의 이런 속성을 모른 채 정확하게 뜻을 알고 있는 것처럼 나날이 살아간다. 낱말의 뜻만이 아니다. 문장의 뜻은 실상 더 복잡하다. "그 사람 참 좋은 사람이야." 무엇이 좋단 말인가? 인품이 좋다는 말인가, 술 잘 마셔 좋단 말인가? 아니면 돈 잘 꿔 주어 좋다는 뜻인가, 자기 의견 없이 내 말대로 따라 주어 좋다는 뜻인가? 이렇게도 풀이할 수 있고 저렇게도 해석할 수 있으니 참으로 말이란 쉽지 않은 존재이다.

    2.

  그런데 막상 언어생활을 하면서 우리가 주목하는 것은 말을 잘못 쓰는 일이 너무나 많다는 사실이다. 일례로 '차로'와 '차선'은 같이 쓸 수 있는 낱말이 아니다. '차로'와 '차선'은 의미가 전혀 다르기 때문이다. 그런데도 언중은 '차로' 대신 '차선'을 고수하는 경향이 있다. '차선'은 '차가 안전하게 다닐 수 있게 도로에 그어 놓은 선'이고 '차로'는 '차가 다니는 길'이다. 따라서 차가 다니는 길로써 '1차선'이나 '2차선' 등은 존재하지 않으며, '1차로'와 '2차로' 따위만 있을 뿐이다. 그리고 가던 길을 바꿔 달릴 때 '차선변경'이 아니고 '차로변경'을 하는 것이며, 추월하여 가는 길은 '추월로'이고 그저 반듯이 달리는 길은 '주행로'이다. 그러니까 차로와 차로를 구분하기 위해 도로에 그어 놓은 선이 '차선'일 따름이므로 '차선'이란 단어를 지나치게 자주 쓰는 일은 지양해야 한다.

  그러면 왜 이런 혼선이 벌어진 것일까? 아마도 그것은 고속도로를 건설하던 초창기에 필요한 용어를 번역하여 쓸 때 좀더 주의하지 못해서 일어난 일인 듯하다. 그러니까 'line'이 차선이고 'line'과 'line'으로 나뉘어 있는 구획구간 즉 차로가 'lane'인데, 이것을 제대로 옮기지 못해 많은 국민들이 아직까지도 올바른 단어를 사용하지 못하는 것 같다. 부연하자면 '버스전용차로'는 맞는 말이며, 그것을 구분하기 위해 파란선으로 그린 '차선'은 올바른 말이다. 또한 차가 넘나들 수 있도록 점선으로 그린 '흰색 차선'은 옳은 말이고, 차가 차선 위로 다니는 것이 아니므로 "차선을 지키자." 보다는 "차로를 지키자."가 똑바른 문장이다.

'분리수거'도 잘못 쓰이고 있는 대표적인 단어이다. 종이나 프라스틱 그리고 빈병 따위를 나누어 일정 공간에 내놓는 것을 '분리수거'로 알고 있는 이들이 뜻밖에도 많이 있다. 그러나 그 뜻에 걸맞는 낱말은 '분류배출'이다. '분류배출'한 것을 거두어 가는 것이 '분류수거'이다. 공공기관이나 단체에서 처음에 잘못 쓰면 얼마나 많은 국민이나 시민들이 깊이 생각하지 않고 그냥 따라서 사용하는가를 보여 주는 또 다른 예이다.

사실 '분리수거'란 말을 들으면 생각나는 일이 하나 더 있다. 우유를 넣은 종이곽도 재활용할 수 있다며 잘 씻어서 말려 차곡차곡 내놓으면 우수한 자원이 된다는 안내를 국가의 주요한 부서에서 한 적이 있다. 그런데 그때 멀쩡하게 잘 쓰이고 있던 순우리말인 '곽'이 순식간에 '팩'으로 바뀌었다. 즉 '우유곽'이 아니라 '우유팩'이라고 부름으로써 이제는 '곽'은 아예 없어져 버렸다. 마치 '상자'는 사라지고 그 자리에 '빡쓰'가 들어간 것처럼 말이다. 그리고 '따개'가 잔뜩 주눅이 들어 있지만 '오프너'는 어깨를 쫙 펴고 다니는 것과 같이 되어 버렸다.

지방의 어느 방송국에서 이런 방송을 하였다. 가을에 나뭇잎에 물이 든다고 하는데 사실은 나무는 물을 내버려 단풍이 생긴다고 하루에도 몇 차례 똑같은 말을 하며 캠페인을 벌였다. 이 말을 여러 번 들으며 나는 실소를 금할 수 없었다. 방송작가는 "나뭇잎에 물이 든다."고 할 때의 '물'과 "물을 내버려 단풍이 생긴다."고 할 때의 '물'을 같은 단어로 생각하였던 모양이다. 그러나 앞의 '물'은 '색'을 뜻하는 것이고, 뒤의 '물'은 누구나 아는 바와 같이 '물[水]'을 가리킨 것이다. 색깔을 의미하는 '물'은 일상생활에서 자주 쓰인다. 당장 '물감'이란 말을 우리는 많이 쓰고 있지 않은가? '물감'에서 '감'은 재료를 뜻하는 고유어이다. '일감', '글감', '옷감'에서 보듯이 '감'은 다른 명사와 두루두루 합쳐져서 그것을 위한 재료의 의미로 쓰이고 있다. 따라서 '물감'도 '물'을 위한 재료라는 의미를 지닌다. 곧 색을 만들어 내기 위한 재료가 '물감'이다.

'물'이 오해를 불러 일으키는 예는 더 있다. "저 캬바레 물이 좋아."나 "이 고등어 물이 좋다."고 할 때의 '물'도 '색'을 뜻하는 말이다. 즉 앞 문장은 "저 무도장에 얼굴색이 더 곱고 옷 색깔이 화려한 여인이 많다."로 해석될 수 있으며, 뒤 문장은 "이 고등어가 빛깔이 선명하여 싱싱하게 보인다."라는 뜻으로 풀이될 수 있다. 그러고 보면 유행가의 노래말인 '물항라 저고리'도 물을 들인 항라로 지은 저고리로 구멍이 숭숭 뚫려 여름옷으로 제격인 것을 일컫는다.

요사이 '언니'라는 말이 득세를 하고 있다. 백화점이든 식당이든 골프장이든 어디서든지 '언니'라는 말이 휘젓고 다니는 것을 볼 수 있다. 본래 '언니'는 손아래 여동생이 손위 자매를 부르거나 가리키는 말로 쓰여야 옳다. 그렇다고 하여 옛말에서도 그렇게만 쓰였다는 것은 아니다. 전에는 손아래 여동생뿐만 아니라 남동생도 손위 남자동기를 부르거나 가리킬 때 사용되었다. 따라서 이때 '언니'는 '형'과 똑같은 의미로 쓰였다.

흔히 '형'은 남자형제 간에서만 쓰이는 것으로 알고 있으나 집안에서 여성들 사이에서도 지금까지 '형님' 또는 '성님'으로 잘 쓰이고 있다. 물론 이런 말들은 집안에서는 말할 나위도 없고 친동기가 아니더라도 일반사회에서 선배를 친근하게 여길 때 널리 쓰였다. 그것은 마치 '아재비'와 '아주머니'가 혈족에서만 사용되다가 점차 넓혀져 '아재비'나 '아주머니' 뻘 되는 남자나 여자의 호칭어나 지칭어로 확대된 과정과 동일하다. 따라서 졸업식장에 울려퍼지던 노래 가사 중에 "빛나는 졸업장을 타신 언니께~"에서 '언니'는 결코 친언니가 아니고, 또한 여학생에게 국한된 말이 아니었다. 졸업장을 타신 '언니'는 여학생뿐만 아니라 남학생들도 일컬었던 것이 분명하다는 사실을 잘 보여 주는 예이다.

그런데 요즘 유행하고 있는 '언니'는 이런 내용과 전혀 무관하다. 매장이나 음식점에 할머니가 손님으로 와서 나이 어린 종업원에게 '언니'라고 부르질 않나, 더 나아가 할아버지가 손녀뻘 되는 캐디에게 '언니'라고 말을 건네는 모습은 매우 어색하다. '아가씨'라는 적정한 단어가 있는데 그 것이 '언니'에 밀리는 듯하여 씁쓸하다.

　그렇지만 '이모'라는 단어는 그리 낯설지 않게 들린다. 곧 학생들이 밥집에서 나이가 좀 들어보이는 사람을 친근하게 부를 때 '이모'라는 말을 많이 쓰고 있는데, '어이!', '저기요?' 하는 것보다는 훨씬 정겹게 들린다. 이때에 '이모'라는 말 대신 '고모'라는 낱말이 전혀 쓰이지 않는 것을 보면 우리 사회가 이젠 온전히 모계사회로 옮겨 가고 있는 것을 뚜렷이 드러내는 것 같기도 하다.

　이런 경향을 잘 보여 주는 말이 또 있다. 예전에는 학교에서 가정으로 보내는 통신문의 상단에 '학부형 귀하'나 '학부형 제위' 등이 쓰였다. 전형적인 부계사회를 가리키는 표현이었다. 그러던 것이 어느새 '학부모님께 드리는 글'로 바뀌었다. 곧 '형' 대신 '어머니'가 그 자리를 꿰찬 것이다. 그리하여 아버지와 어머니가 대등하게 아이의 교육을 책임지고 있다는 것을 암시한 것이다. 그러나 지금 아이의 교육은 어머니가 전담하다시피 하고 있는 것으로 보아 모계사회가 훨씬 앞당겨져 아버지는 쏙 빠지고 '어머니께 드리는 글'로 바뀔 날이 빨리 올지도 모르겠다.

　지난 여름은 너무나 더워 전기를 유독 많이 사용하였다. 온종일 에어컨을 틀고 지낼 수밖에 없는 집이 많아서 어느 지역에서는 혹시 정전되는 사태가 오지는 않을까 전전긍긍하기도 하였다. 그런데 그 다음달에 나온 전기료고지서를 보고 놀란 사람이 한두 명이 아니었다. 그리고 그 사람들은 한결같이 "전기세 폭탄을 맞았다."며 흥분했다. 그런데 여기에서 '전기세'란 단어를 사용한 게 좀 찜찜하였다. 전기는 세금이 아니다. 소득세나 취득세 또는 자동차세나 부가가치세는 엄연히 세금이지만, 전기는 사용량에 따라 내는 '전기사용료'이다. 물을 쓰고 내는 요금인 '수도사용료'와 똑같다.

　과거에 우리 선조들은 정당하게 내는 국세나 지방세 등과는 별도로 벼슬
아치들이 들볶아 어쩔 수 없이 낼 수밖에 없는 세금에 넌덜이가 났다. 어린
아이에게도 군포를 물리고 이미 죽은 사람한테서도 인두세를 징수하며 수
령의 매관매직 등에 쓰이는 각종 경비를 수탈한 데 대해 극도로 분노할 수
밖에 없었다. 그리하여 관청에서 거두어 들이는 모든 것을 세금으로 여기
며 살아 왔다. 심지어 얼마 전까지도 농촌에서 논에 물을 대기 위해 내는 돈
을 ‘물세’라고 하였다. 그러한 의식에서 ‘전기세’란 단어가 아직까지도
자리를 넓게 차지하고 있는 것 같다. 그렇지만 ‘고속도로이용료’나 ‘철
도운임’이 ‘도로세’나 ‘철도세’가 아니고, ‘학교급식비’나 ‘아파트관리
비’가 ‘밥세’나 ‘아파트세’가 아니듯이 ‘전기세’는 ‘전기사용료’로 바
꿔 써야 한다. 한편 자동차를 과속하여 몰거나 불법주차하여 경찰청이나
구청에 내야 하는 돈도 비록 관청에서 부과하는 공과금이긴 하나 엄밀하게
말하면 세금이 아니고 범칙금이나 과태료일 뿐이다.

　어느 날 교회에서 안내자가 실수를 하였다. 교회공식예절이 끝나고 낮
열두 시쯤 해서 모든 교인이 점심을 같이 먹는다는 공지였다. “행사를 마
치고 만찬이 준비되어 있으니 맛있게 들고 가시라.”며 안내인은 아무렇
지도 않게 말을 마쳤다. 그때 나는 옆자리에 앉은 교수를 바라다 보았고
그도 나를 쳐다보며 혀를 끌끌 찼다. 한낮에 만찬을 드시고 가라니! 조각가
인 그 교수는 진행자를 불러 타일렀다. ‘만찬’은 저녁식사이고 잘 차려
서 먹는 점심식사는 ‘오찬’이라고 일러 주었다.

　그런데 중등교사인 그는 잘 차려 먹는 식사가 ‘정찬’이라는 것을 모르
고 ‘만찬’이 ‘정찬’인 줄 알고 있었다. 그러니까 그 선생은 ‘조찬’과 ‘오
찬’과 ‘만찬’에서 쓰이는 ‘조’와 ‘오’와 ‘만’의 의미를 제대로 알고 있지
못했다. 다시 말해서 밀레의 ‘만종’에서 ‘만’의 뜻을 모르기 때문에, 그것
이 ‘저녁종’이며 교회에서 하루에 세 번 울리는 종 즉 ‘삼종기도’를 위해
저녁에 울리는 종인 ‘저녁종’ 소리를 들으며, 밭에서 일을 하던 부부가 예

수의 탄생예고부터 부활까지를 묵상하며, 그들이 하느님께 감사를 드리고 은총을 청하는 기도를 하고 있는 것을 그린 작품이라는 점을 깊이 알지 못하고 있었던 것이다.

'김 군', '이 양'이라고 부르면 웃거나 화를 내는 젊은이가 많아지고 있다. '군'이나 '양'이 손아랫사람을 높여 부르는 점잖은 말이라는 걸 몰라서 그럴 것이다. 그런 사람들은 '미스터 김'이나 '미스 리'가 더 대접받는 말이라고 생각하는 듯한데, 실은 그렇지 않다. 손아래이지만 높여 부르는 수하존대법이 우리나라 말엔 엄연히 존재하고 있다. '군'과 '양'에 걸맞는 '자네'라는 지칭이 '너'와 견주어 볼 때 한껏 높여 부르는 단어란 사실을 깨달으면, '군'과 '양'이 어느 정도 격식을 갖춘 부름말인가를 쉽사리 눈치챌 수 있을 것이다.

'재원'이라는 말도 종종 잘못 쓰이고 있다. 어느 날 나는 잘 아는 사람이 재원을 한 명 소개해 준다고 하여 찻집에서 기다렸다. 그런데 그와 같이 나온 사람은 여자가 아니고 남자였다. 나는 그제서야 그 지인이 '재원'이 '재주가 있는 젊은 여자'를 가리키는 말이 아니고 '재주가 있는 젊은이'로 착각하고 있다는 것을 알아차렸다. 나한테 그런 잘못을 저질렀기에 망정이지 공식석상에서 그렇게 말하거나 글로 썼더라면 어쨌을까 아찔한 순간이었다.

3.

하루는 한국방송공사의 주요 프로그램 가운데 하나인 열린음악회를 보다가 나는 내 눈을 의심하였다. 노래와 함께 노래말이 화면의 왼편 아래쪽에 나오는데 뭔가 잘못된 것 같아, 함께 노래를 감상하고 있던 아내에게 내가 지금 글씨를 잘못 보고 있는 것인지를 물어 보았다. 그때 부른 노래 제목은 '그리운 금강산' 이었고 첫 소절 가사가 이렇게 적혀 있었다. "누구의 주제런가~".

이 가사에 따른다면 어떤 작가가 그려 내려고 한 주요한 제재, 곧 작품의 중심이 되는 사상이나 내용이 '그리운 금강산'에 실려 있어야 한다. 그러나 과연 어느 주제에 따라 '그리운 금강산'이 빚어졌단 말인가? 억지로 갖다 붙이면 그럭저럭 내용이 통할 듯도 하지만 그저 어설프기 짝이 없다. 왜냐하면 이 가사는 '누구의 주제'가 아니고 '누구의 주재'로 시작되기 때문이다. '주제'와 '주재'는 너무나도 차이가 난다. '주재'는 '사람들 위에 서서 일체를 통할함'이라는 뜻이니까, '누구의 주재런가'는 "누가 감독하고 관리하고 통솔하여 이다지 아름답고 곱고 맑고 멋진 금강산을 만들어 냈는가?'라는 감탄과 의문이 담긴 문장이다. 그리고 그 속엔 기가 막힌 조물주가 주재하여 더할 나위 없이 위대한 금강산을 빚어 냈다는 의미를 품고 있다. 그러므로 '누구의 주재런가'는 '그리운 금강산'이란 가곡의 전체 의미를 몰라 저지른 실수임이 분명하다.

우리가 자주 보는 문구가 있다. "흡연을 삼가하시기 바랍니다." 나는 여기서 '삼가하시기'가 목에 가시처럼 걸린다. 우리말에 '삼가하다'란 말은 없다. '삼가다'만 있을 뿐이다. 따라서 위 문장은 "흡연을 삼가시기 바랍니다."로 고쳐 써야 한다. '오고 가다'라는 뜻인 '오가다'가 '오가하다'로 바뀔 수 없듯이 '삼가다'도 '삼가하다'로 옮겨 갈 수 없다. 그러나 언중은 아마 '일하다', '운동하다', '공부하다' 등에 이끌려 마치 '삼가'라는 명사가 있는 양 오해하여, 거기다 접미사 '하다'를 붙여 '삼가하다'라는 동사를 만들어 내어 이곳저곳에서 버젓이 사용하고 있는 듯하다.

또한 '완전 훈남', "완전 멋져!"와 같은 말들이 청소년층에서 쉽사리 발견된다. 이런 것들은 어형이나 의미가 불완전한 표현이다. '아주 훈훈한 남자'나 "대단히 멋져!" 따위로 바꿔 써야 한다. 앞뒤 단어의 결합이 불균형을 이루는 구나 문장은 사용하지 않는 것이 옳다. 위 예에서 굳이 쓴다면 형용사 '완전하다' 의 활용형이나 부사 '완전히' 를 이용할 수는 있다.

그리고 형용사의 어근에 해당하는 말 가운데 어근만을 떼어 놓으면 말이 안 되는 경우가 많이 있다. 예를 들어 '부끄럽다', '씩씩하다', '수줍다' 에서 '부끄', '씩씩', '수줍' 은 우리말에 없다. 그런데도 텔레비전에서 이른바 예능시간에 등장인물들의 말이나 행동을 묘사하는 듯이 한두 단어를 자막에 던져 놓을 때 이런 경우를 자주 보게 되는데 있을 수 없는 일이다.

언젠가 나는 동네 목욕탕에 가서 양화논리에 빠진 적이 있다. 탕 벽면에 다음과 같은 글귀가 눈에 들어왔던 것이다. "탕안에는 모든 타월을 가지고 가지 마십시오." '모든 타월' 은 아마도 '때를 미는 수건' 과 '물기를 닦는 수건' 을 아울러 일컫는 말일 듯하다. 그러니 이 문장은 "그 목욕탕에 있는 수건이란 수건은 몽땅 가지고 탕으로 들어가지 마라."는 뜻으로 읽힌다. 이를 뒤집어 보면 "한두 장은 가지고 들어가도 괜찮다."로 해석될 수도 있다. 그렇지만 목욕장 주인은 결코 그런 뜻으로 이 문장을 벽에 붙여 놓은 것은 아닐 것이다. 탕 안으로는 때수건이든 물기 닦는 수건이든 어느 것도 가지고 들어가지 마라는 명령을 정중하게 하려 했을 것이다. 따라서 이 문장은 다음과 같이 수정하면 바른 우리말이 될 것이다. "탕 안으로는 어떤 수건도 가지고 들어가지 마십시오."

내가 자주 가는 동네 운동장이 있다. 동네 운동장이라고 해서 전혀 우습게 볼 수 없는 아주 좋은 체육시설이다. 400m 트랙이 있고 국제 규격을 갖춘 축구장도 있으며, 게다가 인조잔디까지 깔려 있으니 더할 나위 없이 훌륭한 운동장이다. 다만, 담장에서 너울거리는 현수막에 쓰여 있는 글귀가 눈을 크게 뜨게 했다. '금연·음주 절대 불가'.

이런 일이 우리 동네에서만 일어난 일은 아닐 것이다. 어디에서라도 자세히 들여다 보면 잘못 쓰인 단어, 엉성한 구, 영 말도 안 되는 문장이 우리 주변에 수없이 널려 있을 것이다. 어느 선각자가 "생각하는 민족이라야 산다."고 했다는데 이 말씀은 우리말을 쓰는 우리 겨레에게 그대로 들어맞는다. 곧 우리말을 깊이 생각해서 올바르게 사용해야 우리 민족이 바로 살아갈 수 있는 것이다.

'스카릿 레터'라는 작품이 있다. 미국 작가 호돈 작품으로 17세기 뉴잉글랜드를 무대로 한 역사소설이다. 당시 이 소설의 배경지는 계율이 엄한 고장으로 간통한 사람은 가슴에 'A'라는 주홍글자가 낙인찍혔다고 한 데서 소설 제목이 그렇게 붙었다. 의사의 아내와 정을 통한 목사, 복수를 노리는 의사, 부정한 씨를 뱃속에 간직한 예쁜 아내, 이 세 사람을 에워싼 비극을 그린 소설로 너무나 잘 알려져 있다.

그런데 그 제목을 우리말로 '주홍글씨'라고 번역하였는데, 그게 통 가슴에 와 닿지 않는다. 『The Scarlet Letter』에 보이는 'letter'는 몇 가지 뜻을 갖고 있는데 그 중 두 가지가 대표적이다. 하나는 누구나 잘 아는 '편지'이고, 다른 하나는 '글자'이다. 그 밖에도 우리나라 사람들이 쓰는 '레떼르' 즉 상표나 별명이란 뜻을 지닌 비어로 네덜란드말에 기초를 둔 단어도 있긴 하다.

그건 그렇고 우리가 주목하는 것은 '간음'을 뜻하는 'Adultery'의 첫글자가 다름 아닌 'A'라는 사실이며, 이것이 주홍색으로 쓰였기 때문에 책 이름이 『The Scarlet Letter』로 명명된 것이다. 따라서 이 번역은 마땅히 '주홍글자'가 되어야 한다. '글자'와 '글씨'가 혼용되는 경우가 있긴 하지만, 이 경우는 그렇지 않다. '한 글자 한 글자'를 얘기할 때는 '글자'이고, 더 넓은 뜻으로 쓰일 때는 '글씨'가 더 바람직하다.

이렇게 작은 것 가지고 시비를 붙자면 '금자탑'도 쉽게 구설수에 오를 수 있다. 우리는 흔히 '금자탑'을 '영원히 후세에 전해질 만한 가치가 있는 저작이나 사업'이란 뜻으로 쓰고 있다. 그러나 그것은 의미가 확대된 것이고, 실은 이집트에 있는 피라미드를 가리키는 말이 ‘금자탑’이다. 즉 피라미드의 모양이 ‘金’이라는 글자와 매우 유사하고 피라미드의 규모가 마치 높은 탑을 쌓은 것과 비슷하므로 ‘金字塔’이 생겨난 것이다.

그런데 문제는 그 발음이다. 누구나 이 발음을 ‘금자탑’이라고 하는데, 본래는 그게 아니라는 말이다. 방금 얘기했듯이 피라미드가 ‘金’이란 글자와 모습이 같아 ‘金字塔’이라고 이름을 붙였으니 그 발음은 마땅히 ‘금짜탑’이 되어야 한다. ‘글자’와 ‘한자’로 적어 놓지만 발음은 ‘글짜’와 ‘한짜’라고 하고, ‘일자무식’, ‘상형문자’라고 표기하지만 소리는 ‘일짜무식’, ‘상형문짜’라고 하듯이, ‘金字塔’은 ‘금자탑’이라고 쓰지만 발음은 ‘금짜와 같은 탑’, ‘금짜 모양의 탑’이란 점에서 ‘금짜탑’이라고 해야 한다. ‘영자’가 만든 신문이라면 ‘영자신문’이 옳지만 ‘英字新聞’은 ‘영짜신문’으로 읽어야 되듯이 말이다. ‘千字文’은 ‘천자문’으로 소리내지만 천자문의 첫글자인 ‘天’이라는 글자는 ‘천자’가 아니라 ‘천짜’로 소리내야 하는 이치와 맞먹는 것이다.

내 연구실 문엔 안전장치가 잘 붙어 있다. 그런데 어쩌다 실수를 하여 ‘해제’를 누르지 않고 문을 따면 경고음과 함께 “침입이 발생했습니다.”면서 다급한 목소리가 들린다. “도둑이 들었습니다.”는 좋은 우리말이 있는데 외국어를 번역한 듯한 이 말이 나를 더 놀라게 한다. “여야 대표가 만남을 가졌다.”도 외국어 문장을 억지로 옮긴 것 같은 생각이 든다. “여야 대표가 만났다.”고 하면 될 것을 이렇게 뻑뻑하게 만들어 놓았다. “양해 말씀 드립니다.”도 “양해해 주시면 고맙겠습니다.”나 “너그럽게 보아 주십시오.” 따위로 바꾸면 훨씬 부드러운 문장이 될 것이며, “이 또한 지나가리라.”도 “이것도 지나가리라.”나 “이 일도 그냥 지나갈 거야.”라고 옮기면 더욱더 이해가 수월할 것이다.

이와 마찬가지로 ‘그대 그리고 나’와 ‘남과 녀’는 ‘그대와 나’와 ‘남녀' 혹은 '한 남자와 한 여자'로 표현해야 우리말 어법에 맞는다. 또한 휴대전화에서 자주 듣는 "나 지금 가는 중이야."라는 말은 "나 지금 가고 있어."라고 해야 우리말에 걸맞는다. 왜냐하면 국어에서 진행의 의미를 지닌 '중'은 명사 뒤에 붙어 '회의중', '식사중', '방송중', '상담중' 등으로 쓰이는 것은 올바르지만 동사와 함께 쓰일 수는 없기 때문이다. 한편 "명절을 잘 지내세요."나 "명절을 잘 보내세요."라는 인사가 설이나 추석을 앞두고 널리 쓰이고 있는데, 이보다 전통적으로 우리말에 "명절 잘 쇠세요.", "명절 잘 쇠셨습니까?"라는 인사말이 있다는 것쯤은 알고 있어야 할 것 같다.

나는 언젠가 "서울보다 세 배는 값이 싸다."는 광고를 보고 말이 되나 안 되나 하며 잠시 숨을 고른 때가 있으며, 차가운 아이스크림을 건네며 "어서 들어, 식겠다."라는 친구의 말에 엷은 웃음을 지은 적이 있다. 그 문장이 무엇을 의미하는지 우리는 대뜸 안다. "서울보다 값이 1/3밖에 안 된다."든지 "어서 들어, 따뜻해져서 녹겠다."는 뜻이지 않은가?

이런 것들은 그냥 넘어가도 되지 않겠느냐며 눈을 흘기는 이도 있을 것이다. 그러기에 이제 더 이상 깐족이지 않고 글을 마무리하려 한다. 지금까지 미주알고주알 캐내어 지껄인 것만 해도 수월찮이 됐으니 말이다.

4.

우리말을 옳고 바르게 쓰는 것은 우리 겨레 누구나가 지켜 나가야 한다. 시인도 결코 예외는 아니다. 우리말로 쓰는 시는 우리말의 규범과 법식에 어긋나서는 안 된다. 물론 이때의 규범과 법식을 시에 엄격하게 적용하여 정형화된 문장만을 고집하는 것은 잘못이다. 시에는 나름대로의 문법이 있는 것이 사실이다. 시문법의 존재를 인정하지 않고, 일반 문장에 들이대는 문법적인 잣대로 시를 규범화하려는 태도는 옳지 않다. 그렇긴 하나 비유나 상징이 도를 넘는 데다, 시어나 문장이 무엇을 뜻하는지 독자가 도무지 해독할 수 없는 시는 절대로 좋은 시가 아니다. 더욱이 상상을 넘나드는 정도가 지나치고 문장을 제멋대로 비틀고 쥐어짜 시인만이 이해할 뿐 정작 시를 읽는 이들이 감상은 커녕 아무도 시어의 상관관계나 문장의 구성형식을 꿰어 맞출 수 없는 시는 시라고 할 수가 없다.

따라서 시인은 최대한 국어의 어법을 존중하고 그에 걸맞게 진중한 자세로 시를 써야 할 것이다. 국어 문법을 극도로 파괴한 시는 결코 쉽게 읽히지 않고 오래 기억되지도 않는다. 그러나 국어를 정확하고 품위있게 쓴 시는 읽기 쉬우며, 격식에 맞고 아름답게 쓴 시는 오랫동안 가슴에 남아 삶을 되돌아보게 하고 인생을 한결 푸근하게 한다.

말, 때론 힘에 부친다

1.

　지금까지 나는 말과 함께 살고 있다. 사람이라면 누구나 말과 같이 생활하는 건 당연한 일이다. 그러나 내 경우엔 이제까지 다른 사람들과 똑같이 말을 하면서 지내기도 하지만, 때때로 말을 대상으로 하여 어떤 말엔 무슨 뜻이 깃들어 있는가를 생각하고, 이 말 저 말이 어떻게 얽혀 말하는 이와 듣는 이 사이를 오가는가를 살피며, 말과 관련해서 어떤 것이라도 어느 정도 갈피를 잡았다고 판단되면 글로 발표하고, 마침내는 학생들을 앞에 두고 이건 이렇고 저건 저렇다며 수업을 이끌어 간다.

　그런데 말 가운데에서도 말의 뿌리 곧 어원을 상정하는 일은 어떤 분야보다도 힘든 것 같다. 왜냐하면 말의 연원을 캐려면 옛날로 올라가야 하는데 고대로 갈수록 우리말로 기록된 문헌이 없고 그나마 의존할 수밖에 없는 기록물은 모두 한문이나 한자로 쓰인 데다, 우리말과 조어가 같다고 여겨지는 다른 민족들의 말을 비교하면서 논의하는 일이 몹시 번거로우면서도 그 결과가 성에 차지 않은 경우가 적지 않으며, 본래부터 우리말이었는지 아니면 중국 등에서 차용된 말인지를 헤아려 보는 일엔 품이 많이 들기 때문이다.

당장 우리말 가운데 몸의 일부분을 가리키는 말을 살펴 보자. 신체명은 대부분이 1음절어이다. 눈, 코, 입, 목, 손, 발과 같이 단음절로 된 몸말은 거의 매일 우리가 쓰는 낱말들이다. 그러나 막상 그 뜻이 무어냐고 물으면 입을 다물 수밖에 없다. 원말의 뜻을 전혀 모르기 때문이다. 물론 그 의미를 안다고 자부하는 몇몇 연구자가 있긴 하다. 그렇지만 그들이 본딧말의 본딧뜻이라고 주장하는 것을 선뜻 받아들이기가 어렵다. 왜냐하면 근거가 매우 희박하고 독선에 불과하기 때문이다.

우리 조상들은 지금과는 모양이 조금 다르겠지만 '코'는 '코'이고 '눈'은 '눈'이라고 소리내면서 언어생활을 영위하였을 뿐 거기에 의미를 부여하지 않았다. 곧 얼굴 가운데 있는 것이 '코'이고 그 위에 있는 두 개가 '눈'일 따름이지, 그것이 어떻게 생겼거나 어디에 붙어 있거나 무슨 작용을 하기 때문에 그렇게 이름 붙인 것이 아니다. 그러므로 그 의미를 끄집어내어 어원을 밝히는 작업이 근본적으로 무의미한 것이다. 그것을 동계어와 비교하여 힘겹게 원모습을 찾아 낸다 해도 과연 그 어원이 무엇인가 찾아 내는 일이 가치가 없는 것과 마찬가지다.

그렇지만 위와 같은 1음절어와 다른 1음절어가 결합하여 어떤 대상을 가리키는 단어가 탄생될 적에 그 의미를 찾아 나서는 일은 퍽 기쁘고 즐겁기 마련이다. 왜냐하면 웬만한 단어는 의미가 선명하게 드러나 어원을 아주 쉽게 밝힐 수 있기 때문이다. 예를 들어 '눈물'이나 '콧물'은 각각 '눈에서 나오는 물'이고 '코에서 나오는 물'이라고 누구나 어원을 손쉽게 댈 수 있다. '손목'이나 '발목'도 마찬가지이다. 이 단어들은 '목'과 관련되어 생겨난 것들로 손과 발에서 기존의 '목'과 같이 잘록한 부분으

로, 모든 신경이 지나가는 매우 중요한 부분이라고 말뿌리를 아주 쉽사
리 이야기할 수 있다. 그렇긴 해도 앞에서 얘기했듯이 '손'이나 '발' 그
리고 '목'이 애초에 어떤 의미에서 발원했는지는 전혀 모른다.

재미있는 것은 신체의 부분을 일컫는 '목'이 다른 데로 뻗어가 '길
목', '건널목', '골목'과 같이 다른 단어와 결합하여 의미를 확장하거
나 "목이 좋다."에서처럼 혼자 그 기능을 제대로 발휘한다는 것이다.
그리고 '병목'이란 말을 만들어 '병의 내용물이 반드시 그곳을 통과하
지 않고는 들어갈 수도 없고 나올 수도 없는 아주 중요한 곳'을 일컫다
가 '병목현상'이란 낱말까지 빚어낸다. '병목현상'이란 병속에 담겨
있던 액체를 쏟아낼 때 한꺼번에 나오지 못하고 천천히 나올 수밖에 없
는 것처럼, 도로에서 차량이 차로 네 개인 곳을 달리다가 둘로 줄고 다
시 한 차로로 좁아질 경우 정체되거나 지체되는 현상을 가리킨다. 따라
서 '병목현상'이란 단어의 어원을 논의할 경우 앞에서 보인 과정을 거
쳐 그때그때의 의미를 캐낼 수 있지만, 원초적인 '목'의 뿌리는 알 수
가 없다.

한편 중국에서 들어온 말 중에서도 어원을 수월찮게 밝히기 힘든 단어
도 상당히 많이 있다. 물론 한자로 들어온 말은 단어의 원류를 밝히기가 아
주 쉬운 경우가 태반이다. 책은 '册'이고, 공부는 '工夫'요, 대학은 '大
學'이니, 중국 글자의 소리와 뜻만 알면 그것을 적은 우리말이 무엇인
지는 금방 알 수 있는 까닭에 한자어의 어원을 대조 분석하는 일은 매
우 용이하다.

그리고 원말에서 발음이 약간 바뀌었다 해도 그 의미를 파악하는 일이
대수롭지 않다. 예를 들어 '강냉이'와 '강낭콩'은 중국 글자에서 유래된
것으로 어형이 다소 달라졌다. '옥수수' 즉 '옥구슬과 같이 생긴 수수'를
가리키는 또 다른 말인 '강냉이'는 '江南이'의 변형이고, '강낭콩'도 '江
南콩'이 조금 달라진 모습이다. 두 단어에서 공통으로 보이는 '江南'이 양

28

자강 남쪽이나 월남 등을 지칭하는 것이 아니라 보통 중국을 지시하는 낱말이므로, ‘강냉이’와 ‘강낭콩’이 모두 중국에서 건너온 식품임을 금방 짐작할 수 있다. 그리고 ‘강남’이 ‘중국’을 일컫는 말이라는 사실은 “친구 따라 강남 간다.”에서 ‘강남’이 ‘중국’과 유의어라는 데서 지지세를 얻는다.

그런데 우리말의 근원이 되는 한자일 경우에도 나름대로 과도하게 그 의미를 부여하여 본래의 뜻에 어긋나는 경우를 종종 볼 수 있다. ‘人’과 ‘親’은 두말할 나위도 없이 ‘사람’과 ‘어버이’를 가리킨다. 그리하여 ‘노인’이면 ‘늙은 사람’이요, ‘모친’이면 ‘어머니’이다. 그런데 ‘人’의 모양이 두 사람이 힘을 합하여 기대어 있는 형상으로 사회생활을 상정하여 빚어진 글자이며, ‘親’은 어버이가 나무 위에 올라서서 자식이 오는 것을 보고 있는 것을 그려낸 문자라고 주창하는 것은 잘못이다. 앞의 글자인 ‘人’은 사람이 허리를 굽히고 서 있는 것을 옆에서 본 모양을 본뜬 글자이고, 뒤의 글자인 ‘親’은 ‘亲’의 음이 약간 바뀌어 ‘친’이 된 것이고, 뜻은 ‘見’이 담당하여 ‘보살피다’ 정도의 의미에 초점이 모아진 것일 뿐이다.

이와 같은 흐름은 순우리말의 어원을 추적하는 데에도 적잖이 작용하고 있다. ‘아내’라는 말이 조선시대 때 ‘안해’이며, 이는 ‘안에 있는 해’ 즉 ‘집안에 있으면서 곳곳을 훤히 비추어 주는 해’가 아내요 마누라며 부인이라고 풀이하는 사람들이 흔히 있는데, 전혀 잘못 짚은 것이다. ‘안’이라는 단어는 본래 ‘ㅎ’을 뒤에 간직한 명사이므로 ‘안ㅎ’이 한 단어일 뿐 ‘해’와는 조금도 관련이 없다. ‘안과 밖’이 ‘안팎’으로 소리나는 것을 보면 ‘안’이 본래 ‘안ㅎ’이었다는 것을 힘 안 들이고 알 수 있다. 따라서 ‘안해’는 ‘안ㅎ+애’로 분석되어 ‘안에 있는 사람’을 뜻한다. 그 반대가 ‘밖에 있는 사람’ 곧 ‘바깥양반’ 따위로 지칭되는 것을 보면 쉽게 이해될 수 있다.

　이와는 달리 우리말에 중국말 자체가 들어온 것은 중국 글자가 유입된 것에 비해 어원을 천착하는 게 좀 까다롭다. ‘배추’와 ‘상추’ 그리고 ‘김치’는 각각 ‘흰 채소’, ‘싱싱한 채소’, ‘잠긴 채소’를 가리키는 말로 중국말이 곧장 들어온 것이다. 다시 말해 ‘白菜’, ‘生菜’, ‘沈菜’가 차용된 것이 아니고 소리가 그대로 넘어온 것이다. 따라서 중국말을 모르면 어원을 인식하는 면에서 감각이 한층 뒤떨어진다. 그래도 유추하는 능력이 남다른 사람이라면 위 단어의 뿌리를 어느 정도는 힘들지 않고 밝혀낼 수 있을지 모르지만 중국소리가 우리소리와 자못 다른 경우엔 두 손을 들 수밖에 없다. 여기에 해당하는 단어로 ‘시금치’를 들 수 있다. ‘뿌리가 붉은 채소’인 중국어 ‘赤根菜’는 당시의 음을 가감없이 받아들여 ‘시근치’나 ‘시근취’가 되었으며 나중엔 발음이 더 쉬운 ‘시금치’로 굳어졌기 때문에, 중국어 특히 차용 당시의 중국음을 모르면 어원 추적이 거의 불가능하다.

　　2.

　윷놀이는 우리나라 전역에서 볼 수 있는 전통놀이 가운데서 가장 대표적인 놀이라고 해도 과언이 아니다. 어른이나 어린이가 함께 놀 수 있고 남자와 여자도 구별없이 즐길 수 있다. 명절에 집안에서 말판을 종이에 잘 그려 놓거나 이미 인쇄된 것을 이용해도 좋고, 마당에 대충 선만 두드러지게 그어 놓고 놀아도 좋다. 또한 말이란 것도 바둑알이나 동전 또는 주변에 있는 병뚜껑이나 나뭇가지 등으로 임시변통해도 전혀 격에 문제가 없다.

　그런데 나는 오래 전부터 이 ‘윷놀이’라는 말의 기원이 몹시 궁금하였다. 그리하여 오랫동안 이 단어의 의미를 곰곰이 새겨 봤지만 도무지 뾰족한 수가 보이질 않았다. ‘윷놀이’에 ‘윷’이 있고 그보다 말이 적게 가는 ‘도’, ‘개’, ‘걸’이 있으며 그것보다 유일하게 큰 것에 ‘말’이 있어, 이런 어휘를 붙들고 의미를 가늠해 보는 것을 그나마 다행이라 여겼다. 그리고 나는 이 어휘 중에 ‘도’, ‘개’, ‘말’이 있고, 그것들이 하나같이 동물의 이름을 가리킬 수 있다고 넘겨짚고, ‘걸’과 ‘윷’도 동물명일 가능성이 높다고 확신하였다.

그렇지만 아무리 생각해도 좀 찜찜한 구석이 있었으며 그런 느낌은 쉽게 가시지를 않았다. ‘도’가 ‘돼지’를 뜻하는 ‘돝’의 변형인 것이 맞는가부터 시작하여, ‘개’를 뜻하는 ‘가히’가 현대어인 ‘개’로 변모하였는데 과연 그 ‘개’가 윷놀이에 쓰이는 ‘개’와 같은 것인가에 이르기까지 하나하나가 미심쩍었다. 그리고 빠르기로 볼 때 ‘개’가 ‘돼지’보다 앞서는 것은 사실이고 ‘말’이 가장 빠른 것은 인정한다 하더라도, 다른 사람들이 ‘걸’은 ‘양’이고 ‘윷’은 ‘소’라는 견해를 피력할 때 도저히 수긍할 수가 없었다. 왜냐하면 ‘양’이 ‘개’보다 빠를 수 없고 ‘소’가 ‘개’보다 훨씬 빨리 달린다는 얘기는 아무리 해도 받아들일 수가 없었기 때문이다.

그렇다면 빠르기가 아니라 동물들의 주인에 대한 기여도 즉 가축으로서의 가치에 따른 등급 순서로 ‘도’, ‘개’, ‘걸’, ‘윷’, ‘모’가 매겨진 것이 아닐까 하고 생각을 바꾸어 보았다. 그야말로 ‘말’은 가장 비싸고 ‘소’는 그 다음으로 귀하기 때문에 윷판에서 각기 다섯 밭, 네 밭을 간다는 규칙은 그럴 듯해 보였다. 그러나 그 규칙이라면 다음에 대뜸 문제가 불거진다. 즉 돼지, 개, 양을 놓고 볼 때 가축으로서 가장 유용한 것은 돼지일 것이고 그 다음이 개이며 양은 가장 뒤처질 것이다. 그러나 실상은 윷놀이에서 그 순서는 뒤바뀌었다.

따라서 윷놀이에 쓰이는 어휘는 결코 동물명이 아니란 점이 확실하다. 그리하여 나는 눈을 돌려 그 단어들이 우리말이 아니고 중국에서 들어온 한자음이 변하여 마치 우리말처럼 둔갑한 것이 아닐까 하는 데 주의를 기울였다. 그런데 그때 중국 놀이 중에 ‘四維五采’ 놀이가 있으며 거기에 쓰인 말

이름이 우리말과 매우 유사한 것을 알고 흠칫 놀랐다. '사유오채' 놀이에서 '도'에 해당하는 '朵'은 대머리로서 전체로 보면 윷가락 중 하나가 빠진 모양이고, '개'에 해당하는 '介'는 양쪽이 비율상으로 모습이 유사한 것이며, '걸'에 해당하는 '橛'은 막대 하나만 있고 나머지는 뒤집어 있는 것이고, '윷'에 해당하는 '維'는 네 개가 모두 똑같이 널브러진 것을 나타내고, '모'에 해당하는 '牟'는 등급이 가장 높아 윷가락이 모두 엎어져 있는 것을 이름한 것이었다.

이렇게 볼 때 우리나라의 고유한 전통놀이라고 여겨져 왔던 윷놀이는 오래 전에 중국에서 한국으로 전해진 놀이로서, 그 말의 이름도 모두 중국어였지만 우리나라로 건너오면서 유사한 우리말로 음사된 것임을 알 수 있다.

이와 같이 우리가 너무나도 잘 알고 있는 것처럼 생각하고 말하는 것 가운데 사실과는 터무니없이 동떨어진 이야기가 얼마든지 있다. 강강수월래도 그 중 하나다.

우리는 흔히 강강수월래라는 춤은 조선시대 때 왜놈들이 남쪽 해안으로 쳐들어올 때 방어의 수단으로 생겨난 것이라고 알고 있다. 다시 말해서 임진왜란 당시 우리나라도 군량미가 많다는 것을 왜적들에게 알리기 위해 산봉우리에 볏단을 쌓아 적에게 짐짓 침범을 경계하게 했다는 이야기와 더불어, 조선 땅에도 싸울 만한 군사가 많으니 피를 흘리지 말고 조용히 왜국으로 돌아가라는 표지로, 달밤에 국민들이 나와 시위를 한 데서 강강수월래가 탄생되었다고 철석같이 믿고 있다. 게다가 '강강수월래'라는 어원이 '강강' 즉 '오랑캐들'이 '수월' 곧 물을 넘어 '래' 즉 '왔다'고 덧붙여 그럴 듯하게 그런 쪽으로 이야기를 몰고 갔다.

그러나 이 모든 얘기는 그야말로 '전설 따라 삼천리' 수준에 불과하다. 왜냐하면 달 밝은 밤에 집 밖으로 나와 춤을 추는 사람들이 비무장한 여인들이고, 달밤에 위장하기 위해 춤을 추는 모습이 왜적에게 보일 정도의 위치는 매우 가까워 조총으로 조준 사격하기에 딱 좋은 거리이며, '바다를 건너서 온다'의 뜻으로는 '수월래'가 아니고 한문 어순상 '越水來'가 적당하기 때문이다.

이렇게 보면 강강수월래는 왜군의 조선 침입과는 전혀 무관한 춤이다. 환언하면 강강수월래는 우리 민족의 고유한 춤으로 임진왜란과는 아무런 상관없이 상당히 먼 시절에 자생하여 유구하게 흘러 내려온 전통춤이다.

그런데 강강수월래에는 몇 가지 특색이 있다. 우선 춤을 추는 사람들이 장정이나 아이들이 아니라 부녀자라는 점이 특이하다. 또한 강강수월래는 낮이 아니라 달이 훤히 비추는 밤 그것도 달이 가장 커다란 밤인 대보름에 추는 것이 독특하다. 그리고 좁은 지역이 아니라 동네에서도 가장 넓은 공터에서 추는 것이 보편적이다. 마지막으로 여러 부녀자들이 다 같이 손을 잡고 춤을 추며 돌아가는 기본방향이 시계 방향이 아니라 시계 반대 방향이라는 점이 유별나다. 이와 같이 춤을 추는 주체가 누구이고, 언제 어디서 춤을 추며, 춤을 추는 양상은 어떠한가가 강강수월래를 이해하는 데 결정적인 요인들이다.

먼저 춤을 추는 주인공이 부녀자들이라는 것은 무엇을 의미하는가? 그것은 영락없이 출산과 관련을 맺고 있다. 우리 조상들은 여자는 아이를 반드시 낳아야 한다는 강박관념을 갖고 있었으며 아이를 많이 낳는 여인을 대접하였다. 다시 말해서 아이를 못 낳는 돌계집은 괄시를 받았고 이와 반대로 다산한 여인들은 집에서뿐만 아니라 동리에서 여러 모로 우대를 받았다. 그러므로 강강수월래에 참여한 여인들은 기본적으로 아이를 많이 낳기를 바라는 아낙네들이었다. 따라서 요사이 동네운동회가 끝나고 학생들과 부모들이 모두 운동장으로 나와 손에 손을 잡고 원을 그리며 빙글빙글 도는 것이나, 우리나라에서 열린 올림픽 폐막식 때 내국인이든 외국인이든 남자든 여자든 노인이든 아이이든 백인이든 흑인이든 누구나 나와 둥그런 모양을 형성하며 즐거워하던 모습은 참여자만 놓고 보면 강강수월래의 본모습이 아니라 현대적

변용이라고 할 수 있다.

　다음으로 강강수월래는 여인들이 대보름에 추는 춤이다. 이것은 여인과 달에 어떤 상관관계가 있는 것을 암시한다. 곧 음양설을 굳게 믿은 선조들은 남자는 양 즉 태양이고 여자는 음 곧 달이라고 이분법적 태도를 취하였다. 여자가 달이라는 분석은 달이 차고 기우는 기간과 여인의 몸에만 나타나는 특수한 현상의 주기가 엇비슷하다는 것과도 걸맞는다. 다시 말해서 일반 여자들이 겪는 ‘달거리’ 란 말 자체가 달과 관련이 있으며, 그들이 달이 가장 큰 날인 대보름날에 달을 바라보며 동네의 넓은 공지에 모두 나와 춤을 추는 것은 달이 크고 꽉 차며 가득한 것과 그들을 동질화하려는 의식을 표출한 것이다.

　마지막으로 강강수월래는 춤을 추며 돌아가는 기본방향이 역방향이다. 그것은 곧 인간과 신과의 관련성을 드러낸 것이다. 우리 문화는 전통적으로 오른쪽을 숭상하며 시계 방향을 고집하는 경향이 농후하다. 그리하여 양반들은 오른손으로 의관을 정제하고 글씨를 쓰며 음식을 먹어야 했다. 그리고 왼손으로 화장실에서 일처리를 하고 푸줏간에서 셈을 하고 기생집에서 접시돈을 주어야 했다. 또한 앉아 있을 적에도 귀한 오른손은 하체로 내려갈 수가 없어 의자나 보료에서 늘 괼 수 있도록 하였으며, 걸어갈 때에도 배꼽 밑으로는 내려갈 수 없어 할 수 없이 팔자걸음을 걸을 수밖에 없었다. 그뿐 아니라 물건을 윗분에게 드릴 때도 오른손으로 공손하게 건넸으며, 술을 따를 적에도 술병이나 주전자를 오른손으로 잡고 천천히 기울이는 게 도리였다.

　실상 ‘오른손’ 에서 ‘오른’ 은 ‘옳은’ 에 기원을 둔 단어이고 이것과 동의어인 ‘바른’ 도 손과 더불어 ‘바른손’ 이라고 쓰며, 동의중첩어인 ‘올바른’ 이 널리 퍼져 있는 것을 보면, ‘오른손’ 은 그야말로 우리 선조들에겐 ‘옳고’, ‘바른’ 손이고, 이와는 반대로 ‘왼손’ 은 ‘왼’, ‘그릇된’, ‘잘못된’ 손이다.

　그런데 이런 체제가 순식간에 무너져 그 반대가 오히려 숭상되는 일이 벌어지는데, 그것은 신과 관련되는 일일 경우이다. 즉 우리는 문상할 때 돌아가

신 분께 절을 할 때와 살아 있는 상주에게 절을 할 때 오른손과 왼손을 포개 놓는 상황이 정반대이고, 제사 지낼 때 신주 앞에 놓인 밥그릇과 국그릇이 살아 있는 분의 상차림과 반대이다. 그리고 술을 받아 술잔을 제상에 올리기 전 시계 반대 방향으로 세 번 술잔을 돌리며, 탑돌이를 할 때나 우리나라와 습속이 매우 유사한 몽골에서 성황당에 해당하는 '어워'를 돌 때도 역방향으로 돈다. 이와 같은 모든 일은 인간과 인간 사이의 일이 아니라 인간이 신과 연관을 맺고 있는 것을 드러낸다. 또한 영의정 바로 아래에 우의정이 아니라 좌의정이 자리잡고 있는 것도 임금은 인간이 아니라 하늘의 아들이기 때문에 왼쪽이 오른쪽에 비해 대접을 받는 자리로 좌의정이 높고 우의정이 그 아래로 직제가 편성된 것이다.

조금 장황하게 설명하긴 했지만 이 이야기의 핵심은 강강수월래에서 춤을 추며 돌아가는 방향이 사람 사이의 문제가 아니라 신과 끈이 이어져 있다는 것을 강조하기 위해서였다. 그러면 어떤 신과 연관관계가 있다는 것인가? 그것은 말할 나위도 없이 대보름날 가장 큰 모양을 드러내고 있는 달신이다. 달신에게 여인들이 대보름날 바치는 춤이 다름 아닌 강강수월래이며, 이때 달신에게 소원하는 것은 다산 즉 아이를 많이 낳게 해 달라는 것과 나아가 풍년이 들게 해 달라는 바람이었다. 부연하면 마을 아낙네 공동체가 새해에 모두 넓은 빈터로 나와 이지러지고 가득 차는 달의 모습을 본딴 춤을 추면서 달신에게 다산과 풍요를 비는 집단 제의 형식을 지닌 춤이 강강수월래이다.

여기까지는 크게 무리가 없이 흘러온 듯하다. 그런데 곧바로 제기되는 문제는 '강강수월래'가 과연 무슨 뜻이냐 하는 본질적인 의문에 봉착한다. 그리하여 나는 이 과제를 해결하기 위해 강강수월래의 원형을 여러 차례 숨죽여 지켜보았다. 그러면서 '수월래'가 '술래'로 바뀌는 모습에 주목하였다. 천천히 춤을 출 때는 '수월래'였다가 춤사위가 빨라질 때는 '술래'로 변하는 데서 '수월래'와 '술래'는 어원이 동일하며 '술래'가 본말이고 춤 동작이 늘어질 때는 '수월래'로 기록된 것이라고 생각을 굳혔다.

그리고 여기에서 과거의 어형인 '술래'는 요즈음에서는 '수레', 나아가서는 '수레의 바퀴' 곧 '둥근 것'을 지칭하기에 이르렀기 때문에 강강수월래의 '수월래' 즉 '술래'는 둥글게 원모양을 그리며 춤을 추자는 의미가 가득 담겨 있는 것이 아닌가 하고 잠정적으로 결론을 지었다.

그런데 그런 추론에 따른 소결론도 마뜩잖지 않지만 더욱 부대끼는 것은 '강강수월래'의 '강강'이었다. 나는 한때 고려가요를 고찰하면서 이른바 후렴구니 조흥구니 하는 데에 악기 소리가 섞여 있는 것을 남다르게 생각하였다. 장구나 북을 치고 대평소를 부는 소리를 그대로 적어 놓은 것을 보며, 혹시나 강강수월래의 '강강'이 악기 소리가 아닐까 하고 주의를 집중하였다. 그러나 강강수월래의 전승지역이라 일컬어지고 있는 진도에 가서 여러 전수자들에게 물어본 결과 이 춤을 출 때 악기는 어떤 것도 등장하지 않는다는 답변에 그만 망연자실하고 말았다. 그리고는 더 이상 강강수월래의 어원에 손을 대지 않고 있다. 물론 간간이 떠오르는 생각까지 지워버릴 수는 없어, '신'에 해당하는 우리말의 '감'이 변하여 '강'이 된 것은 아닌가, "감고 감다."의 어간인 '감'이 역시 '강'으로 옮겨간 것은 아닌가 하며 실없이 엉뚱한 상념에 잠기기도 하지만, 너무나도 옹색하기 짝이 없어 눈만 희멀거니 뜨고 있을 때가 적지 않다.

3.

나는 어느 날 인천에 달동네 박물관이 들어섰다는 소식을 들었다. 그런데 그 순간 갑자기 '달동네'가 무슨 뜻일까 하고 궁금해지기 시작했다. 누구나 짐작할 수 있듯이 '달동네'는 '달'과 관계있는 '동네'인 것만은 틀림없다. 그러면 '달'은 무엇인가? 하늘에 떠 있는 달인가? 한 달두 달 하는 달인가? 아니면 이와는 전혀 다른 '달'이라는 단어가 또 있는가?

달동네는 새벽에 달을 보고 일터에 나가 저녁에 달과 함께 집에 돌아오는 사람들이 모여 사는 동네라고 쉽사리 연상할 수 있을 것이다. 이 때의 달동네는 동네 주민들이 새벽부터 밤 늦게까지 부지런히 일하며 살지만 그럼에도 살림이 넉넉하지 않고 근근이 버텨 가는 일상을 담고 있다.

이와 비슷하지만 조금 다른 것으로 '달동네'는 달을 가까이 볼 수 있는 동네를 염두에 둘 수도 있다. 이 경우의 달동네는 달을 가장 근거리에서 볼 수 있는 곳이 자연히 다른 곳보다 높은 지대이기 때문에 도시 변두리의 산자락이나 산꼭대기에 자리잡고 있는 동네와 잘 어울린다.

그런가 하면 하늘에 떠 있는 '달'이 아니라 달의 모습에 따라 조상들이 구획을 지어 놓은 30일 안팎의 기간인 '달'을 가리킬 수도 있다. 그렇다면 이때의 달동네는 평상시 팔고 사는 것을 외상 장부에 달아 놓고 한 달에 한 번 월급을 받는 날 한꺼번에 밀린 돈을 갚는 가난한 사람들이 사는 동네를 일컫게 된다.

그런데 우리는 옛말에서 '달'이 '산'을 뜻하는 것을 어렵지 않게 알 수 있다. '아사달'이나 '달내'에서 옛모습을 볼 수 있는데, 전자는 아마도 우리말인 '앗달', '앚달', '앛달'을 한자로 표기한 것으로 주변의 아주 높은 산에 비해 다음으로 높은 산을 지시하는 듯하며, 후자는 고유지명에 여럿 남아 있지만 본래는 '달의 내' 즉 '산에서 내려오는 내'를 일컫던 보통명사였다. 이렇게 보면 달동네는 산에 있는 동네이고, 흔히 언중들이 '달동네'와 '산동네'를 두루두루 섞어 쓰는 것에서도 시사점을 찾을 수 있다. 다만, 조금 목덜미를 뒤로 잡아 끄는 느낌이 드는 것은 옛날 고구려 지방에서 쓰이던 '달'이 오랫동안 명맥만 간신히 유지하다가 왜 최근 들어 새로이 힘을 얻어 '동네'와 결합하여 '달동네'로 부상

했느냐는 것이다.

'달동네'란 단어와 더불어 나는 우리나라 남단에서 예전에 한창 번성하였던 가락국의 '가락'이 어디에서 유로된 것인가 궁금한 적이 있었다. '가락'은 '가야', '가라'라는 명칭과 함께 등장하는데, 초창기 삼국사기와 삼국유사를 여러 차례 살펴보면서 이에 몰두하던 중에 국사학자, 인류문화학자, 고전문학자들의 고견을 접하면서 이 말의 뿌리를 냉큼 캐낼 수 있으려니 지레 짐작했다. 왜냐하면 김수로왕의 천상으로부터의 강림 탄생 설화와 수로왕비인 허 왕후의 외국으로부터의 도래 설화, 그리고 왕과 왕비의 무덤 장식 등에 대한 전언이 풍부했기 때문이다.

그러면 먼저 '수로'라는 말부터 알아 보자. '수로'는 우리말 '머리'였으리라는 확신이 든다. 훈민정음이 창제되기 전 선조들은 한자에 기대어 우리말을 적었다. 그런데 때때로 그 방식이 매우 독특하였다. '首露'의 경우 앞 글자인 '首'는 이 두 글자의 뜻인 '머리'를 나타내고 뒷 글자인 '露'는 앞의 단어의 두 번째 글자의 소리인 '머리' 중 '리'를 표기한 것이다.

이러한 표기법은 향가에서 흔히 볼 수 있는 것으로, 일례로 먼저 세상을 떠난 누이동생의 제사를 지내는 스님의 곡진한 정이 담겨 있는 제망매가에서 '가을'을 뜻하는 말이 '秋察'이라 기록되어 있는데, 이것은 마땅히 '가을'을 적었을 뿐만 아니라 '가을'에 해당하는 두 번째 글자의 소리 곧 '을'을 적느라 '察'이 동원된 것이다.

여기에서 고개를 갸우뚱하는 이들이 많이 있을 줄 안다. 왜냐하면 '머리'의 '리'에 해당하는 글자가 '露'이고 '가을'의 '을'로 소리내는 글자가 '察'이라는 게 의아하기 짝이 없기 때문이다. 그렇지만 신라의 말을 상세히 들여다 보면 당시의 '머리'는 현재와는 달리 '무룻'일 것으로 추정되며 '가을'도 신라시절엔 'ㄱ술' 또는 'ㄱ숧' 따위로 발음되었을 것으로 비정되는 까닭에 '露'와 '察'의 표기는 적정하다고 판단된다.

그런데 가락국의 '머리' 즉 '우두머리'인 '수로'의 부인은 우리나라 사람이 아니었다. 왕비는 인도의 아유타국의 공주로서 인도에서 출발하여 중국의 보타국에서 머물다 중국식으로 '허옥'이란 이름을 짓고 배를 타고 가락국에 도착하여 왕과 혼인하였다.

그리고는 그들이 수를 다한 뒤 모신 무덤 입구에 물고기 두 마리가 마주 보고 있는 문양이 있다는 조사 보고가 눈길을 끌었다. 또한 그런 문양이 아직도 인도의 공무원 복장에서 발견된다는 점이 몹시 흥미로웠다. 그리하여 나는 '가야' 등의 단어가 부여계에 속한다는 견해를 일축하고, 가야가 속한 지형을 하천이 '가르는' 데서 국명이 지어졌다는 학설을 무시한 채, '가야', '가라' 따위가 혹시 고대인도어에서 이른바 쌍어문에 등장하는 '물고기'를 일컫는 낱말이 아닐까 하며 무리수를 두기 시작했다. 그리하여 마침내 인도에 건너가 자료를 조사하고 검토하여 이를 증명해 내려고 수선을 떨었다. 그러나 물고기를 뜻하는 '가야'란 어형은 과거에 존재하지 않으며, 그와 비슷한 어떤 단어도 고대인도어에 없다는 결론에 다다라 적잖이 열없던 적이 있었다. 결과적으로 나는 '가야'의 의미를 파헤치는 일이 내 힘에 부치는 것임을 깨닫고, 언젠가 그 어원을 명징하게 찾아낼 때까지는 잠시 쉬면서 힘을 모으려 한다.

4.

시에서도 시어 하나하나의 뜻을 정확하게 파악하여 구절의 의미를 헤아리고 나아가 시 전체의 이해를 도모하는 일이 매우 중요하다. 시어의 명확한 뜻을 모르고 두루뭉술하게 해석하거나 얼렁뚱땅 넘어가려는 태도는 지양되어야 마땅하다. 그 일이 때론 그지없이 까다롭고, 다른 단어와 대조할 수 있는 구석이 전혀 없거나 있다고 해도 연관성을 찾기가 극히 미미하여 때론 연구자의 힘에 부칠 때가 있지만 말이다.

그리하여 오래 전에 김소월의 시에 들어 있는 평안도 사투리를 일일이 짚어 내어 그 동안 시평론가들에 의해 얼마나 많은 오류가 생겨났고 그에 따라 시 분석 자체가 어느 정도나 엉터리로 진행되었는지를 밝힌 원로 국어학자의 노고는 높이 평가되어야 할 것이다. 그러므로 일례로 '향수'에 깃들어 있는 몇몇 단어를 거론하면서 시어의 어원을 명료히 밝히는 것이 무엇보다도 중요하다는 것을 재삼 강조함으로써 이 글을 마치려 한다.

정지용의 유명한 시인 '향수'엔 '실개천'과 '얼룩배기 황소' 그리고 '서리까마귀' 따위가 자리잡고 있다. 그러므로 이 낱말들이 이 시에서 얼마나 적확하게 쓰였는가를 알면 '향수' 전편에 대한 이해가 훨씬 수월해지며, 따라서 시를 읽고 난 뒤의 감흥도 한결 깊어질 것이라고 확신한다.

먼저 '실개천'을 보자. '실개천'은 작은 개천을 가리키는 말이다. 그러나 여기서의 '실'은 바늘에 꿰어 쓰는 '실'이 아니고 '마을'을 뜻하는 '실'이다. '양지뜸', '윗말', '개미실' 등에서 보이는 '마을'을 뜻하는 '뜸', '말', '실' 중의 하나이다. 그러므로 산에서 발원하여 마을을 지나서 흘러가는 실개천이 마을을 감싼 뒤 '휘돌아 나가고'와 연결되는 것은 매우 자연스러운 일이다. 달리 말하면 실처럼 가느다란 '실개천'은 결코 마을을 휘돌아 나가기엔 역부족일 수밖에 없다.

한편 '얼룩배기 황소'를 '얼룩배기 젖소' 쯤으로 해석해 주는 이들이 태반인데, 이것은 아마도 외국산 젖소가 얼룩무늬가 있기 때문에 깊이 생각하지 않고 끌어다 쓴 것이라 보인다. 그러나 정지용 시인이 살던 시절 농촌엔 그런 젖소는 없었고 얼룩무늬가 있는 토종 한우만이 존재하였다. 그러므로 '얼룩배기 황소'는 전반적으로 소의 털색깔이 누런 빛깔을 띠지만 소에 따라 얼굴, 목, 등, 허리, 엉덩이 따위에 허연 빛의 얼룩문양이 있는 수소를 일컫는 말이었다. 따라서 일반 농촌에서 서양 젖소가 아니라 누런 빛이 주종을 이루는 국산 얼룩배기 황소가 '금빛 게으른 울음을 우는' 것은 시각적으로나 청각적으로 아주 쉽게 연결고리가 이어질 수 있다. 지금은 그런 얼룩배기 황소의 모습을 거의 찾아볼 수 없지만 정지용 생존 당시만 해도 얼룩배기 소는 우리나라에서 결코 특수한 존재가 아니라 아주 보편적이었다. 이 소는 "엄마 소도 얼룩소, 엄마 닮았네."라는 동요 가사에 고스란히 남아 있을 만큼 흔히 볼 수 있는 가축이었다.

마지막으로 '서리까마귀'가 '서리 내릴 때 날아다니는 까마귀'라며 얼토당토 않은 어원을 끌어다 붙이는데 그건 정지용이 살던 고향의 말을 몰라서 저지른 실수에 불과하다. 까마귀에는 '갈가마귀'라는 종자가 있는데 이 새는 까마귀보다 작고 목에서 가슴·배까지는 희고 나머지는 검은 까마귀이다. '갈가마귀'에서 '갈'은 '갈가자미', '갈거미', '갈고등어'에서도 찾아볼 수 있는데 모두 본래의 종자와 구별짓기 위해 '갈'을 붙였다. 그렇다면 '서리까마귀'도 여타의 까마귀와 구별하기 위해 '까마귀' 앞에 '서리'를 덧붙인 것임을 이내 알 수 있다. 그러면 '서리'는 무엇인가? 정지용의 고향 충청북도 옥천에서는 '검은 콩'을 일컬을 때 '서리태' 또는 동의중첩어인 '서리태콩'이란 말을 쓴다. 이 콩은 다른 콩과는 달리 콩 전체가 온전히 검은 게 특색이다. 따라서 '서리까마귀'도 '갈가마귀' 등과는 달리 몸 전체가 완전히 까만 까마귀를 일컫는 것이다.

그러기에 전신이 새까만 까마귀인 '서리까마귀'가 어두운 밤에 지붕으로 '우지짖고 지나가는' 것과 캄캄한 밤에 '흐릿한 불빛'이 새어나오는 광경이 조화를 이루고, 거기에 '돌아앉아 도란도란거리는' 가족에 대한 그리움이 새록새록 솟아나는 정경을 차분히 녹여낸 것이 정지용이 그리는 향수의 진면목이라고 할 수 있다.

말, 캘수록 재미있다

1.

　시인은 놀랍다. 시를 쓰는 이들은 위대하다. 여느 사람들이 그냥 스쳐 지나가는 것을 예사롭게 바라보지 않고, 보통 사람들이 아무렇지 않게 여기는 것을 곰곰이 생각한다. 그리고는 사람이 아닌 동물이나 식물에도 말을 건네고, 아예 생명이 없는 것에도 대뜸 혈관을 깔아 놓아 따뜻한 피가 돌게 하는 영험한 능력을 지니고 있다. 이런 점에서 '시인'은 조금 빨리 발음하면 '신'이 되기도 하지만, 의미면에서도 신의 영역에 아주 가까이가 있는 존재라고 해도 조금도 무리가 없다. 그러나 '시인'이 곧 '신'이라는 말이 좀 부담스럽게 여겨진다면 조금 낮추어 '시인'을 '작은 신'이라고 불러도 전혀 손색이 없을 것 같다.

　그러기에 작은 신들은 세상을 자세히 들여다보다가 풀꽃이 매우 아름답다는 것을 발견하는가 하면, 나아가 우리 둘레에 있는 모든 인간을 사랑의 눈길로 그윽히 바라보면 누구나 다 예쁘고 사랑스럽다는 깨달음을 시 한두 줄로 엮어 내기도 한다.

그런데 우리가 늘 쓰는 말도 때때로 '풀꽃'과 '너'와 같을 때가 있다. 별 생각 없이 말을 하고 들으면 거의 모든 말이 그저 그런 말에 불과하다. 다시 말해서 늘상 써 오던 말인 만큼 더 새로울 것도 없고 아무런 감흥도 없어 그 밥에 그 나물이듯 그 소리에 그 뜻으로 그냥 넘어가고 만다. 그러나 말도 자세히 들여다보면 웅숭깊은 데가 있어 캘수록 재미있고 새겨볼수록 의미있는 구석이 여기저기에 널려 있다.

2.

이런 말 가운데 불쑥 떠오르는 단어가 '기분'이다. 우리는 흔히 "기분이 좋다."거나 "기분이 나쁘다."고 이야기하면서 정작 그 말의 속뜻을 헤아려 보는 이는 매우 드물다. '기분'은 '기가 나뉘어 있는 것'을 뜻한다. 따라서 "기분이 좋다."는 몸에 있는 기가 몸 구석구석에 적절하게 분배되어 있어 신체 조건이 좋은 상황을 일컫는 것이다. 기는 이렇게 몸 전체에 골고루 퍼져 있어야 좋다. 그렇지 못하고 기가 뭉쳐 있거나 한 군데 몰려 있으면 안 된다. 왜냐하면 기의 배분이 안 되어 그야말로 '기분'이 나빠지는 상태에 이르기 때문이다. 물론 차력사가 기를 모아 괴력을 발휘하거나 운동선수나 기도원장이 기를 집중하여 놀라운 결과를 자아낼 때도 있지만, 보통의 경우에 기는 전신에 알맞게 나뉘어 있어야 된다. 그러기에 아침에 일어나 자신도 모르게 기지개를 켜는 것은 기를 온몸에 펼치기 위한 동물적 행위이며, 이른바 스트레칭도 기를 모든 세포에 깊숙이 나누어 주기 위한 인위적 행동이다. 따라서 스트레칭은 우리말로 정확하게 표현하면 기를 나누어 주는 운동 곧 '기분운동'이 될 것이다.

우리는 기와 함께 산다고 해도 과언이 아니다. 그만큼 기와 관련된 말이 많다. 우리는 각기 어느 산의 정기를 받고 태어나 생기있게 산다. 기가 살아서 펄펄 뛸 때도 있고, 기가 죽어 코가 쭉 빠져 지낼 적도 있다. 기가 꺾여 주눅이 드는가 하면, 기를 쓰고 살려고 애쓰기도 한다. 그런가 하면 기가 부족하여 한의원을 들락거리는가 하면, 원기소로 모자란 기를 채우며 기의 흐름 즉 기운을 북돋운다. 또한 기세등등하게 살기도 하지만 때론 감기에 갈려 고생하기도 하며 기가 갑자기 끊겨 기절하기도 하고 마침내는 기가 다하는 기진 상태로 숨을 거둔다.

이렇게 기가 일상생활에서 자주 쓰이다 보니 한 가지 말이 좋은 쪽으로나 나쁜 쪽으로나 같이 사용되는 경우까지 생겼다. 즉 "기가 막히게 잘 했어."나 "기차게 잘 뛰었어."는 기가 꽉 차 막힐 정도로 좋다는 뜻이지만, "그 놈이 날 속여? 기가 막혀서!"나 "어린 녀석이 대들어? 기가 차서, 원!"은 기의 흐름이 정지될 정도 곧 죽을 만큼 기분이 안 좋다는 의미를 띠고 있다. 자고로 기는 움직임이 활발하여 차고도 넘치는 상태가 좋은 것인데 이를 '기동 차다'라고 써 왔는데, 요사이는 그걸 더 강하게 표현하기 위해 '기똥 차다'라는 단어까지 생겨나 그 말이 기를 쫙 펴고 사람들 사이를 헤집고 다니고 있다.

직업이 교수인 나는 '교수님'이라고 누가 나를 부를 때 적잖이 신경이 쓰인다. 엄밀히 말해 우리말에 교수님이라는 호칭은 없기 때문이다. 그 말에 해당하는 적당한 낱말은 '선생님'이다. 기실 '선생님'이라는 말은 높여도 무척 높인 말이다. 하늘같이 높디높은 분의 지칭어가 '선생'인데 여기에 존경의 뜻이 담긴 접미사 '-님'까지 붙여 놓았으니 말이다. 본디 '선생'은 100년에 한 명 나올까 말까 한 겨레의 정신적 지주요 나라의 위대한 지도자를 일컬을 적에 쓰는 단어이다. 그러므로 김구 선생이나 최익현 선생, 주시경 선생과 같이 쓸 때 격에 맞는다. 그리고 돌아가신 분을 높여 부를 때도 함자 뒤에 '선생'을 붙여 고인에 대한 존경의 뜻을 담아 추모하기도 한다. 따라서 학교에서 제자를 가르치는 사람을 선생님이라고 하는 것은 선생님을 아주 높이 대접하여 부르는 말이기 때문에, 교원인 당사자로서는 여간 고마운 일이 아니다.

　그런데도 이런 경어 대신에 '교수님'이라는 호칭이 마치 다른 교육 기관의 종사자와는 달리 대학에 몸담고 있는 사람만을 따로 일컫는 것처럼 번져 나가고 있어 안타깝기 그지없다. 초등학교나 중등학교의 교사나 교감과 같이 교수는 직업명이나 직위를 이야기할 때는 쓰일 수 있으나 호칭으로는 결코 걸맞지 않는다. 따라서 '교감님'이나 '교사님'이란 말이 있을 수 없듯이 '교수님'이란 말도 세상엔 없다. 오직 그들 모두를 가리킬 때나 부를 적에는 '선생님'이란 훌륭한 낱말만 있을 뿐이다.

　경상도 주민들이 주로 쓰는 말 가운데 '식겁하다'와 '문둥이'가 있다. 그런데 이 말들을 쓰는 이는 많지만 깊게 파고 들어가 그 말맛을 제대로 느끼는 이는 적은 듯하다. '식겁하다'는 '몹시 놀라다'는 뜻이고 '문둥이'는 '친한 친구'와 매우 비슷한 말로 사용되는 듯하다. 헌데 '식겁하다'는 본래부터 중국에서 건너온 한자가 아니고 우리나라에서 만든 한자어인 것 같다. 아마도 우리말의 '겁먹다'를 한자로 표현하려는 의도에서 생겨난 단어가 아닌가 한다. 즉 '겁(怯)'을 '먹다[食]'가 '식겁하다'이고 이것이 변하여 '시껍하다'에까지 이르게 되었음직하다. 이 낱말은 옛날 조선 시대 관아에서 서리들이 주로 썼던 말로써, 결코 중국어나 한자어가 아니다. 고유어를 한자어로 둔갑시킨 대표적인 단어일 따름이다. 따라서 아무리 한문에 대해 해박한 지식이 있어도 우리말에 대한 기초가 없으면 도무지 무슨 말인지 이해할 수가 없다.

　한자어를 고유어보다 높이 여기려는 뜻에서 탄생한 말에 '두락(斗落)'이란 단어가 있다. '두락'은 우리말의 '마지기'로써 논이나 밭의 넓이의 단위를 일컫는 단어이다. 그러면 어떻게 해서 '마지기'가 '斗落'이 되었는가? '두락'은 '말'이 '斗'로 변하고 '지기'가 '落'으로 변모한 것이다. 그러나 '한 마지기, 두 마지기' 할 때의 '마지기'에서 '지기'는 '떨어지다'는 뜻의 '디다'의 명사형 '디기'가 '지기'로 변한 말과는 의미상으로는 아무런 연관관계가 없다. 다만, 농사를 짓는 것인 '지기'와 소리만 똑같아서 끌어다 붙였을 뿐이다.

한편 영남 지방에서 마음에 몹시 흡족할 때나 또는 반가운 사람을 대하는 경우에 쓰는 '문둥이' 혹은 부름말인 '문둥아'는 한센씨 병에 걸린 환자를 이름하는 '문둥이'와는 의미면에서 연이 닿는 구석이 조금도 없다. 문둥병에 걸린 나병환자를 뜻하는 '문둥이'는 본디 우리말로 살이 썩어서 힘없이 처져 '문들어진 이'를 지시하는 말이었다. 그러므로 비록 나병환자가 되었어도 친한 친구이기 때문에 문둥이로 부르며 가까운 사이를 드러내려고 그 말을 쓴다는 식으로 엮어 보려는 것은 위험천만한 일이다. 왜냐하면 '문둥이'는 '문동이'가 모음만 살짝 바뀐 말이기 때문이다. '문동이'는 '文童이'로 '서당에서 함께 글공부하던 아이'를 가리키는 말이니만큼, 그야말로 '불알친구'와 '죽마고우'를 뜻하는 까닭에, 나이가 들어서도 '문둥이', '문둥아' 하며 격의없이 터놓고 지내는 사이에 딱 어울리는 낱말이다.

3.

애주가들은 아침에 흔히 해장국을 즐겨 먹는다. 그리고 그때 해장국은 '뱃속에 있는 장을 푸는 국'으로 알고 숟가락을 뜬다. 술에 지친 장 즉 위장을 비롯하여 각종 장기를 시원하게 풀어 주기 위해 먹는 국은 건강을 되찾는 면에서 본다면 더할 나위 없이 몸에 좋은 음식이다. 그렇지만 실은 해장국은 그런 뜻이 아니었고 술에 몹시 취한 기운 곧 숙취를 풀어 주는 '해정(解酲)국'에서 비롯되었다. 그러면 왜 '해정국'이 '해장국'이 되었을까? 그것은 아마도 '해정'이 비교적 어려운 한자어였기 때문에 그 본래 의미를 모르고 이해하기 쉬운 '해장'으로 슬쩍 모양을 바꾼 것에서 까닭을 찾을 수 있을 것이다. 그런데 이 때의 '해장국'은 신기하게도 장 즉 된장을 풀고 거기에 콩나물이나 북어, 다슬기 따위를 넣고 끓인 '解醬국'으로 여겨졌다. 그리고 그것이 나중에 변하여 지금 우리가 알고 있는 '解腸국'으로 자리잡은 것이다.

어떤 사람들은 영어를 들먹이며 'news'란 말이 동서남북을 가리키는 단어인 'north, east, west, south'의 첫 글자를 따서 만들었으며 그 의미도 모든 방위 즉 전 세계의 구석구석에서 들어온 소식이라고 주장한다. 그리고 또 다른 사람들은 'SOS'를 '우리를 구해 달라'는 뜻인 "Save our ship." 또는 "Save our souls."에서 생겨났다고 부르짖는다. 그러나 그것들은 모두 견강부회한 데서 기인하였을 뿐, 'news'는 '새 것' 즉 '새 소식'일 따름이고, 'SOS'는 모르스 부호에 불과하다.

그런데 어느 과학자가 'nylon'의 원천에 대해 언급하는 말에 난 귀를 기울이지 않을 수 없었다. 그 화학자는 나일론이 영국에서 미국으로 건너온 과학자에 의해 발명되었으며, 질기고 비치고 가벼운 이 제품의 이름을 짓는 데 고심하다가 당시 자신의 인생행로와 결부된 대표적인 두 도시의 이름인 'New York'과 'London'에서 일부분을 따고 붙여 'nylon'이란 단어가 생겨났다며 힘도 안 들이고 그 다음 이야기를 풀어 나갔다.

헌데 또 다른 영국 전문 학자가 '웨스트민스터 사원' 운운하며 영국의 종교를 이야기할 때 나는 적잖이 실망하였다. '사원'은 흔히 이슬람교의 공적 예배 장소나 불교의 절을 일컬을 때 사용되는 단어이다. 그리고 개신교에서는 대개 이곳을 '교회'라 명명하고, 천주교나 일부 개신교에서는 '성당'이라 호칭한다. 따라서 영국의 런던에 있으며 국왕의 대관식이 거행되고 중요 인사의 무덤이 있는 웨스트민스터 'Abbey'나 'Cathedral'은 성당이지 사원이 아니다. 또한 그곳에서 수도하며 전례를 담당하는 사람은 '수도승'이 아니라 '사제'나 '수도자'이며, 이 경우 사제는 품계에 따라 주교, 신부, 부제 등으로 나누어 부르고, 수도하는 이는 남자의 경우는 '수사'이고 여자의 경우는 '수녀'라고 일컫는 것이 일반적이다.

그런데 이와 관련하여 좀 이상하게 쓰이는 단어가 하나 더 있다. 바로 '사제 서품 40주년 기념'이란 문구에서 보이는 '서품'이란 단어가 눈에 거슬린다. '서품'이란 '품을 주는 것'이기 때문에, 예를 들어 어느 신부가 신부 자격 즉 신품을 받은 지 몇 년이 되었다고 할 때는 마땅히 '수품'이란 말을 써야 옳다. 그러면 '서품식'이라는 말도 정확한 단어가 아닌가? 그건 그렇지 않다. 왜냐하면 신부품이나 부제품을 베푸는 주교가 주례를 하는 예식은 당연히 '서품식'이기 때문이다. 따라서 "서품한 지 몇 년 됐다."면 주교 입장에서 품을 주는 미사를 집전한 지 수년이 흘렀다는 뜻인 까닭에 합당하지만, 사제품을 받은 신부를 위해 '사제 서품 40주년 기념' 따위로 현수막을 장식하는 것은 잘못이다. 그리고 학계에서나 예술계에서 흔히 '사사 받았다'는 말을 하는데, 이것도 자세히 살펴 보면 아귀가 안 맞는 말이다. 왜냐하면 '누구를 스승으로 모시고 가르침을 받다'는 말은 '師事하다'면 그만이지, 거기에 군더더기를 또 붙일 필요가 없기 때문이다.

4.

한때 젊은 여성의 나이에 견주어 그 값을 들먹이던 적이 있었다. 당시에는 20대 중반의 여자는 결혼적령기 면에서 '금값'이요 30대가 넘어가면 '똥값'으로 여겨, 어떻게든 20대를 넘기지 않고 혼인을 성사시키려 자식을 둔 부모들이 애를 태웠다. 우리 선조들은 '똥'을 매우 천시하였다.

그것이 어쩔 수 없이 소화의 배설물로 사람에게서 나오고 농사에 귀한 거름인데도 불구하고, 냄새 나는 지저분한 것을 일컫기도 했지만, 일상생활에서 아주 별 볼 일 없고 하찮은 존재를 가리킬 때에도 널리 쓰였다. 따라서 여자 나이 어쩌구 하며 운위된 '똥값'은 실은 금·은·동을 비교하여 볼 때 가장 격이 낮은 광물인 동(銅)의 값 즉 '동값'이 경음화하면서 기존의 인분 따위를 일컫는 '똥'과 동음이 되어 더욱 가치가 하락한 '똥값'으로 자리매김한 것이다.

　이와 매우 비슷한 것으로 화투놀이의 일종인 고스톱에서 "똥을 싸다."란 말을 들 수 있다. 언중들은 이 말을 화투에서 열한 끗에 해당하는 똥을 먹으려고 쳤는데 뒤집어 까놓은 화투장이 또다시 똥이 나와 자기 앞으로 가져다 놓을 수 없는 경우에 사용한다. 그렇다면 왜 화투놀이에 얼토당토 않은 똥이 등장하는가? 누구나 알고 있듯이 화투장엔 다양한 그림이 그려져 있다. 그리고 그것들은 모두 나무와 꽃, 새와 달 그리고 자연현상에 기초를 두고 있다. 그뿐 아니라 그 그림들은 열두 달의 자연변화를 염두에 두어 아름답고 의미있게 구성되어 있다. 이런 까닭에 화투장에서 '똥'을 연상하는 것은 있을 수 없는 일이다. 그러나 언중들은 의미는 상관없고 음이 비슷하거나 똑같으면 아무렇게나 가져다 붙이려는 욕구가 매우 강하여, 본시 '오동나무'를 가리키던 것에서 '동'만을 따오고 이것을 다시 경음으로 발음하여, '똥'이란 말이 원말인 것처럼 인식하게 된 것이다. 그리고 오동나무 세 그루가 겹쳐 놓은 모습처럼 '동(桐)을 쌓은' 것인데, 그것이 '똥을 놓다'의 비속어인 '똥을 싸다'의 활용형인 '똥을 싼'과 같은 유음어가 되는 데다, 완곡어나 금기어 따위를 사용하지 않고 직접 대상을 언급하는 쾌감을 더하여 그 말을 널리 퍼뜨리게 되었다.

　이것과 조금 다르긴 하지만 기존 어휘와 연관지으려는 의식이 부지불식간에 작용하여 생성된 말이 있다 '천만의 말씀, 만만의 콩떡'이란 말에서 '콩떡'이 그것이다. '천만의 말씀'이란 주지하다시피 '아주 생각 밖의 말씀'이란 뜻으로 널리 쓰이고 있다. 그런데 왜 거기에 '만만의 콩떡'이 이어지는 것인가? 우선 '천만'에 대응하는 '만만'은 '千萬'보다 많은 수량을 동원하려는 의식에서 '萬萬'을 끌어온 것이다. 그러니까 '만만'은 '천만의 말씀'보다 더 강한 '아주 아주 뜻밖의 콩떡'이란 의미를 드러내기 위해 기용된 단어이다.

그러나 우리는 여기에서 '콩떡'이란 말이 바위처럼 다가서는 느낌을 지울 수가 없다. 왜 하필 '콩을 넣어 빚은 떡'이 이 상황에서 언급되는지 헤아릴 길이 없다. 그러나 잠깐 마음을 추스르고 앞으로 나아가면 헤쳐 나갈 구멍이 전혀 보이지 않는 것은 아니다. 의미상으로 볼 때 '말씀'과 대조를 이루는 단어가 '콩떡'인 것에 주목하면, '콩떡'이 본원어가 아니라 어떤 단어의 변화형일 수 있다는 데 다다를 수 있다. 곧 '말씀'이 '말'의 경어라면 '콩떡'의 자리에 존경의 의미를 담은 단어가 자리잡을 수밖에 없고, 그것은 인간의 '말'과 쌍벽을 이루는 '행동'과 결부된 낱말로 결말이 날 수밖에 없다는 데 초점이 모아진다. 그리하여 '콩떡'은 원래 '공덕'으로 '공'이 격음으로 '콩'이 되고 '덕'이 경음으로 '떡'이 되어 생겨난 말임을 자연스럽게 추론할 수 있다. 그리고 그 뜻은 "당신이 하는 그런 말은 나와 아무런 관련도 없는 말씀이고, 그런 행위로 쌓은 공과 덕도 나와는 전혀 상관이 없다."로, 아주 배타적인 표현을 할 때 제 격인 말이 되어 버렸다.

5.

우리말에 작은 것을 가리키는 말에 '떡'이 있다. 대표적으로 씨앗에서 움이 트면서 맨 처음에 나오는 잎이 '떡잎'인데, 이 때에 '떡'이 작다는 뜻을 간직한 채 가지런히 '잎' 앞에 놓여 있다. 그뿐만 아니라 두꺼비마냥 탐스럽고 실팍하게 생긴 갓난 남자 아이를 "떡두꺼비 같다."고 일컫는데, 여기서

50

의 '떡'도 '작은' 것을 뜻한다. 그리고 각종 나무 이름인 '떡갈나무', '떡버들', '떡오리나무' 등에 쓰인 '떡'도 모두 '작다'는 의미를 담고 있다.

'떡' 이외에 작은 것을 지칭하여 고유명사를 만드는 말 중에 '쇠'가 있다. 이 말은 본래 동물이나 식물명의 앞에 붙어 그 품종 중에서 작은 것을 이름하였으나 나중에는 아예 다른 품종명으로 굳어져 버렸다. 즉 '쇠기러기', '쇠딱따구리', '쇠물푸레나무', '쇠비름' 등이 쉽사리 이런 예로 거론될 수 있다. 그리고 한자어 '왜(倭)'도 '왜고래', '왜림', '왜인' 따위에서 '일본'을 뜻하는 '왜'와는 아무런 상관없이 본래부터 '작은'의 의미로 쓰여 '작은 고래', '작은 숲', '난장이'를 뜻한다.

그러면 우리말에서 '큰'의 의미를 지닌 말엔 어떤 것이 있는가? 아마도 가장 널리 쓰인 말은 '한'이었을 것이다. '한내', '한길', '한밭'은 각각 '대천', '대로', '대전'의 순우리말로서 어두음절의 '한'이 '큰'의 의미를 지닌 것을 알 수 있다. 그것은 '길게 쉬는 숨'인 '한숨', 조수가 가장 높이 들어오는 때인 '한사리', '높은 고개'인 '한티', '깊은 밤'인 '한밤중'에서 보듯이, '큰'의 의미에서 '깊은', '많은', '높은'의 의미로 전이되기도 한다. 그리고 '한'이 소리가 다소 바뀌어 '한쇼'와 '한새'가 '황소'와 '황새'로 자리잡았고, 입술소리에 이끌리어 '큰 박'을 일컫는 '한박'이 '함박'으로 변모하여 큰 박과 같은 눈, 웃음, 꽃을 가리키는 단어인 '함박눈', '함박웃음', '함박꽃'과 같은 어휘를 양산하였다.

'한'보다는 약간 어휘 생산 능력이 떨어지지만 '큰'의 의미를 띠는 또 다른 고유어엔 '말'이 있다. '말잠자리', '말벌', '말거머리' 등에서 보이는 '말'이 그 예이다.

그러나 '한'이나 '말'이 언제나 '큰'의 의미만을 간직한 것은 아니다. 흔히 '한글'은 '큰 글'이라며 의미를 부여하는데 그것과는 아무런 상관이 없고 '韓나라의 글'을 지칭하는 것에 불과하다. 즉 '대한제국'에서 한글을 마음먹고 살려 쓰기 시작했다고 하여 '大韓의 글' 곧 '韓글'이라고 불렀던 까닭에, '한글'이 순우리말이고 '큰 글'이나 '하나밖에 없는 글'이라며 의미를 덧붙이는 것은 잘못이다.

'한'과 '말'뿐만 아니라 '언덕', '둔덕', '덕장', '덕고개' 등에 쓰인 '덕'과, '달래', '아사달', '다락' 따위에 보이는 '달'도 '큰'과 의미망이 유사한 '높은' 것과 관련이 깊은 듯하다.

말과 관련하여 결코 그냥 지나칠 수 없는 것은 사람들은 대개 자기 중심으로 가치를 판단하여 말을 만든다는 것이다. '삭다'와 '썩다'는 똑같이 식품이나 물건 따위가 오래 되어 본디 속성이 변하는 것을 일컫는다. 그런데 식품만 가지고 얘기하자면 전자에 대해서는 인간에게 이롭기 때문에 '삭다'로 쓰지만, 인간에게 해로운 것은 여지없이 모음이 약간 바뀌고 경음화가 일어나 '썩다'로 사용한다. 이런 경우는 비일비재하다. '화초'나 '잡초'는 어찌보면 산과 들에 자라는 똑같은 풀이다. 그러나 인간에게 도움을 주는 것은 '화초'라 하여 보호되고, '잡초'는 화초 사이에 있으면 대번에 뽑아 버려야 하는 비참한 존재로 전락하고 만다. '익충'과 '해충'도 그와 같으며, '단물'과 '센물'도 그것과 매우 비슷하다. 또한 '순풍'과 '역풍'도 똑같은 바람이지만 사람 가운데에서도 '나' 중심으로 해석되어 '순풍'이 되기도 하고 '역풍'이 되기도 한다.

그런가 하면 사람들은 같은 계열의 단어인 데도 어떤 낱말은 의미의 폭을 넓혀 사용하는 것을 비교적 꺼려 하고, 어떤 낱말은 아주 손쉽게 의미를 확장하여 두루 이용하려는 태도를 보인다. 여기에 가장 잘 부합하는 단어가 '형제'와 '자매'일 것이다. '형제'는 '형제애'나 '형제 나라'에 국한되어 쓰이고 있지만, '자매'는 '자매 기관', '자매 신문', '자매 회사', '자매 대학'에서처럼 서로 같은 목적과 정신을 가지고 운영되는 관련 기관이거나, '자매선', '자매함'에서와 같이 같은 설계로써 건조된 두 척의 선박을 일컫는 것처럼, 여러 단어와 잘 어울려 쓰인다. 그러므로 이런 흐름에 따르면 '소년한국일보'는 '소년'이란 단어를 품고 있지만 '한국일보'의 '형제지'가 아니라 '자매지'인 까닭에, 앞으로 새로운 제호를 달고 속간된다면 소년은 뒤로 빠지고 소녀를 앞세워 'GnB한국일보' 정도가 되어 '형제'를 누르고 '자매'의 위상을 계속 높이며 발간을 이어가지 않을까 조심스럽게 내다본다.

말, 엉성하고 헐렁하다

1.

우리는 흔히 말이란 퍽 잘 짜여진 결정체라고 생각한다. 모든 나라와 겨레가 쓰는 말은 아주 조직적이고 체계적이며 합리적이고 고정적인 것 같다고 말하면 누구나 으레 고개를 끄덕인다. 다시 말해서 어떤 언어라도 자음과 모음을 번듯하게 갖추고 있고, 단어와 단어가 이어지는 게 순조로우며, 문장은 주어나 목적어, 서술어 등으로 이어지는 게 당연한 듯이 여긴다. 게다가 우리가 얘기하는 말이 남에게 완벽하게 전달되며, 남의 얘기도 내가 정확하게 받아들이는 것으로 이해한다.

언어가 어느 정도 구조면에서 조직적이라는 것은 사실이다. 세상의 모든 언어에서 자음과 모음이 합쳐 형태가 이루어지며, 형태가 모여 단어를 구성하고, 이 단어들이 합쳐 문장을 형성하며, 문장들이 연결하여 문맥을 이루는 것을 부정할 사람은 아무도 없다.

54

　그리고 어떤 말에서든지 모음에서 ‘ㅣ’, ‘ㅏ’, ‘ㅗ’가 반드시 있으며, 조금 더 모음이 발달한 언어에서는 반드시 이 모음들에다 ‘ㅓ’와 ‘ㅜ’가 추가되는 규칙은 세계 언어에서 똑같이 발견된다. 또한 ‘어머니’와 ‘아버지’를 가리키는 단어에서 초성 자음은 ‘ㅁ’과 ‘ㅂ’ 계통이 주조를 이룬다든지, 이 세상 어떤 언어에서도 아랫니가 윗입술에 닿아 ‘ㅍ’와 비슷한 발음을 내는 경우는 전혀 없다.

　이뿐 아니라 자음과 모음이 결합하여 ‘나’, ‘너’와 같은 의미를 지닌 형태를 만들어 내며, 이런 형태가 다시 합쳐져 ‘숫처녀’, ‘안팎’, ‘선생님’처럼 단어를 꾸리는 양상도 똑같다. 나아가 모든 말엔 순서가 다를 수 있어도 ‘주어’, ‘목적어’, ‘서술어’가 반드시 존재하며, 부정하는 방법이나 의문문을 구성하는 방식이 언제나 있으며, ‘내가’, ‘사람이’와 같이 주어를 나타내거나 ‘나는’, ‘사람은’처럼 주제를 나타내는 언어는 있지만, 둘 중에 어떤 것도 없는 언어는 이 세상에 하나도 없다. 쉽게 말해 문장에서 줏대가 있는 말마디가 갖추어 있지 않은 말은 절대로 없다는 말이다.

　이렇게 세상 사람들이 나날이 말하는 언어는 나름대로 다 조직적이고 합리적인 양태를 보이고 있는 까닭에, 언어를 소리와 뜻의 기호체계이자 사회적인 규약의 산물로까지 이해하는 정도에 이르렀다.

　이와 같이 말이 정돈된 조직체라는 주장은 우리말 음운에서 극명하게 드러난다. 즉 언어가 일종의 구조적 결합물이라는 견해는 우리말 모음이 아무렇게나 만들어진 것이 아니라 양성과 음성이 철저하게 대립하도록 이끌어 ‘ㅏ’와 ‘ㅗ’는 양성모음이고 이와 대조되는 ‘ㅓ’와 ‘ㅜ’는 음성모음이란 점을 강조한다. 또한 자음 글자도 발음기관을 본따 만들고 거기에 각각 가로와 세로 획을 덧붙여 다음 문자를 창안한 점도 매우 조직적이란 주장을 곁들인다. 곧 ‘ㅅ’는 송곳니 모양을 모방하여 만들고 위의 방식에 따라 ‘ㅈ’와 ‘ㅊ’가 생겨났다며 구조적 완전성을 운위한다. 이렇게 'ㅅ, ㅈ, ㅊ'가 똑같이 치음이며 글자 모양도 비슷하니, 말과 글을 익히는 데 무척 능률적인 언어라고 뿌듯해하기도 한다. 게다가 자음에서 평음과 기음 그리고 경음이 쌍을 이루는 구조가 동일한 것도 한몫을 한다. 다시 말해서 'ㄱ, ㅋ, ㄲ', 'ㄷ, ㅌ, ㄸ', 'ㅂ, ㅍ, ㅃ'와 같이 예사소리와 더불어 거센소리와 된소리가 다 같이 한 쌍을 이루는 모습이 똑같다.

그러나 말을 요모조모 자세히 살펴보면 언어가 그렇게 잘 짜여진 조직물이 아니라는 사실을 이내 알게 된다. 말이 어떤 점에서는 아주 엉뚱하고 헐렁해서, 구조가 단단하기보다는 오히려 엉성하고 말랑말랑한 구성체라는 점을 쉽사리 깨닫게 된다. 그렇지만 여기에서는 그 모든 것을 들추어내지는 않으려 한다. 다만, 형태와 의미면에서 드러나는 느슨하고 빈틈을 보이는 모습을 몇 가지 짚어 보며 언어가 지닌 또 다른 특성을 만지작거리고자 한다.

2.

우리 몸엔 '목'이 있다. 머리와 몸통을 이어 주는 매우 중요한 부분으로 잘록한 것이 특색이다. 이 단어에서 '팔목'과 '손목'이란 단어도 생겨났다. 두 단어의 의미는 매우 희부연하지만 '팔목'은 팔 쪽에 있고 '손목'은 손 쪽에 가까이 있는 것만은 분명하다. '팔'과 '손'에 '팔목'과 '손목'이 있으면 당연히 몸통을 지탱해 주는 하지에 '다리목'과 '발목'이 있어야 하는데, '다리목'은 없고 '발목'만 있다. 이렇게 말에는 빈칸이 있는 경우가 종종 있어, 언어가 체계적인 조직이니 구조적으로 허점이 없는 완벽한 복합물이니 하는 말을 무색하게 한다.

군대에서 위관 장교와 장관 장교 중 가장 낮은 계급에는 각각 '준위’와 ‘준장’이 있다. 허나 영관 장교에는 ‘준령’이라는 계급이 없다. 왜 없는지 아무도 설명을 하지 못한다. 그냥 본래부터 비어 있는 계급일 따름이다. 누가 가타부타할 사항이 아니다. ‘일출’과 ‘월출’이 있으니 ‘일몰’과 ‘월몰’이 있어야 하지만, ‘월몰’이 없는 것에 아무도 시비를 걸지 못하는 것과 같다.

우리말 가족 이름에 ‘백모’와 ‘숙모’란 말이 있다. 다 알다시피 ‘큰어머니’와 ‘작은어머니’를 뜻하는 단어이다. 그런데 외가 쪽으로 어머니 오라버니의 부인과 남동생의 아내를 가리키는 용어에 ‘외백모’와 ‘외숙모’가 있어야 마땅한데 ‘외백모’라는 말은 없다. 이것도 처음부터 없는 것이지 이유를 따져 밝힐 수가 없다.

이 밖에도 암수를 가리키는 단어에 ‘장끼:까투리’, ‘황소:암소’, ‘장닭(수탉):암탉’ 등이 잘 배열되어 있지만, ‘양’과 ‘말’의 경우엔 자웅을 따로따로 일컫는 말이 그리 발달되어 있지 못하며, ‘제비’나 ‘참새’, ‘쥐’와 같이 사람들이 볼 때 암수가 몸집이나 하는 일에서 별로 차이가 없을 때는 달리 암놈과 수놈을 구별하는 단어가 전혀 없다.

하다못해 ‘꽃’을 일컬을 때도 ‘꽃’이란 어형을 뒤에 겹쳐 쓰는 것이 통일되어 있지 못하다. 즉 ‘국화꽃’이나 ‘매화꽃’은 단어의 배열이 매우 자연스럽지만, ‘목련화’ 뒤에 ‘꽃’을 붙일 수는 없으며, ‘연꽃’은 있지만 ‘연화꽃’은 어느 지방에서도 발견되지 않는다. 게다가 ‘수련’의 경우에는 그 단어 뒤에 ‘화’나 ‘꽃’이란 어형이 덧붙는 일은 거의 없다.

우리말은 반대말이 잘 발달되어 있다. 그런데 관계반대어 가운데 ‘상하:좌우’, ‘동서:남북’은 유연하게 사용되지만, ‘춘추:하동’이란 대립어는 없다. 그것은 ‘춘추’는 이른바 융합복합어를 지닐 정도로 유착상태가 양호하지만, ‘하동’이란 말은 의미상 그리 동질적이지 못하다고 언중이 여겨서 빚어진 일일 것 같다.

이뿐 아니라 거리를 이르는 말에 ‘삼거리:사거리:오거리’는 흔히 쓰인

다. 이와 더불어 요사이 '네거리'는 있으나 '세거리', '다섯거리'는 찾아
볼 수 없다. 그리고 '길이'나 '크기' 따위를 일컬을 때 '길이', '크기', '넓
이', '높이', '깊이' 등을 쓰지만 그 반의어인 '짧이', '작기', '좁이', '낮
이', '얕이'라는 말은 없으며, '자매대학'은 있어도 그와 대등한 '형제
대학'은 없고 그보다 더한 '부모대학'이나 '자녀대학'이란 말은 상상할
수가 없다.

'오늘'을 중심으로 볼 때 전날은 '어제'고 전전날은 '그제'이며 그 전
은 '그끄제'이고, 앞날은 '내일', '모레', '글피', '그글피' 순이다. 그
런데 다른 어휘는 고유어인데 '내일'만은 한자어인 것이 특이하다. 일
상적으로 늘 쓰이는 말에서 빈틈을 보이는 영역이 있다는 게 낯설기 짝이
없다. 연세가 드신 분들 가운데 '후제'라는 단어를 쓰는 경우가 가끔 있
긴 하나, 빈틈을 보여 고유어 대신 한자어가 그 틈을 파고 들어와 굳건한
자리를 차지하게 된 것만은 사실이다.

그리고 어느 기간이 시작할 때와 끝날 때를 일컫는 단어는 출중하지
만 중간을 가리키는 어휘는 거의 없다. 예를 들어 '월초:월말', '연초:연
말', '세기초:세기말'은 있지만, '월중', '연중', '세기중'이 그 가운데
시간이나 기간을 나타내는 일은 없다. 그런데 유독 '주초:주중:주말'에
서처럼 '주중'만이 빛을 환히 발하고 있는 것이 유별나다. 그렇지만 하
루를 가리키는 말에 '일초:일중:일말'은 아예 없으니 어휘의 공백을 인
정할 수밖에 없다.

이렇게 어휘 체계에서 빈터가 보이는 것은 비단 국어의 문제만이 아니
다. 잠깐 외도를 하자면 영어에서 'day'는 하루 24시간을 가리키는 말
이지만, 때로는 'night'의 반대인 '낮'을 일컫기도 한다. 곧 'night'에
반대되는 단어가 따로 존재하지 않기 때문에 상위어가 때로 하위어의 기능까
지도 담당하게 된다. '개'를 가리키는 영어를 잘 살펴보면 위와 똑같은 현상
이 일어나는 것을 쉽사리 알 수 있다. 즉 'dog'가 전체 개를 가리키기도 하지

만 '암캐'에 해당하는 'bitch'의 반대인 '수캐'를 가리키는 단어가 없으므로, 'dog'가 상위어에서 내려와 다시 그 자리를 차지하게 되는 기현상이 벌어지는 것이다. 이와 아울러 미국말에서 '항구'를 지칭하는 단어에는 'port'와 'harbor'가 있다. 이 두 단어는 항구의 크기에서 차이가 나타날 때 달리 쓰인다. 즉 전자는 '작은 항구'인 '포구'를 가리킬 때 쓰이고, 후자는 비교적 큰 항구를 일컬을 때 사용된다. 그런데 '공중에서 들어오는 항구'인 '공항'은 아무리 커도 'airharbor'라는 단어는 없고, 크든 작든 'airport'라는 단어 하나만 존재한다.

3.

어떤 단어와 계열적 관계를 이루는 어휘는 의미상 대등해야만 한다. 예를 들어 '금'의 계열적 어휘엔 '은', '동'이 있어 대등한 지위를 누리고 있다. 그런데 거기에 '돈'의 의미를 지닌 '전'이란 어형이 붙으면 그 의미 기능은 결코 동등하지 않다. 곧 '금전:은전:동전'이 의미상 격이 똑같은 자리를 차지하는 것이 아니라, '금전'이 이를 전부 흡수하여 '은전', '동전' 뿐만 아니라 '지전'까지 합하여 돈이란 돈은 모두 아우르게 된다. 그리하여 '금전출납부', '금전등록기'에서처럼 '금액'이란 뜻으로 쓰인다.

그렇지만 '동전'은 또 나름대로 자기의 위세를 떨치기도 한다. 본래 '동전'이란 '구리로 만든 돈'을 일컫는 것이었지만, 금으로 만든 '금전'이나 은으로 만든 '은전'은 말할 나위도 없고, 니켈이나 다른 광물과의 합성물로 제작된 돈마저 일단 지폐가 아닌 돈은 모두 '동전'으로 불리는 경향이 있다. 그리고 보면 '은전'은 '금전'과 '동전'과 비교해 볼 때 대략 3분의 1의 지위를 누리는 것이 아니라 양쪽에 치여 '돈'의 구석에 몰려 있는 꼴이 되고 말았다.

이렇게 비슷한 것을 대표적으로 일컫는 단어는 일상생활에서 얼마든지 더 찾아볼 수 있다. 일례로 본시 ‘송판’ 은 ‘소나무로 켠 널빤지’ 만을 이름하는 게 당연하지만, 어떤 나무든 켜서 만든 널빤지는 다 ‘송판’ 이라는 이름을 갖다 붙인다. 이와 아주 비슷한 예로 소나무가 나무를 대표한다고 언중이 여긴 나머지 ‘소나무 잎을 갉아 먹는 해충’ 인 ‘송충이’ 가 어느 나무든 갉아 먹는 해충을 통틀어 일컫는 말로 굳어졌다.

한편 ‘구리로 만든 형상’ 만을 일컬어 ‘동상’ 이라고 명명하면 언어가 그야말로 짜임새 있는 존재라고 추켜세울 수 있으련만, ‘돌로 만든 석상’ 이든 ‘나무로 만든 목상’ 이든 쉽사리 ‘동상’ 으로 수렴된다. 또한 ‘사람의 모습을 형상화한 제품’ 만을 ‘인형’ 이라고 불러야 옳지만, ‘곰인형’, ‘돌고래인형’, ‘토끼인형’ 따위와 같이 ‘인형’ 이 아닌 것까지 그 테두리에 싸잡아 넣어 ‘인형’ 이라 일컫는 것을 수시로 볼 수 있다.

그리고 형이면 ‘형’ 이고 아우이면 ‘제’ 라고 딱 부러지게 나누어 놓으면 언어생활이 훨씬 적확하게 이루어지련만 그렇지를 못하다. 한 예로 ‘손아래와 손위의 누이의 남편’ 은 마땅히 ‘매제’ 와 ‘자형’ 으로 나누어 부르면 더할 나위 없이 바람직할 것이다. 그러나 ‘매형’ 이란 말이 위 두 단어와 함께 쓰여 결국 ‘매제’ 와 ‘매형’ 이 같은 뜻으로 넘나들게 되어 ‘제’ 와 ‘형’ 이 같은 뜻으로 되고 말았으니, 말의 비조직적인 면을 절감할 수밖에 없다.

4.

단어를 만들 때 같은 의미의 어형이 하나밖에 없다면 단어 형성이 훨씬 편리하고 조직적일 텐데 그렇지를 못해 혼선이 빚어지는 경우가 자주 있다. 곧 '사람'을 뜻하는 말이 딱 하나여서 그 어형을 앞말에 붙여 자동적으로 단어를 만들어 내면 참으로 좋으련만, 우리말엔 아주 여러 가지가 있다. 그래서 거의 같은 부류에 속한 '소설가'와 '시인'은 각각 '소설인'과 '시가'로 나타나는 일이 전혀 없다. 또한 '작가'와 '화가'는 있지만 '작인'이나 '화인'은 없으며, '농업인', '어업인', '연예인'은 '인'이란 어형만 있을 뿐이며, '선수', '포수', '운전수', '백수'와 같이 '수'만 달고 다니는 단어군도 있다. 이렇게 '사람'을 가리키는 말 중에 어떤 어형이 덧붙느냐는 것은 오로지 전통과 관습에 따를 뿐이지 거기에 어떤 원리가 작용한 것이 아니다. 그것은 영어에서 '-ist'와 '-er' 중 어떤 어형이 어떤 명사에 뒤따르는 것인가가 인습에 근거할 뿐이지 특별한 의미나 기능이 부여되어 결정되지 않는 것과 일맥상통한다.

  그런가 하면 '의사', '간호사', '판사', '검사'처럼 앞의 단어에 '士'나 '事'에 해당하는 '사'가 붙어 훌륭한 직업군으로 인식되는가 하면, '일꾼', '난봉꾼', '사기꾼'과 같이 '꾼'이 뒤따르는 낱말은 비교적 하찮은 일이나 아예 못된 일을 하는 사람을 가리키기도 한다. 그런데 한 가지 흥미로운 것은 '원'이 붙은 직업인 '의원', '간호원'은 그 의미가 매우 내려앉은 듯하여 '의사', '간호사'로 바뀌었지만, '교원'은 '교사', '교수', '교직원'을 함께 일컫는 말로 의연하게 존립하며, '공무원', '회사원'에서도 전혀 의미의 하락 조짐이 없이 언중 사이에서 꿋꿋하게 쓰이고 있다. 다만, '자'는 '연주자', '반주자', '당선자', '노동자'에서는 의미 평가가 개입되지 않지만, '실업가'와 '실업자'에서 보는 것처럼 앞 단어의 한자어가 어떤 것이냐에 따라 '자'가 의미가 절하되는 쪽으로 기우는 모습을 볼 수 있다.

  한편 '무엇을 마시는 그릇'에 해당하는 것이 한 가지라면 언어생활이 한결 편리했을 것 같다. 그런데 똑같은 의미 영역에 속하는 어형에 '배' 와 '잔' 이 있다. 그리고 이들은 제각기 좋아하는 명사류에 들러붙는다. 그리하여 '독배' 는 있으되 '독잔' 은 없고, '술잔' 과 '물잔' 은 있지만 '주배', '수배' 는 없다. 또한 같은 운동 경기에서 운동하는 시간의 앞부분과 뒷부분을 지칭하는 용어가 동일하지 않다. 축구에서는 그것이 '전반전', '후반전' 이지만, 야구에서는 그렇지 않다. 즉 '1회 전반전' 이나 '2회 후반전' 등으로 불릴 수도 있는데, '1회초', '2회 말' 처럼 '초' 와 '말' 이 그 영역을 대신하는 말로 사용되고 있다.

이와 아울러 거의 같은 뜻이지만 종교마다 다른 어휘가 쓰여 언어생활이 훨씬 복잡해진다. 개신교와 불교 그리고 천주교에서 사용되는 용어를 고찰해 보자. 믿는 사람인 '성도 · 불자 · 신자' 가 성직자인 '목사님 · 스님 · 신부님' 의 말씀인 '설교 · 설법 · 강론' 을 들으며, 감사하는 마음에서 '헌금 · 보시 · 봉헌' 하면서 살아가다가 마침내 '소천 · 열반 · 선종' 하는 것과 같이, 의미는 아주 유사한 말인데 제각기 다른 낱말을 쓰고 있다.

또한 사람들이 차를 타거나 내리는 곳은 틀림없이 '승강장' 이다. 승강장은 '승차장' 과 '강차장' 을 합쳐 부르는 말일 터인데 전자는 있지만 후자는 없고 대신에 '하차장' 이란 낱말이 버젓이 그 자리를 꿰차고 있다. 그리고 물건을 싣거나 내리는 것을 '상차' 와 '하차' 라고 말하는데, '승차' 대신 '상차' 라는 단어가 위와 달리 쓰이는 게 이채롭다.

이 밖에도 '이기고 싶은 욕심' 을 '승부욕' 이라고 말하는데, 이 말도 조금만 더 살펴보면 언중을 수월찮이 헷갈리게 하는 말이라는 걸 알 수 있다. '승부욕' 이란 엄밀히 말하면 '이기고 지고 싶은 욕구' 라야 하는데, 평범한 사람들에겐 '승욕' 만 있지 '부욕' 은 생각조차 할 수 없는 말이다. 따라서 '승부욕' 대신 '승욕' 이라고 했으면 좋으련만, 지금으로선 절대로 바뀔 수 없는 단어가 되고 말았다.

'장' 과 '감' 중 어느 것이 더 상위 계급에 붙는 말인가? 우리는 거의

가 다 '교장'과 '교감'을 떠올리며 '장'이 어느 기관의 최고 대표자라고 거침없이 얘기할 것이다. 그런데 같은 교육기관에서마저 '교육감'과 '교육장'을 비교해 보면 위와는 달리 '감'과 '장'의 위치가 달라지는 것을 금세 눈치 챌 수 있다. 이렇게 말이란 고정적이거나 조직적이지 않고 때로 얼기설기 엮어진 부실한 건물처럼 매우 허술하게 보이기도 한다.

이 외에도 같은 의미를 지닌 다른 어형이 중첩되어 쓰여 언어가 다소 기우뚱한 모습을 보이기도 한다. '외갓집', '야밤에', '성경책'은 동의중복어로 굳이 따라붙지 않아도 될 어형이 군더더기로 붙어 본딧말과 함께 쓰이고 있다. 이런 방식은 외국어나 외래어에 우리말이 달라붙을 때도 그대로 적용되어 '깡통', '깡패', '바자회' 따위를 만들어 놓았다. 또한 단어가 아니라 구절에서도 의미가 겹쳐 요상한 모양을 연출하는 경우가 종종 있는데, '살아 생전에', '죽은 고목나무에', '일락서산에 해 떨어지고' 등이 그 예에 해당한다. 그런데 이런 방식에도 재미있는 일이 벌어졌는데, '손수건'이 바로 그 주인공이다. 이 단어는 '손'과 '수'가 같은 의미를 지닌 동의중첩어이지만, 위의 단어들과는 확연히 구별된다. 왜냐하면 '수건'과 '손수건'은 언중이 인식하는 의미 영역이 완전히 다르기 때문이다. 누구나 알다시피 앞 단어는 'towel'을 의미하고 뒷단어는 'handkerchief'를 뜻한다.

위와는 반대로 단축이나 축약이 일어나 기존 단어와 함께 사용되므로 혼란을 자초하기도 한다. '신협', 'MG', '샘'은 '신용협동조합', '마을금고', '선생님'이 줄어들어 생긴 단어이다. 언어생활을 원활하게 하려면 양쪽 낱말들을 모두 알아야 하니, 언어에 비효율적인 구석이 적잖이 있다는 게 결코 낯설지 않다.

이와 더불어 본래의 의미가 무엇인지 몰라 또 다른 어형을 익혀야 하는 언중의 고충이 뒤따르는 일도 있다. '미나리'와 '미더덕'의 '미'는 본

래 '물'이었으며, '소나무'와 '부지깽이'의 '소'와 '부'는 '솔'과 '불'에
서 'ㄹ'이 탈락한 것이고, '무덤'과 '주검'의 어근은 '묻'과 '죽'이다. 이
렇게 의미 유연성이 상실되어 의미 파악이 불편해졌으니만큼, 그야말
로 구조적 결함이 없는 언어를 기대하기는 한결 어렵게 되고 말았다.

5.

　다의어도 말을 복잡하게 만드는 데 주도적인 역할을 한다. '손', '가
다', '먹다'가 단 하나의 뜻만 지니고 있으면 구조가 간편하겠지만 실
상은 그렇지를 못하다. 수많은 의미가 원 의미와 달리 사용되기 때문에
의미 파악이 용이하지 않다. 그렇지만 다의어인 까닭에 원 의미와 아예
인연을 끊는 경우는 전혀 없다. 이렇게 원래 의미에서 확장되어 사용되
는 다의어는 언어생활에서 넓디넓은 자리를 차지하는 까닭에, 말의 얼
개를 더욱 복잡다단하게 이끈다.
　이렇게 복잡다단한 관계는 앞뒤 단어의 연결에서도 틈틈이 발견된다. 일
례로 몸에 무엇인가를 입거나 걸치는 것을 나타내는 동사가 '착용하다'라
는 단어 하나밖에 없다면 우리 겨레끼리 말하는 게 한결 수월했을 것이
며, 외국인이 우리말을 배우는 데도 높다란 장벽이 없었을 것이다. 그렇
지만 안경은 '쓰고', 허리띠는 '띠고', 넥타이는 '매고', 장갑은 '끼
고', 신발은 '신고'라고 써야 하니 얼마나 애를 먹는가 말이다. 이와 똑
같이 무언가를 가꾸기 위해 처음 하는 행위를 일컫는 동사도 여간 까다
로운 것이 아니다. 즉 볍씨는 '뿌리고', 미루나무는 '꺾꽂이하고', 소
나무는 '심고', 열무는 '갈고', 감자는 '놓고'라고 쓰는 게 일반적이다.
　게다가 동·식물이나 사물을 셀 때의 단위가 갖가지여서 언중 대부분이
머리가 지끈거렸던 적이 있었을 것이다. 한 '개'만 있는 것이 아니라 동물

에서 사람을 세는 단위가 '명'이고, 닭은 '마리'이며, 소는 '두'이고, 고등어는 '손'이며, 굴비는 '두름'이고, 오징어는 '축'이다. 그런가 하면 식물에서는 배추는 '포기'이고, 마늘은 '접'이며, 파는 '단'이다. 그리고 사물에서 집은 '채'이고, 책은 '권'이며, 차는 '대'이고, 바늘은 '쌈'이다.

우리는 여기에서 대충 몇 가지만을 적시했을 따름이고 만약에 모든 단위를 다 일컫겠다고 작정하면 이 글이 어디에서 끝날지 알 수 없다. 이 정도로 언어의 구조는 가끔씩 단선적이지 않고 쓸데없이 가지를 쳐, 구조적으로 불합리하고 체계면에서 쏠림 현상이 심한 양상을 표출한다.

한편 같은 모습을 지닌 형태가 전혀 다른 의미를 배태하고 있어 단어의 이상 징후가 극명해지기도 한다. 예를 들어 '값없다'는 말은 정말로 가치가 없다는 말인지, 아니면 너무나 진귀한 나머지 값을 매길 수 없다는 말인지, 언중이 우왕좌왕할 수밖에 없다. 그리고 '너무'는 "너무 비싸다."에서처럼 쓰일 경우엔 매우 부정적으로 넘치는 상황을 표현하지만, 싼 쪽을 선호하는 입장이라면 "너무 싸다."에서는 지극히 긍정적이다. 다시 말해서 후자의 경우는 "너무 좋다."의 '너무'와 같은 의미로 '아주 바람직한' 뜻으로 쓰이고 있다. 이 외에 또 다른 예가 있다. '밖에'와 '따위'는 조사로 기능하는 마당에서는 "나에겐 너밖에 없어."에서와 같이 특수 조사 '만'의 의미와 동궤에 있고, "너따위 안중에도 없어."에서는 '는'과 비교적 의미나 기능이 상통한다. 그렇지만 두 낱말이 각각 '이외'나 '등'의 뜻으로 쓰일 수도 있어 혼란을 부채질한다.

이 밖에도 형태가 합하여 단어를 형성할 때에는 그 순서에 일정한 규칙이 있다. 즉 남자가 여자보다 앞서며, 기능이나 가치면에서 더 중요한 것이 앞에 놓이고, 화자 가까이를 일컫는 어사가 먼저 쓰이며, 작은 수가 큰 수보다 앞자리를 차지한다. 그리하여 '남녀', '책걸상', '남북정상회담', '여기저기', '두서너' 등이 자연스럽게 생겨났다. 그런

데 이러한 원칙이 아주 가끔 깨지는 수가 있어 언어의 규범성에 흠집을
낸다. '비복', '연놈', '자웅'은 앞의 규칙에서 벗어났으며, '사활'이
나 '손익계산서'도 눈을 치뜨고 보면 앞뒤가 거꾸로 되었다는 것을 알
수 있다. 여기엔 그 나름대로 연유가 있긴 하지만, 어순에 변동이 일어
나 의사소통에 금이 가게 된 것만은 틀림없다.

　그리고 관용표현과 반어법 나아가 은유 활용 방식은 언어생활에 수
많은 불규칙성을 초래하지만, 숱한 변형마저 끌어안고 가는 언어의 포
용성을 실감하게 한다. 그리하여 눈 밝은 언중은 골프공이 날아가는 걸
보며 '구도'가 아니라 "탄도가 높다."라고 한다든지, '작은 거인', '하
얀 그림자', "문 닫고 들어와." 따위를 언어가 살아 숨 쉰다고 여겨 뿌
듯하게 여기지만, 어떤 언중은 도저히 국어라고 받아들일 수 없는 표
현이 도처에서 사용되는 것이 참으로 희한하다며 개탄을 금치 못할지
도 모른다.

6.

　시인은 엉뚱한 단어를 문법에 어긋나는 자리에 집어넣어, 감상하는
사람을 어리둥절하게 하는 일을 서슴지 않는다. 그리하여 시에는 여느
사람이 보면 뚱딴지 같은 표현과 어석버석한 형식이 마구 얽혀 있어 도
저히 얼렁뚱땅 넘어갈 수 없도록 독자를 옭아매는 것 같은 빡빡하고 골
치 아픈 작품이 수두룩하다.

　그러나 나는 때때로 의미와 형식이 아주 단순한 시를 좋아한다. 비
록 엉성하고 헐렁한 듯한 우리말로 조곤조곤 써 내려간 시를 읽다 보
면 저절로 마음이 맑아지고, 신선한 기운이 온몸을 감돈다. 요사이 초
등학교 3학년 김성현 어린이가 쓴 '사는 게 좋다'가 내 손과 눈에서 떠

날 줄을 모른다.

　　나는 사는 게 좋다
　　나는 사는 게 행복하다

　　나는 크리스마스가 있어서 사는 게 좋다
　　나는 생일이 있어서 사는 게 좋다
　　나는 방학이 있어서 사는 게 좋다
　　나는 멋진 피아노를 칠 수 있어서 사는 게 좋다
　　나는 해외여행을 갈 수 있어서 사는 게 좋다
　　나는 창체 시간이 있어서 사는 게 좋다
　　나는 항상 하느님과 함께 있어서 사는 게 좋다

　　사는 데에는 안 좋은 일도 있지만
　　사는 데에는 좋은 일도 많다

　　그래서 나는 사는 게 좋다

반대말, 단순하지 않다

1.

    (1) 내려갈 때
       보았네
       올라갈 때
       보지 못한
       그 꽃

누구나 다 아는 고은 선생의 '그 꽃'이다. 이 시는 무엇보다도 짧은 게 일품이다. 물론 이 시보다 더 짧은 시도 있긴 하다. "내 귀는 소라껍질, 파도소리를 그리워한다."도 아주 짧고, 이보다 더 짧은 '뱀'이란 시도 있다. 장난기가 발동하여 지은 것 같은 그 시는 딱 한 줄이다. "너무 길다."

그러나 '그 꽃'은 짧다고 해서 널리 사랑받는 시가 아니다. 다섯 줄밖에 안 되지만, 그 안에 인생의 깊은 뜻이 가득 담겨 있기에, 속으로 찬탄하며 또다시 읊조리게 되는 듯하다. 이 시는 올라갈 때 보지 못한 그 꽃을 내려갈 때 보았다는 사실을 적은 것이다. 그렇지만 이 시는 결코 그러한 사실만을 기술한 것이 아니다. 올라가는 것만이 진리이고 좋은 일이며 아름다운 것이라고 찬양하는 이 세상에서 수많은 사람들이 놓치고 있는 또 다른 진·선·미를 내려가면서야 발견하게 된다는 심오한 의미를 이 시는 품고 있다.

다시 말해서 오직 더 잘 살고, 돈 더 많이 벌고, 더 높이 승진하고, 더 건강하고, 더 잘 생기고, 더 명예롭고, 더 권세 있는 것만을 목표로 삼아 끊임없이 올라가면서 진정으로 맛보지 못한 것을 내려가면서 깨닫게 되었다는 점을 시인은 토로하고 있다. 즉 푯대만을 바라보며 치닫고, 승리를 쟁취하기 위해 주변 사람을 백안시하고, 자신이 바라는 희망에 부풀어 만사를 제쳤던 이들이 비로소 정점에서 내려오면서 내가 누구인가를 진정으로 찾고, 이웃을 사랑의 눈으로 바라보며, 자연을 한껏 애틋하게 여기고, 창조주의 음성에 귀를 기울이게 된다는 것을 고은 선생은 넌지시 일러 준다.

부연하자면 좌절의 순간, 절망의 나락, 패배의 언저리, 쇠락의 자락, 실패의 늪에서 인생의 여유, 내려놓는 마음, 비우는 자세, 너그러운 품성을 지닐 때 그제서야 삶이 아름다워진다는 참된 깨달음을 '그 꽃'은 우리에게 안겨 준다. 그러니 이 시야말로 스님들이 용맹정진한 결과로 도가 무엇인지 스스로 깨닫고 짧막한 노래를 남겨 놓은 것처럼, 감히 고은 선사의 오도송이라고 해도 과언이 아닐 것이다.

그런데 이 시에서 그러한 대조효과를 불러일으키는 것은 '보았네'와 '보지 못한' 이란 구절이다. 긍정인 '보았네'와 그것의 능력부정인 '보지 못한' 이 아주 가까이에서 등장하여 대립상황을 잘 표출하였다. 그뿐 아니라 단어의 의미가 정반대인 '올라갈'과 '내려갈'은 이 시에서 그야말로 백미에 해당된다. 다름 아니라 두 단어가 반대말이기 때문에 상승과 하강의 극명한 대비효과를 빚어낸 것이다.

2.

나는 어릴 적 전과를 가지고 다녔다. 모든 과목의 참고 내용이 책 한 권에 다 실려 있는 게 전과였다. 그 안에 있는 국어 과목을 펼쳐 보면 오른쪽 귀퉁이나 아래쪽 자투리 구석에 여지없이 비슷한 말, 반대말이 놓여 있었다. 그러니까 ‘아버지’의 비슷한 말은 ‘부친’이고, ‘어머니’의 비슷한 말은 ‘모친’이며, ‘부모’의 비슷한 말은 ‘양친’이고, ‘자식’의 비슷한 말은 ‘자녀’라는 식으로 작은 글씨로 빼곡히 적혀 있었다. 그리고 반대말을 가리키는 곳에는 ‘아버지’의 반대말은 ‘어머니’이고, ‘아들’의 반대말은 ‘딸’이며, ‘부모’의 반대말은 ‘자식’이라며, 단어마다 반대말이 하나씩 자리를 잡고 있었다.

우리가 모든 것을 딱 두 가지로 나누어 보게 된 것은 어쩌면 전과 세대가 지닌 숙명인지도 모른다. ‘남자’의 반대가 ‘여자’이고, ‘동쪽’의 반대가 ‘서쪽’이며, ‘앞’의 반대가 ‘뒤’이고, ‘낮’의 반대가 ‘밤’이라고 배워 왔으니, 세계를 보는 눈이 이분법적으로 고착화된 것이 아닌가 한다. 게다가 사람의 모습을 대충 뜯어 봐도 대칭이고, 많은 동물들을 자세히 들여다 봐도 좌우대칭이 아닌 것이 드물다 보니, 반대의 개념이 더욱 굳건히 우리의 의식을 지배했을 수도 있다. 그뿐만 아니라 사람들이 지어 놓은 집이나 학교, 관공서 등의 모양이 좌우대칭인 것이 적잖으며, 어릴 적부터 쓰던 젓가락, 숟가락을 비롯하여 그릇이며, 농기구, 가구, 서적 등이 대부분 양쪽이 비슷하다. 그리고 보니 죽어서도 봉분이 대칭이고, 그 앞에 있는 석물까지 재료며 모양이며 크기가 왼편과 오른편이 너무나도 유사하다. 이렇게 거의 모든 것을 두 가지로 나누어 보다 보니 생각과 사상, 이념에서도 이분법적 사고가 그대로 반영되었다. 즉 ‘민주주의’의 반대는 ‘공산주의’이고, ‘진보주의’의 반대는 ‘보수주의’이며, ‘친미’의 반대는 ‘반미’이고, ‘좌파’의 반대는 ‘우파’이며, 급기야는 ‘빨갱이’의 반대는 ‘골통’이 되고 말았다.

　사실상 반대말은 기본적으로 대립하는 두 단어가 한 쌍을 이루어 등장하는 경우가 태반이다. 그런데 이러한 반의어도 자세히 보면 양상이 모두 똑같지는 않다. 일례로 ‘죽다’의 반의어는 ‘살다’이고, ‘크다’의 반대말은 ‘작다’이다. 그러나 앞의 쌍과 뒤의 쌍은 결코 동일한 특색을 보이지 않는다.

　먼저 ‘죽다’와 ‘살다’를 살펴 보자. ‘죽다’를 부정하면 ‘살다’이고, ‘살다’를 부정하면 ‘죽다’이다. 즉 두 단어에서 한 쪽의 긍정은 다른 쪽의 부정과 동일하다. 그뿐만 아니다. 두 어휘항목을 동시에 긍정하거나 부정하게 되면 말이 안 된다. 예를 들어 “영수는 죽어 있고 살아 있다.”나 “영수는 살지도 죽지도 않았다.”는 모순된 문장이 되어 버린다. 또한 정도를 나타내는 말로 꾸밀 수가 없다. 즉 사실을 말할 때 “조금 죽었다.”나 “매우 살았다.”는 있을 수 없는 문장이다. 그런가 하면 비교하는 표현도 안 된다. 곧 “영수는 영희보다 덜 죽었다.”거나 “영수는 영희보다 더 살아 있다.”는 우리가 쓸 수 없다. 그뿐 아니라 평가의 기준이 절대적이다. 이를테면 ‘살다’와 ‘죽다’의 대립은 어느 시대 어느 사회에서도 뚜렷이 구별되는 보편적 사실이다. 살아 있느냐, 죽었느냐 하는 문제는 가치면에서 누구나 분명히 구분지을 수 있는 말이다. 이렇게 중간 단계가 없이 이것과 저것으로 분명하게 가를 수 있는 반의어를 상보반의어라고 한다.

　물론 여기서 시비를 붙으려 하는 이가 있을지 모른다. 식물인간을 들먹이며 생사유무를 딱 잘라서 얘기할 수 없는 경우도 얼마든지 존재하며, 숨을 쉬지 않아도 목숨이 끊긴 것이 아니라며 삶과 죽음의 중간 영역이 자리하고 있다고 강변할지도 알 수 없다. 더욱이 아이들 놀이에서 발이 금을 넘어가면 죽은 것이고 금 안에 있으면 산 것이지만, 금을 넘어가긴 해도 발이 아직 땅에 닿지 않고 공중에 떠 있을 때는 살지도 죽지도 않은 것이라고 우길 수도 있다. 그리고 대학입시에서 이전에는 '합격하다'와 '불합격하다'가 차원이 다른 것으로 상보반의어의 전형적인 예가 되었지만, 지금은 대기자명단의 순위로 보아 '합격하다'와 '불합격하다'의 중간 상태가 있다고 트집을 잡을 수도 있다. 그러나 그것들은 일상생활에서의 견강부회이고, 언어상으로는 명확히 구별되는 상보반의어에 해당한다. 노벨물리학상을 받은 닐스 보어는 "반대는 상보적이다."라는 명제를 설명할 때 태극문양을 끌어다 썼다. 위와 아래가 모양이 같지만 다르고, 붉은 색과 파란 색 중간에 아무것도 없으며, 두 개의 크기가 동일하다는 점에서, 그의 착상은 상보반의어의 정수를 꿰뚫은 것이었다.

그러면 상보반의어와 차별되는 '크다'와 '작다' 류에는 어떤 특징이 있는가? 무엇보다도 이런 반의어들은 중립 지역이 존재한다. 그렇기 때문에 한 단어를 부정하면 곧 반의어가 되지 않는다. 즉 '크지 않다'가 곧 '작다'가 아니며, '작지 않다'가 '크다'와 유의어가 안 된다. 또한 양쪽을 부정해도 좋은 문장이 된다. 즉 "영수는 크지도 작지도 않다."는 문장으로서 손색이 없다. 또한 정도어로 수식하거나 비교표현을 쓰는 것도 문제가 없다. 예로써 "영수는 매우 작다."나 "영수는 철수보다 크다."도 누구나 쓸 수 있는 괜찮은 말이다. 뿐만 아니라 평가의 기준이 언제나 절대적이지 않다. "영희는 예쁘다."가 영희는 이 세상에 사는 누가 보아도 예쁘다는 뜻은 아니다. 즉 가치판단이 주관적이고 상대적이라는 것이다. 또 다른 예로 "영수는 키가 작다."라는 문장은 농구감독과 코치의 대화에서는 영수가 비록 키가 185cm이지만 '키가 작다'로 언급될 수 있다는 말이다.

이런 반의어들과는 달리 방향반의어도 있다. '위·아래', '오른손·왼손', '앞·뒤' 따위가 전형적인데, 이들 외에도 '출발·도착', '볼록거울·오목거울', '들어가다·나오다', '남편·아내', '스승·제자', '주다·받다' 등도 구체적이든 추상적이든 방향설정에 따른 반의어로 간주될 수 있다. 그리고 이런 반의어 중 일부는 한 쪽이 다른 쪽에 비해 평가 면에서 우월한 지위를 누리기도 한다. 예를 들어 때때로 가치 면에서 '위'는 '아래'보다 대접받는 단어이며, '오른손'이 '왼손'보다 옳고 바른 손으로 평가되며, '앞'이 '뒤'보다 한결 나은 낱말로 인정을 받는다.

3.

나는 대학원에 입학하여 지도교수를 만나게 되었다. 그분께서는 대뜸 나에게 영어책을 한 권 건네며 읽어 보기를 권했다. 그 책의 제목은 『반대말』이었다. 저자는 아래에 있는 (2ㄱ)과 같은 도형 하나를 그려 놓고 그것의 반대 모형이 어떤 것인지 생각해 보도록 독자를 부추겼다. 나는 우선 (2ㄴ)을 생각하였다. (2ㄱ)이 오른쪽으로 화살이 나가는 것이라면 반대는 화살표지가 왼쪽으로 나가는 것을 먼저 상정하였다. 그러나 좀 더 궁리해 보니 그것만이 반대가 되는 게 아니었다. 화살이 오른쪽으로 나간 것이라면 안으로 화살이 들어오는 (2ㄷ)도 얼마든지 반대가 될 수 있는 상황이었다. 그뿐만이 아니었다. (2ㄱ)에서 화살이 원에서 반듯하게 나가는 것이라면 (2ㄹ)과 같이 꾸불꾸불 나아가는 것도 반대가 되는 데 아무런 문제가 없었다. 나아가 지금까지는 화살에만 신경을 써서 반대를 숙고하였는데, 바탕을 눈여겨 보면 그 동안 원이었던 것이 네모인 (2ㅁ)이나 세모 또는 원이 아닌 다른 모형으로 바뀌면, 반대가 훌륭하게 성립된다는 것도 인지할 수 있었다.

(2)

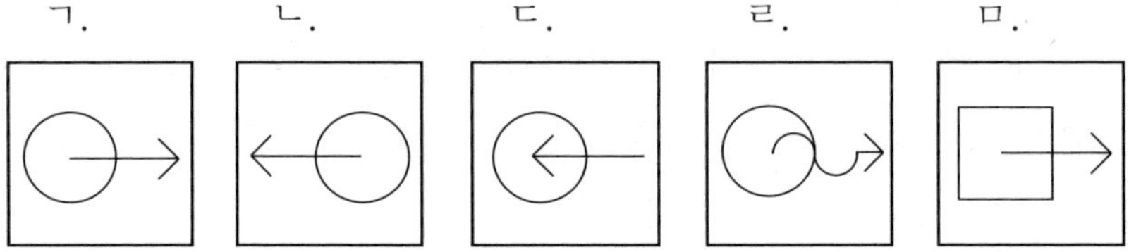

ㄱ.　　　　ㄴ.　　　　ㄷ.　　　　ㄹ.　　　　ㅁ.

이렇게 그간 반대는 한 쌍에 불과하다고 여겼던 것이 얼마나 속좁고 편협된 것이었는가를 인식하며, 나는 반의어의 폭을 넓혀 가게 되었다. 여기에 또 다른 결정적인 기여를 한 것이 한승원이 쓴 소설 『아버지와 아들』이었다. 한승원은 뛰어난 작가이다. 그 소설가의 피를 이어받은 딸 한강이 『채식주의자』를 발표하여 세계에서 가장 유명한 출판상을 받은 것은 웬만한 사람이면 다 알고 있는 얘기이다.

그런데 지금 내가 언급하고자 하는 소설의 제목은 '아버지와 딸'이 아니라 '아버지와 아들'이다. 오래 전에 읽은 작품이라 기억이 다소 희미하긴 하나 대충 이런 이야기가 담겨 있는 소설이다. 어느 아버지가 공부를 아주 잘 하는 아들을 두었다. 아버지의 아들에 대한 기대는 크다면 크고 소박하다면 소박한 것이었다. 왜냐하면 아들은 얼마든지 아버지의 기대를 충족할 수 있을 정도로 똑똑했기 때문이다. 아들은 아버지의 소망대로 서울에 있는 명문대학교 법대에 들어갔다. 이제 아버지의 바람은 거의 다 이루어진 것이나 진배없었다. 졸업과 동시에 판·검사가 되어 명성을 얻고, 부유하고 기품있는 집안의 규수를 얻어 손주를 보고 싶은 열망은 모두 다 성취되는 듯싶었다.

그러나 사법고시를 준비해야 할 아들은 어느 날부터 가난하고 힘없는 사람들의 삶에 눈을 돌렸다. 그는 도시 노동자의 궁핍한 생활이 눈에 밟혔다. 그리하여 노사관계에 대해 연구하고, 동료들과 토론하며, 마침내는 위장취업자가 되어 노동운동에 적극적으로 뛰어들었다. 그리고 동료로서 노동운동에 매진하는 여자 친구와 생활비를 아끼기 위해 같은 방에서 함께 지냈다. 그러던 어느 날 아들이 고시공부에 정진하고 있을 것으로 여기고 상경한 아버지는 못 볼 꼴을 다 보고 아들과 혈전을 벌인다. 나 혼자 잘 살면 무슨 소용이 있느냐며 대드는 아들과 사사건건 대립각을 세우는 아버지, 그들의 심각한 싸움은 극으로 치닫는다.

이 소설을 읽은 독자들은 '아버지'의 반대말이 무엇이냐고 묻는다면 서슴없이 '아들'이라고 답할 것이다. 그간 '아버지'의 반의어는 '어머니'라고 의심없이 믿었던 언중이 '아버지'의 대립어가 '아들'로 바뀌는 상황이 순식간에 연출된 것이다.

이와 같이 반의어는 다만 한 단어뿐이라는 편견에 젖어 있던 사람들이 일순간에 또 다른 단어가 반대말이 될 수 있음을 알게 된 것은 반의어의 성립 요건이 결코 고착되어 있는 것이 아니라는 사실에서 비롯된 것이다. 다른 예에서도 이런 사실은 분명하게 드러난다. 이번에도 이야기의 끝에서 '아버지'의 반대말이 무엇이냐는 질문이 이어진다.

(3) 넓고 넓은 바닷가에 오막살이 집 한 채
　　고기 잡는 아버지와 철 모르는 딸 있네.
　　내 사랑아 내 사랑아 나의 사랑 크레멘타인
　　늙은 아비 혼자 두고 영영 어디 갔느냐.

(3)은 많은 사람들이 잘 알고 있는 노래이다. 이 노래는 본래 미국에서 서부 개척시대에 금광을 찾으려는 사람들이 서쪽으로 서쪽으로 이동하며 즐겨 불렀다고 한다. 지금 우리가 아는 가사는 원곡에 있는 노래말과는 전혀 관련이 없는 것으로, 바닷가 작은 집에 함께 살던 아버지를

두고 멀리 떠난 딸 크레멘타인을 그리워하는 내용으로 탈바꿈하였다.

어쨌든 우리는 어느 날 이 노래를 배우고 있는 초등학교의 어느 교실을 그려볼 수 있을 것이다. 학생들이 피아노나 오르간에 맞추어 이 음악을 여러 번 따라한 뒤 드디어 음정과 박자, 가사를 처음부터 끝까지 틀리지 않고 유창하게 부르며 수업 시간이 거의 끝나 갈 때가 되었다고 상정해 보자. 수업 종료 전 지도교사가 '아버지'의 반대말이 무엇이냐고 학동들에게 물으면 과연 무엇이라고 대답하겠는가? 열이면 열, 다 '딸'이라고 답할 것이다.

여기에서 우리는 매우 중요한 사실을 발견하게 된다. 반의어의 성립 요건에 꼭 필요한 것은 언중의 의식이라는 것이다. 어떤 환경에 놓인 사람들이 이구동성으로 어떤 단어의 반대말은 바로 이 단어라고 지시하면 그것으로 반의어는 성립한다는 것이다. 물론 그 이전에 반의어는 동일한 범주에 속해야 한다는 것은 전제된다. 즉 반의어를 이루는 단어들은 그 상위 단계에서는 같은 범주를 지칭하는 단어를 쉽사리 찾아낼 수 있어야 한다. 그리고 또 다른 요건으로 반의어를 이루는 반의어 쌍의 의미는 대립적이어야 하며, 대립어의 지시 영역이 거의 동일해야 한다.

이러한 반의어의 성립 조건을 고려할 때 일반적으로 '아버지'의 반대말이 '어머니'라고 하는 것은 두 단어가 '부모'의 영역에 속하고 의미가 [+남자]와 [-남자]로 변별되며, '아버지'와 '어머니'의 의미영역이 거의 동일하기 때문에 가능한 것이다. 이와 같이 '아버지'와 '아들'도 '부자'라는 상위어가 존재하며, 둘 다 남자라는 범주에서 동일하지만, '세대'라는 중요 변수에서 확연한 차이를 보이기에 반의어가 될 수 있다. 그뿐 아니라 '크레멘타인'에서 '아버지'와 '딸'도 '부녀'라는 상위어가 존립하고, 서로가 유일한 가족이라는 면에서 동일한 범주에 속해 있지만, 떠나간 '딸'과 남겨진 '아버지'라는 면에서 대립 의미를 보이므로 반의어로 간주될 수 있는 것이다.

4.

한편 반의어에는 등급반의어가 있다. 이 반의어는 반의어를 이루는 쌍이 하나가 아니고 동시에 여러 단어들이 반의어가 될 수 있는 특성이 있다. 즉 요일을 가리키는 '월·화·수·목·금·토·일' 요일은 등급 반의어의 대표적인 예이다. 성직자들에겐 '일요일'의 반대가 '월요일'이 될 수 있다. 왜냐하면 대부분의 성직자는 일요일엔 성무를 집행하느라 바쁘지만 월요일엔 쉬기 때문이다. 또한 월요일의 반대가 모든 요일이 될 수도 있다. 곧 월요일이 휴일이라면 나머지 요일엔 성직의 고유 업무를 수행하기 때문이다. 다른 예로 산업훈장을 지칭하는 말에 '금탑·은탑·동탑·석탑·철탑' 산업훈장이 있는데, 이 경우 '금탑 산업훈장'의 반대말이 '철탑 산업훈장'이 될 수도 있고 적절한 비교사항이 있으면 나머지와도 곧잘 대립관계를 형성하기도 한다. 또한 '육군'의 반대가 '해군', '공군', '해병대'가 될 수도 있고, 나머지 단어들도 견주는 잣대에 따라 또 다른 단어들과 반의관계를 맺을 수 있다.

이와는 달리 단어들이 다의어나 동음어를 형성하기 때문에 반의어가 여러 가지로 나타나는 경우도 있다. (4)의 '서다'와 '뜨다'는 다의어와 동음어가 꽤 많이 있다. 그리하여 (4ㄱ)에서 '체면이 서다'의 반대는 '체면이 깎이다'이고, 심지어는 노름판에서 계속 돈을 거는 것이 '서다'이고, 상대편 패에 눌리는 듯하여 그만 서는 것이 '죽다'이다. 또한 (4ㄴ)에서 행동이 느린 것이 '뜨다'라면 그 반대는 '빠르다'이고, '자리를 뜨다'의 반대 표현은 '자리에 머물다'가 된다.

(4)

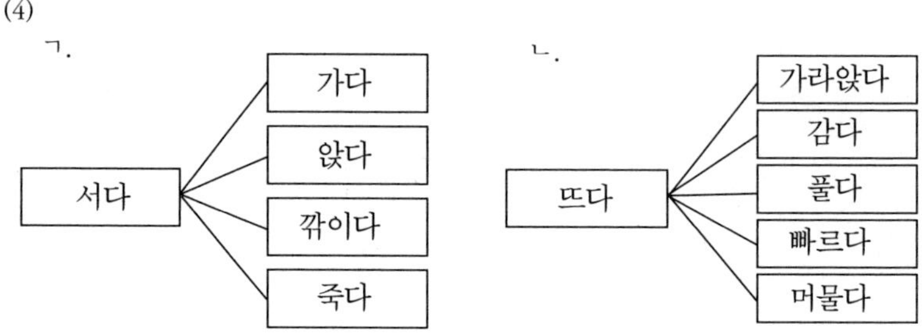

5.

　어떤 학자가 단어의 연상어를 연구한 적이 있다. 즉 '아버지'라는 단어를 들으면 가장 먼저 떠오르는 낱말이 무엇인지를 조사하였다. 그 결과 '주먹', '돈', '사랑', '백발', '죽음', '자전거' 등이 등장하였는데, 그런 단어들보다 '어머니'가 제일 우위를 차지하였다. 그 연구자는 이 외에도 여러 단어의 연상어를 실험하였는데, 연상어의 무려 20%가 반의어라는 사실을 밝혀 냈다. 이와 같이 반대말은 언어 생활에서 지대한 역할을 한다.

　게다가 관습적으로 사용하는 반의어에서 한 걸음 더 나아가 우리는 가끔씩 색다른 잣대를 들이대어 반대말을 만들어 의미를 돋보이게 하려고 애를 쓰기도 한다. 곧 '사랑'의 반대가 '미움'이 아니라 '무관심'이고, '웃음'의 반대가 '울음'이 아니라 '비웃음'이며, '행복'의 반대가 '불행'이 아니라 '끝없는 욕망'이고, '말하다'의 반대가 '침묵하다'가 아니라 '기다리다'라며 의미를 부여한다. 이런 관점에서 한용운의 시 '사랑하는 까닭'의 마지막 연에서 '건강'의 반대가 '허약'이나 '병약', '병환'이 아니라 '죽음'으로 자리매김한 것이나 정희성의 시 '시인본색'에서 '학'과 '닭'이 반의어로 나란히 자리잡고 있는 것은 반의

어의 품을 넉넉하게 잡은 결과이다. 이렇게 보면 시인은 여느 사람들과는
달리 비슷한 말의 폭을 넓히는 귀재이고 반대말의 영역을 확장하는 천재
라고 말해도 무방할 것이다.

(5) 내가 당신을 기다리는 것은 까닭이 없는 것이 아닙니다. 다른 사람들은 나의
건강만을 사랑하지마는 당신은 나의 죽음도 사랑하는 까닭입니다.

(6) 누가 듣기 좋은 말을 헌답시고 저런 학 같은 시인하고 살면 사는 게 다 시가
아니겠냐고 이 말 듣고 속이 불편해진 마누라가 그 자리에서 내색은 못하고 집에
돌아와 혼자 구시렁거리는데 학 좋아하네 지가 살아봤냐고 학은 무슨 학 닭이다
닭 닭 중에도 오골계 烏骨鷄!

뜻이 똑같은 말, 없다

1.

우리는 어릴 적 전과라는 책을 끼고 살았다. 전과에서는 아마도 '국어'가 차지하는 비중이 가장 컸고 국어 과목의 오른쪽이나 아래 자투리에는 여지없이 '비슷한 말', '반대말'이 실려 있었던 것이 유독 기억이 난다.

그런데 왜 '같은 말'이라고 하지 않고 '비슷한 말'이라고 했을까. 초등학생 때는 생각해 보지도 않다가 나이가 들어 슬슬 궁금증이 일기 시작했다. 정말 세상엔 뜻이 비슷한 말만 있고 뜻이 같은 말은 없는 것일까 하고 곰곰이 생각하면서 나는 '아버지'와 '부친'을 견주어 보게 되었다. "아버지, 돈 좀 주세요."와 "부친, 돈 좀 주세요."를 비교해 보면 앞문장은 우리말이라면 뒷문장은 우리말이 아닌 게 분명하다. 따라서 '아버지'와 '부친'은 어느 경우에나 서로 넘나들 수 있는 말이 아니기 때문에 의미가 동일하지 않은 단어들이다.

'틈'과 '겨를' 그리고 '짬'도 같은 뜻을 지녔는지 그렇지 않은지를 살펴보는 데 시금석이 될 만한 어휘이다. 이 낱말들이 어떤 문장에서도 똑같은 자리에 바꾸어 쓸 수 있으면 동의어가 되지만, 이들은 같은 문장에서 다 함께 쓰일 수가 없다. 일례로 "나는 쉴 틈이 없다."와 "나는 쉴 겨를이 없다.", "나는 쉴 짬이 없다."라는 문장에서 이 단어들은 같은 자리에 교체되어 사용될 수 있는 까닭에 얼핏 보면 같은 의미를 지닌 동의어라고 여길지 모른다. 왜냐하면 이 단어들은 모두 다 '어떤 행동을 할 만한 짧은 시간'을 뜻하기 때문이다.

그러나 "그와 나 사이에 틈이 벌어졌다."는 올바른 문장이지만 "그와 나 사이에 겨를이 벌어졌다."나 "그와 나 사이에 짬이 벌어졌다."는 올바른 문장이 아니다. 즉 '벌어져 사이가 난 자리'를 가리킬 때는 '틈'만 알맞고 나머지 두 가지는 맞지 않다. 다시 말해서 시간적으로 '벌어진 사이'에는 세 단어가 똑같이 쓰여 동의어인 듯하지만 공간적으로 '벌어진 사이'를 일컬을 때는 '틈'만 제 기량을 발휘하고 나머지는 곁에 낄 수가 없다.

우리말에 '얼굴'과 맞바꾸어 쓸 수 있는 말에 '낯'이 있다. '얼굴빛'이나 '낯빛'이 있고 "얼굴이 익다."와 "낯이 익다."가 있어 금세 똑같은 말로 판가름 날 듯하다. 그러나 '얼굴 모양'은 있어도 '낯 모양'은 없고 '얼굴 생김새'는 있어도 '낯 생김새'는 없으며, '얼굴색'은 있지만 '낯색'은 없는 것으로 보아 두 단어가 온전히 똑같은 말이 아님을 알 수 있다. 게다가 '얼굴짝'은 없고 '낯짝'은 있는 것으로 보아 '얼굴'보다는 '낯'의 의미가 한 단계 아래 놓여 있는 것같이 보이기까지 한다.

그런데 '낯'과 더불어 '면상'이란 말이 '얼굴'을 가리키는 말로 사용되기도 한다. 이 경우 '면상'은 '얼굴 위나 얼굴 바닥'을 일컫는 것으로 보이는데, 흔히 "얼굴을 때리다."는 뜻으로 "면상을 까다."가 쓰이는 것을 보면 비록 한자어라도 고유어보다 가치가 하락되어 언중 속에 떠다니는 것 같다.

이 밖에도 '쪽'이란 단어도 있다. "쪽 팔리다.", "쪽수가 모자라다."와 같은 문장에서 쉽사리 눈에 띄는 것으로 보아 '쪽'은 '얼굴'을 아주 낮추어 부르는 말로 자리잡고 있는 것이 확실하다.

그러면 '얼굴'보다 격이 떨어지는 단어만 있고 그것과 맞먹거나 더 나은 뜻으로 쓰이는 낱말은 없는 것인가? 이쯤해서 '안면'이란 말을 떠올리는 이들이 적지 않을 것이다. 그렇지만 그 단어도 '얼굴'과 터놓고 지낼 수 있는 사이는 아니다. "안면을 트다."와 "안면이 있다."는 좋은 문장이지만 "얼굴을 트다."나 "얼굴이 있다."는 무슨 뜻인지는 대충 짐작할 수 있지만 정확한 국어는 아니다.

20대 초반에 나는 괴짜 문인인 이상의 작품들을 읽고 있었다. 그런데 어느 날 친구가 경영하는 서점에 갔다가 서가의 맨 꼭대기에서 먼지를 뒤집어쓰고 있는 책을 한 권 발견했다. 멀리서 봐도 그것은 국어사전이었다. 나는 책방 주인인 벗에게 그 사전을 내려 달라고 부탁하였고 책을 펴 보자마자 사기로 마음먹었다. 왜냐하면 정가를 표시해 둔 곳에 '800원'이라고 적혀 있었기 때문이었다. 아무리 옛날에 간행된 책이라고 해도 사전 한 권을 어찌 800원에 살 수 있단 말인가?

당시에는 책 뒤에 있는 원래 가격표란에 딱지를 덧붙여 놓는 게 다반사였다. 즉 책값이 본래 1,000원이었다면 몇 년이 지나 그 위에 '1,500원'이 적힌 정가표를 붙여 책값을 올려 받는 게 아무렇지도 않던 때였다. 그러니까 책방 주인인 동창은 그 가격표를 수도 없이 고쳐 붙여 몇 천 원이나 몇 만원으로 책값을 다시 매겼어야 했는데 그러지를 못했다.

어쨌든 나는 그 사전을 아주 헐값에 사 와 당시 내가 읽고 있었던 이상의 '날개' 뒷부분에 나오는 단어의 뜻을 살펴보고자 하였다. 그 단어는 '오정'이었다. 사전을 뒤적여 '오정'을 찾으니 그 뜻인 '낮 12시'란 말은 없고 '정오'를 보라고 하였다. 그래서 다시 '정오'를 가 보니 역시 뜻은 새겨 있지 않고 '오정'을 보라고 하였다.

그때에 나는 싼 게 비지떡이라는 옛말을 실감했고 그 사전을 곧장 쓰레기통에 버렸다. 그런데 아직까지도 딱 한 가지는 또렷하게 남아 있는데, 그것은 다름 아니라 우리말에 동의어가 있다면 그 사전편찬가가 마련해 둔 '정오'와 '오정'이 아닐까 하는 생각이었다.

우리말에 '빨리 가다'의 의미를 지닌 말에 '달리다'와 '뛰다'가 있다. "영수가 잘 달린다."와 "영수가 잘 뛴다."에서 보듯이 둘은 동일한 문장에서 바뀌어 쓰일 수 있어 대뜸 동의어로 간주할 수 있을 것처럼 보인다. 그런데 "KTX가 잘 달린다."는 되는데 "KTX가 잘 뛴다."는 안 된다. 이에 견주어 "그 말은 잘 달린다."와 "그 말은 잘 뛴다."는 올바른 문장이다.

그러면 이런 현상은 왜 일어날까? '달리다'와 '뛰다'는 '빨리 가다'라는 면에서는 일치하지만 '달리다'는 뛰는 주체가 지면에서 벗어나지 않고 앞으로 빨리 갈 때 쓰이고, '뛰다'는 달리는 대상이 지면에서 주기적으로 벗어나 앞으로 빨리 갈 때 사용된다. 즉 후자는 수직 운동을 상정하지만 전자는 절대로 그것을 고려해서는 안 된다. 그렇기 때문에 "물가가 너무 뛰었다."는 좋은 문장이지만 "물가가 너무 달렸다."는 있을 수 없는 문장이 되고 만다.

또한 "인생길을 평탄하게 달려 왔어."와 "인생길을 평탄하게 뛰어 왔어."를 비교해 보면 앞의 문장은 뒤의 문장에 비해 화자의 육체적 운동이 강렬하지 않을 때도 쓰일 수 있지만, 후자는 화자의 육체적 운동의 비중이 전자에 비해 훨씬 높다. 다시 말해서 전자는 화자가 직접 운동하지 않고 다른 탈 것에 의지하여 현지에 도달했을 경우에도 사용될 수 있지만, 후자는 본인의 육체 운동만으로 도착 지점에 이르렀을 때에만 쓰일 수 있다.

‘남한, 남쪽, 남측’과 ‘북한, 북쪽, 북측’은 한 무리를 이루어 함께 쓰이고 있는 말이다. 그러나 대립하는 세 쌍은 각기 제 영역을 유지하여 다른 단어들과 자유롭게 넘나들어 쓰이지를 못한다. ‘남한’과 ‘북한’은 ‘한국’이란 단어를 감안하여 각각 남쪽과 북쪽에 자리 잡고 있는 나라를 일컬을 때 사용되고 있다. 물론 일반 언중에서만 그렇게 불리우고 공식적인 곳에서는 나타나지 않는다. 왜냐하면 우리나라는 ‘한국’이나 ‘대한민국’이 공식 국가 이름이고, 북쪽은 흔히 줄여서 부르는 국명이 ‘조선’이기 때문이다.

그러면 ‘남쪽’과 ‘남측’은 동의어인가? 전자는 체제를 중요시하지 않고 단순히 방향이 남쪽에 있는 나라를 일컫고, 후자는 체제를 중시하고 국가를 인정하여 남쪽에 자리 잡고 있는 정부를 지칭한다. 따라서 “북쪽에서 쳐들어왔다.”와 ‘북측 고위급 인사’라는 말은 부드럽지만 “북측에서 쳐들어왔다.”와 ‘북쪽 고위급 인사’는 그렇게 매끄럽게 들리지 않는다. 그러므로 ‘남한, 남쪽, 남측’과 ‘북한, 북쪽, 북측’은 한반도의 남반부와 북반부에 위치하고 있는 나라라는 점에서 넓게 보면 유의어로 처리될 수 있겠지만, 좁게 보면 유의어로서의 지위를 부여하기가 그리 만만하지 않다.

위와 매우 비슷하지만 다른 말에 ‘이북’과 ‘이남’이 있다. 이 단어들은 요즘 젊은이들에게 매우 낯설지만 나이가 든 사람들 사이에선 아무렇지도 않게 오고 가는 말이다. 그것은 이 어휘가 북위 38°선을 기점으로 하여 그 북쪽이냐 남쪽이냐에 따라 과거에 쓰였던 단어이기 때문이다. 따라서 휴전선을 가운데 놓고 북쪽과 남쪽을 구분하는 것과는 다른 차원의 용어인지라 요즈음의 사람들에겐 매우 생소하게 느껴지는 것이 당연하다.

이와 같이 언뜻 보면 의미가 동일한 것처럼 보이는 단어들이 속으로 들어가 잘 살펴보면 뜻이 다른 경우가 얼마든지 있다. 그러므로 우리는 동일한 의미를 지닌 단어는 없고 다만 비슷한 의미를 띤 낱말만 존재할 뿐이라고 판단한다. 그리하여 앞으로는 '동의어'란 명칭을 폐기하고 '유의어'란 용어를 쓰고자 한다.

2.

그러면 유의어가 생기는 까닭은 과연 무엇일까? 유의어의 생성 원인은 여러 가지가 있으나 그 중 가장 근본적인 것은 우리말이 크게 고유어와 한자어로 이루어져 있기 때문이다. 즉 어느 것을 가리키는 말이 대개 고유어와 한자어로 함께 나타난다. '사람'이 있으면 '인간'이 있고, '부아'가 있으면 '폐'가 있으며, '염통'이 있으면 '심장'이 있고, '키'가 있으면 '신장'이 있다.

그뿐만이 아니다. 여기에 한자어와는 다른 외래어가 등장하여 유의어의 삼중체계가 이루어지는 경우도 있다. 곧 '탈:가면:마스크', '빛깔:색채:칼라', '쪽:면:페이지', '틈:간격:갭', '흐름:추이:트렌드', '끝:종료:휘날레' 등 여러 가지 예가 있다.

나는 한때 체육학과 학생들 실기시험에 감독관으로 일한 적이 있다. 당시에 나는 테니스를 좋아했기 때문에 공을 몇 개씩 쳐 주며 입시생들의 능력을 평가하는 임무를 맡았다. 그런데 하루는 조교인 듯한 녀석이 하얀 가루로 테니스장에 금을 긋고 있는 학생을 향해 이렇게 외치는 것이었다. "너, 라인선줄 똑바로 못 그어!" 우리말이 고유어와 한자어 그리고 외래어로 이루어진 삼겹어임을 절실히 체감한 순간이었다.

유의어가 언제나 이렇게 세 겹만으로 나타나는 것도 아니다. '상점'을 가리키는 단어를 보면 이전엔 '가게'라는 말이 있었다. 여기에 '점방'이나 '전방'이란 한자어가 등장하고 '점포'와 '상점'이란 낱말이

가세하였으며, '상회'가 생겨나더니 기어코 외래어인 '수퍼'나 '슈퍼'가 모습을 드러냈다.

그런데 우리는 이 많은 단어들이 결코 똑같은 뜻을 지닌 것으로 생각하지는 않는다. '가게'는 널판지를 얼기설기 엮거나 종이상자를 엎어 놓고 그 위에 몇 개 되지도 않은 물건을 얹어 놓고 파는 볼품없는 집을 연상하게 한다. 그런가 하면 '상점'이나 '상회'는 그 단계를 훨씬 지나 진열장도 그럴 듯하며 진열품도 다양하고 상품의 품질도 여러 종류가 골고루 갖추어져 있는 듯한 인상을 받는다. 또한 '수퍼'나 '슈퍼'는 한때 동네 구멍가게를 일컫는 말로 전락한 때도 있었지만 지금에선 본래의 의미를 지닌 자리로 돌아와 정말로 규모가 크고 상품이 많으며 질 좋은 물건이 가득한 깨끗한 매장이란 이미지를 갖게 한다. 그렇지만 요사이는 '수퍼마켓'을 제외하고 나머지 이름들은 촌구석에서나 간간이 볼 수 있을 뿐 모두 영어를 앞에 달고 있는 이른바 '편의점'에 밀려 자취를 감추어 가고 있는 형국이다.

유의어를 가장 많이 거느린 어휘 중 하나가 '화장실'을 가리키는 말일 것이다. '똥뒷간'이나 '뒷간'이란 말과 함께 '측간'이 먼 옛날 쓰이다가 음이 조금 변한 말로 '변소'란 단어가 생겨났다. 그 이후 수세식이란 뜻의 영어인 'WC'가 등장하더니 은어로 '나홀로다방'이란 말이 젊은이들 사이에서 통용되다가 이제는 어느 정도 '화장실'이란 말이 보편적으로 쓰이고 있다. 그리고 불가에서는 '근심을 풀어 주는 곳'이란 뜻으로 '해우소'란 낱말이 오랫동안 사용되고 있다.

'화장실'과 관련하여 재미있는 것은 88올림픽 때에 한글이 아니라 남녀가 그려진 그림으로 화장실을 유도하기 시작하던 일이 지금까지 이어지고 있는 것이다. 그리고 그 이후에 'toilet'이라는 단어가 나타났는데, 기실 이 낱말은 영어이긴 하지만 프랑스말에서 빌려온 것으로 소리가 다소 변하여 영어권 사회에서 널리 쓰이다 우리나라에 들어와 자리를 잡은 말이다. 또한 지금은 고급 호텔이나 백화점 등에서 ‘rest room’이 속속 눈에 띄더니 급기야 ‘powder room’까지 출현하였다.

어느 나라나 다 ‘화장실’을 가리키는 말이 진화하는지는 알 수 없지만 필리핀에서는 ‘comfort room’이 모든 단어를 대체하여 쓰이다가 그것도 만족스럽지 못하여 앞글자만 딴 ‘CR’이 고급 필리핀어로 회자된 적이 있는데 최근에는 어떻게 변모하였는지 궁금하다.

이렇게 볼 때 유의어 가운데 고유어는 한자어에 비해 비교적 그 가치가 떨어지는 것으로 평가되고, 한자어보다는 외래어나 외국어가 훨씬 고급스러운 용어인 양 언중들에게 받아들여지고 있는 것 같다. 다만, 은어가 어느 시대 우위를 점했던 것은 매우 이색적인 일이다.

유의어의 생성에 준말과 본딧말이 한몫을 한다. 그런데 단축어와 본유어를 동의어라고 할 수는 없고 유의어로 처리하는 것이 합당하다. 이것은 우리나라를 가리키는 ‘한국’과 ‘대한민국’에서 잘 드러난다.

우리는 흔히 우리나라를 언급할 때 ‘한국’이라고 부른다. 거기엔 특별한 의미를 부여하지 않는다. 그저 ‘한반도의 남쪽에 자리잡고 있는 나라’라는 뜻으로 이 말을 사용한다. 그러니까 거기에 사는 사람을 지칭할 때도 ‘한국인’이라고 하면 그만이다. 그러나 ‘대한민국’이란 말은 단순히 ‘한국’의 원말을 제시하는 말로 그치지 아니한다. 곧 ‘대한민국’이란 단어엔 어엿한 주권 국가로 세계에서 유래 없이 짧은 기간 동안 도움을 받던 국가에서 도움을 주는 국가로 변모하고 있는 경제대국이며, 스포츠에서도 전 세계의 유수한 나라들과 당당히 어깨를 겨루는 막강한 체육강국이고, 문화예술 면에서조차 온 인류를 압도하는 역량 있는 문예선진국이라는 자부심이 서려 있는 듯하다. 그러니까 유명 국제 경기를 할 때마다 아나운서와 해설자가 ‘대한민국’이라고 부르짖고, 화면의 자막에 다른 나라와 견주어 ‘대한민국’이라는 국명이 선명하고, 응원하는 모든 국민이 ‘대한민국’이라고 외치는 것이다.

본딧말이 준말로 줄어들다가 영어의 영향을 받아 아주 간단한 영문 명으로 변모하는 것도 최근 몇 년 간의 두드러진 특징이다. 일례로 '농업협동조합'은 '농협'과 같이 잘 쓰이다 어느 날 영어가 개입하더니 마침내 'NH 농협'으로 탈바꿈하였다. 이것은 아마도 조만간 '농협'을 빼고 'NH'로 굳어지고 말 것이다. 왜냐하면 '포항제철'이 '포철'과 함께 동반 지칭되다가 순식간에 'POSCO'로 갈아 탄 것이나 '국민카드'가 'KB 국민카드'와 잘 어울리다가 'KB 카드'로 옷을 바꿔 입는 것과 같은 길을 걸어갈 것이 뻔하기 때문이다.

우리는 이런 모습을 '럭키금성'이 'LG'로 바뀌고, '선경합섬'이 '선경'을 거쳐 'SK'로 옮겨 가고, '한국담배인삼공사'가 담배에 대한 이미지를 개선하려는 취지에서 'KT&G'로 얼굴 치장을 달리한 것에서도 미루어 짐작할 수 있다. 특히 'KT&G'는 '미래(tomorrow)'와 '전 세계(global)'로 뻗어 가는 '한국(Korea)' 기업임을 표방하며 일대 변신을 도모하였다.

그런데 이전에는 준말을 만드는 데 일정한 틀이 있었던 데 비해 요사이는 마구잡이로 단축어를 빚어낸다. 즉 과거엔 본딧말에서 의미비중이 높은 한자어의 어두를 따서 생략어를 만들었는데 지금은 고유어이든 외래어이든 되는 대로 줄여 써 본딧말이 무엇인지 가늠조차 할 수 없는 때가 많이 있다. '노사모'가 '노무현을 사랑하는 사람들의 모임'의 줄임말인 것은 이미 구시대의 유물이고, '멘탈 붕괴'나 '돌아온 싱글', '생얼굴'이 각각 줄어 '멘붕', '돌싱', '쌩얼'이 되는 시대에 와 있다. 그나마 '소소하지만 확실한 행복'의 준말인 '소확행'이 옛날 방식을 띠고 등장한 최근의 한 예로 거론될 수 있을 따름이다.

이러다 보니 본딧말과 준말은 유의어로서의 자격 조건에 걸맞게 다소의 의미 차이가 나지만 비교적 동질적인 의미를 보유하고 있는 대표적인 유의관계어라고 규정 지을 수 있을 것이다. 다만, 어느 경우엔 본디

말이 무엇인지 모르면서 젊은이들이 함부로 준말을 쓰고 있는 말도 눈에 띄는데 그 중 하나가 '당근이지' 이다. 내가 조사한 바로는 "당연히 그런 거지."가 그 말의 원말이라고 아는 이가 의외로 적었다.

3.

국어에서 유의어가 판을 치게 되는 이유 중 하나가 표준어와 방언이 함께 유의어를 형성하기 때문이다. 즉 표준어만 사용하면 유의어가 그리 많지 않을 텐데 각종 방언이 제 힘을 발휘하여 표준어와 겨룸으로써 유의어를 만들어 내는 일이 적지 않다. 예를 들어 온 국민이 '부추'라는 단어만 쓴다면 유의어는 발붙일 틈이 없을 테지만, 지방에 따라 '부초', '정구지', '솔'이란 낱말을 사용하여 유의어가 다수 생겨나는 것이다.

'열쇠'와 '쇠때'가 함께 쓰이고 '자물쇠'와 '자물통'이 같이 쓰이며, '새뱅이', '징게미', '새비'가 지역에 따라 달리 쓰이지만 '새우'와 유의관계를 맺는 것은 사실이다.

그러다 보니 어떤 사투리는 표준어와 힘겹게 싸우다 아예 복수표준어로 자리매김하는 경우도 발생하는데 '멍게'가 그 예이다. 본래 '멍게'는 사투리로 지목되어 표준어 심의의원들 눈 밖에 났던 단어였다. 그것에 해당하는 표준어는 '우렁쉥이'였다. 아주 오랫동안 '우렁쉥이'는 표준어로 든든한 지위를 누리고 있었는데 워낙 많은 언중이 '멍게'를 쓰다 보니 심의위원들이 둘 다 표준어로 올려 놓게 되었다.

한편 전문어와 일반어가 같이 쓰이다 보니 유의어가 많아지기도 하였다. 예로써 의학 용어에 '충수절제수술'이 있지만 일반인들은 '맹장 수술'을 선호한다. 그리하여 누가 '충수절제수술'을 받았다고 하면 반드시 찾아가 병문안하고 위로해 주어야 할 것 같지만, '맹장수술’을 받았다고 하면 그것은 별것 아닌 것처럼 여기게 된다. 또한 법조인들은 ‘기망’, ‘명의’, ‘강간미수’라는 단어를 사용하지만 보통 사람들은 ‘기만’, ‘이름’, ‘성폭행시도’라는 단어를 사용한다. 그런가 하면 과학자들은 ‘염화나트륨’, ‘수산화나트륨’이라고 하지만 일반 국민들은 ‘소금’, ‘양잿물’이라는 아주 귀에 익은 말을 이용한다. 그리고 군대에서는 ‘관물’, ‘부식’, ‘연병장’이라고 부르지만 여느 사람들은 ‘물품’, ‘반찬’, ‘운동장’이라고 한다.

그런가 하면 남한과 북한이 오랫동안 체제를 달리하여 내왕이 없다가 북한이탈주민이 생기면서 비록 소수이긴 하나 유의어가 발생하기도 한다. ‘도시락’과 ‘곽밥’, ‘머리 감다’와 ‘머리 빨다’가 그 예이며, ‘전구’를 ‘불알’이라고 한다든지 ‘샹드리에’를 ‘떼불알’이라고 일컫는 것도 여기에 해당된다. 그리고 남쪽에서 ‘국민’이나 ‘친구’로 부르는 것을 북쪽에서는 각기 또 다른 의미를 부여하여 ‘인민’이나 ‘동무’로 호칭함으로써 본래 탄탄한 유의관계를 형성할 수 있는 단어들이 다소 느슨해졌다.

이와 아울러 우리말이 버젓이 있는 데도 일본어 잔재를 함께 사용함으로써 유의 관계가 늘어나기도 한다. 아직까지도 일본어의 찌꺼기인 ‘겐세이’, ‘찌라시’, ‘오뎅’, ‘다꽝’이 ‘간섭’, ‘전단지’, ‘어묵’, ‘단무지’와 유의어를 형성하여 언중들 사이에서 흘러 다니고 있다. 그뿐 아니라 일본을 거쳐 들어온 영어와 직접 차용된 영어가 같이 쓰여 유의어판을 만들어 내기도 한다. ‘빵꾸’와 ‘펑크’, ‘마후라’와 ‘머플러’가 그 예이며, ‘빠께쓰’와 ‘버킷’은 최근 비교적 의미영역을 달리하며 나름대로의 위치를 점유하고 있으며, ‘빠꾸’와 ‘빽’ 그리고 ‘백’은 모두 ‘back’에서 온 말인데, ‘빠꾸’는 차가 후진할 때 쓰고, ‘빽’은 ‘후견인’이란 의미로 자리를 잡고, ‘백’은 ‘백넘버’에서와 같이 ‘몸의 뒤인 등’을 일컬을 때 사용되고 있는 것이 이색적이다.

한편 일반어가 완곡어와 같이 유의어가 되는 예가 종종 눈에 띈다. 즉 '죽다'와 '돌아가시다'가 한데 묶이고 '아프다'와 '편찮다'가 의미상 동일선상에 놓여 유의어의 수효가 늘어나고, '유방'과 '성교'가 '가슴'과 '관계'라는 말로 완곡하게 표현되어 유의어의 영역을 넓힌다. 또한 불가에서 돌려서 표현한 '곡차'와 '도끼버섯'이 일반 용어와 유의어를 이루어 언어생활을 한결 윤택하게 한다.

위와는 달리 일상어와 비속어가 한 무리를 이루어 유의관계를 맺음으로써 유의어가 생성되는 일은 아주 흔한 일이다. 일례로 외국인을 지칭할 때 '중국인', '일본인', '미국인'이라는 말도 있지만 그들을 낮추어 부르는 '되놈', '쪽발이', '양키'가 있다. 또한 '할배', '할망구', '아재'는 대개 '할아버지', '할머니', '아저씨'보다 비하하여 부르는 경향이 농후하다. 이들 단어들이 때때로 친근하게 부르는 말로 쓰이기도 하지만 "이 놈의 할망구!"란 말은 있어도 "이 놈의 할머니!"는 없고 '아재 개그'나 '아재 스웩'이라는 말은 있어도 '아저씨 개그'나 '아저씨 스웩'이라는 말은 없는 것으로 보아 낮추어 부르는 말이 틀림없다.

그런데 이러한 비속어가 명사류에만 국한된 것이 아니고 동사에서도 얼마든지 이런 유의어를 찾아볼 수 있다. '죽다'와 '가다'가 각기 '뒈지다'와 '꺼지다'와 함께 유의 관계를 형성하고, '화나다'가 '뚜껑 열리다', '열받다', '화딱지나다', '승질나다' 따위와 두루 어울리는 것을 쉽사리 볼 수 있다.

이와는 반대로 존경어가 따로 존재하여 유의어를 만드는 경우도 있다. 누구나 알고 있듯이 '밥', '나이', '자다'라는 평상어가 높임말인 '진지', '연세', '주무시다'와 유의어의 짝을 이루고, 이와는 조금 다르지만 '아들'과 '딸'을 높여 '왕자', '공주'로 지칭함으로써 위와 같이 유사한 관계를 맺기도 한다.

그런가 하면 장애인을 가리키는 여러 단어들을 의도적으로 무슨 무슨 장애인이라고 한다든지 '고물상' 과 '분뇨차' 를 '자원회사', '미화차' 와 같이 달리 불러 의미를 격상하려는 시도에서 유의어가 생겨나기도 한다. '형무소', '탈북자', '운전수' 가 '교도소', '새터민', '기사' 로 바뀌면서 유의어군에 들어간 것도 이런 맥락에서 이해할 수 있다.

또한 유아어가 발달하여 '밥' 과 '과자' 를 '맘마', '까까' 로 말함으로써 비슷한 말이 늘어나는 데 작은 역할을 하기도 한다.

4.

유의어는 끼리끼리 끊임없이 싸운다. 그리하여 때로는 어느 쪽이 사라지기도 하고 의미범위가 바뀌기도 하고 의미가치가 달라지기도 한다. 그런가 하면 한데 엉겨 붙어 한 단어를 만들어내기도 하고 대등하게 공존하며 잘 지내기도 한다.

그럼 먼저 투쟁의 결과 소멸하는 유의어를 살펴보자. 옛말에 숫자 '천' 을 가리키는 말에 '즈믄' 이 있었는데 아무런 자취를 남기지 못하고 '천' 에 밀려 사라져 버렸고, '깁' 도 '비단' 이란 힘에 눌려 영영 언어 역사의 뒤안길로 모습을 감추었다. 또한 '수리' 도 '단오' 라는 거센 물결을 건디지 못하고 물아래로 가라앉고 말았다.

이런 것들에 비해 '산' 과 싸운 '뫼' 는 비록 그 말은 없어졌지만 '멧돼지' 와 '메아리' 에서 이전의 흔적을 찾아볼 수 있다. 이것과 유사한 과정을 겪은 단어로 '문' 에 해당하는 고유어 '지게' 를 들 수 있다. 이 낱말은 한자어 '문' 에 자리를 내주었지만 '무지개' 에서 잔영을 보여주고 있다. 곧 '무지개' 는 본래 '물지게' 로 '색깔이 있는 문' 을 뜻하는 말인데 이제 어형이 바뀌어 '무지개' 로 자리 잡았다. 또한 '용' 에 밀리어 '미르' 는 사라지고 '은하수' 즉 '용천' 을 일컫는 '미리내' 에서만 옛모습을 찾아볼 수 있다. 이와 같이 대개 고유어는 한자어와 경쟁하여 소멸하는 비운을 겪는 일이 적지 않았다.

그런데 표준어와 방언이 싸울 경우엔 대체로 표준어가 승리하고 방언의 입지가 줄어들거나 아예 없어져 버린다. 그것은 아마도 언론이 표준어를 표방하고 교육기관에서 표준어의 사용을 권장하거나 강요하여 빚어진 결과일 것이다. 그런 까닭에 '옥수수'와 함께 쓰이던 사투리인 '강냉이'나 '옥수꾸', '옥시끼' 등이 이전에 비해 현저히 줄어들거나 전혀 모습을 드러내지 않는 것과 일부 지방에서 쓰이던 '낙자'가 제 힘을 잃고 '낙지'로 수렴되어 가는 것이 전혀 낯설지 않게 되었다.

한편 극히 드문 경우이긴 하지만 유의어의 경쟁 결과 의미범위가 바뀌는 현상이 일어나기도 한다. '백'을 가리키는 '온'은 단순히 '100'이란 숫자를 넘어 '전체'를 일컫는 만큼 의미가 확대되었다. 즉 '온갖', '온누리', '온통', '온종일'에서 '온'은 '전부'를 지칭하는 말로 범위가 넓어졌다. 그런가 하면 '집안의 종친'을 가리키던 '겨레'는 의미가 커져 집안을 떠나 '민족'이나 '백성'을 지시하는 정도로 의미범주가 팽창하였다.

의미확대와는 반대로 의미가 축소되는 경우도 간간이 볼 수 있다. 인간의 형체를 일컫던 '얼굴'이 '형체'와 경쟁한 결과 몸 전체가 아니라 '안면'만을 가리키는 말로 의미영역이 좁아졌고, '그물망'과 '그물'이 자리다툼을 하여 '그물망'은 고기를 잡는 어구와 같이 커다란 그물이 아니라 작은 그물을 일컫는 것으로 입지가 좁아졌다.

이와는 달리 의미전이가 일어나는 경우도 있는데 '이바지'가 '힘들여 음식 같은 것을 보내어 주거나 그 음식'을 가리키는 지방도 있지만 지금은 대개 '잔치 음식'을 일컫는 뜻으로 바뀌었으며 나아가 전혀 다른 뜻인 '헌신'의 의미로 탈바꿈하였다.

의미범위가 아니라 의미가치가 바뀌는 경우도 있다. '노리개'와 '액세서리'가 다툰 결과 '액세서리'는 굳세게 그 자리를 유지하고 있지만 '노리개'는 '귀엽게 데리고 노는 첩이나 여자'를 일컫는 말로 전락하였으며, '부인'과 '마담'이 겨룬 결과 '부인'은 과거의 위세를 어느 정도 유지했지만 '마담'은 '술집이나 다방에서 시중드는 여인'으로 가치가 떨어졌다. 또한 '기생'이 '잔치나 술자리에서 노래나 춤 또는 풍류를 가지고 흥을 돋우는 것을 업으로 하는 계집'이란 뜻에서 그 의미가 더 하락한 듯하여 그 대신 굳이 '기녀'를 쓰려고 하는 것을 보면 '기생'의 의미가치가 퍽 하락한 것은 틀림없다.

이런 유와 전혀 다르게 의미가 상승하는 것도 있다. 즉 '보람'은 '표적'에 자리를 남겨 주고 의미 가치가 높아져 '좋은 결과'를 일컫게 되었는데, 이런 경우는 매우 드물다.

유의어끼리 싸우다 두 낱말이 뭉쳐져 한 단어를 이루는 경우를 자주 볼 수 있다. 먼저 고유어와 고유어가 결합하여 '틈새', '가마솥'과 같은 복합어를 형성한 것도 있지만, 고유어와 한자어가 결합하여 한 단어가 되는 일이 비교할 수 없이 많다. 이 경우엔 고유어와 한자어 순으로 나타나는 것과 그와 반대로 한자어와 고유어 순으로 자리 잡는 모습으로 나뉠 수 있으며, 일반적으로 언중이 유의중첩어라고 쉽게 인식하는 경우와 그렇지 못한 경우로 분류해 볼 수 있다.

고유어와 한자어가 결합한 '새신랑', '술주정', '몸보신' 등은 유의중첩어임을 누구나 인지하고 있지만, '담장', '글자', '옻칠', '뼛골', '애간장' 따위가 유의반복어라는 사실을 똑바로 인식하고 있는 언중은 매우 드물다. 또한 한자어와 고유어의 결합에서도 '면도칼', '역전앞', '처갓집', '시시때때로' 등은 같은 의미가 다시 붙어 된 단어임을 쉽사리 깨닫지만, '기틀', '족발', '형틀', '언덕', '연못'이 그렇게 해서 생성된 단어라고 하면 깜짝 놀라는 이들이 적지 않다.

한편 고유어와 한자어가 융융되어 '익숙(熟)하다'와 같은 특별한 어형을 만들어내기도 하는데, 이는 아주 특이한 현상이다. 또한 한자어와 한자어가 이어져 한 단어를 형성하는 '양친부모'와 같은 어형도 쉽사리 찾을 수 있는 예는 아니다.

그리고 외래어 뒤에 비슷한 의미를 지닌 고유어가 들러붙어 유의중첩어가 되는 수가 있는데 '깡패'와 '놈팽이'가 그 예이다. 전자는 영어의 'gang'과 '패거리'를 뜻하는 '패'가 합쳐진 단어이고, 후자는 독일어의 'Lumpen'이 음성이 조금 바뀌고 거기에 사람을 뜻하는 접미사 '-이'가 달라붙어 생겨난 낱말이다. 이와는 달리 외래어 뒤에 한자어가 이어져 '깡통', '드럼통'과 같은 어형을 빚어내기도 한다.

마지막으로 유의어끼리 공존하는 경우를 살펴보자. 무엇보다도 방언, 전문어, 은어, 경어, 비속어, 준말, 완곡어, 유아어 등은 각각의 영역이 독특하기 때문에 일반어와 함께 생명력 있게 공존 상태를 이어 나간다. 그것은 그만큼 일반어와 구별되는 특징이 강력하기 때문에 오히려 유의관계가 전혀 형성되어 있지 않은 것으로 간주될 정도이다.

이런 유와는 달리 언중이 굳이 고유어와 한자어를 구분하지 않고 일상생활에서 두루 사용하여 유의관계를 사이좋게 유지하는 경우가 흔히 있다. '달걀'과 '계란', '날씨'와 '일기', '쐐기문자'와 '설형문자'가 여기에 해당된다. 그리고 '늘', '언제나', '항상', '항시' 따위도 좋은 예에 속한다.

또한 대상은 같지만 구별해서 불러야 할 필요성이 있을 때 유의어는 자연스럽게 병존한다. 예로써 '금성', '샛별', '개밥바라기'가 대표적이다. '샛별'은 새벽에 뜨는 금성이고, '개밥바라기'는 사람들이 저녁을 먹고 나서 개가 사람들을 쳐다보며 밥을 주기를 바라는 때 보이는 금성이기 때문에 언중 사이에서 달리 불리우며 유의어 관계를 유지한다.

그리고 '먹거리'와 '음식'이 함께 사전에 등재되어 있는데, 전자는 '행사용으로 간단히 먹을 수 있는 음식'이란 의미로 사용되지만, 후자는 그러한 의미에 국한되지 않는 먹을 거리를 총칭하기 때문에 유의어의 지위를 부여할 수 있다.

　이와는 별도로 '차'와 '차량', '신'과 '신발', '창'과 '창문' 등은 공유하는 어형이 있어 남다른데 때때로 구별이 필요하긴 하나 일반적으로 언중이 같은 범주에 속하는 단어들이라고 여겨 똑같은 대접을 받고 있으며, '인근'과 '근린', '접근'과 '근접', '상호감응'과 '호상감응', '대담'과 '담대'는 동일어형이 앞뒤 자리를 바꾼 형태로 비슷하면서도 조금씩 의미가 다른 유의어로 보아도 무방할 것이다. 물론 자세히 들여다보면 감정적인 면에서 '담대'는 일부 종교에서 '대담'보다 더욱 대담한 의미로 쓰이는 경향이 농후하다.

　그렇다고 이런 어형이 모두 유의어로 존립하는 것은 아니다. '금방'과 '방금'을 비교해 보면 전자는 "금방 올게!"에서처럼 '얼마 안 되는 미래의 시간'을 뜻하지만, '방금'은 "방금 왔어!"에서와 같이 '조금 전의 시간'을 가리키기 때문에 의미가 전혀 다르다. 또한 '음식'과 '식음'은 다 같이 먹고 마시는 것이지만 '음식'은 순서상 마시고 먹는 것으로 보아 '음식'에서 '음'은 술을 마시는 것이어서 '식음'의 '음'과 다르다. 즉 제사를 지낼 때 먼저 술을 세 차례 올리고 밥이 담긴 그릇의 뚜껑을 열어 드리는 것에서 우리 조상들의 음식문화를 엿볼 수 있다. 그런데 "식음을 전폐하다."가 아무 것도 먹지도 마시지도 않는다는 뜻에서 알 수 있듯이 여기에서의 '음'은 물을 마시는 것으로 이해할 수 있다.

　한편 외래어와 기존 국어의 공존 양태는 크게 두 가지로 나뉜다. 하나는 둘 다 꿋꿋하게 쓰이는 것이고, 다른 하나는 한 쪽에 밀려 다른 쪽이 서서히 힘을 잃어 가고 있는 것이다. 즉 '스포츠'와 '운동'은 경기를 상정한 경우와 비교적 그렇지 않은 것으로 나뉘어 제각기 활발하게 사용되고 있으며, '미팅'과 '모임'도 규모에 따라 각각의 영역을 차지하고 있고, '가이드'와 '도우미'도 여행 안내인이냐 가사나 행사의 협조자이냐에 따라 다 함께 언중 속에 자리 잡고 있다.

그런데 외래어에 밀려 점점 기가 죽어가고 있는 유의어가 퍽 많이 있다. 곧 ‘키’와 ‘오픈’이 ‘열쇠’와 ‘개업’을 점령하고, ‘업되다’와 ‘코레일’이 ‘상승하다’와 ‘한국철도’를 압도하는 데다, 최근엔 ‘팁’과 ‘런칭’이 ‘요령’과 ‘출시’를 깔아뭉개고 있는 형편이다.

이와는 반대로 ‘동아리’는 젊은이들 사이에서는 한때 ‘써클’을 누르고 ‘목적이 같은 사람들이 한 패를 이룬 무리’라는 뜻으로 요지부동한 지위를 누리는 듯하더니, 또 다른 외래어인 ‘클럽’과 경쟁하면서 설 자리를 점차 잃어가고 있다.

또한 이전에 독일에서 차용된 단어들은 그 후에 들어온 영어의 기세에 눌려 차츰 빛을 잃어 가고 있는데, ‘알레르기’와 ‘가제’가 ‘앨러지’와 ‘거즈’에 자리를 내 주고 있는 것이 대표적이다.

5.

유의어에 대해 이전처럼 얘기를 하다가 나는 대뜸 시 한 편을 떠올렸다. 작년에 동리・목월상을 받은 송재학 시인이 쓴 ‘늪의 內簡體를 얻다’이다. 이 시인은 ‘꽃’으로 유명한 김춘수 시인과 더불어 시어의 조탁을 논했을 만큼 시에 쓰이는 단어에 각별히 신경을 썼다. 더욱이 200여 년 전의 문체와 거의 비슷하게 할 요량으로 내간체 형식을 빌어 이 시를 완성했다. 묘사가 무척 아름답고 구체적이며 언니의 따스한 마음이 전문에 골고루 배어 있는 빼어난 작품이다.

그런데 나는 이 시의 끝 단어에 그만 넋을 잃고 말았다. ‘向念’은 ‘向意’와 같은 말로 ‘마음을 기울임’, ‘마음을 씀’, ‘생각을 둠’ 정도로 뜻풀이할 수 있는 말로써 내간체에서 틈틈이 보이는 낱말이다. 그러니

이 시에서 '向숲'은 그 어느 유의어와도 견줄 수 없는 탁월한 선택이었다. '안녕'이니, '잘 있어', '이만 총총'과 같은 유의 표현이 있지만 '늪의 內簡體를 얻다'에서 '向숲'은 그야말로 내간체 형식의 시를 훨씬 돋보이게 하는 끝내기 홈런에 해당하는 멋진 시어이다.

너가 인편으로 붓틴 褓子에는 늪의 새녘만 챙긴 것이 아니다 새털 매듭
을 풀자 믈 우에 누웠던 尢羅 하늘도 한 웅큼, 되새 떼들이 방금 밟고간 발
자곡도 구석에 꼭두서니로 염색되어 잇다 수면의 믈거울을 걷어낸 褓子 숩
은 흰 낟달이 아니라도 문자향이더라 바람을 떠내자 수생의 초록이 눈엽처
럼 하늘거렸네 褓子와 매듭은 초록동색이라지만 초록은 순순히 결을 허락
해 머구리밥 사이 너 과두체 內簡을 챙겼지 도근도근 매듭도 안감도 대되
雲紋褓라 몇 점 구름에 마음 적었구나 한 소슴에 遊禽이 적신 믈방울들 내
손등에 미끄러지길래 부르르 소름 돋았다 그만한 고요의 눈씨를 보니 너 담
담한 줄 짐작하겠다 빈 褓子는 다시 보낸다 아아 겨울 늪을 褓子로 싸서 인
편으로 받기엔 어름이 나무 차겠지 向숲

제2부

말은 말로 이어진다

말은 말로 이어진다

1.

　몇 해 전 나는 러시아에 있는 바이칼호를 보러 갔다. 호수가 어마어마하게 넓을 뿐만 아니라 깊이도 대단하고 물도 깨끗하여 수심 60미터까지도 볼 수 있다는 말에 대뜸 가야겠다고 작정하였다. 게다가 호수 안에 섬이 있으며 그 섬에까지 들어가 며칠을 돌아다닐 수 있는 일정이 마음에 쏙 들었다.

　그런데 알혼섬을 둘러보다 나는 커다란 바위를 마주 보게 되었고, 그 이름이 '불한바위'라는 데 그만 정신을 놓을 뻔했다. '불한'은 틀림없이 호수 가까이에 사는 브리야트족의 말이며, 그 뜻은 추장이나 족장, 두령이나 임금 따위를 일컫는다는 것을 이미 알고 있었기 때문이다. 그러니까 여기에서 '불한바위'는 신 가운데서도 으뜸이 되는 신을 모시는 바위라는 것을 금세 눈치챌 수 있었다. 아닌 게 아니라 바위 근처에는 우리 키보다 높은 기둥이 드문드문 꽂혀 있고, 기둥마다 오방색 무늬가 그려져 있었다. 때마침 안내인은 몇 년마다 특정한 날이 되면 무당이나 박수들이 모여 엄청나게 큰 행사를 한다고 일러 주었는데, 나는 그 행사가 다름 아닌 굿이라는 걸 이내 알아차렸다. 그리고 거기에 오는 이들이 호숫가에서 지내는 보잘것없는 사람들이 아니라 그쪽 세계에서는 내로라 하는 유명하고 영험한 만신이나 샤먼이라는 것도 대번에 알게 되었다.

일찍이 최남선 선생은 '불함문화론'을 주창하였다. 우리 민족의 문화는 북방에 거점을 두고 있으며 시베리아의 민속문화가 끊임없이 동남 방향으로 전진하여 마침내 한반도에 정착하게 되었다고 일갈했다. 그리고 백두산 즉 불함산을 중심으로 한 우리 문화가 만주와 일본 민족으로 흘러 들어가 그들 나름대로의 문화를 형성했다고 강조했다. 그런데 육당 선생이 이름 붙인 '불함문화론'에서 '불함'이 '불한바위'의 '불한'과 매우 비슷하다는 게 퍽 흥미로웠다.

그리고 보니 몇 년 전 몽골의 항올 성당에서 미사를 드릴 때 미사 내내 신부님이 경본을 읽어 가며 '부르한'이란 단어를 숱하게 썼으며, 그 대목을 하나하나 짚어 보니 '부르한'이 다름 아니라 '하느님'이었던 기억이 되살아났다. 그러니까 옛날에 높은 사람이나 신에게 붙였던 '불한'이나 '불함', '부르한' 따위가 지금도 자연스럽게 쓰이고 있다는 것이 새삼 신기하게 느껴졌다.

신라 시대 높은 관직 이름에 '각간(角干)'이 있었다. 위홍이라는 각간이 가장 인상적이었다. 그런데 이 '角干'이라는 글자가 비록 한자로 쓰이긴 했으나 실은 고유어일 가능성이 매우 높다. 우리말을 한자로 적을 때 상관관계가 전혀 없는 말을 쓴 경우도 있지만, 대개는 고유어와 한자어 사이에 소리나 뜻에서 연관성이 조금이라도 있게 마련이었다. 이렇게 볼 때 '角干'은 '뿔간'을 적은 것으로 보인다. '角'이 '뿔'이라는 것은 누구나 알고 있는 사실이다. 즉 뜻을 살려 그렇게 표기한 것이다. 그러나 '干'은 우리말 소리를 그대로 옮긴 것이다. '마립간', '징기스 칸', '한국'에서 보이는 '간', '칸', '한'은 높은 사람이나 큰 것 그리 고 위대한 신에게 붙였던 우리말이다.

물론 '뿔간'이란 말이 '角干'을 정확히 적은 것이라고는 볼 수 없 다. 왜냐하면 신라말과 요사이 우리가 쓰고 있는 말 사이엔 차이가 많 이 나기 때문이다. 그렇긴 하나 의미상 '角干'과 '뿔간'이 일치하는 데 다 '뿔'의 발음이 경음화가 일어나기 전인 점을 상정하면 '불한', '부 르한', '불간' 등으로 신라인이 썼으며, 그것이 '불한바위'의 '불한'이 나 '불함문화론'의 '불함' 그리고 몽골인들이 쓰고 있는 '부르한'과 똑 같은 말임을 알 수 있다.

'부르한' 등과 더불어 '단군'도 퍽 재미있는 말이다. 지금도 몽골에 서는 '부르한' 앞에 '단골'과 발음이 매우 비슷한 단어를 겹쳐 쓰고 있다. 즉 '단골'과 '부르한'이 의미상 아주 가까운 말이라는 걸 나타 내 준다.

우리나라 건국 신화에 보면 환인의 아들인 환웅이 곰에서 사람으로 변 한 웅녀와 혼인하여 단군왕검을 낳았다고 한다. 그런데 이 시절의 단군 은 천신에게 제사를 지내고 백성을 다스리는 두 가지 임무를 함께 맡고 있었던 제정의 수장이었다. 그런 의미를 지닌 '단군'이란 말에서 후대 에 제사장의 뜻만을 지닌 단어인 '당골'이 생겨났다. 물론 이때의 '당 골'은 지난날의 지위와 영화를 상실하고 단지 맡아 놓고 무꾸리하는 동 네 사람들의 안위를 보살펴 주는 정도의 역할밖에 못했다. 그리고 '당 골'이 집안에 누군가 아프기만 하면 바로바로 찾아가도록 맺어진 사람 이란 뜻에서 조금 변하여, '늘 정해 놓고 거래하는 관계'란 뜻의 '단 골'이 되고 말았다.

그런데 왜 하필 단군 신화에 '곰'이 등장하는가? 신화에 들어 있는 '곰'은 실은 'bear'가 아니고 본래 '神'을 뜻하는 말인 '검' 또는 '감' 따위의 어형을 지닌 단어였다. 'bear'와 'god'를 뜻하는 말이 전혀 다른 말이었는 데도 발음이 비슷했기 때문에, 본래는 '神'을 뜻하는 말이었는데 그만 'bear'를 일컫는 '곰'으로 얘기가 바뀌고 말았다. 그러니까 사실은 하느님인 환인의 아들신인 환웅과 여신인 웅녀 사이에서 탄생한 인간이 단군이다. 그러나 한편으로 단군은 아직도 '신'이기도 했다. 그것은 '단군' 뒤에 '왕검'이 붙어 있는 것에서 알 수 있다. '왕검'은 '큰 신' 즉 '大神'을 일컫는 말이었다. 따라서 우리 민족은 곰의 자손이 아니라 큰 신인 하느님의 자손이다.

그리고 '왕검'에서 '신'을 뜻하는 우리말 '검'은 일본으로 건너가 '가미'가 되어 지금도 '神'을 가리키는 말로 일본 여기저기에서 두루두루 쓰이고 있다.

2.

우리나라 곳곳에서 '달내'라는 지명이 발견된다. '달'이 '산'을 가리킨다는 것은 알 만한 사람은 다 아는 사실이다. 그리고 '내'가 '시내보다 크고 강보다는 작은 물줄기'를 일컫는다는 것도 누구나 알고 있다. 그러니 '달내'가 '산에서 내려오는 내'를 이름하는 까닭에 전국에서 그런 땅이름을 가진 곳이 많이 있을 수밖에 없다.

그런데 '달내'는 '달래'와 동음어가 되어 본래의 뜻을 잃어 버리고 남에게 무엇을 주기를 요청하는 말로 바뀌게 되었다. 그리하여 '달래 강전설'이 탄생되었는데, 어떤 사람이 누군가에게 청유하는 의미를 지닌 "달래나 보지."라는 말과 그 문장에서 비롯된 또 다른 동음어의 간섭 현상이 일어나, 입에 담기 어려운 가족 간의 슬픈 이야기가 만들어져

104

민담 속에 떠돌아다니게 되었다.

충청남도 공주시를 흐르는 금강은 비단처럼 곱기로 유명한 강이다. 이 강의 나루터 가운데 '곰나루'가 있고 바로 이곳에서 '곰나루전설'이 생겨났다.

나는 지금도 신화나 전설 그리고 민담 따위를 똑바로 기억하지 못한다. 왜냐하면 그것들은 누군가가 지어낸 이야기로 사실과 매우 다른 데다 시대가 감에 따라 내용이 덧붙여지거나 일부가 떨어져 나가게 돼 있어서, 내가 굳이 정확하지도 않은 얘기를 기억할 필요가 없다고 생각하기 때문이다. 따라서 내가 알고 있는 '곰나루전설'은 보통 사람들이 재미있게 얘기하는 수준에 훨씬 못 미친다. 기껏해야 내 머리 속엔 동물의 일종인 '곰'의 가족에 대한 이야기라는 것만 들어 있다.

그런데 '곰나루전설'은 동음어에 따른 의미 격변이 일어나 생겨난 전설이다. 즉 본래 '곰나루'는 'bear'를 뜻하는 '곰'과 아무런 상관이 없었다. '곰'은 '뒤'를 의미하는 단어로 '곰나루'는 공주의 '뒷나루'를 가리키는 말일 뿐이었다. '팔'과 '발'의 뒷부분인 '팔꿈치'와 '발꿈치'에서 '꿈'이 '곰'이었으며, 배의 앞을 가리키는 '이물'과 함께 뒤를 지칭하는 용어인 '고물'에서 '곰'이란 어형을 찾아낼 수 있다. 그리고 고려가요에서 '임배'와 '곰배'라는 어휘가 등장하는데 이들이 각각 '앞'과 '뒤'를 뜻하는 말이라는 점에서 '곰'이 '뒤'를 가리킨다는 것을 명확히 알 수 있다.

이렇게 '곰'이 '뒤'를 일컫는 까닭에 지형상으로 볼 때 '앞'이 '남쪽'을 가리키는 것과는 정반대로 '뒤'는 '북쪽' 방향을 지시하는 말로도 쓰이게 되었다. 따라서 '곰나루'는 공주의 '뒤에 있는 나루' 또는 '북쪽에 있는 나루'에 해당하는 나루였지 본디 동물인 '곰'과 연결된 '나루'가 아니었다.

이와 같이 말은 말과 이어져 이야기를 만들어 내고 민중은 그 이야기를 사실로 받아들여 다시 퍼뜨려 왔다. 이러한 스토리의 재생산과 재창작이 혼재되는 과정에서 원래 의미는 점차 빛을 잃어 갔다. 더욱이 지자체에서 이런 얘기를 수집 · 발굴하여 특성화하고 문학 · 연극 · 미술 · 음악 따위로 재형성하면서 지명이 지닌 본뜻은 아예 사라지고 말았다.

공주에서 조금 내려가면 부여가 있다. 둘 다 백제의 고도로, 세계인들에게 점점 널리 알려지고 있는 마을이다. 그런데 부여에도 그럴 듯한 전설이 하나 있다. '백마강전설'이 그것이다. 내가 알고 있기로는 아주 황당무계한 설화이다. 당나라 장수 소정방이 백마를 미끼로 삼아 조룡대에서 용을 낚았다는 얘기가 골자이며, 그에 따라 '백마강'이란 이름이 생겨났다는 것이다.

그런데 삼국유사에는 소정방과 낚시 그리고 용암에 대한 얘기만이 아주 짤막하게 기록되어 있고, 그 강의 이름이 '사비하'로 적혀 있다. 물론 '사비하'는 '사비강'이고, '사비'는 당시 부여를 가리키는 우리말 이름이었다.

어릴 적 나는 공사장의 안내문에서 이상한 것을 발견하였다. "통행에 불편을 끼쳐 죄송합니다."라는 말 뒤엔 여지없이 '현장소장 백'이 자리잡고 있었다. 당시에 나는 왜 현장소장들은 하나같이 '白氏'인지 희한하게 생각하였다. 나중에 그것이 성이 '백씨'가 아니고 더군다나 흰 색과는 무관한 단지 '아뢴다'란 뜻의 '白'인 것임을 알고 씁쓸하게 웃었다.

'白'은 사전에 등재되어 있는 바와 같이 '아뢸 백', '사뢸 백' 따위로 읽히는 한자이다. 그것은 과거에 우리말 '숣다'라는 단어로 나타나며, 활용형으로 '숣ᄂᆞ니', '숣ᄋᆞ리', '숣쇼셔' 등의 어형을 지녔다. 그리고 이 어형 중 앞부분인 '숣'를 한자로 기록한 것이 '泗沘'라고 여겨진다.

이렇게 부여를 일컫는 '사비'가 '숣'와 관련성이 있고 '숣'

는 '白'과 동의어라는 것을 뒷받침해 주는 지명이 또 있다. 대전 현충원에서 동학사로 넘어가는 고개의 이름이 '삽재'이고 그 밑에 '백정자'가 있었다. '백정자'는 한참 뒤에 '박정자'로 바뀌었는데, '삽재'의 '삽'은 '숲'이 변한 어형이고 그 아래에 있는 '백'은 '숲다'의 의미인 '白'과 결코 무관하지 않을 것이다.

이렇게 볼 때 '사비하'는 소정방이 오기 전부터 '白江'이란 의미를 지니고 있었고, 거기에 구체적인 실물인 '말'이 끼어 들어 '백마강'으로 변모하였을 따름이다. 따라서 우리말의 뿌리를 곰곰이 생각하는 나는 '백마강'보다 '백강'이 훨씬 가슴에 와 닿는다. 게다가 고등학교 때 나를 지도해 주시던 국어 선생님의 호가 '백강'이고, 부여 출신이신 그분이 장학관으로 계실 때 한글날 특강을 부탁받았던 적이 있어, '백강'은 이래저래 친근하게 느껴진다.

3.

아주 어린 시절 어느 날 나는 외가에서 하룻밤을 자게 되었다. 그런데 잠자리에 들기 전 외삼촌이 틀어 준 축음기에서 둥그런 판이 빙글빙글 돌아가면서 요상한 이야기가 흘러 나오고 있었다. 지금 생각하면 아마도 '전설 따라 삼천리' 전집 중 첫 번째 레코드판에 실려 있던 이야기가 아니었나 싶다.

어쨌든 얘기는 이렇게 시작했다. 옛날 옛적 한 고을에서 일어난 일이다. 그 동네에 부자가 살고 있었는데 그에게는 예쁜 딸이 한 명 있었다. 그런데 그렇게 아주 잘생긴 딸이 밤마다 이상한 일에 시달리고 있었다. 매일 밤 어떤 남자가 자기 방에 들어와 몸을 뒤덮는 것 같은 느낌을 받았다. 몹시 괴이하게 여긴 처녀는 어머니에게 이 사실을 털어 놓았고,

어머니는 딸에게 묘안을 알려 주었다. "바늘을 그 남자의 옷자락에 꽂고 실을 길게 늘여 놓아 보아라."

어머니의 말대로 딸은 그날 밤 바늘을 꽂았고, 이튿날 새벽 실이 풀려 나간 곳은 근처에 있는 둠벙이었으며, 마침내 바늘에 찔린 커다란 지렁이를 찾아냈다. 그 일이 있고 나서 처녀는 임신을 하였고 이윽고 아들을 낳았으며 그가 나중에 큰 인물이 되었다는 이야기였다.

나는 당시 이 얘기를 듣고 그 어머니의 비책이 너무나도 놀라웠고, 밤마다 찾아오는 녀석이 한낱 지렁이라는 게 이상했다. 왜 하필 징그러운 지렁이가 아름다운 처녀에게 다가갈 수 있었는지 적잖이 비위가 상했다.

그러다 어른이 되어 어느 순간 '지렁이'가 그 '지렁이'가 아니라 다른 것을 가리킬 수 있다고 직감했다. 그것은 아마도 '물에 사는 용'인 '池龍'을 일컬었을 것이라는 추측이 강하게 밀려 왔다. 그러면 왜 '지룡'에서 '지렁이'로 바뀌었을까? 그것은 발음이 비슷하기 때문에 벌어진 일이었다. 옛날이나 지금이나 언중들은 추상적인 것을 구체적인 것으로 돌려 놓는 데 이골이 났다. 그러니까 볼 수 없는 상상 속의 '지룡'을 어디에서나 흔히 볼 수 있는 '지렁이'로 쉽사리 둔갑시켜 이야기를 꾸민 것이다.

그런데 삼국유사를 읽어 가다가 나는 또 한 번 놀라움을 금치 못했다. 바로 위의 설화는 후백제를 건국한 견훤의 설화와 거의 일치했던 것이다. 더욱이 '견훤'에서 '견'이 '질그릇'이고 '지렁이'가 '질다'의 어근 '질'에 명사화접미사 '엉'과 '이'가 덩달아 붙은 말이라는 점에서, 본래 '池龍'과 연관된 설화가 끝내 '지렁이전설'로 남게 된 것임을 확인할 수 있었기 때문이다.

4.

　'설렁탕'의 뜻을 두고 그 동안 말이 많았다. 심지어 어떤 사람은 '설렁설렁 끓인 탕'이라고 하여 주변 사람들을 웃기기까지 하였다. 그런데 여기에도 원뜻과는 상관없는 이야기가 들러붙어 언중을 휘어잡았다. 그리고 마침내는 숱한 어원사전에도 그 이야기가 '설렁탕'의 말뿌리라고 당당히 올라앉았다.

　얘기의 흐름은 대략 이렇다. 조선 시대 때 임금이 봄이 오면 '선농의식'을 행하였다. 중국 상고 시대의 신농씨를 비롯하여 후대 농사 관련 신에게 제사를 지내고 일 년 농사가 잘 되길 빌었다. 동대문 밖에 있었던 그 제단의 이름이 '선농단'이며, 그 날 제사를 마치고 왕이 농사짓는 백성들을 격려하는 뜻에서 소고기를 푹 삶아서 함께 나누어 먹었다고 하여 '선농탕'이라 하였는데, 그것이 변모하여 지금의 모습인 '설렁탕'이 되었다는 것이다.

　임금과 관련된 말 중엔 일반 백성들이 전혀 쓸 수 없었던 말이 많이 있었다. 그러니까 궁중 용어로 굳어진 어휘는 궁궐에서 임금을 중심으로 쓰였을 뿐 대궐 밖에 사는 보통 사람들은 모르는 말이었다. 그런 말 가운데 하나가 '설렁탕'이었다.

　우리는 임금이 드시는 음식을 요리하는 곳을 '수라간'이라고 하며, 임금에게 올리는 진짓상을 '수라상'이라고 한다. 여기에서 '수라'가 '임금님이 드시는 음식'을 가리킨다는 것을 쉽사리 알 수 있다. 그러므로 '수라'에 국을 뜻하는 '탕'이 붙어 '수라탕'이란 말이 탄생하게 되었고, '수라탕'은 소리가 변하여 지금 우리가 쓰는 '설렁탕'으로 바뀌었다.

　실상 '수라'는 한자어나 순수한 우리말이 아니라 몽골에서 들어온 말이다. 그러므로 '설렁탕'이란 말은 조선 시대 때 '선농단'과 함께 생겨난 말이 아니라, 이미 고려 왕실에서부터 쓰였던 말이다. 100년 가량 원나라의 지배를 받는 동안 유입된 몽골어는 상당수가 있었고, 그 중 가장 생명력이 긴 낱말 중의 하나가 '수라탕' 곧 '설렁탕'이다.

임금과 관련된 얘기가 하나 더 있다. 조선 시대 선조가 임진왜란 중 몽진하다가 어촌에서 얼마간 지내게 되었다. 어느 날 어부가 고기를 잡아 수라상에 올렸는데 그 맛이 일품이었다. 왕은 그 고기의 이름을 물었고 어부는 '묵'이라고 대답했다. 이에 임금은 그 이름이 탐탁지 않아 '은어'라는 새 이름을 지어 주었다. 전란이 끝나 임금은 환궁하였고 얼마 지나지 않아 그 고기 맛이 그리워 진상하라고 일렀다. 그런데 궁궐에서 맛본 '은어'의 맛은 옛날 그 맛이 아니었다. 실망한 선조는 '은어'라는 이름이 걸맞지 않는다고 여겨 다시 '묵'으로 하라고 하여 '도루묵'이 되었다는 얘기다.

이 이야기는 구전된 것만이 아니라 조선 시대 사대부가 편찬한 책에 들어 있다. '도루묵'에 해당하는 한자가 '還木'으로 적혀 있으니만큼 한문을 숭상했던 이들에겐 이 일화가 정설로 받아들여졌을 법하다.

그러나 '은어'에 해당하는 고기 이름은 본래 '도루묵'이었다. 이 말은 '다시'의 의미를 지닌 '도로'나 '도루'와 아무런 상관이 없다. '도루묵'은 임진왜란 이전에도 '돌목'이란 형태가 있는 것으로 보아 예전부터 쓰였던 말이었다. 따라서 선조를 들먹인 것이나 '다시 묵'이라고 하라 하여 '還木'으로 기록한 것은 마냥 우습기만 하다. 허긴 그러한 얘기 덕에 사전을 펼쳐 '도루묵'을 찾아보면 끝부분에 '還木魚', '還麥魚'라는 말이 유의어로 올라 있긴 하다.

아울러 '말짱 도루묵'이란 말이 있는 것으로 보아 '도루묵'은 그리 값나가는 생선이 아니었다. 어부들이 그물을 끌어 올렸을 때 원하는 고기는 안 잡히고 쓸모없는 도루묵만 잔뜩 들어 있을 때 쓸쓸하게 툭툭 던진 '말짱 도루묵'은 이제 언중 사이에서 바라던 일을 이루지 못하고 형편없는 결과만을 얻었을 때 쓰는 말로 변모하였다.

마지막 얘기도 선조와 관련이 있고 임진왜란과 맞물린다.

‘행주치마’의 어원이 무엇이냐는 질문에 대부분의 언중들은 ‘행주대첩’ 이야기를 끄집어낸다. 임진왜란 때 ‘행주산성’에서 성에 가까이 오는 왜적들에게 남자들은 돌을 던지고 여자들은 모자라는 돌을 앞치마에 담아 와 마침내 적을 소탕하여 대승을 거뒀다고 많은 이들이 믿고 있다. 그리고 그때부터 여자들이 부엌일을 할 때 옷을 더럽히지 않으려고 앞쪽만 가려 둘러 묶는 작은 치마를 ‘행주치마’라고 불렀다고 알고 있다.

그러나 ‘행주치마’는 ‘행주대첩’의 ‘행주’와 전혀 관련이 없는 말이다. ‘행주치마’의 옛날 표기는 ‘힝ᄌ쵸마’로 이미 중종 때 간행된 ‘훈몽자회’에서 그 모습을 볼 수 있다. 중종은 조선조 11대 왕이고 선조는 14대 임금이니 ‘행주치마’가 선조 때 임진왜란 중 ‘행주싸움’에서 비롯되었다는 말은 아주 잘못된 것임을 알 수 있다.

‘힝ᄌ쵸마’에서 ‘쵸마’는 말할 나위도 없이 ‘치마’이다. 그리고 앞부분인 ‘힝ᄌ’는 불가에서 출가한 후 아직 사미계나 사미니계를 받지 않은 수행자를 일컫는다. 따라서 ‘힝ᄌ쵸마’는 ‘행자’가 부엌일을 할 때 썼던 작은 치마였고, 후대에 발음과 의미가 변하여 ‘행주치마’가 되었다.

여기에서 꼭 한 가지 짚고 넘어가야 할 사실이 있다. 전사를 훑어 보니 행주산성 싸움에서 대첩을 거둘 수 있었던 것은 민간인에 의한 돌팔매질이 아니었다. 적군을 한 명 한 명 돌로 맞추어서 싸움에서 크게 이겼다는 것은 어디까지나 꾸며낸 이야기일 뿐 사실과는 엄청나게 동떨어진 일이다. 행주산성 전투에서는 한꺼번에 적을 향해 퍼부을 수 있었던 강력한 화기가 있었다. 단발이 아니라 동시다발포격기를 가동했기에 압승을 거둘 수 있었던 것이다.

5.

 이렇게 나는 이야기를 곧이곧대로 듣지 않는다. 대신에 이야기의 뒤를 헤집어 가며 말의 원래 모습을 들여다 보려고 한다. 이 일은 분명 재미있고 의미있다. 그러나 때때로 나는 이 작업이 고달프고 버겁고 두렵기까지 하다. 왜냐하면 내가 분석한 것이 언제나 맞다는 보장이 없기 때문이다. 이제까지 발견되지 않았던 어휘가 어떤 문헌에서 툭 튀어 나와 내 주장을 뒤엎을지도 모르기 때문에, 머리가 무겁고 개운하지 않다.

 이런 나에게 시 한 편이 조용히 다가왔다. 박노해 시인의 '식구 생각'이다. 읽고 또 읽는다. 머리가 절로 맑아진다. 좋아서 가슴이 마냥 뛴다. 깨닫는 순간이다.

<blockquote>
낯선 이들과 한 밥상에 앉아 밥을 먹거나
감옥 독방 벽 앞에서 홀로 밥을 먹다 보면
나도 모르게 울컥 목이 메이기도 했지만
그날 우리 가족의 마지막 밥상머리에서
인자 오늘부로 우리 가족은 한 식구가 아니다
함께 밥 먹는 사람은 누구나 한 식구다
그 말씀이 생각나 눈을 감고 꼬옥 꼬옥 밥을 삼켰네
</blockquote>

기윽, 니은, 디읃, 시읏

1.

　나는 한글을 사랑한다. 우리 겨레 가운데 어느 누구라도 한글을 소중하게 생각하겠지만, 나는 특히 우리글을 아낀다. 나날이 한글로 글을 쓰고 어떤 말에 무슨 뜻이 담겨 있는지를 생각하고 얘기하며 살아간다. 내가 몸 담고 있는 곳이 국어국문창작학과인 데다 명색이 국어학자이니 나는 누구보다도 한글과 가깝게 지내고 있다 해도 지나친 말이 아닐 것이다.

　그런데 한글이라는 말이 생겨난 것부터 흥미롭기 짝이 없다. 학생 시절 나는 '한글'이 '세상에 하나밖에 없는 글' 또는 '큰 글', '바른 글' 따위를 뜻하는 낱말이라고 배웠다. 그러나 주시경 선생이 쓴 '아이들보이'와 '한글모죽보기'에서 눈에 띄는 '한글'은 그런 뜻을 담고 있는 것이 아니었다. 그런데 '아이들보이'는 무슨 의미인지 대뜸 눈치를 채겠지만, '한글모죽보기'는 낯설 뿐이다. 그것은 한글을 연구하는 모임을 언제 누가 어떻게 가졌는지 죽 보여 주는 문건이다. 그러니까 익숙한 말로 하자면 '한글 연구회 연혁'쯤이 될 것이다.

어쨌든 여기에 보이는 '한글'은 '한나라글'인 것 같다. 왜냐하면 주시경 선생이 쓴 책 가운데 '한나라말'이 있는데 그것과 어깨를 나란히 견줄 수 있기 때문이다. 그러면 '한나라'는 무엇인가? 그것은 말할 나위도 없이 '한국' 곧 '韓國'이다. 잘 알고 있듯이 주시경 선생은 한자를 쓰는 것을 별로 좋아하지 않았기 때문에 '韓國글', '韓글'을 쓰지 않고 '한나라글', '한글'로 적은 것이다. 그러면 많은 이들이 의문을 품을 수밖에 없는 일이 생긴다. '한국' 즉 '대한민국'은 해방 이후에나 나온 말인데, 1910년대에 돌아가신 주시경 선생께서 어떻게 '韓글' 곧 '한글'이라는 단어를 만들어 썼느냐고 의아해 하는 것은 당연하다. 그러나 그분께서 이 말을 지어낸 때가 '대한제국' 즉 '한국' 시절이었다는 것을 상기하면, '한글'이 '韓글'에서 왔다는 것에 쉽사리 고개를 끄덕일 것이다.

2.

'한글'은 거슬러 올라가면 '훈민정음'과 맞닿는다. 한국 사람이라면 어린이부터 어른까지 다 알고 있는 사실이다. 그런데 훈민정음은 자세히 들여다보면 한 가지가 아니라 두 가지다. 하나는 우리가 흔히 얘기하는 한글 자음과 모음을 일컫고, 다른 하나는 한글의 제자원리와 운용방법 등을 상세히 적어 놓은 책을 가리킨다. 그리고 또 하나 눈여겨 볼 것은 '훈민정음'이 '백성을 가르치는 바른 소리'라는 것이다. 우리는 흔히 세종대왕께서 'ㄱ, ㄴ, ㄷ'과 같은 글자를 만드셨다고 생각하기 쉬운데, 실은 바른 소리 즉 '정음'에 해당하는 글자 28자를 만드신 것에 주목해야 할 것이다. 다시

114

말해서 '訓民正字'가 아니라 '訓民正音'이라고 한 것을 보면 정확한 발음을 위해 '正音 28字'를 지어낸 것이다. 여기에서 정확한 발음은 무엇을 가리키는 것인지 좀 더 생각해 볼 만하다.

세종 임금은 중국어와 우리말이 다르다는 것을 익히 인지하고 계셨다. 당신께서는 한자어의 정확한 발음을 알고 계셨지만 일반 백성은 그것과는 다른 우리말로 된 한자음을 사용하였다. 예를 들어 중국어인 '中國'을 조선인들은 '중국'으로 발음했는데, 왕은 그것을 그리 탐탁하지 않게 여기고 있었다. 그리하여 중국의 원음에 가까운 '듕궉'으로 발음하도록 백성을 계도하기 위해 훈민정음을 창제하였던 것이다. 이를 영어에 빗대어 한 마디 더 보태 보자. 임금은 'battery'의 실제 발음을 잘 알고 있었던 데 반해, 국민은 '밧데리', '빠때리', '배터리', '배떠리' 따위로 함부로 소리 나는 대로 지껄이는 것이 못마땅하여, 영어의 발음부호에 해당하는 '배러리'라는 말을 똑바로 쓰게 하기 위해 문자를 만들어 보급시키려 했다는 말이다.

이처럼 한자음을 올바로 정리하기 위해 한낱 발음부호에 불과한 훈민정음을 지어냈다고 하면, 많은 이들이 목에 핏줄을 세우고 눈을 부라릴 것이다. 한 걸음 더 나아가 불교를 부흥하게 하는 수단으로 훈민정음을 창제하였다고 하면 주먹질을 해대며 잰걸음으로 달려들지도 모른다.

세종어제 훈민정음 서문은 다음과 같이 시작한다. (1)은 한문으로 지은 것이고, (2)는 우리말로 옮긴 것이다.

(1) 國之語音 異乎中國 與文字 不相流通

(2) 나랏말쓰미 中國에 달아 文字와로 서르 ᄉᆞᄆᆞᆺ디 아니 ᄒᆞᆯᄊᆡ

여기에서 매우 흥미로운 사실이 눈에 띈다. (1)과 (2)에 이어지는 글의 글자수를 세어 보았더니, (1)은 54자이고 (2)는 108자이다. 여러 번에 걸쳐 하나

하나 짚어 가며 세어 보았고 학생들에게도 확인해 보도록 했더니, 정말로 54자와 108자가 맞았다. 학문이든 예술이든 기술이든 아주 사소한 것에 진리가 숨어 있을 수 있다는 사실을 다시 한 번 깊이 있게 깨달았다. 그러면 왜 하필 서문의 한문은 54자이고 언해문은 108자일까? 우연히 54자이고 그것의 두 배인 108자가 된 것일까? 바꾸어 말해서 우연히 108자이고 그것의 반인 54자가 만들어진 것일까? 그것은 절대로 우연이 아니고 필연의 소산이라고 여긴다. 세종대왕을 비롯하여 둘레에 있는 이들이 서문을 다듬으면서 글자의 수효를 염두에 두었기에 이런 결과가 빚어진 것이다.

'108'은 불교에서 가장 상징적인 숫자 중 하나로 오죽해야 번뇌가 108개나 된다고 하여 '108번뇌'란 말로 굳어지기까지 하였다. 그러니까 왕을 중심으로 서문을 지은 분들은 108에 주목하여 우리말로 글을 짓고 그것의 반인 54글자로 한문 서문을 작성한 것이다.

이렇게 훈민정음 창제와 불교가 깊이 연이 닿아 있다는 데에 쐐기를 박는 것이 하나 더 있는데, 훈민정음의 서문이 바로 '월인석보'의 앞부분에 실려 있다는 것이다. 주지하는 대로 '월인석보'는 '월인천강지곡'과 '석보상절'의 앞부분을 따온 것인데, '월인천강지곡'은 달이 천 개의 강을 비추는 노래란 뜻으로 부처님의 말씀과 공덕이 무수한 중생의 몸과 마음에 가득 담기길 바라는 마음에서 지은 운문이고, '석보상절'은 석가모니 부처님의 일대기 중 상세하게 쓸 곳은 상세하게 쓰고 대충대충 넘어가도 될 부분은 중요 사항만 추려 지어낸 산문이다. 그러므로 '월인석보'는 그야말로 불교의 핵심 내용을 뽑아 놓은 걸작품인데, 이 책의 앞에 훈민정음의 서문이 실려 있다는 것은 결코 예사로운 일이 아니다.

조선을 건국한 태조 이성계는 국시 중 하나로 숭유배불 곧 숭유억불 정책을 표방했다. 그런데 그 손자인 세종대왕이 속마음이야 어떻든 겉으로는 할아버지가 내세운 중대한 국가정책에 반기를 든 꼴이 되어 불교를 옹호하려는 입장을 취하게 되었다. 여기에는 그럴 만한 까닭이 있었을 것이다. 그것

116

은 다름 아니라 그 당시까지도 조선이라는 나라를 달갑게 여기지 않고 고려에 대한 향수를 지닌 백성이 많았는데, 그들에게 선정을 베풀어 마음을 달래고 어서 빨리 조선이란 나라의 기틀 즉 국기를 탄탄히 하려는 왕의 통치이념이 작용한 것이다.

세종 임금은 고려를 그리워하는 이들을 둘로 나누었다. 사대부층 즉 한문을 자유자재로 구사하는 계층과 그렇지 못한 일반 백성으로 구분하여 접근법을 달리 하였다. 곧 식자층에게는 조선의 건국이 우연히 이루어진 것이 아니라 중국에 있는 숱한 고사처럼 하늘이 벌써 점지해서 세워진 필연적 결과라는 점을 부각시키는 책을 편찬하였고, 일반 대중에게는 고려인들이 믿던 불교를 절대 억압하지 않고 오히려 중흥을 도모하겠다는 의지를 표명했다. 그렇게 해서 나온 것이 식자층을 위한 '용비어천가'이고, 일반 서민층을 위한 불교 서적의 간행이었다. 실제로 용비어천가의 90% 이상은 한문으로 주석을 달아 조선 건국의 타당성을 사대부 계층에게 입증하여 복속하게 하려는 태도를 지향하였으며, 한문을 읽지 못하는 백성에게는 한문으로 된 불경 등을 쉽사리 읽을 수 있게 하려고 불교 서적 언해의 방편으로 훈민정음을 만든 것이다.

이렇게 볼 때 세종대왕은 정치적으로 매우 뛰어난 인물이었음을 알 수 있다. 게다가 어떻게든 백성들이 편히 잘 살 수 있도록 농업을 장려하고 그와 관련된 각종 도구를 발명하게 하는 데 헌신하였고, 어느 분야에서든 능력 있는 신하를 발탁하여 중용하였으며, 작곡도 할 만큼 음악에 대한 조예도 남달랐다. 따라서 그러한 성군이 정치적 역량을 발휘하여 국민들에게 다가가기 위해 과학적이고 조직적이며 독창적인 훈민정음을 창제한 것은 어찌 보면 그리 놀라운 일이 아닌지도 모른다.

3.

　우리는 흔히 집현전 학사들이 훈민정음을 만들었다고 알고 있다. 세종대왕의 명을 받들어 그들이 3년 동안 노력한 끝에 훈민정음이 탄생됐다고 잘못 알고 있다. 그런데 훈민정음의 창제 시기와 집현전 학자들의 활동 시기와는 시간적으로 간극이 있다. 즉 창제에 집현전의 유력 인물들이 관여한 것으로 보는 시기와 조선왕조실록의 기록이 맞아 떨어지지 않는다는 것이다. 또한 그들이 쓴 책의 서문이나 발문에 자신들은 훈민정음을 고안해 냈다는 언급이 없고, 세종대왕께서 만들었다고 적어 놓았다. 그러므로 훈민정음은 세종대왕이 창제한 것이 옳다. '세종어제 훈민정음' 이라는 말이나 "상께서 친히 언문 28자를 지으셨다."는 조선왕조실록의 기록이 이를 명징하게 보여 준다.

　그런데 어떤 이는 여러 가지 국사를 돌보는 데 여념이 없었을 텐데 혼자 훈민정음과 같은 창작품을 만들었을 리가 없다고 의아해 할 수도 있다. 우리는 경부고속도로를 누가 만들었느냐고 물으면 대부분이 박정희 대통령이 만들었다고 이야기한다. 물론 박 대통령이 삽질까지 하며 고속도로를 건설하지는 않았다. 그는 계획하고 입안하고 현장을 점검하고 결과를 분석하고 평가하며 도로를 닦았다. 그래도 우리는 쉽게 경부고속도로를 박 대통령이 만들었다고 단언한다.

　그러면 훈민정음도 그런 방식으로 세상에 나온 것인가? 그것은 아닌 듯하다. 세종대왕께서 친히 창제를 주도하셨으며 주변에 있는 대군들이 도왔을 뿐이다. 훈민정음이 세상에 빛을 본 후 신하들의 글에서 나중에 문종과 세조가 되는 왕자들이 함께 만들었다는 언급이 있을 뿐만 아니라, 당시 최고위급 학자이자 행정가인 최만리의 상소에 "동궁이 국가의 정사를 두루두루 익혀야 하는데 왜 한낱 언문 만드는 일에 몰두하고 있느냐?"는 주장에 대해, 임금이 "지금 동궁에게 언문 만드는 일보다 더 중요한 일은 없다."라

고 잘라 말하는 대목이 있는 것으로 보아, 훈민정음은 세종과 대군들의 합
작품으로 보는 시각이 옳을 듯하다.

　　4.

　　세종대왕과 왕자들은 우리말 소리에 자음과 모음이 있다는 것을 인지하
고 있었다. 여기에서 '자음'이란 어머니 소리 즉 '모음'의 도움을 받아야
만 소리를 낼 수 있는 까닭에 그렇게 명명되었고, '모음'이란 혼자서도 소
리를 낼 수 있기 때문에 '홀소리'라고도 불리게 된 말이다.

　　먼저 창제자들은 모음 글자를 어떻게 만들까 고심하다가 하늘과 땅 그리
고 사람에 주목하였다. 그리하여 하늘을 뜻하는 모음으로 해를 닮은 'ㆍ'를
만들고, 평평한 땅의 모습을 닮은 글자로 'ㅡ'를 만들었으며, 사람의 모
습을 형상화한 모음으로 'ㅣ'를 만들었다. 그리고 그들이 결합한 모양
인 'ㅗ, ㅏ, ㅜ, ㅓ'와 'ㅛ, ㅑ, ㅠ, ㅕ'를 고안해 냈다. 그런데 양을 뜻
하는 'ㆍ'이 어디에 붙느냐에 따라 양성모음과 음성모음으로 나누고, 머
리는 양성인 하늘로 향하고 발은 음성인 땅을 딛고 있는 모양인 'ㅣ'는
중성모음으로 처리하였다. 그리고 'ㅗ, ㅏ, ㅜ, ㅓ' 등의 결합시 'ㆍ'의
방향변화는 주역의 원리를 준용하였던 것 같다.

　　한편 자음은 발음기관을 모방하여 만들었다. 즉 혓바닥이 입천장에 퍼져
닿는 모습을 본따 'ㄱ', 혀끝이 잇몸에 닿는 모습을 본따 'ㄴ', 입술 모양을
본따 'ㅁ', 송곳니 모양을 본따 'ㅅ', 그리고 목구멍 모양을 본따 'ㅇ'을 만
들었다. 그리고 이 기본글자에 획을 덧보태 'ㅋ, ㄷ, ㅂ, ㅈ, ㅿ, ㆆ, ㆁ'을 만
들고, 다시 획을 더 붙여 'ㅌ, ㄹ, ㅍ, ㅊ, ㅎ'을 만들었다.

　　그런데 유감스럽게도 가획의 원리가 천편일률적으로 적용되지는 않
았다. 일례로 'ㅂ'과 'ㅍ'은 매우 이질적인 글자이다. 그것이 'ㄴ→ㄷ,

ㅅ→ㅈ, ㅇ→ㆆ'과 같은 원리를 따랐다면 당연히 'ㅂ'은 'ㅁ→ㅁ'에 따라 'ㅁ'이 되고, 다시 'ㄷ→ㅌ, ㅈ→ㅊ, ㅇ→ㆆ'과 같은 원리를 따랐다면 당연히 'ㅁ→ᇛ'에 따라 'ᇛ'와 같은 글자가 탄생되었어야 옳은데 그렇지 못하였다.

나는 지금까지도 왜 창제자들이 제자원리를 어기고 지금 우리가 쓰고 있는 'ㅂ'과 'ㅍ'과 같은 글자 모양을 만들어냈는지 알 길이 없다. 그리하여 한때는 허무맹랑한 생각까지 한 일이 있다. 곧 혼백을 잘 불러내는 무당을 찾아가 세종대왕을 나오시게 하고, 'ㅂ'과 'ㅍ'이 어떻게 탄생하게 되었는지 알려 달라고 하면 안 될까 하는 어처구니 없는 망상을 한 적도 있다.

그런데 나는 상형과 가획원리는 'ㅿ, ㆁ, ㄹ'에도 그대로 적용되었다고 판단한다. 'ㅿ'은 'ㅅ'에 가획하여 송곳니 모양을 본딴 것이고, 'ㆁ'도 'ㅇ'에 가획하여 목구멍 위에 목젖이 닿아 있는 모양을 형상화한 것이다. 그리고 'ㄹ'은 'ㄷ'에 다른 가획보다 더 보태 마치 'ㄹ' 발음을 할 때 혀가 한 번 더 굽어지는 듯한 느낌을 살리려 'ㄹ' 모양의 글자를 빚어낸 듯하다.

5.

나는 어릴 적 아이들 이름을 부를 때 좀 이상한 것이 있다는 걸 알게 되었다. 이름 뒤에 붙는 말이 한 가지가 아니라 두 가지였던 것이다. 즉 하나는 '영숙아, 영준아!'처럼 '-아'가 있는가 하면, 다른 하나는 '영수야, 영희야!'와 같이 '-야'가 뒤따르는 것이었다. '영수아, 영희아'라고 불러도 될 텐데 그렇지 않는 것이 어린 내겐 퍽 신기했다. 당시에 나는 누구에게 무얼 물어 보는 성격이 아니어서 궁금증을 오랫동안 간직하고 있다가, 나중에야 반모음 또는 반자음이 개입하여 모음과 모음이 충돌하는 것을 피하기 위해 그리 된 것임을 납득할 수 있었다.

　이것과 함께 나는 어린 시절에 또 하나 재미있지만 어려운 질문 하나를 가슴에 품고 살았다. 그것은 우리말 자음에 대한 이름을 뜯어 보면 똑같은 점이 대종을 이루지만 조금 다른 점도 있는데, 왜 그런 일이 벌어졌는지 몹시 궁금하였다. 나는 모든 자음 명칭이 그 자음으로 시작하고 그 자음으로 끝나는 게 자못 흥미로웠다. 정말 그렇지 않은가? '기역'이란 이름은 'ㄱ'으로 시작하고 'ㄱ'으로 끝난다. 이후 모든 자음 명칭은 하나같이 그 자음으로 시작하고 그 자음으로 끝난다. 그리고 당연히 모든 자음 명칭은 전부 2음절로 이루어져 있는 것도 똑같다.

　그런가 하면 자음 이름에서 첫음절의 모음은 'ㅣ'라는 점이 일치한다. 즉 '기역, 니은, 디귿,미음'과 같이 모두 'ㅣ' 모음을 취하고 있다. 또한 둘째 음절의 모음은 '기역'을 제외하고 'ㅡ' 모음으로 구성되어 있는 것이 동일하다. 게다가 '디귿' 이외에는 둘째 음절의 초성엔 자음이 없으며, 앞에서 보았던 대로 종성에서는 일률적으로 그 자음을 붙여 명칭이 부여되었다. 그러니까 자음 명칭에 어떤 일관성이 유지되고 있는데, 이 단아들인 삼총사 곧 '기역, 디귿, 시옷'이 규칙을 어기고 있는 것처럼 여겨졌다.

　대학생이 되어 이 문제를 숙고하다가 나는 어느 날 훈민정음의 한 구절에서 심장이 멎는 것 같은 느낌을 순식간에 받았다.

　　(3) ㄱ. ㄱ논 엄쏘리니 君ㄷ字 처엄 펴아나는 소리 ㄱㅌ니
　　　　ㄴ. ㄴ논 혀쏘리니 那ㆆ자 처엄 펴아나는 소리 ㄱㅌ니라
　　　　ㄷ. ㄷ논 혀쏘리니 斗ㅸ字 처엄 펴아나는 소리 ㄱㅌ니

　(3)의 'ㄱ논, ㄴ논, ㄷ논'에서 '논'은 시사해 주는 바가 크다. 이것은 아주 별것이 아닌 듯하지만 매우 중요한 사실을 우리에게 던져 준다. 특수조사 '-논'은 앞의 단어가 모음으로 끝나고 그 모음이 음성모음이 아

니라는 점을 뚜렷하게 드러낸다. 그렇게 볼 때 'ㄱ, ㄴ, ㄷ'은 우리가 알고 있는 대로 '기역, 니은, 디귿'이라고 읽힐 수가 없다. 이 단어들은 모두 다 자음으로 끝난 데다 음성모음을 지니고 있기 때문이다.

그러면 과연 훈민정음의 창제 시절에 'ㄱ, ㄴ, ㄷ'의 명칭은 무엇이었을까? 우리는 여기에서 '기역, 니은, 디귿'이라는 이름이 언제 누구에 의해 생겨난 것인가 하는 것과 훈민정음의 자음의 원래 명칭이 어떤 상관관계가 있지 않을까 하고 곰곰이 따져 볼 수 있을 것이다. 지금 우리가 사용하는 자음의 명칭은 중종 때 최세진이 쓴 '훈몽자회'에서 비롯된다. 그는 'ㄱ, ㄴ, ㄷ, ㅅ'을 '其役, 尼隱, 池末, 時衣'와 같이 표기하였으며, '末'과 '衣'에는 글자 둘레에 동그라미를 그렸는데, 그 표시는 소리로 읽지 말고 뜻으로 새겨 읽으라는 부호임을 첨언하였다. 그리하여 'ㄱ'과 'ㄴ'은 '기역, 니은'이 된 것이고, '池'는 '디', '末'은 지금의 '끝'에 해당하는 '귿'이 되었으며, '時衣'는 '시옷'이 되었다.

그런데 최세진 선생은 과연 'ㄱ, ㄷ, ㅅ'을 '기역, 디귿, 시옷'이라고 명명한 것일까? 우리는 그분의 통찰력을 따라잡지 못한 후배로서 부끄러운 마음을 지울 수 없다. 왜냐하면 당시 최 선생은 어떻게라도 한자어를 한글로 익히게 하려는 뜻에서 국어 자음에 해당하는 글자의 이름을 지었기 때문이다. 즉 규칙에 따른 '기윽'의 '윽'과 '디읃'의 '읃' 그리고 '시읏'의 '읏'에 해당하는 한자를 찾을 수 없어, '기윽'의 '윽'에 부합한다고 여겨지는 비슷한 음의 '役(역)'을 마지못해 끌어다 썼고, '읃'과 '읏'을 한자로 표기할 수 없어 소리가 아니라 뜻이라는 특단의 수단까지 동원하여 표출하려 했지만, 정확한 음을 나타낼 수 없었다. 그렇지만 국어를 연구하는 후학들은 그분의 본래 의도를 충분히 파악하여 후손들에게 전해 주어야 했다. 최세진 선생이 비록 '役, 末, 衣'라고 표시하였지만, 원의는 '윽, 읃, 읏'을 표기하기 위하여, 에둘러 어쩔 수 없이 그렇게 쓴 것임을 놓치고 말았으니 말이다. 그리고 1933년 '한글맞춤법통일안'에서마저 '기역, 디

글, 시읏'이라는 명칭이 굳어져 지금까지 이르게 되었다. 그러니까 이제라도 자음 명칭을 바로잡아 '기윽, 디읃, 시읏'이라고 고쳐야 할지 한번 진지하게 논의해야 할 것이다.

그리고 최세진 선생은 자음 명칭을 모두 2음절로 명명한 것이 아니었다. 'ㅈ'부터 'ㅎ'까지는 '지, 치, 키, 티, 피, 히'라고 1음절로 불렀다. 그 자음들은 종성으로는 쓰일 수 없기 때문에 그렇게 이름 붙여진 것이다. 따라서 훈민정음 창제 시절에는 모든 자음이 다 '기, 니, 디, 리', '키, 티, 피, 히' 식으로 불리운 것을 최세진 선생이 초성과 종성에 다 쓰이는 자음은 그 자음으로 시작하고 그 자음으로 끝나도록 2음절로 자음 명칭을 부여하고, 그렇지 못하고 초성에만 쓰이는 자음은 1음절로 달리 정리하였다. 그러니까 '기, 니, 디, 리' 식의 명칭은 모음으로 끝나고 그 모음이 중성모음인 까닭에 'ㄱ눈, ㄴ눈, ㄷ눈, ㄹ눈'과 같이 훈민정음에 모습을 드러낸 것이다.

6.

시인은 누구보다도 우리말을 사랑하는 사람이다. 시심을 풀어낼 그릇이 없다면 시는 탄생할 수 없기 때문에, 대부분 우리나라 시인들은 우리말과 글로 시를 읊조리거나 시를 짓게 마련이다. 그러므로 시인이 한글을 아끼고 보살피며, 줄기차게 국어를 매만지고 갈고 닦는 일을 업으로 삼는 일은 마땅하기 그지 없다.

이에 우리말과 글로 시인의 고결한 마음을 담아 놓은 시 한 편을 여기에 옮겨 놓으며 이 글을 마치려 한다. 이 시는 시인인 이해인 수녀가 지난 한글날 자신이 쓴 시 가운데 한글을 가장 잘 다듬어 지어낸 시라며 스스로 골라 놓은 작품이다. 말마디가 곱디곱고 삶의 그윽한 아름다움이 가득 어려 있는 '나를 키우는 말' 이다.

  (4) 행복하다고 말하는 동안은
     나도 정말 행복해서
     마음에 맑은 샘이 흐르고

     고맙다고 말하는 동안은
     고마운 마음이 새로이 솟아올라
     내 마음도 더욱 순해지고

     아름답다고 말하는 동안은
     나도 잠시 아름다운 사람이 되어
     마음 한 자락이 환해지고

     좋은 말이 나를 키우는 걸
     나는 말하면서
     다시 알지

국어의 불교 용어, 무진장하다

1.

어릴 때 나는 할머니와 함께 살았다. 할머니께서는 차 냄새 곧 차가 뿜어 내는 배기가스를 몹시 싫어하여 버스를 타지 않고 걸어 다니셨기에, 우리 동네로부터 그리 멀리 가신 적이 별로 없었다. 그리하여 다른 고장의 말과 전혀 섞이지 않은 고향 말만을 하며 사셨다. 당시에는 텔레비전이나 라디오도 없었으니 할머니가 쓰시던 말은 그야말로 사투리 중의 사투리로서, 우리말을 연구하는 나에게는 더할 나위 없이 소중하기 짝이 없는 자산이 되고 말았다.

할머니가 하시던 말씀 중에 무속과 관련된 일이 가장 먼저 떠오른다. 어쩌다 할아버지께서 편찮으시면 할머니는 자그마한 푸닥거리를 하셨다. 새로 들어온 가구나 나무에 귀신이 붙어 와 가장이 아픈 것으로 여겨, 약솜 위에 소금을 놓고 태우며 할아버지에게서 악신이 어서 나가

길 기원하였다. 그런데 중얼중얼하시다가 끝에 가서는 칼로 위협을 하며, "만약에 안 나가면 이 칼로 목을 쳐 죽이겠다."라며 악귀에게 호령을 하였다.

대학에 들어와 '구지가'를 자세히 살피던 중 나는 그 마지막 대목이 할머니의 주문과 매우 비슷하다는 데에 놀라움을 금치 못했다. "만약에 아니 나타나면 구워서 먹겠다."라는 '구지가'의 후반부는 이 주술적 노래의 변형인 '해가'의 뒷부분과도 일치했으니 그 놀라움은 더욱 컸다. 즉 "만약에 수로부인을 내어 놓지 않으면 구워서 먹겠다."라는 구절은 구지가와 거의 100% 똑같았다. 이렇게 밖에서 들어온 잡신을 협박하여 쫓아내려는 무가 형태는 저 멀리 가락국 시대부터 흘러 내려와 할머니에게 이어지고 있었던 것이다.

또한 할머니는 논과 밭에서 일하는 일꾼들이 점심이나 새참을 들기 전 꼭 "고시레!" 하며 밥을 한 숟가락쯤 떼어 던졌다. 당시에는 그 뜻을 전혀 몰랐지만 뒷날 그 말이 '굿'과도 연결된다는 점에 착안하여 '고시레'는 '굿' 즉 '신'을 부르는 말로 "신이여!"라는 뜻이라고 판단하였다. 여기에는 둘레에 있는 신에게 먼저 감사드리며 먹고 마실 것을 드린 뒤 사람이 음식을 먹겠다는 갸륵한 뜻도 담겨 있지만, 실은 신이 노하여 훼방을 놓아 인간이 먹고 마신 후 아무런 탈이 나지 않도록 미연에 방지하려는 의도가 바탕에 깊이 깔려 있었던 것이다.

이와 같이 우리의 전통 무속을 따르는 할머니는 대문에 스님이 오시어 독경을 하면 어느 때나 쌀과 보리쌀 따위가 담긴 됫박을 나에게 건네주며 바랑에 넣어 드리고 오라고 일렀다. 그뿐 아니라 대야에 담긴 물을 마당에 뿌리실 때는 무엇인가를 향하여 "눈 감아라!"라고 먼저 말씀하신 뒤 냅다 물을 뿌려댔다. 이것 역시 나중에 알게 되었지만 할머니는 땅속에 있는 많은 미물들에게 잠시 후에 물을 끼얹을 테니 눈을 감으라고 얘기한 것이었다. 살아 있는 모든 중생을 소중히 여기라는 부처님의 말씀이 몸에 밴 행동이었지만, 당시 할머니는 어느 절에 가신 적도 없고 따로 불법을 배우신 적도 없으셨다.

이처럼 불교가 가르치는 핵심 진리는 우리나라 사람들에게 삼국시대부터 알게 모르게 깊이 파고 들었으며, 그와 아울러 불교와 관련된 용어도 숱하게 우리말에 들어와 나름대로 일정한 진을 치고 있다가, 때때로 모습을 달리하여 지금까지 우리말 곳곳에서 그 진가를 드러내고 있다.

2.

우리는 '동냥' 이라는 말을 잘 알고 있다. 그런데 '구걸하는 행위' 를 뜻하는 '동냥' 이 실은 불교 용어에서 비롯되었다는 것은 잘 알지 못하는 듯하다. '동냥' 은 본래 '동령' 에서 나왔다. '동령' 은 '動鈴' 으로 요령 즉 본래 법요를 거행할 때 쓰는 작은 종을 흔들어 소리를 내는 것을 말한다. 스님들이 걸식하러 다니면서 요령을 흔들었던 것이 아예 '걸식' 을 뜻하게 되었고, 발음이 바뀌어 '동냥' 으로 굳어진 것이다.

다시 말해서 동냥의 원래 의미는 승려들이 보시를 권하며 재물이나 곡식을 얻으려고 이 집 저 집을 돌아다니는 일이었다. 신라 때 왕륜사의 스님들이 비로자나장륙금상을 조성하기 위해 동냥했다는 전거가 있는 것으로 보아 퍽 오래 전부터 우리나라에서 행해졌던 의식이었음을 알 수 있다.

이렇게 보시와 수행을 위해 손에 발우를 들고 집집마다 다니면서 얻어먹는 것을 일컫는 말에 '탁발' 이 있다. 탁발은 범어인데 원말의 소리 일부를 따고 의미를 부여하여 한자로 적은 '托鉢' 이 우리말에 들어와 쓰인 것이다. 이것은 스님들이 가장 간소한 생활을 표방하는 동시에 수행하며 아집이나 오만을 버리고 보시하는 이의 복덕을 길러 주는 공덕이 있으므로, 부처님 당시부터 승려들이 행하였으며 지금도 미얀마, 라오스, 베트남 등지에서 새벽마다 이어지고 있다. 그런데 요사이도 스님들이 탁발한 것을 당신들이 전부 가져가는 것이 아니라 먹을 것이 없어 먼 데서 빌어먹으러 온 산골 사람들에게 다시 나누어 주고 사찰로 줄지어 되돌아가는 모습은 아름답기 그지없다.

이처럼 본래는 보시와 수행을 위한 일인 '동냥'은 단순히 구걸하는 행위를 가리키는 말로 변하였다. 게다가 동냥하는 사람도 스님에서 걸인으로 바뀌면서 접미사 '-아치'를 붙여 '동냥아치'로 굳어졌다. '-아치'는 '벼슬아치', '장사아치'에 보이는 대로 존경의 의미를 띠지 못했으며, 이와 같은 의미를 지니며 어형만 조금 다른 '갖바치'를 만들어 내기도 했다. '-바치'는 앞말의 종성에 따라 '-아치'가 변한 모양으로 '갖'은 '가죽'을 뜻하므로, 가죽을 재료로 하여 신이나 지갑 따위를 만드는 장인이 '갖바치'였음을 알 수 있다. 나아가 '가죽'은 '거죽', '갗', '겉'으로 모습을 달리하여 각각의 의미영역을 차지하게 되었다.

하나 흥미로운 사실은 '동냥아치'가 네 음절로 조금 길다고 여긴 언중이 좀 더 짧은 형태인 '양아치'로 바꾸어 쓰며 의미까지 다소 변질되었다. 즉 '양아치'가 '동냥아치'처럼 '거지'를 뜻하는 데 그치지 않고, '줏대 없이 남에게 빌붙어 사는 아니꼽고 업신여김을 받는 녀석' 쯤으로 인식되고 있는 것이다.

'야단법석'이란 말도 누구나 잘 알고 있는 낱말이다. 흔히 '여러 사람이 한데 모여서 서로 다투고 떠들고 시끄러운 판'을 일컫는 말로 쓰고 있다. 그런데 본래 '야단법석'에서 '야단'은 '野壇'으로 '야외에 세운 단'을 뜻하고, '법석'은 '法席'으로 '불법을 펴는 자리'를 의미하여, '야단법석'은 '야외에 단을 마련하여 부처님의 말씀을 듣는 자리'라는 뜻이었다.

그런데 '야단'엔 또 다른 '야단'인 '惹端'이 있었다. 이 둘은 동음어인 까닭에 서로 간섭하는 현상이 벌어져 '야단스럽다', '야단 나다', '야단 치다'에서 알 수 있듯이 "떠들썩하고 큰 일이 벌어지고 함부로 떠들고 꾸짖는다."라는 뜻인 '惹端'이 '野壇'을 밀고 들어와 본래 '野壇'의 의미가 묻히고 말았다. 그런데 그것만이 아니었다. 이 '惹端'은 너무나 야단스러워 '설법, 강경, 독경, 법화 따위를 행하는 자리'인 '法席'마저 '어수선하게 떠들어 대는 일'로 뭉개 버렸다. 다시 말해서 '설법하는 회합의 자리'이며 '법회 대중이 둘러앉아서 법을 강하는 자리'인 '법석'마저 '여러 사람이 시끄럽게 떠들어 대는 것'으로 밀어붙였다. 그리하여 지금은 야단법석의 고유한 의미는 아예 사라지고 말았다.

그런데 '야단법석'이란 원말은 지금 우리가 흔히 쓰고 있는 "야단법석을 떨다."에 보이는 '야단법석'에 그런 뜻이 생기도록 빌미를 준 것은 사실이다. 왜냐하면 '야단'에 '법석'을 설치하는 일은 여간 힘이 드는 일이 아니었을 것이며 동원된 인원도 숱했을 것이기 때문이다.

요즘처럼 마이크를 조정하고 확성기를 설치하며 조명시설을 점검하고 의자를 일일이 펴놓는 일은 없었겠지만, 수많은 스님과 거사들이 단을 쌓고 자리를 펴느라 부산을 떨었을 것이다. 게다가 '야단법석'에 참석한 대중을 공양하기 위해 허다한 승려와 보살들이 재게 움직였으며 그에 따라 말도 많이 했을 것이다. 법당 안에서가 아니라 야외에 단을 설치하는 일은 그만큼 많은 대중의 손과 발이 필요했으며 사람 소리뿐만 아니라 망치질하는 소리, 톱으로 켜는 소리, 물건이 부딪히는 소리, 장비를 내려 놓는 소리 따위가 어우러져 그야말로 시장통을 방불케 했을 것이다.

나는 얼마 전 여기에서 한 걸음 더 나아가 불가에서 '야단법석'이 열릴 때 야단법석을 떨 수밖에 없는 정황을 묘사한 글을 본 적이 있는데,

그 글은 요사이 여느 지방에서 열리는 축제장을 연상하게 하였다. 야단법석에 모이는 대중들의 눈과 귀를 즐겁게 하며 돈을 모으기 위해 남사당패, 풍물패, 재주꾼, 야바위꾼, 잡동사니 장사꾼, 떡장수 등이 미리 터를 잡고 사람을 불러들이느라 시끄럽게 떠들고 어수선한 분위기를 자아냈던 것이 야단법석의 본개념을 흐리게 했다는 주장이었다. 매우 그럴 듯한 견해인데 과연 그랬었는지는 좀 더 문헌을 뒤져 보고 전문가에게 자문을 구한 뒤 매듭을 지어야 할 듯하다.

3.

'건달' 이란 말은 나이가 좀 든 분들은 자주 쓰는 단어이다. 그 뜻은 '일정한 주소나 직업도 없이 자신과 관계없는 일에 잘 덤비고 풍을 치며 돌아다니는 사람' 이다. 그런데 이 낱말도 본시 불교에서 생겨난 말이다. 건달의 원말은 '건달바' 로 수미산 남쪽의 금강굴에 살며 제석천의 음악을 맡아 보는 신인데, 술과 고기를 먹지 않고 향만 즐기며 공중을 날아다닌다고 한다. 그리고 건달바는 항시 부처님이 설법하는 자리에 나타나 정법을 찬탄하며 불교를 수호하는 착한 신이었다.

그런 건달의 의미는 인도에서부터 변화하기 시작했다. 즉 '건달바' 가 '음악을 직업으로 삼고 살아가는 사람' 을 일컫게 되었다. 음식의 향기만을 찾아 그 문 앞에 가서 춤추고 노래하여 음식을 얻어 살아가므로 이와 같은 의미를 갖게 되었다. 그리고 이 말은 우리나라에 들어와 '할 일 없이 빈둥거리며 남의 등을 쳐먹고 오히려 술과 고기를 즐기는 못된 인간군' 으로 바뀌었다.

건달과 관련하여 재미있는 말이 하나 더 있다. 바로 '건달불' 이다. 우리나라에 전기가 들어올 때에 생겨난 말로 고종 임금의 작품이다. 당시 고종의 입회하에 궁궐 안에 있는 못에서 전깃불을 켜는 시험을 하였는데, 그게 계획대로 되지 않아 불이 오래 켜져 있지 못하고 켜졌다 꺼졌다 하고 말았다. 그 모습을 지켜보던 고종은 전깃불을 '건달불'이라고 명명하였는데, 켜졌다 꺼졌다 하는 불을 보며 어디에 진득하게 붙어 있지 못하고 곧바로 사라지는 건달을 연상하여 그런 이름을 붙였음에 틀림없다. 그만큼 고종 황제의 상상력이 기발하였을 수도 있지만, 다른 한편으론 건달이란 낱말이 당시에 얼마나 널리 퍼져 있었던가를 잘 보여 주는 일화이다.

'건달' 하면 떠오르는 불교 관련 용어에 '아수라장', '아비규환', '아귀'가 있다. '아수라장'에서 '아수라'는 본시 불교에서 육도 팔부 중의 일인으로 범천제석과 항상 싸우는 귀신으로 교만심과 시기심이 많은 악귀이다. 이 악귀는 정법을 파괴하려는 목적으로 늘 전쟁을 일으키는 못된 귀신으로, 나중에는 '무서운 귀신'으로만 인식되었다. 그리고 '아수라'는 '장소'를 뜻하는 '장'과 합쳐져 본디는 '아수라왕이 제석천과 싸운 마당'을 뜻하다가, '전란이나 그 밖의 일로 말미암아 큰 혼란 상태에 빠진 곳이나 그런 상태'를 일컫는 말로 곤두박질쳤다.

한편 '아비규환'은 '심한 고통 속에서 울부짖는 참상과 처절하게 고통스런 모양'을 뜻하는 말인데, 원래는 그게 아니었고 '아비지옥'과 '규환지옥'을 합한 '아비규환'으로 불교에서 발원한 단어였다.

그러면 '아귀'는 무슨 말인가? '아귀'는 '餓鬼'로서 '계율을 어겨 악업을 저질러 아귀도에 떨어진 귀신'을 지칭하는 단어로, 몸이 앙상하게 마르고 목구멍이 바늘구멍 같아서 음식을 먹을 수 없어 늘 굶주리는 형편없는 귀신이다. 그러던 것이 '염치없이 먹을 것이나 탐하는 사람'이나 '싸움을 잘하는 사람'을 비유하는 말로 바뀌었다. 그리고 '어떤 음식이나 물건 또는 자리 따위를 서로 차지하려고 염치없이 마구 덤벼들어 다투는 것'을 '아귀다툼'이라고 한다든지, '욕심스럽게 음식물을 입에 가득 넣고 악착스럽게 씹는 꼴'을 '아귀아귀'라고 하는 것을 보면, 아귀 악신과 관련된 말이 우리말에서 차지하는 영역이 매우 넓었음을 쉽사리 알 수 있다.

'말세'란 말도 불교에서 생겨난 말이다. 이것은 '사람의 마음이 어지럽고 여러 가지 죄악이 성행하는 시대'를 가리키는 단어로 '말법의 세상'을 의미한다. 기독교에서는 '예수가 탄생한 때부터 재림할 때까지의 세상'을 가리킨다고 주석을 단 이도 있는데, 요사이 일반 언중은 '말세'를 '정치·도덕·풍속 등이 너무 쇠퇴하여 망해 가는 세상'이라고 알고 있다.

불교에서는 부처님께서 가르치신 진리가 세계로 퍼져 나가는 시대를 크게 세 가지로 구분하고 있다. 첫째는 정법의 시대이고, 둘째는 상법의 시절이며, 셋째는 말법의 세상이다.

정법의 시대는 부처님의 가르침이 성행하여 교법, 실천 수행 그리고 그 성과가 무척이나 빛나던 때였다. 부처님의 말씀을 직접 듣고 실행하던 제자들도 있었고, 그들의 전법의 내용과 방법이 너무나 생생하여 즉각 깨달을 수 있었으며, 정직한 도리만 존재하고 사곡한 이론이 들어설 틈이 없었던 불법이 찬란한 시절이었다.

그러다 시간이 흐르면서 상법의 시절로 들어섰다. 이때는 부처님의 가르침을 직접 들을 수 없던 때였으므로 큰스님이 풀이해 주는 설법에 의거하여 진리에 접근하고 수많은 주석서에 의존하며 불법의 세계를 미루어 짐작했다. 따라서 이 시절에는 "이것이 진리인 것 같다."라거나 "이 뜻으로 부처님께서 말씀하신 듯하다." 정도로 이해하며 불교의 진수를 찾아 불철주야 정진했지만, 정법 시대보다 이해도가 뒤지고 성과도 그리 튼실하지가 못했다.

그렇지만 말법의 세상 즉 '말세' 때는 부처님의 말씀을 제멋대로 해석하고 판단하고 왜곡하여 말을 하고 글을 씀으로써, 자신은 물론 대중들을 더욱 미혹하게 하고 마침내는 모두가 '업장'에 얽매여 나락으로 떨어지고 만다. 그러므로 요즘 우리가 쓰고 있는 '말세'나 불교에서 더욱 의미심장하게 사용하고 있는 '말세'를 경험하지 않도록, 깨달음을 추구하는 이들은 법열을 만끽하고 기쁜 소식을 전하는 사람들의 발걸음이 얼마나 아름다운지를 체험하기 위해 하나같이 용맹정진해야 할 것이다.

그런데 아마도 상법 시절에 부처님이나 보살, 성현들의 초상을 그려서 벽에 거는 그림은 불법을 전파하는 데 지대한 영향을 미쳤으리라 생각한다. 전법의 도구로써 '탱화'의 가치는 여기저기에서 빛을 발했으리라 여긴다. 그런데 '탱화'와 같은 뜻으로 쓰이는 '괘불'은 '거는 그림'이라고 그 의미를 쉽사리 파악할 수 있지만, '탱화'의 의미는 손쉽게 잡히질 않는다. '탱화'의 '탱'에 해당하는 한자는 '幀'으로 '그림 족자 정'인데 '影幀'에서 그 모습을 이내 발견할 수 있다. 그렇지만 '정'이 '탱'으로 바뀐 데는 산스크리트어가 바탕에 깔려 있는데, 이것을 알지 못하면 '탱화'의 소리와 의미를 이해하는 게 보통 어려운 일이 아닐 것이다.

불교를 믿는 어느 나라에서도 탱화는 실로 귀중하지만 티벳 불교에서 탱화는 그 역할이 남다른 듯하다. 티벳에서는 불가가 맞는 특별한 날에 독경하거나 독특한 축제를 열기 위해 어마어마하게 큰 탱화를 스님들이 어깨에 함께 메고 가서 커다란 바위 위에 걸어 놓는 일이 다반사이다. 그리고 라싸 가까이에 있는 어느 절에서는 그런 수고를 덜기 위해 아예 마치 스크린처럼 크나큰 탱화를 걸어 두는 벽채를 시공하였는데, 그 크기가 대단하여 멀리서도 하얀 벽면이 훤히 드러나 있는 것을 볼 수 있다.

4.

　이 외에도 불교 용어가 일반어로 변화되어 시도 때도 없이 쓰이는 단어들은 무진장하다. 그 가운데 ‘점심’과 ‘면목’이 있고, ‘누비’와 ‘스님’이 있으며, ‘무진장’과 ‘현관’이 있는데, 이것들은 우리가 눈여겨보아야 할 낱말들이다.

　‘점심’은 ‘공복에 점을 찍듯이 먹는 것’이란 뜻으로, 원래의 의미는 선종에서 ‘새벽에 조금 먹는 것’이나 ‘정식 사이에 시장을 달래기 위해 요기하는 것’을 말했다. 그러다 요사이는 ‘낮에 먹는 식사’로 자리 잡게 되었다. 이와 같이 전문어가 일반어로 바뀌며 의미가 변한 말에 ‘면목’이 있다. 이 말은 원래 선종의 용어로 ‘깨달음의 경지에서 나타나는 마음의 본성, 본래 그대로의 상태, 참모습’을 일컫는 말로, 달리 말하면 ‘진면목’ 즉 ‘불성’을 가리키는 단어였다. 그렇지만 그 후 본래의 의미는 아주 퇴색되고 ‘얼굴의 생김새’ 또는 ‘남을 대하는 낯’으로 굳어지면서 “부끄러워서 남을 볼 낯이 없다.”는 뜻인 “면목 없다.”처럼 쓰이고 있다.

　한편 ‘누비’는 ‘납의’ 즉 ‘衲衣’로 ‘세상 사람들이 내어 버린 여러 가지 낡은 헝겊을 모아서 누덕누덕 기워 만든 옷’으로 승려가 입는 옷을 대변하게 된 말이다. 일찍이 ‘납의’에서 ‘누비’로 소리가 변하여 쓰였는데, 언중들이 또 다른 동음어인 ‘누비’와 혼선을 빚어 의미변화를 초래했다. 즉 ‘누비’에는 ‘안팎을 맞춘 피륙의 사이에 솜을 두고, 줄이 죽죽 지게 바느질을 촘촘히 하는 홈질’이란 뜻이 있는데, 그렇게 누빈 옷감으로 지은 옷이 ‘누비옷’이었다. 따라서 원래 스님이 입는 ‘누비’는 ‘누비옷’의 ‘누비’와 전혀 관련이 없던 것인데, 겨울에 스님들이 누빈 옷인 ‘누비옷’을 많이 입다 보니 절로 스님의 옷으로 둔갑하고 말았다.

그런가 하면 '스님'은 '스승님'의 뜻으로 배우는 도제가 자기의 은 사나 법사에 대하여 존경하는 마음을 담아 가리키거나 부를 때 쓰는 말이었다. 그러다가 지금은 출가 수도하는 승려를 통틀어 일컫는 말로 변모하였다.

이뿐 아니라 '무진장'은 본디 '덕이 넓어 끝이 없거나 닦고 또 닦아도 다함이 없는 불법의 본의'를 지칭하던 것이었으나, 이제는 '무한량으로 많이 있는 것'을 이름하게 되었다. 이와 더불어 무주, 진안, 장수의 첫 글자만을 따서 만든 '무진장'이란 단어는 그 의미가 변하기 전이나 변한 후의 '무진장'과는 아무런 상관도 없는 말이지만, 어떤 사람이 '무진장'에 가면 무엇인가가 '무진장' 있을 것으로 생각한다면, 다름 아닌 동음어의 개입에서 비롯되는 언어의 묘미를 체험하고 있는 것이다.

마지막으로 '현관'은 불교에서 '깊고 묘한 이치에 통하는 관문'을 뜻하였다. 즉 선종에서 쓰이던 용어로, '이치나 도리가 헤아릴 수 없이 미묘하여 그 뜻을 자유자재로 들락날락하는 도의 관문'을 일컫던 말이었는데, 의미가 전이되어 지금은 '건물의 출입구에 달아서 만들거나 방처럼 만든 문간'이라는 뜻으로 탈바꿈하였다.

5.

서산 대사와 같은 걸출한 제자를 길러낸 보우 대사는 조선 불교의 중흥으로 추앙을 받고 있다. 그런 훌륭한 스님이 아래와 같이 개탄과 비탄이 어린 노래를 남겼다.

    (1) 불교가 쇠퇴한들 이보다 더 하겠는가?
      피눈물을 흘리며 수건을 적시네.

구름 속에 산이 있어도 가는 길이 없으니
티끌세상 어느 곳에 이 몸을 맡기리.

불교의 쇠락은 곧 불교 관련 용어의 의미하락을 부채질하였다. 그리하여 마침내 '화상'이라는 단어마저 의미가 한없이 추락하였다. 즉 '화상'은 본래 '아사리와 함께 수계사인 스님'을 일컫는 말이었다가, '덕이 높은 스님'을 가리키는 말로 의미가 평가 절하되었다. 그래도 나옹 화상이나 지공 화상, 무학 화상과 같이 '수행을 많이 하여 도를 가르치는 경지에 오른 승려'를 대접하는 말로 쓰였다. 다시 말해서 '화상'이란 말은 '왕사'나 '국사'처럼 불교 국가의 최고위급 승려를 지칭하던 용어였다. 그렇게 학덕과 지위가 높은 스님을 일컫던 '화상'은 후대에 그 의미가 끝없이 떨어져 '주변에 있는 인물 가운데 마음에 들지 않는 행동을 하는 대상'을 얕잡아 보고 험담하는 투로 가리키거나 부를 때 쓰는 말로 전락하였다. 따라서 요사이는 "저 화상이 왜 저래?"라거나 "이 화상아, 네 짓이지?"라며 나무라는 말 속에서 쉽사리 발견된다.

6.

이제 불교를 비롯한 우리나라의 종교는 다시 날아올라야 한다. 더욱 높아지고 넓어지고 깊어져야 한다. 그래야 종교 관련 용어의 의미 가치도 덩달아 상승할 것이다. 이런 점에서 서울 한복판인 길상사에 성모 마리아를 닮은 관음보살님을 모신 것은 한없이 본받을 만한 일이다. 법정 스님과 김수환 추기경님의 마음이 합쳐지고 조각가인 최종태 선생의 영혼이 담긴 예술품이자 성물이 그 자리에서 온화하게 빛을 내는 것은 두고두고 칭송할 일이다.

또한 각 종교의 여자 수도 공동체의 수도녀들이 한자리에 모여 찬미와 찬양으로 사랑을 나누는 '삼소회'의 모습은 전 세계로 퍼져 나가야 할 명장면이다.

그러니 이쯤 해서 불교와 관련된 용어의 유래나 의미변화를 접어 두고 우리에게 종교의 진면목을 잠깐이나마 진솔하게 보여 주는 작품을 마음에 새기며 이 글을 끝내려 한다. 이어지는 시는 다름 아니라 스님이셨던 고은 시인의 '합장'으로, 시의 뒷부분만 살짝 옮겨 놓았다. 발심 수행하는 나이 어린 구도자의 첫 모습이 저절로 그려지는 시이다. 순수하고 아름답고 거룩하기 짝이 없는 수작이고 명작이고 걸작이다.

> (2) 절 모퉁이 어둠 속에서
> 　　어린 사미 나와서
> 　　며칠 전 새벽 꿈에서 본 손
> 　　바로 그 손으로 손을 모은다
> 　　그렇구나 그 손이 만에 하나
> 　　어느 누구 어릴 적 첫 합장이구나

얄리얄리얄라셩 :
청산별곡의 속내평

1.

청산별곡은 그 동안 심심하지 않게 학자들의 주목을 받아 왔다. 1940년대 이후 현재에 이르기까지 수많은 연구들은 개별 작품을 고찰하기 위해서는 말할 것도 없고, 고려가요를 전반적으로 연구하는 과정에서 이 여요를 중요한 연구물로 다루어 왔다.

그러나 청산별곡에 관한 분석이 설득력 있게 받아들여지는 논고는 그리 흔하지 않다. 그것은 이 노래에 딸린 시화나 촌평 따위가 오래된 문헌에 나타나 있지 않는 데도 연유가 있겠지만, 그보다 더 큰 이유는 작품을 해부하는 이들에게 있지 않았나 생각된다. 즉 분석하는 사람들의 직관과 상상이 너무 빗나가고 논리의 비약이 심할 때, 우리가 거기에서 바람직한 해답을 얻을 수 없는 것은 너무나 자명한 일이다.

사실상 어떤 문학 작품에서도 단어나 어절의 정확한 해석이 없이는 작품의 이해가 거의 불가능한 것이다. 물론 해석상 문제가 되는 부분이 작품 전체를 음미하는 것과는 거리가 있는 사소하고 지엽적인 경우라면, 그것을 무시하고서라도 어느 정도는 작품을 평가하고 해석해도 타당성이나 객관성을 잃지 않을 것이다. 그렇지만 청산별곡의 경우는 사정이 달라 의혹을 불러일으키는 곳이 한두 군데가 아니며, 그 부분은 거의 다 작품의 올바른 이해를 위해 차지하는 비중이 매우 큰 것이다.

그 가운데서도 3연과 7연은 가장 많은 문제를 안은 연이라 지적된다. 이 연들에 대해서는 해석하는 이마다 제각기 구구한 의견을 내어 놓았으며, 개중에는 기발한 착상으로 새로운 해석을 발표한 사람도 없지는 않았다. 그럼에도 불구하고 개운한 맛을 주는 정도는 미약하였으며, 어떤 해석은 착상은 그럴 듯하나 작품 전체의 흐름과는 너무 동떨어져 청산별곡을 이해하는 데 별다른 도움을 주지 못하였다. 따라서 필자는 이 노래의 3연과 7연을 새로운 면에서 살펴 봄으로써 청산별곡을 보다 가까운 곳에서 바라보는 데 조금이라도 기여하고자 한다.

그러면 먼저 작품 중 의혹의 매듭이 있는 연을 제시하고 그에 대해 분석을 시도해 보겠다.

2.

   (1) 가던 새 가던 새 본다.
      믈 아래 가던 새 본다.
      잉 무든 장글란 가지고
      믈 아래 가던 새 본다.
      얄리얄리얄라셩 얄라리얄라

첫 줄에서 '가던' 은 '향하여 가던' 의 의미로 받아들여진다. 그리고 ‘새’는 ‘새[鳥]’이다. ‘새’를 ‘억새’의 뜻으로 본다거나, ‘가던 새’를 한 마리의 새 이름이라고 생각하는 데는 찬성하기 어렵다. 뿐만 아니라 ‘갈던 사래’로 해석한다거나 ‘억새밭’으로 풀이하는 쪽에도 쉽사리 고개를 끄덕일 수가 없다. 또한 어떤 이는 ‘새’를 ‘사이[間]’로 여긴 모양이나 ‘사이’의 표기라면 아무래도 ‘스싀’가 적합했을 것이다.

‘본다’는 旣然疑問法으로 풀이하기도 하나 그보다는 ‘보다’의 현재형이라고 해석하는 것이 바람직하다. 물론 고어법에서 현재형어미는 윗말에 받침이 있거나 없거나 간에 ‘-ᄂ다’였으나, 조선 중기를 지나서는 ‘-ㄴ다’가 보이기 때문에 그 사용이 전혀 불가능하지는 않다.

둘째 줄에서 논란의 대상이 되는 것은 ‘믈 아래’이다. 이에 대해서는 ‘수중’이라는 해석과 ‘일정 수역보다 하위의 강’, ‘평원 지방’, ‘물에 비친 새’ 등의 해석이 있다. 그러나 필자는 뒤에 이어지는 행과 연결지어 볼 때 ‘냇물 하류 쪽’의 의미로 파악하는 것이 타당하리라 믿는다.

셋째 줄은 청산별곡의 전체 중에서 학자들의 눈길을 가장 많이 끈 부분이라 생각한다.

먼저 ‘잉 무든’을 살펴 보면 최초 연구자는 이것을 미상이라 선언하고 ‘무든[鈍]’의 뜻이거나 ‘잇[苔]무든’의 音轉이라고 토를 달았다. 그리고 다음 연구자는 ‘무딘’에 접두사 ‘잉’이 붙은 것이라고 볼 수 있다고 부언하였지만, 일단은 ‘이끼 묻은’이라고 주석을 달았다. 그의 해석은 매우 신빙성이 있는 것이다. 즉 그는 ‘이끼’는 ‘잇’에 접미사 ‘기’가 붙은 것이며 ‘잉무든’으로 변하는 데는 자음 동화 현상이 걸려 있다고 보았다.

그러나 이와는 달리 후대 연구인은 ‘잉 무든’의 ‘잉’은 ‘잉어’로 보고 ‘무든’은 ‘물던’으로 보아 이 구를 ‘잉어 물던’으로 해석하였다. 그렇지만 그는 ‘잉어’에서 ‘어’가 탈락된다고 한 데서 오류를 범했다. 아마도 그는 ‘장글란’과 호흡을 맞추기 위해 그렇게 시도한 듯한데 ‘잉어’에서 뒤의 음절이 탈락되는 예는 보이지 않는다.

　이렇게 볼 때 우리는 앞에서 얘기한 것에 따라 ‘이끼 묻은’이라고 주석을 다는 것이 올바르리라 판단된다. ‘잇’이 ‘이끼’라는 기록은 여러 군데 보이며, ‘잇’이 ‘잉’으로 변하는 데 따른 설명도 충족하기 때문이다.

　‘장글란’이 명사 ‘잠개’에 목적격 한정 조사 ‘-ㄹ란’이 붙은 것이라는 데엔 이견이 없는 듯하다. 그러나 ‘잠개’의 의미에 대하여는 많은 이들이 ‘병기’ 내지는 ‘연장’이라고 생각하는 데 반해 다른 견해를 피력하기도 하였다. 곧 서수생은 ‘잉어 물던 장기’와 연결시켜 ‘낚시’의 뜻으로 해석하였으며, 김완진은 전연에 관류하는 여성적 가락으로 보아 제3연까지도 여인의 사설로 볼 수 있으리라는 기대를 가졌다. 그는 칼이나 창 같은 병기라면 그 살벌한 품이 여타의 연들과의 조화가 깨어질 것이라고 언급하면서, 농구니 병기니 하는 본격적인 기구가 아니라 여인의 패물로서의 粧刀 따위라면, 시름없이 粧刀로 水邊岩石의 이끼를 끄적이는 여인의 모습과 어울릴 것이라고 조심스럽게 의견을 제시하였다.

　이에 대해 필자는 문맥의 흐름으로 보아 ‘장글란’을 ‘연장을’의 뜻으로 해석하고자 한다. 문헌에 나타나는 대로의 뜻으로밖에 달리 풀이될 방향을 찾을 수 없다.

　이렇게 “잉 무든 장글란 가지고 믈 아래 가던 새 본다.”의 해석은 혼미를 거듭하였다. 이제 필자의 견해를 펼 단계에 이르렀다. 필자는 우선 이 부분에서 ‘가지고’의 주체는 ‘새’인 점에 주목하였다. 3연의 셋째 행은 중의문인 까닭에, ‘가지고’의 주체가 문면에 드러나 있지 않은 작자일 수도 있고 또한 새일 수도 있다. 따라서 ‘새’를 ‘가지고’의 주체로 보아도 전혀 무리가 없다.

　그러면 무엇을 가졌다는 말인가. 그것은 마땅히 “잉 무든 장기”이다.

여기에서 다시 어떻게 '새'가 '장기'를 가지고 날아갈 수 있느냐 하는 문제가 등장한다. 그것이 농기구이건, 무기이건, 낚시이건, 새가 '장기'를 가지고 간다는 것은 이해할 수 없는 것이다. 그러나 그것은 결코 난제일 수만은 없다. 그것은 마치 '사슴'이 '짐대예' 오를 수 없는 데도 불구하고 오를 수 있다는 논리와 걸맞는다.

그렇다면 "잉 무든 장글란"은 무엇인가. 필자는 이를 "이끼 묻은 부리를"로 이해하고자 한다. 다시 말해서 새의 부리에 이끼가 묻은 형상, 즉 새가 부리로 이끼나 풀잎 혹은 풀뿌리 따위를 물고 있는 모습을 표현한 것이라 믿는다. '장기'를 새의 '부리'로써 나타낸 데에는 농기구인 '장기'와 생김새 곧 형태면에서의 유추가 크게 작용했을 것이다.

이런 점에서 3연은 "가던 새 가던 새를 본다. 냇물 아래쪽으로 날아가던 새를 본다. 부리에 이끼나 풀뿌리 따위를 물고 하류 쪽으로 날아가던 새를 본다."라고 옮기는 것이 적절할 듯하다.

3.

> (2) 가다가 가다가 드로라.
> 에정지 가다가 드로라.
> 사스미 짐대예 올아서
> 奚琴을 혀거를 드로라.
> 얄리얄리얄라셩 얄라리얄라

첫째 줄에서 '드로라'는 '듣다'의 일인칭 서술형이다. 따라서 첫행의 의미는 "가다가 가다가 듣는다."이다.

둘째 줄에 있는 '에정지'에 대해선 여러 가지 언급이 있었다. 양주동은 '정지[廚]'의 고어이며 '에정지'의 '에'는 '避, 圍'의 訓 '에, 에우’를 형용사로 仍用한 듯하다고 조심스럽게 얘기하였다. 이에 반해 전규태는 특별한 설명이 없이 ‘마당’ 또는 ‘벌[野]’로 보는 것이 좋다고 하였다. 그러나 서수생은 궁여지책으로 ‘에정지’를 고유 명사인 어떤 인명으로 풀이하고, 그 인명은 한림별곡에 언급된 당대 해금의 명수인 宗智의 와전이라고 추측하였다.

그렇지만 ‘에정지’는 ‘외양채의 부엌’이라고 판단하는 것이 제일 무난할 듯하다. 그것은 다음의 ‘사슴’이 무엇인가가 규명되면 더욱 선명히 부각될 것이다.

셋째 줄과 넷째 줄은 갖가지 오해와 추측을 야기시킨 전범이 되는 구절이다.

우선 ‘사ㅅ미’를 놓고 볼 때 그것이 주격형이란 점은 누구라도 부정할 수는 없을 것이다. 그런데 무엇의 주격형인가 하는 점에서는 견해가 갈린다. 즉 ‘사슴[鹿]’의 주격형이라는 지배적인 의견에 맞서 ‘사름’의 誤刻說이 표명되었다. 그들의 견해에 좀더 귀를 기울여 보면 전자를 주장한 대표적인 학자는 “사슴이 짚대에 올라서서 ‘奚琴’을 켜는 것을 듣노라.”고 풀면서 이를 해학이라고 규정지었다. 이에 대해 후자의 설에서 합리성을 찾으려는 학자들은 ‘사슴’으로 이해하려 할 때 부딪히는 문제를 쉽사리 오각으로 처리해 버렸다. 물론 새나 다람쥐가 아닌 사슴이 짚대에 올라갈 수 없으며, 또 奚琴을 켠다는 것은 상상할 수 없다. 그러나 그 해결책을 굳이 오각에서 찾고자 한 점은 너무 안이한 감정에서 출발한 것이 아닌가 여겨진다.

그러나 위의 두 가지 설에 모두 만족하지 않는 김완진은 문면대로 평범하게 해석하고 싶다는 의견을 피력하였다. 즉 그는 이혜구의 글을 참고하면서 百獸戲의 존재에 의하여 고려 시대에 가장동물에 의한 놀이가 있었음과 百獸 가운데는 사슴도 있을 수 있다는 가능성에 힘입어 ‘사슴’은 “사슴으로 가장한 인간”이라고 결론지었다. 그러나 그의 언급대로 百獸戲의 존재, 사슴의 존재, 踏蹻의 존재는 각각 인지되었지만, 청산별곡에 나온 대로 사슴으로 분장한 사람이 장대에 올라가 奚琴을 켜는 따위의 일관된 기록은 없는 것이다. 그렇긴 해도 그는 청산별곡의 '사슴'이 誤刻이 아닐 수 있으며, 그 사슴의 행동이 실로 현실적일 수 있는 까닭에, 어렵고도 불분명하게 해학이니 하는 따위의 주석을 피할 수 있는 가능성을 열어 주었다.

이 밖에도 '사슴' 대목에 대해서는 여러 가지 해석들이 있다. 즉 아이러니칼한 이미지의 표상으로서 당시의 부조리한 사회를 상징적으로 이미저리한 것이라고 판단한 이도 있고, 사람 발자국 소리에 놀란 사슴이 長竹 속을 달아나다가 나무가 두 뿔에 부딪혀 나는 소리라고 짐작한 학자도 있으며, 사슴처럼 우둔한 자기 자신의 무능력함을 자조한 은유적 표현이라고 주장한 이도 있다. 그런가 하면 기적 없이는 살 수 없다는 작자의 절박한 심정을 다시 한 번 강조한 것임에 틀림없다고 단언한 연구자도 있으며, 불가능한 어떤 일을 바라는 무한정의 시간으로 해석하거나 이루어질 수 없는 마음의 소리를 듣는 것으로 풀이한 이도 있다.

그렇지만 위의 견해들은 모두 '사슴'을 '사슴[鹿]'으로 보았기 때문에 7연의 3행에 해석상 무리를 빚게 된 것이다. '사슴'이 '鹿'의 의미를 지닌 '사슴'이 아니라면 이런 구차한 해석이 나올 수 없었을 것이다.

다음으로 '짚대'는 '참대', 강뚝이나 시장 어구에 세운 '진대목', 무슨 놀이에 올라 타는 '놀음 器物' 따위의 주석이 있지만 대부분의 학자들이 주장하는 바와 같이 '長竿'의 뜻으로 보는 것이 청산별곡의 흐름과 잘 어울린다.

지금까지 7연의 해석은 민속적, 현실적 사실을 그대로 말하기 위한 직설적 해석이 아니면, 어떤 상징이나 역설 혹은 비유 면에서의 해석이었다. 그러나 그것들은 나름대로의 가치가 어느 정도 있기는 하나 모순점이 완전히 배제되지는 않았으며, 청산별곡의 맥락과 어울리지 않는 점

144

도 간간이 노출되었다.

그러므로 필자는 7연을 다음과 같이 해석하고자 한다. 3연에서 설정된 기본 논리에 따라서 필자는 7연도 청산과 관련지어 해석해야 마땅하리라 판단한다. 청산을 떠나서 7연을 해석한다는 것은 청산별곡 전문을 올바로 이해하는 데 장애가 될 것이다. 그러므로 여기에서의 '사슴'은 '사슴'일 수밖에 없고 분장 운운한다거나 '사름'의 오각이라는 논의는 회피되어야 할 줄로 안다. 그리고 '짒대'는 청산에 머물고 있는 작가의 주위에 있는 '長竿'이어야 하며, '奚琴'은 '奚琴'으로서 이해하여야 함을 강조하고 싶다.

그렇다면 원초에 제기된 문제로 돌아가는 것에 불과하지 않은가라고 의아해 할 것이다. 다시 말해서 어떻게 사슴이 장대에 올라가며 더군다나 奚琴까지 켜느냐 하는 문제에 필연적으로 봉착하게 된다. 이 문제를 풀기 위하여 등장한 것들로 상상이나 기적 따위도 있으나, 그것들에서 탈출구를 찾기보다는 차라리 문면을 그대로 놓고 자구 하나하나를 단순히 해석하는 것이 나을 것이다.

여기에서 우리는 '사슴'이 '사슴[鹿]'이 아니라 곤충의 일종인 '사슴'을 의미하는 것이 아닐까 하는 생각을 해 볼 수 있다. 곤충인 사슴이라면 장대나 짐을 괴는 데 쓰이는 나무 따위에 쉽사리 올라 앉을 수 있으며, 나무나 풀로 둘러 싸인 청산과 얼마든지 조화를 이룰 수 있다.

한 걸음 더 나아가 사슴이 구체적으로 어떤 곤충을 일컫는 것인가에 우리의 관심은 집중된다. 그것은 아마도 딱정벌레목에 속하며 하늘소과에 속하는 하늘소를 지칭하거나 큰 턱 앞이 집게 모양으로 갈라져 사슴뿔처럼 생긴 사슴벌레과의 사슴벌레를 가리키는 것이 아닌가 한다. 아직도 충청도의 일부와 경상도의 일부, 그리고 강원도의 일부 지역의 방언에서 하늘소나 사슴벌레가 '사슴'이나 '사슘', 또는 '사심'으로 불리우고 있다. 그것이 본래부터 '사슴'으로 명명되었을 수도 있고, 혹은 '사슴[鹿]의 뿔'과 딱정벌레목에 속하는 곤충의 집게 모양이나 더듬이의 모습 곧 형태상 유추에서 그렇게 불리게 되었을 것이다. 그러므로 필자는 '사슴'을 곤충의 일종인 사슴이라고 풀이하고자 한다.

위와 같은 견해에서라면 "奚琴을 혀거를"을 해석하는 것도 큰 문제가 되지 않는다. 이미 우리는 3연에서 고려가요에 은유적인 면이 스며 있음을 살펴 보았다. 마찬가지로 7연도 은유의 관점에서 파악되어야 할 듯하다. 그러나 여기의 은유가 현대시에 나타나는 것과 같이 고도의 수사법을 동원한 은유가 아니며, 일상 생활에서 흔히 경험하는 것들이 이미지로 형상화된 것에 불과하다. 이런 측면에서 고찰할 때 "奚琴을 혀거를"은 사슴의 울음 소리를 비유한 것이라 여겨진다. 그것은 하늘소나 사슴벌레의 울음 소리가 마치 현악기의 줄을 튕기는 것처럼 작자에게 들릴 수 있음을 얼마든지 생각할 수 있기 때문이다. 사슴의 울음 소리가 대단히 처량하고 구슬프기 때문에, 혼자 시름에 겨워 있는 작자에게는 그 울음 소리마저 예사로 들리지 않았고, 더욱 외로움과 서러움을 자아내는 소리로 폐부에 스며들었으리란 점을 쉽사리 그려볼 수 있다.

이를 종합하여 보면 7연의 의미는 아래와 같다. 곧 "가다가 가다가 듣는다. 사랑채 부엌에 가다가 듣는다. 사슴이라는 곤충이 장대에 올라가서 奚琴을 켜는 것처럼 처량히 우는 소리를 듣는다."가 7연의 대체적인 의미이다.

4.

지금까지 필자는 3연과 7연을 논의하였다. 그런데 가사 뒤에 이어지는 동일한 부분 즉 흔히 후렴구라 불리는 곳에 대해서는 일언반구도 언급하지 않았다. 다시 말해서 "얄리얄리얄라셩 얄라리얄라"가 어떤 의미이며 무슨 기능을 하는지 전혀 운위하지 않았다. 그런데 이 후렴구는 두 연의 뒤에만 붙어 있는 것이 아니라 매 연 뒤에 똑같이 반복되는 것으로 청산별곡을 얘기하면서 그냥 건너뛰거나 또는 사소하게 다룰 성질의 것이 아니다.

그런데 흥미있는 것은 고려가요가 실려 있는 책의 이름이 '악장가사', '악학궤범', '시용향악보' 등으로 모두 '악' 곧 음악과 관련 있는 서적이라는 것이다. 아닌 게 아니라 악장가사는 가사를 위주로 속악과 아악 등 각종 노래를 모아 놓은 서책이다. 나아가 악학궤범은 악기 연주자 즉 악사들의 구성과 연주곡 순서, 춤추는 사람들을 비롯한 등장인물들의 배열도 그리고 그들의 관복이나 복식까지 세세히 보여 주고 있다. 더불어 연주 악기를 그림으로 그려 놓고 악기의 세부 명칭이나 연주 방법까지 명기하였으며, 특정 노래를 언급할 경우에는 노래에 따른 가창자의 행동양식까지 상세히 기술한 문헌으로 음악의 전범서임을 보여 준다.

또한 시용향악보는 그야말로 악보로서 宮上下法과 井間譜法을 써서 宮上下 표기는 물론 장구를 오른쪽만 치느냐, 왼쪽만 치느냐, 양쪽을 다 치느냐, 채로 살살 쳐 떠는 소리를 내느냐는 등 장구를 치는 방법과 박자까지도 자세히 기록한 전통적 악보자료집이다.

따라서 고려가요는 근본적으로는 음악학에서 연구해야 할 과제이지 국어학이나 국문학의 고유한 연구분야가 아님을 인지하여야 한다. 본문 이외의 나머지 부분에 대해서 국어국문학적으로 접근하는 것은 무리이며 거개의 사실들은 음악학적으로 고구되어야 한다.

    (3) ㄱ. 위 두어렁셩 두어렁셩 다링디리

       ㄴ. 위 덩더둥셩

       ㄷ. 위 증즐가 大平盛大

       ㄹ. 위 勸上ㅅ景 긔 엇더는니잇고

       ㅁ. 위위 다르러거디러 다로러

(4) ㄱ. 아으 다롱디리

　　ㄴ. 아으 動動 다리

　　ㄷ. 아으 둘혼 내해어니와

이렇게 볼 때 흔히 후렴구라 일컬어지는 (3)과 (4)에서 '위'나 '위
위', '아으'부터 음악적으로 이해해야 한다. (3)의 '위' 종류는 서경별
곡, 사모곡, 가시리, 한림별곡, 쌍화점에서 보이고 (4)의 '아으'는 정읍
사, 동동, 처용가에서 발견되는데, 이들은 창자의 소리가 끝나고 고수
가 흥을 돋우는 목소리를 표기한 것이다. 그것은 결코 해학적으로 삽
입한 것이 아니며 虛聲이 아니다. 다만, 북이나 장구를 치는 이가 옆에
서 창자가 노래를 더욱 흥겹게 부를 수 있도록 도와 주는 기능만을 간
직했을 뿐이다.

그런데 이어지는 후렴구는 크게 둘로 나뉜다. 즉 (3ㄷ), (3ㄹ), (4ㄷ)에
서와 같이 고수의 외침소리 뒤에 의미있는 후렴구가 이어지는 것이 있
는가 하면, (3)과 (4)의 나머지에서처럼 그렇지 않은 것도 많이 있다. 이
가운데 후자의 예들은 여지없이 음악적으로 이해해야 할 부분으로, 결
코 여흥구나 조흥어사 또는 후렴어구가 아니라 단지 악기 소리를 채보자
나름대로 표기한 것이다. 곧 (3ㄱ), (3ㄴ), (3ㅁ), (4ㄱ)은 장구 소리를 표
시한 것이고, (4ㄴ)에서 '動動'은 북의 옆면을 치는 소리이며, '다리'는
북의 윗부분을 때리는 소리를 기록한 것이다.

이 밖에도 서경별곡에 보이는 '아즐가'를 가창자 주변에 있는 이의
육성으로 이해하고 가시리 등에 보이는 '나는'을 악기 소리의 표기로
판단할 때 고려가요는 훨씬 쉽게 이해될 수 있다.

이렇게 볼 때 청산별곡에서 연마다 이어지는 후렴구가 무엇인지 자
세히 알기 위해서는 역시 음악적으로 접근해야 한다.

(5) ㄱ. 얄리얄리얄라셩 얄라리얄라

　　ㄴ. 얄리얄리얄라 얄라셩얄라

ㄷ. 얄리얄리얄라 얄라셩얄라

　그런데 (5ㄱ)에서와 같은 악장가사의 후렴구는 시용향악보에서는 (5ㄴ)으로 나타난다. 그리고 (5ㄴ)과 매우 유사한 후렴구가 시용향악보의 '대국1'에서부터 '대국3'에 이르기까지 나타나는데 '대국'의 세 군데에서 후렴구가 동일한 모습을 보이는 바 (5ㄴ)에서 '얄라셩'은 오각이므로 '얄라셩'으로 수정되어야 할 것이다.

　그렇다 하더라도 (5)에 보이는 악기 소리는 (3)과 (4)와는 매우 다르다. (3)과 (4)가 장구와 북소리를 표기한 데 비해 (5)는 결코 그 악기들의 소리를 기록했다고 보기 어렵다. 왜냐하면 음상면에서 도저히 비슷한 모습을 찾기 힘들기 때문이다.

　게다가 (5)의 앞부분에서는 고수의 흥 돋우는 소리도 없다. 그것은 곧 (5)에 보이는 소리의 악기가 결코 (3)과 (4)에서처럼 타악기일 수 없다는 것을 드러내는 것이다. 다시 말해서 타악기라면 목으로 흥을 돋우며 소리를 지르고 손으로 악기를 얼마든지 칠 수 있지만 이 악기의 연주는 그렇지 못하다는 면을 암시하는 것이다. 그렇다고 이 악기가 현악기는 아닐 듯하다. 현악기의 소리가 (5)와 같은 형태로 전사될 수는 없을 것 같다.

　결국 (5)는 타악기나 현악기가 아닌 관악기의 소리로 보아야 할 것이다. 그 가운데서도 가장 근접한 소리는 대평소일 듯하다. 대평소는 악학궤범의 '唐部樂器圖說'에 보이듯이 단단한 재질의 나무와 구리로 제조되었다고 기록되어 있으며, 그 소리가 대나무로 만든 악기인 피리류와는 다른 음색을 띠고 있으므로 (5)로 드러내기에 가장 적합한 악기로 여겨진다.

　그리고 시용향악보엔 대평소를 부는 부분에도 어떻게 장구를 치는지를 보여 주는 악보가 자세히 기록되어 있는 것으로 보아, 이 대목에서는 대평소와 장구가 함께 연주되었을 수도 있다고 판단한다.

시에도 문법이 있다 :
'설야' 의 경우

1.

　이 글은 '설야'를 시문법적인 방법으로 분석한 것이다. 김광균의 대표작이라 할 수 있는 이 작품을 시문법적으로 접근하여 이 시가 지니고 있는 여러 특성을 파악함으로써, 독자들로 하여금 이 시의 아름다움을 쉽게 이해하는 데 도움을 주기 위해 이 소논문은 작성된다.

　시문법적 분석은 시 작품을 하나의 완결된 대상으로 간주하여 그 시의 내적인 규칙을 규명하고 시를 이루고 있는 숱한 요소들의 상호 관련성을 밝히는 것이다. 이런 까닭에 시문법적 분석은 하나의 시에 들어 있는 음운의 특색과 이미지의 시각적 형상, 의미의 특성과 구문의 특질 등 여러 가치들이 상호 작용하여 전체적 효과를 창출해 낼 수 있다는 데 관심을 갖고, 시를 해체하는 방식을 취한다. 물론 이때 해체에만 머무르는 것이 아니라 여러 요소들의 연관성을 살펴 시의 미적 가치가 실현

150

되는 과정을 폭넓게 연구한다.

　　2.

　　'설야'는 『와사등』이 나오기 한 해 전인 1938년 1월 7일자 조선일보 신춘문예의 당선 작품으로 게재되어 있다. 따라서 본고에서 논의되는 '설야'는 여기에 실린 작품을 대상으로 한다.

雪 夜

(1) ㄱ. 어느먼-곳의 그리운 소식이기에

　　ㄴ. 이 한밤 소래업시 훗날리느뇨

(2) ㄱ. 첨하끄테 호롱불 여위어가며

　　ㄴ. 서글픈 옛자취양 힌눈이 나려

(3) ㄱ. 하이얀 입김 절로 가슴이 메여

　　ㄴ. 마음 허공에 등불을 키고

　　ㄷ. 내홀로 밤기퍼 뜰에 나리면

(4) ㄱ. 먼-곳에 女人의 옷벗는 소리

(5) ㄱ. 희미헌 눈발

　　ㄴ. 이는 어느 일허진 추억의 조각이기에

　　ㄷ. 싸늘헌 悔恨 이리 가쁘게 설네이느뇨

(6) ㄱ. 한줄기 빗도 향기도 업시

　　ㄴ. 호올로 싸느란 衣裳을 입고

　　ㄷ. 힌눈은나려 나려서싸혀

(7) ㄱ. 내슬픔 그우에 고히서리다

3.

　먼저 이 시의 1연을 살펴 보자. 이 시는 우선 눈이 내리는 광경을 묘사하고 있다. 눈이 "먼-곳의 그리운 소식"으로 비유되고 흩날리는 시각 형상으로 표현되어 있다. 그뿐 아니라 그 광경은 밤의 어두운 이미지와도 묘한 조화를 이룬다. 그것은 밤이라는 시간적 제재가 시를 주도하기 때문이기도 하지만, 그와 함께 시인의 내면 상태가 밝고 싱그럽지 않기 때문이다. 즉 김광균은 과거의 존재가 현재에는 존재하지 않는다는 상실감과 그리움을 그의 의식에 깔고 있다. 이렇게 볼 때 부재 의식은 (1ㄴ)의 '업시'와 같은 어휘로 표출되고 그리워하는 마음은 (1ㄱ)의 '그리운 소식'으로 드러난다.

　한편 후자에 보이는 감정 표출어는 시에 농도 짙은 애상성을 불어 넣고 있다. 애상적이고 과거지향적인 속성은 결국 의미상 분명하지 않는 단어들을 동원할 수밖에 없다. (1ㄱ)의 '어느'는 이를 가장 극명하게 드러내는 것으로 그와 같은 일련의 어휘들을 우리는 이 시에서 쉽게 찾아 볼 수 있다. 곧 (2ㄴ)의 '옛자최'도 뚜렷한 의미를 독자에게 제시할 수 없으며, (5ㄴ)의 '추억'과 (5ㄷ)의 '悔恨'도 이와 같은 흐름을 같이 한다. 그리고 아예 (5ㄱ)의 '희믜헌'은 불분명함을 즉각적으로 표출한 언어이며, 이와 유사한 것은 (1ㄱ)의 '먼-곳'과 (4ㄱ)의 '먼-곳'에 보이는 '먼'과 장음 부호가 동시에 쓰여 그 의미를 더욱 '멀게' 하는 것이다.

　1연은 이와 같이 불확정적이고 고착적이지 않기 때문에 전반적으로 부드러운 느낌을 준다. 이러한 느낌을 갖게 하는 데엔 음운의 조직도 한 몫을 한다. 즉 1연에는 비음이 종성의 주류를 이루고 있다. '먼', '-운', '한밤', '훗날-'에서 보이는 종성은 단음으로 쓰이거나 연음으로 쓰일 때 분명히 비음이다. 이 단어 중에서 정적인 상태를 가장 잘 유도하는 단어는 물론 '한밤'이다. 그것은 단순히 '밤'이 아니라 깊은 밤을 의미하기 때문이다. 그리고 이 시가 계속해서 시간적으로 '밤'을 뜻하는 어휘

152

로 장식되어 있는데, (2ㄱ)의 '호롱불'과 (3ㄴ)의 '등불', (3ㄷ)의 '밤기
퍼'는 말할 나위도 없고, 제목에서 보이는 '夜'도 '밤'과 유의어라는 것
은 논의의 여지가 없다. 이와 같이 밤은 이 시의 배경도 되며 시의 현실이
전개되는 시간을 의미하기도 한다.

그렇지만 1연의 분위기가 온통 정적에 휩싸여 있어 작가의 심경까지도
차분하다는 것은 아니다. 왜냐하면 '-이기'는 앞의 구절을 명사형으로 만
들기 때문에 다분히 단정적인 느낌을 유발한다. 게다가 (1ㄴ)의 '이'가 작
가가 머물고 있는 시간을 극명하게 제시한다. 그것은 외면적으로는 눈
이 흩날리고 있는 것이지만, 내면적으로는 작가의 감정이 그리운 대상
으로 말미암아 동요되고 있는 것을 나타내 준다. 그러한 움직임은 1연
의 종결법에서 여실히 보여진다. '-뇨'는 분명히 의문형 종결 어미이
다. 그러나 여기에서 화자는 청자를 기대하고 이런 발화를 하는 것이 아
니다. 내향적 설의법의 도입은 작가가 미동의 감정을 스스로 묻는 데서
실현된 것이다.

이 밖에도 (1ㄱ)의 '먼-곳'과 (1ㄴ)의 '한밤'은 '멀고' '깊은' 의미를 지
니고 있는 까닭에 수량과 관련된 단어장에서 함께 포착될 수 있으며, '그
리운 소식'은 '소래업시'와 어울려 비록 그립지만 지금 기쁜 소식은 없
을 가능성이 높다는 것을 암시하고 있다.

2연은 밤이 더욱 깊어 가며 흰 눈이 내리는 상황을 묘사하고 있는 것으
로 '첨하끄테'로 시작하고 있다. 처마는 집의 구조상 중심이라고 볼 수
가 없고 어디까지나 주변적이다. 또한 그것은 가옥에서 상층의 부분 가운
데 가장 낮은 자리에 위치하고 있다. 거기에 다시 '끄테'가 붙어 있기 때
문에 '첨하끄테'는 결국 벼랑에 선 시인의 마음을 암시했다고도 볼 수
가 있다.

그런데 거기에 달려 있는 '호롱불'은 여위어 가고 있다. 여위어 가는
호롱불은 아직은 미미하게나마 사물을 비춰 줄 수 있는 까닭에 생명의 이

미지와 완전히 단절되었다고 볼 수 없다. 이러한 생각은 아무리 서글프지만 '옛자최'는 지금까지 남아 있는 것과 연결이 된다.

여기에서 우리가 눈여겨 보아야 할 것은 '서글픈'에 있는 'ㄴ'이다. 이 'ㄴ'은 이미 1연에서도 보인 것이며 3연을 거쳐 6연에 이르기까지 모든 연에 나타나 있다. 그런데 'ㄴ'은 [+결정적], [+완료적]인 의미 자질을 보유하고 있다. 따라서 이 시에 'ㄴ'이 수없이 등장하는 것은 이 시가 다분히 과거지향적이거나 현실적으로 이미 완결된 상태를 보여 준다는 것을 뜻하는 것이다. 이러한 의미는 앞에서 보이는 '그리운' 뿐만 아니라 (2ㄴ)의 '옛자최', (5ㄴ)의 '일허진 추억', (5ㄷ)의 '싸늘헌 悔恨'과 같이 추억과 관련된 어휘가 무수히 등장하는 것으로도 충분히 입증이 된다.

이와 같이 그를 둘러싼 과거의 상황이 바람직스럽지 못하였기 때문에 김광균은 아무 것에도 몰두할 수 없었고, 정열이나 적극성을 보일 수 없었다. 그런 까닭에 불빛은 여위어 갈 뿐만 아니라, (6ㄴ)에서와 같이 색채도 싸늘하며, (6ㄱ)에서처럼 빛도 차단되어 있을 수밖에 없다.

그런데 사실상 이 모든 슬픔이나 그리움 그리고 죽음을 생각나게 하는 단어는 '힌눈'이다. '힌눈'이란 단어는 이 시에서 단 두 번 등장한다. (2ㄴ)과 (6ㄷ)에서 우리는 이를 쉽사리 찾을 수 있다. 그러나 실제로 눈을 뜻하거나 그것과 어울리는 어휘는 더 있다. 즉 제목에서의 '雪'은 말할 나위도 없고, (1ㄴ)의 흩날리는 주체도 눈이며, (5ㄱ)의 '눈발'도 눈인 것이 분명하다.

그렇지만 (5ㄱ)의 '눈발'은 (2ㄴ)과 (6ㄷ)의 '힌눈'과는 다소 차이가 있을 것이다. 전자는 마구 흩날리는 눈으로서 작가의 심경에 커다란 동요를 드러내는 것인 반면에, (2ㄴ)의 '힌눈'은 동요가 아직 구체화되지 않은 것이며, (6ㄷ)의 '힌눈'은 이미 동요가 수그러들어 감정의 안정을 찾는다는 것을 암시한다. 이런 점에서 볼 때 '힌눈'에는 비교적 고요함이나 안정적인 뜻이 담겨 있다. 또한 '힌눈'의 색깔은 백색으로 여기에는 상승이 아닌 하강의 의미와, 전진이 아닌 후퇴의 의미가 짙게 드리워져 있다. 이런 연유에서 '흰눈이'에 이어지는 시구는 '나려'로써 하강의 의미를 구체화하였으며, 그것은 (1ㄱ)의 '그리운'이 '서글픈'으로 변모하는 것과 연이 닿아 있다.

한편 음운 면에서 볼 때 2연도 1연과 같이 종성에서 유성음이 많이 등장하는데, 이는 (2ㄴ)에서 더욱 뚜렷하다. 이것은 역시 과거에 대한 그리움과 서글픔이 잔잔하게 그리어지고 있는 것을 뒷받침하는 것이다. 그리고 (1ㄴ)과 (2ㄴ)을 살펴볼 때 운율이 비슷한 것이 대뜸 눈에 띈다. 그런데 그러한 흐름은 (2ㄱ)에까지 확대될 수 있으며, 이어지는 연에서도 유사한 행이 많이 발견되는 것으로 보아, 이 시의 기본 율조를 7·5조로 잡아도 좋을 듯싶다. 이러한 견해는 (2ㄴ)의 앞부분이 '서글픈 옛자최같이'나 '서글픈 옛자최처럼'과 같은 형태를 띠고 있지 않으며, (4ㄱ)에서 '먼'이 장음 부호로 이어져 한 음절이 두 음절로 실현되는 것에서 더욱 분명해진다.

3연은 2연과 4연을 이어주는 역할을 하는 연으로 2연의 말미에서 연결 어미로 이어지고 있으며, 3연의 끝에서도 똑같이 연결 어미로 이어지고 있기 때문에 또 다른 깊은 의미를 내재하고 있다.

3연에서 의미 부담량이 비교적 큰 어휘는 '하이얀'과 '허공', '등불'과 '홀로' 등일 것이다. 먼저 '하이얀'은 '하얀'과 비교해 볼 때 강조의 의미를 띠고 있다. 그것은 이미 앞에서 본 바 있는 '먼-'과 '먼'의 대조와 뒤에 나오는 '호올로'와 '홀로'의 대조와 맥락을 같이 하는 것으로, 앞의 유형이 [+강조]라고 할 때 뒤의 유형은 [-강조]가 된다. 그리고 색채의 특성상 '하이얀'은 핏기를 잃은 창백한 빛이며 퇴색한 빛이다. 그러기에 '하이얀 입김'은 사랑의 열기가 식어 버린 차가운 이미지와 사랑이 아름다운 빛을 잃었다는 퇴색의 이미지를 갖고 있다.

사실상 입김이 하얗게 되는 계절은 겨울이기 때문에 '하이얀 입김'은 싸늘하고 차가운 것을 뜻하고 있다. 그런데 이렇게 싸늘하게 느껴지고 얼어붙은 인상을 갖게 하는 것은 한 걸음 더 나아가 죽음을 연상하게 한다.

겨울밤이란 시간적 상황이 이를 더욱 부채질하며, '흰눈'의 백색 이미지가 역시 죽음과 무관하지 않게 작용하고 있다.

또한 죽음은 곧 공허감으로 이어지는데 이를 잘 보여 주는 단어가 바로 '허공'이다. 이 시에서는 환한 등불이 없고 어둠이 깔려 있으며, 그 밤은 과거의 죽음을 생각나게 하는데, '허공'은 이와 맞물려 삶의 지표를 잃고 허탈해하는 시인의 모습을 표현한 것이다.

그런데 그러한 공백감 내지는 공허감은 고독감으로 이어질 수밖에 없다. 이것을 여실히 뒷받침해 주는 것이 (3ㄷ)의 '홀로'이다. 김광균은 외로움에 민감한 시인이었다. 그러기에 그는 '우리'가 아니라 '나'며 '무리'가 아니라 '홀로' 등장한다. 그가 누리는 고독은 공허감이며, 단독자로서의 비애이고, 어둠이 가져다 주는 불안 의식의 표본이었다.

이렇게 슬픈 과거를 지닌 시인의 감정은 바로 비애의 의미를 지닌 어휘나 구를 동원할 수밖에 없었다. 그리하여 (2ㄴ)에 직설적으로 표현된 '서글픈'에 이어 3연에서도 몹시 슬퍼 '가슴이 메여' 어쩔 수 없는 심경을 토로하였고, (5ㄴ)의 '일허진 추억'과 (5ㄷ)의 '싸늘헌 悔恨'이 슬픔을 간접적으로 보여 주었으며, 마지막 (7ㄱ)에서 명사인 '슬픔'으로 단정지었다.

그런가 하면 (3ㄷ)의 '뜰에'에 보이는 대로 이 시는 처소격을 통하여 장소 설정을 하였다. 그런데 이런 수법은 이곳에서만 나타나는 것이 아니라 (2ㄱ)의 '첨하끄떼'나 (3ㄴ)의 '허공에', (4ㄱ)의 '먼-곳에', (7ㄱ)의 '그우에'와 같이 여러 군데서 목격된다. 이것으로 보아 '설야'는 공간 형식을 통해 사물을 인식하고 사물을 이미지로 조형하려는 시인의 의도가 매우 정교하게 스며 있는 시라고 할 수 있다.

그런데 이 시에 등장하는 공간은 고정되어 있는 것이 아니라 이동적이다. 즉 김광균은 동일 공간이 아니라 다른 공간으로 움직이며 사물을 파악한다. 그리하여 처음에 설정되어 있던 공간인 방은 마루로 대체되고 다시 마루는 뜰로 바뀌게 된다. 그런데 이때의 공간 이동은 수평적일 뿐만 아니라 수직적이다. 곧 하늘을 바라보던 시인의 시선은 처마끝으로 옮겨 가고 다시 뜰에 내리는 것과 같이 하강적 수직 이동을 하고 있다. 그리고 마침내는 (6ㄷ)에 보이는 것과 같이 쌓인 눈으로 시선이 고정되고 만다. 이러한 하강의 의미는 결코 일회적으로 등장하여 구체화되는 것이 아니라, (2ㄱ)의 '여위어가며'와 (2ㄴ)의 '나려' 그리고 (6ㄷ)의 '나려'와 '나려서'와 같이 여러 번 반복된다.

이와 같이 그가 설정한 공간은 추상 공간이 아니므로 사물의 움직임이 곧바로 드러나고, 원근, 상하, 넓이, 부피, 방향 등 여러 양상이 뚜렷하다. 그런데 이런 공간은 시간과 무관하지 않다. 그러므로 이 시를 처음부터 시공간적 구조에서 파악하면 먼저 현실이 전개되는 공간이 '먼-곳'으로 설정되었다. 그리고 곧이어 시간과 공간이 등장한다. 그런데 이때 김광균은 화자가 위치한 시간의 현장감을 살리기 위해 독자의 주의를 집중하는 방법을 택하였다. 그것은 다름 아니라 '이 한밤'의 '이'이다. 그리고는 시공간이 이동하다가 (4ㄱ)에서 합일되어 순간적으로 머물고, 5연과 6연에서 다시 움직임이 계속되다가, 7연에서 현재의 시간과 공간으로 정리되고 있다.

그런가 하면 3연에도 운율적 효과를 증대하는 어휘가 나타난다. 곧 '절로'와 '홀로'는 2음절이며 앞형태의 종성이 'ㄹ'이고 뒷음절의 어형이 똑같이 '로'로 나타나 리듬면에 기여하고 있으며, '홀로'의 'ㄹ'은 다시 '뜰'의 'ㄹ'과 음운이 같아 안정감을 더해 준다. 그리고 '홀로'는 (2ㄱ)의 '호롱불'과 상당 부분에서 음운이 일치되고 있음을 알 수 있다.

4.

주지하는 바와 같이 김광균은 모더니즘을 우리의 전통적 서정과 결합시키는 데 성공했다. 그의 시는 시각적 이미지뿐만 아니라 다른 여러 가지 감각적 언어를 사용하여 전통적인 우리 고유의 서정성을 더욱 생동감 있게 표현하였다. 그리고 그의 시 속의 이미지는 단순히 고정된 이미지가 아니라 다른 이미지와 역동적으로 얽혀 있다. 실제로 시의 이미지는 단순히 과거의 기억만을 끌어내는 데서 발생하는 심리적 현상이 아니라 상상력의 총체적 움직임에 의해 탄생되는데 김광균은 그 이미지를 만들기 위해 비유나 상징을 도입했다. 언어의 선택이나 구성에서는 물론 비유나 상징으로 드러나는 상상력에서 그의 놀라운 기지를 볼 수 있는데, 그것이 시의 아름다움을 더해 주고 있다.

4연은 이러한 비유와 상상이 극치를 이룬 부분으로 이 작품에서 가장 예술적 가치가 높은 곳이다. 4연은 눈 오는 소리를 "女人의 옷벗는 소리"로 이미지화한 것이다. 그런데 이때 '女人'은 이곳에서 불쑥 나온 단어라고 볼 수 없다. 왜냐하면 1연에서는 이미 그리운 대상으로 '女人'이 숨어 있으며, 2연에서는 서글프지만 '옛자최'를 남긴 '女人'으로 암시되고, 3연에서는 '가슴이 메여' 오게 만드는 과거의 '女人'이기 때문이다. 그 '女人'에 대한 그리움과 서글픔 그리고 가슴이 메도록 아픈 과거는 4연에 모두 집약되어 있다. 그러기에 이 연의 종결은 명사로 마무리되어 있다. 이제까지 유로되는 대로 움직이던 감정은 바로 4연에서 고조되어 극적인 상태에 놓이게 된 것인데, 이것이 4연의 종결법과 맥이 닿아 있다.

그뿐 아니라 4연은 오로지 한 행으로 한 연을 이루고 있다. 이것은 비록 한 행일지라도 이 행이 지닌 이미지나 사상성의 무게가 다른 행과는 달리 무겁기 때문이다. 즉 작가의 이미지의 이행 속도가 4연에서는 갑자기 촉급해진 것을 드러내는 것으로 이는 앞에 언급한 4연의 특색과 잘 어울린다. 그런가 하면 '女人의 옷벗는 소리'는 시각과 청각이 합일을 이룬 표현법으로서, (1ㄴ)의 "소래업시 훗날리느뇨"가 청각을 동원한 것이고, (2ㄱ)의 "호롱불 여위어 가며"가 시각을 동원한 것이라면, 여기서는 시각과 청각이 동시에 등장하여 신선한 이미지를 창출하였기 때문에, 4연이 다른 연에 비해 짧지만 호흡이 가쁘다는 것과 연결이 된다.

한편 4연을 주의깊게 보면 '女人이'가 아니라 '女人의'라는 사실을 발견할 수 있다. 이것은 '옷벗는 소리'를 더 강하게 드러내기 위한 것이며, '女人에게' 초점이 맞춰져 이미지를 파괴하는 것을 방지하기 위한 방편이다. 또한 '女人의'에서 '의'는 음가대로 정확히 발음되지 않는 까닭에 '먼-곳에'의 '에'와 겹쳐 운율미가 돋보인다.

5.

5연은 눈을 바라보며 가눌 수 없는 과거지향적 감성을 마구 토로해 낸 연이다. 왜냐하면 (5ㄱ)의 음수율이 다른 데서 보이는 것과는 전혀 다를 뿐만 아니라, (5ㄴ)의 '이는'이 (5ㄱ)을 받고 있어 시적인 흐름에서 많이 벗어나 있기 때문이다. 게다가 (5ㄴ)의 문장이 명사형을 취하고 있어 더욱 분위기를 해치고 있다. 그뿐만 아니라 (5ㄷ)의 '싸늘헌 悔恨' 뒤에 이어지는 '이리'도 (5ㄴ)의 '이는'과 같이 화자 중심적인 지시어인 까닭에 객관적인 묘사가 전혀 끼어들 틈이 없게 되어 버렸다.

이와 같이 5연은 이 시에서 가장 매력이 없는 연으로 추락하였는데, 이를 더욱 부추긴 것은 종결법이 의문형으로 끝나는 것과 '싸늘헌'이나 '가쁘게'와 같이 시의 전반적인 분위기를 깨뜨리는 어휘가 두 번이나 등장하며, 그 어휘는 공통적으로 경음을 내포하고 있다는 사실이다.

그러면서도 이 연이 어느 정도 정연한 모습을 지니는 데엔 그럴 만한 이유가 있다. 곧 (5ㄴ)과 (5ㄷ)의 구조가 (1ㄱ)과 (1ㄴ)의 문장 구조와 비교적 평행적이라는 점과 5연 안에서 '희미헌', '일허진', '싸늘헌' 등에서 공통적인 음운이나 형태가 이 연을 그나마 안정적으로 이끌고 가는 동력이 되는 것이다.

6연은 빛이나 향기도 없이 끊임없이 내리는 흰 눈이 계속해서 쌓이는 모습을 그리고 있는 연이다.

김광균은 앞에서 소리를 거의 제거하였다. 그렇기 때문에 (6ㄱ)에는 눈이 '빛도 향기도' 없는 것이다. 게다가 눈은 이미 차가운 것으로 규정되었으며 그것은 과거로 작가를 끌어들였을지언정 아름답고 그리운 과거는 벌써 사라져 현재로 이어질 수 없기 때문에, '싸느란 衣裳'을 할 수밖에 없다. 더구나 눈이 내리는 모습을 지켜 보는 시인은 자신이 무척 고독하고 고적하기 때문에, '호올로' 내리는 눈으로 인식하는 것이다.

다른 각도에서 보면 (6ㄱ)의 '업시'는 단순히 '빛'이나 '향기'가 없다고 기술되어 있지만 그것은 모든 것을 상실한 것이라고도 볼 수 있을 것이다. 그렇다면 인생에서 모든 것을 잃어 버린 상태는 죽음일 수밖에 없기 때문에 이와 같이 이 시에서 가장 '無'를 강조한 연이 바로 6연이다. 그렇게 볼 때 없는 것들에 대한 강조가 (6ㄱ)에서 제시되어 있을 뿐만 아니라, '호올로'도 다른 것이 없는 것을 표현한 것이다. 그런데 이런 의식은 이미 앞에서 표출된 바 있다. 곧 (1ㄴ)의 '소래업시'나 (2ㄱ)의 '여위어가며', (3ㄴ)의 '허공'이나 (3ㄷ)의 '홀로' 따위가 '없음'과 긴밀히 연결되어 있다.

한편 (6ㄷ)에 보이는 연쇄법은 몹시 특기할 만하다. 그것은 단편적으로 연쇄법을 썼다는 데 머물지 않고, 눈이 끊임없이 내리는 상황을 그렸을 뿐만 아니라 슬픔도 그와 더불어 한 켜 한 켜 쌓이는 양상을 보여 주었다. 물론 그때 (6ㄷ)의 전반부와 후반부는 연쇄와 아울러 철저히 운율적인 반복성을 표출하고 있다.

마지막 연은 고독과 그리움과 절망이 한데 어울린 가장 비극적인 연이다. 그렇지만 안타까운 것은 그 처리가 흰 눈은 곧 슬픔이라는 등식만을 제공해 줄 뿐, 시적 아름다움을 지닌 채 마무리짓지 못하였다는 것이다.

그러나 다른 면에서 볼 때 7연은 마지막 연으로서 이제까지 시인의 감정이 순탄하게 마무리되는 것을 대단히 잘 보여 준다. 예로써 '슬픔'은 명사로 나타나 있기 때문에 확실히 구체화되어 있다는 의식을 독자들에게 부여한다. 그것은 (3ㄱ)의 '입김'과 '가슴', (3ㄴ)의 '마음'과 호흡을 같이 한다. 그리고 '그우에'와 같이 객관적으로 묘사함으로써 이 시가 안정감을 갖게 하였다. 그것만이 아니라 '고히'는 평온하고 온화한 의미를 지녀 이 연에 안온감을 부여한다. 그 외에도 다른 연의 종결법과 달리 마지막 연은 서술형 종결 어미로 장식되어 있다. 이것 역시 시 전체의 안정에 기여할 뿐만 아니라 시가 끝난다는 것을 암시한다. 게다가 그 마지막 어휘의 시제는 주관적인 현재 시점을 나타내는 '서린다'가 아니라 슬픔까지도 객관화하여 '서리다'로 시어화하였다.

그러나 마지막 시행에서 그는 시인의 위치나 입장 혹은 그의 정신 상태와 정감을 '내'라는 일 음절어로 표출하였다. 자기의 호흡이 마지막에 강렬히 심어지지 않고서는 결코 시가 완결되었다고 생각할 수 없었던 것이다.

어휘 의미 관련성 찾기 :
시 해석의 첫걸음

1.

이 글은 현대시에서 어휘 의미 관계를 탐색한다. 현대시에 동원된 단어들의 개별의미뿐만 아니라 나아가 단어 사이의 의미상 상호 관련성을 살피는 것은 시를 이해하는 데 매우 기초적이고 꼭 필요하다. 따라서 시어들이 간직하고 있는 이런 의미 특성을 국어의미론적 관점에서 세세히 파악함으로써 현대시를 좀더 깊이있게 음미하려는 데 도움을 주고자 이 소논문은 작성된다.

지금까지 현대시를 국어학적 측면에서 분석한 연구물들은 국어학의 제 부문에서 연구된 결과에 의거하여 시의 전반적인 면모를 들여다보거나 단어에서의 음운, 형태, 의미 기능 따위에 대해 부분적으로 살펴보았다. 그러나 시의 특성상 가장 본질적인 면에 해당하는 의미 기능면에 초점을 맞추어 집중적으로 고구한 논문은 그리 많지 않았다. 그러므로 이제까지 어휘의미론에서 거둔 업적에 기대어 시어 각각의 의미를 천착한 뒤 단어 간에 의미론적 상관망을 형성하고 있는 여러 양상을 상세히 해부해 보는 일은 퍽 뜻깊은 것이다.

이 논문에서 논의할 대상은 반의 관계를 비롯하여, 다의 관계, 유의 관계, 상하의 관계이다. 그리고 이를 구명하기 위해 인용한 시는 강희안의 시집 『물고기 강의실』(2013)과 이해인의 시집 『서로 사랑하면 언제라도 봄』(2015)에 수록되어 있는 작품이다.

2.

서로 반대되거나 대립되는 의미를 가진 단어 사이의 의미 관계를 반의 관계라고 하며, 반의 관계에 있는 단어를 반의어라 한다.

반의 관계가 성립되기 위해서는 동질적인 조건과 이질적인 조건을 모두 만족시켜야 한다. 전자는 동일한 의미영역과 어휘범주에 속해야 한다는 조건이고, 후자는 의미상 대조적 배타성을 충족해야 한다는 조건이다. 다시 말해서 동일한 의미 영역은 어느 정도 동일한 의미성분을 공유해야 한다는 것이고, 동일한 어휘범주는 관련 단어의 품사와 형태가 똑같아야 한다는 것이다. 그리고 이질적인 조건인 의미상 대조적 배타성이란 다른 면에서는 공통적인 의미 특성을 지니지만 어느 한 면에서는 배타적 대립 관계를 유지해야 한다는 것이다.

한편 반의어엔 상보 반의어, 등급 반의어, 관계 반의어가 있는데, 상보 반의어는 양분적 대립어로서 상호 배타적인 영역을 가지며, 등급 반의어는 대립어 사이에 중간 상태가 있고, 관계 반의어는 대립어가 상대적 관계를 형성하고 있으며 의미상 대칭을 이룬다는 점에서 각각 구별된다.

반의 표현은 우선적으로 부정을 나타내는 문법 표지에 의해 실현된
다. 즉 (1)에서처럼 단순부정, 능력부정, 선택부정에 따라 상대적으로
반의임을 드러낸다.

(1) ㄱ. 그래 알았어
        익지 않은 것은
        내놓지 않고 싶어
        그러나 이왕 내놓은 걸
        안 익었다고
    ㄴ. 울고 싶어도
        못 우는 너를 위해
    ㄷ. 거룩한 초연함인지
        아니면 무디어서 그런 건지

그런가 하면 어휘의미론에서 엄격한 잣대로 제시하듯이 완전반의어
를 동반하여 나타나기도 한다.

(2) ㄱ. 넌 이해할 수 있니?
        기쁨 뒤에 가려진 슬픔
        맑음 뒤에 가려진 그늘
        웃음 뒤에 가려진 눈물의 의미를
    ㄴ. 적은 양의 쌀이 불어
        많은 양의 밥이 되듯
    ㄷ. 다시 만난 기념으로
        아침엔 녹차 한잔
        저녁엔 포도주 한잔 할까?
    ㄹ. 살아가는 게
        너는 즐겁니?
        죽는 게 두렵지 않니?

(2ㄱ)의 '기쁨'과 '슬픔', (2ㄴ)의 '적은'과 '많은', (2ㄷ)의 '아침'과 '저녁', (2ㄹ)의 '살아가는'과 '죽는'은 누가 보아도 완벽한 반의 어쌍을 사용하여 적확한 반의 표현을 하고 있음을 알 수 있다. (3)은 한 편의 시에서 이러한 기제가 얼마나 자주 이용되었는지를 극명하게 보여 준다.

> (3) 푹 퍼진 바지의 줄을 잡다가 슬쩍 당겨 본다
> 꽉 다문 입 없는 말
> 주루룩 뱃가죽 찢으며 지평선을 열어젖힌다
> 성기가 터질 듯 부풀기 전에
> 금속성 이빨들이 일제히 가방에서 뛰쳐나왔다
>
> 입 · 이것은 안전 처리된 미늘인 듯
> 살갑게 봉인을 풀 때마다 비린내가 물큰했다
> 누구나 공공연한 전횡을 일삼았지만
>
> 자크 · 저것은 투명한 데리다의 기표였으므로
> 누구나 쉽게 개봉할 수 있는 지퍼백
> 순수한 말의 기원은 없고 혀의 기능만 있다던
>
> 질 · 그것은 딱딱 맞는 이빨 없이도 완강했다
> 표표히 유목에 지친 말로 남아 떠도는
> 사막의 바탕은 바람의 망막이 아니었다
>
> 바람에 재편된 사구의 주름을 헤집어 보다가
> 알알이 흩어진 모래
>
> 잠시 신기루 펼칠 때 트럭의 범퍼가 닫혔다
> 이 뜨거운 실린더가 터지기 전에
> 말 없는 입들이 지퍼를 열고 고비에 당도했다

위 시 '지퍼의 전형사'에서 반의 관계는 여러 차례 나타난다. 곧 '당겨'와 '헤집어', '다물기'와 '흩어지기', '열고'와 '닫고', '부풀기'와 '터지기', '뛰쳐나왔다'와 '당도했다'와 같이 첫 행부터 마지막 행까지 여러 어휘가 반의 관계를 형성하였다. 이는 근본적으로 지퍼가 열고 닫는 기능을 갖고 있기 때문에 개폐와 직접적으로 관련이 있는 단어쌍이 반의어로 등장하거나 그와 유사한 연상 작용 관계에 놓인 단어쌍이 반의성을 띠게 된 것이다.

그런데 국어의미론에서 제시한 엄중한 검증기준은 시에서는 다소 완화될 필요가 있다. 곧 (2ㄱ)에서 '맑음'과 '그늘', '웃음'과 '눈물' 그리고 (2ㄷ)의 '녹차'와 '포도주'는 엄밀한 의미에서 1차적으로 손꼽히는 반의어쌍이 아니다. 왜냐하면 '맑음'과는 '흐림', '웃음'과는 '울음' 그리고 '녹차'와는 '커피' 따위가 더 잘 어울리는 반의어쌍이기 때문이다. 따라서 이렇게 반의 관계의 범주를 조금이나마 확대할 때 (4)의 시인 '연가'엔 여러 가지 반의어쌍이 존립하며 그들이 서로 의미상 조화를 이루며 멋지게 시를 형성하고 있는 것을 볼 수 있다.

> (4) 딱히 슬픈 일도 없는데
> 자꾸만 눈물이 날 때
> 나는 그냥
> 숲으로 가거나
> 산을 바라봅니다
> 딱히 기쁜 일도 없는데
> 자꾸만 웃음이 나올 때
> 나는 그냥
> 강으로 가거나
> 바다를 바라봅니다

그리고 (5)의 시 '병상일기 1'에서도 '짧아진'과 '길게 꼬인'이 반

의어쌍이듯이 '장'과 '욕심'이 무리없이 버젓하게 반의 관계를 맺고
있는 것을 알 수 있다.

> (5) 짧아진 장의 길이만큼
>
>   나의 인생도
>   나의 시도
>   전에 비해
>   짧아진 것이
>   정말 확실한데
>
>   길게 꼬인
>   내 욕심의 길이는
>   좀체 줄지를 않아
>   고민입니다

　　이와 같은 관점을 견지하며 좀더 개념규정의 영역을 넓혀 보다 분석적으
로 시 (6)인 '선장힐책'을 살펴 보자.

> (6) 한양의 개신교 장로인 제후가 수로 사업에 부심하다가 불가의 종단을 방문
> 했다 그가 방문한 사찰의 주지는 신비로운 행적과 도력으로 세간에 널리 알려진
> 선사였다 스님이 그와 면대하기 위해 암자 별당에 들자 주위의 노승은 물론 고위
> 급 관료들까지 모두 기립했다 그 가운데 제후만은 그 자리에 턱 버틴 채로 스님
> 을 맞이했다

　　위 시에서 명사로서 반의 관계를 맺고 있는 단어는 '제후'와 '스님'이
다. 이 둘은 양립불능의 어휘 항목이 단 둘인 이원대립어에 해당한다. 그
런데 이들은 일반 언중이 생각할 때 반의어가 아닌 듯하지만 두 단어를
반의어의 성립 조건에 비추어 보면 동일한 의미영역과 어휘범주에 속하
고 대조적 배타성을 띠는 까닭에 반의 관계를 이루는 데 아무런 손색이

없다. 좀더 상세히 말해서 '제후' 와 '스님' 은 똑같이 인간이며 명사라는 동일 품사에 속하고 곡용 등 형태적 특성이 일치하므로 반의어로서의 동질적 조건을 만족시킨다. 그리고 이질적 조건에서도 아무런 문제가 없다. 즉 '제후' 가 [+정치가]라면 스님은 [-정치가]이고, 제후가 [+세속성]을 띤다면 스님은 [-세속성] 곧 [+신성성]을 성분으로 보유하며, 제후가 [+권위적]이라면 스님은 [-권위적]이고, 제후가 [+교만한] 인물이라면 스님은 [-교만한] 곧 [+겸손한] 사람으로 성분분석상 반의 관계가 뚜렷이 나타나기 때문이다.

이 시는 이렇게 양립적인 관계를 설정하여 제후와 스님이 대조적임을 드러내었는데, 여기에 개신교의 장로와 불교의 주지 스님까지 곁들여 타 종교를 배타적으로 대하는 제후의 무례함을 질타하였다.

> (7) 사우나탕에다 방귀 뀌고 그 거품 깨무는 자가 마조히스트라면 소심한 성직자는 제 방귀 소리에 놀라 펄쩍 뛰다가 말씀의 뚜껑 열어젖히리라 방귀 뀌려다가 지린 자가 비평가라면 불행한 혁명가는 몇 시간이나 참다 새어 버린 자신의 방귀가 남의 방귀와 섞이는 미궁에 봉착하리라 여자가 방귀 뀐다고 투덜대는 자가 시대 파악을 못한 사회부 기자라면 실망스러운 정치가는 무색의 방귀를 뀌다가 남의 방귀 냄새로는 점심 메뉴까지 알아맞히리라 요란한 방귀를 뀌고도 자지러지게 웃는 자가 독재자라면 정직한 학자는 방귀의 의학적 소신을 운운하다가 마침내는 타인에게서 냄새의 출처를 구하리라

한편 (7)은 '방귀를 읽다' 의 전반부로 대립 관계가 매우 선명하게 드러난 시이다. 무수한 동사를 젖혀 놓고 명사만 보더라도 의미적으로 대척 관계를 이루는 단어가 여실히 대비를 이루며 등장하였다. 즉 '마조히스트' 와 '성직자', '비평가' 와 '혁명가', '사회부 기자' 와 '정치가', '독재자' 와 '학자' 등은 대구를 이루는 주체로서 철저히 이분법적 반의 관계를 구성하고 있다.

　이제까지 반의어를 이루는 쌍은 두 개로 이원대립의 관계에 놓인 것들이었다. 그런데 (8)은 이와 달리 양립불능의 어휘 항목이 세 개인 경우이다.

　(8) 삼류가 멋스러운 입성으로 행사장에 나오면 바람둥이라 여기고 추레한 차림이면 더럽게 게으른 놈이라 하대한다 이류가 자기를 칭찬하면 사람 보는 안목이 예리하다 믿지만 비판을 일삼으면 쓸모없는 놈이라고 무시하기 십상이다 자신이 원하는 걸 모두 들어주는 삼류는 역이용하고 자신의 요구 사항을 하나라도 들어주지 않는 이류는 뭘 모르는 인간이라 홀대하리라 일류가 자신의 요구를 묵살할 때는 뭘 서운하게 했나를 되짚어 보지만 삼류가 소식을 전하면 그를 지겨운 놈이라고 오판하기 때문이다 종종 이류가 격조한 관계를 유지할 때는 자기를 배반했다 비난하고 전갈을 끊는 일류에게는 뭔가 바쁜 일이 있다고 예단한다

　(8)에서 시인은 인간이 인간을 대할 때 어떤 태도를 취하느냐에 따라 인간의 부류를 세 가지로 나누었다. 즉 일류는 본인이 환대하는 사람이고, 이류는 홀대하는 사람이며, 삼류는 지극히 하대하는 사람이다. 이 시에서 시인은 반의어의 다원 분류 중 3원 분류를 이용하여 이렇게 사람들이 세 가지로 갈래 지어 사람을 다르게 대하는 것을 통렬히 비판하거나 비난하면서도, 그럴 수밖에 없는 인간세태가 버젓이 존재하고 있는 것을 비꼬거나 자조하고 있다.

3.

　다의 관계는 하나의 단어가 서로 관련성이 있는 둘 이상의 의미를 가진 관계를 일컫는 것으로 이에 관여하는 단어를 다의어라고 한다. 단어가 문맥에 따라 다른 양상을 지녀 기존 단어의 중심적 의미에서 점차 확

대되어 주변적 의미를 얻게 됨으로써 동일한 음상이 또 다른 의미를 획
득하게 되어 다의어가 생성되는데, 이와 같은 과정에 가장 영향을 많이
미치는 것은 적용의 전이이다.

시 (9)는 '어른 척척척'의 중반부로 여러 단어가 다의 관계를 형성하
였다. 즉 '넣다', '끼우다'는 본래 각각 "속으로 들여 보내다.", "좁은
사이에 빠지지 않게 밀어 넣다."는 뜻을 지닌 단어였다. 그런데 그런 중
심적 의미에 성행위와 관련된 주변적 의미가 덧보태져 다의성을 갖게
되었다. 이와 같은 현상은 '올라타다', '올라오다', '빼다'에서도 똑같
이 일어나 이 시는 전반적으로 외설적인 양태를 띠게 되었다. 이렇게 다
의어를 십분 활용하였으며 그 다의성이 성행위로 집약될 수 있도록 유
도한 이 시에 대한 평가는 독자에 따라 긍정적인 평가와 부정적인 평가
로 극명하게 갈릴 것이다.

4.

유의 관계는 음운적으로 서로 다른 단어가 매우 비슷한 의미를 지니
고 있는 관계를 말하며 유의 관계에 있는 단어들을 유의어라고 한다.
유의 관계 대신에 동의 관계라는 용어를 쓰기도 하는데 이는 관련 어

휘소 간에 아무런 의미 차이가 없이 모든 문맥에서 치환될 수 있을 때만 성립한다. 그러나 실제로는 객관적 의미, 감정적 어조, 환기적 가치를 조금도 바꾸지 않고 완전히 교체될 수 있는 동의 관계는 없기 때문에 유의 관계라는 술어가 더 적합하다. 이렇게 유의 관계는 개념적 의미뿐만 아니라 내포적 의미나 사회적 의미 등에서 다소 차이를 보이는 어휘까지 일컫는다.

> (10) ㄱ. 열어젖히다-풀다-개방하다
> 　　 ㄴ. 스님-주지-선사
> 　　 ㄷ. 신공의 심법-부사의 검법-무사의 칼날

(10ㄱ)은 (3)의 시 곧 '지퍼의 전횡사'에 들어 있는 유의어로 '열다'라는 의미장에서 함께 거론될 수 있으며, (10ㄴ)은 (6)의 시 곧 '선장힐책'에서 나타난 유의어로 '승려'라는 의미장을 형성할 수 있고, (10ㄷ)은 '양파'에 등장하는 유의어로 '무림고수의 비술'이라는 의미장에서 같이 운위될 수 있다.

이와 같은 양태는 다음 시에서도 잘 드러나고 있다.

> (11) ㄱ. 삶의 길에는
> 　　　 어둡고 아프고
> 　　　 나쁜 일도 너무 많아서
> 　　 ㄴ. 마음이
> 　　　 따뜻하고
> 　　　 부드럽고
> 　　　 넉넉해지네
>
> 　　　 싱겁지는 않은
> 　　　 담담하고 차분한
> 　　　 중용의 말

ㄷ. 흐르는 세월
흐르는 마음
흐르는 사람들

진정
흐르는 삶만이
나를 길들이네

(11ㄱ)에서 '어둡고', '아프고', '나쁜' 은 "삶의 길에 나타나는 좋지 않은" 특질로 집약될 수 있는 유의 관계를 형성하고 있으며, (11ㄴ)의 '따뜻하고', '부드럽고', '넉넉해지' 는 단어들은 범위가 좀 넓기는 하나 '중용의 맛' 이란 의미장으로 포용될 수 있으며, (11ㄷ)의 '흐르는 세월', '흐르는 마음', '흐르는 사람들' 은 '흐르는 삶' 이란 유의 영역으로 통합될 수 있다.

한편 고유어와 한자어가 한데 어울려 시 한 편에 유의어가 대거 등장하는 예도 있다. (12)는 '소금의 유혹' 의 초중반부로 '질기다', '힘이 세다', '잔혹하다', '강하다', '엄격하다' 처럼 무려 다섯 개의 단어나 구절이 각기 다른 문장에 흩어져 자리잡고 있지만 시 전체로 볼 때 '강력하다' 라는 의미장을 구축하고 있는 것은 사실이다.

(12) 간간 소금의 집착은 질기다 수제비 반죽에 섞이기 십상이다 저희끼리 돌돌 뭉쳐 놓는다 간간 소금은 이기적이다 어물쩍 영생의 말씀을 덧붙인다 제가끔 목줄에서 떼고 싶은 견고한 상징이다 간간 소금은 힘이 세다 맑은 핏줄에도 압력을 넣는다 세상의 둥근 식탁을 차지하고 싶다 간간 소금은 잔혹하다 허튼 부패의 수작에 강하다 모난 성깔 주저앉히기 십상이다 간간 소금은 엄격하다

이와 같이 시에서 동일한 단어가 아니라 의미가 비슷한 다른 단어를 대치하여 씀으로써 자칫 단순하고 지루해질 것 같은 우려를 불식할 수

있을 뿐만 아니라 반복으로 인한 강조 효과를 거두고, 나아가 시에 응집성을 부여하여 독자들이 짜임새 있고 안정적인 텍스트를 대하게 하는 데 기여한다.

5.

상하의 관계는 한 단어의 의미가 다른 단어의 의미를 포함하는 관계를 일컫는다. 상하의 관계는 어휘장 속에서 그 성격이 분명히 드러나는 바, 한 단어장과 그것의 부분장 속에 있는 단어 사이에서 상위의 단어는 하위의 단어의 의미를 포함하고 있는 까닭에 포함 관계라고도 할 수 있다. 상하의 관계에 있는 단어는 계층적 구조를 지니는데 계층적으로 위에 있는 단어를 상의어 또는 상위어라고 하고, 아래에 있는 단어를 하의어 또는 하위어라고 한다.

상하의 관계에서 상의어는 하의어보다 일반적이고 포괄적인 의미영역을 갖는 반면에 하의어는 보다 구체적이고 특수한 의미영역을 갖는다. 그리고 상하의 관계는 이행적 관계이며 일방함의 관계만 성립한다.

이러한 면을 고려하여 볼 때 (13)에서 아래 연의 ‘언제라도’는 위 연의 ‘살아서도’와 ‘죽어서도’와 상하의 관계를 맺고 있다.

    (13) 우리 서로
       사랑하면

       살아서도
       죽어서도

그런데 시에서는 국어의미론에서 규정한 상하의 관계가 좀더 폭넓게 논의되어야 한다. 곧 일반언어에서는 필연적으로 상하의 관련성이 없는 경우가 시에서는 자연스럽게 상하의어로 자리잡는 경우가 얼마든지 있을 수 있다. (14)에서 병행구조를 이루는 1연과 2연에서 '조개껍질'과 '솔방울'은 각각 하의어이고 그것들의 상의어는 '노리개'인 까닭에, 시적 의미 관련성은 일반적 의미 상관성과 매우 다르다는 것을 쉽사리 알 수 있다.

> (14) 바닷가에 가면
> 조개껍질
>
> 숲속에 가면
> 솔방울
>
> 동심을 잃지 않고 싶은 내게
> 평생의 노리개였지

이런 특질은 (15)에서도 뚜렷한데 하의 표현인 '낯익은 사람'과 '낯선 사람'이 꿈속에서는 함께 상의 표현인 '가까운 동행인'으로 묶일 수 있음을 보여 준다.

> (15) 낯익은 사람
> 낯선 사람
> 꿈속에선 모두
> 가까운 동행인이 되리

지금까지 상하의 관계는 비교적 단순한 구조였다. 그런데 (16)은 점층 구조로서 (16ㄱ)은 상의어로 통합되기 전 하의어인 '동무', '엄마', '할머니'로 변모하는 과정을 기술하고 있으며, (16ㄴ)은 복을 '짓고', '받아', '나누는' 가운데서 '선업을 쌓고', '덕을 닦는' 상의 개념으로 점점 옮아 가는 과정을 읊조리고 있다.

> (16) ㄱ. 어린 시절 동무들은
> 　　　　엄마를 거쳐
> 　　　　이젠 할머니도 되었는데
> 　　ㄴ. 서로서로
> 　　　　복을 짓고
> 　　　　복을 받아
> 　　　　복을 나누는 가운데
> 　　　　선업을 쌓고 덕을 닦는

이뿐만 아니라 상하의 관계가 중층 구조를 이룰 때 반복성에 따른 시적 결속력이 훨씬 강화되어 그 관계가 더욱 빛을 발한다. (17)은 '나를 키우는 말'로서 1~3연이 중층 구조를 이루고 있으며 각 연의 첫째 행을 장식하는 단어인 '행복하다', '고맙다', '아름답다'는 4연에 있는 '좋은' 말과 상하의 관계를 유지한다. 그리고 각 연의 둘째 행은 전 행의 하의어를 반복하고 있으며, 셋째 행의 '샘이 흐르고', '순해지고', '환해지고'란 하의어들은 '나를 키우는'이라는 상의어로 초점이 모아지고 있다.

> (17) 행복하다고 말하는 동안은
> 　　　나도 정말 행복해서
> 　　　마음에 맑은 샘이 흐르고
>
> 　　　고맙다고 말하는 동안은
> 　　　고마운 마음 새로이 솟아올라

내 마음은 더욱 순해지고

아름답다고 말하는 동안은
나도 잠시 아름다운 사람이 되어
마음 한 자락이 환해지고

좋은 말이 나를 키우는 걸
나는 말하면서 다시 알지

동음어의 시적 의미 상승 효과 :
『물고기 강의실』의 경우

　이 글은 현대시를 국어학적으로 분석한 것이다. 강희안 시인의 최신 작 『물고기 강의실』에 수록된 몇 편의 시를 의미론적으로 분석하여 그 시들이 간직하고 있는 의미 특성을 좀더 심층적으로 이해하려는 것이 이 작은 연구물의 목표이다.

　이제까지 현대시를 국어학적 관점에서 해부한 논문들은 대체로 국어학의 모든 부문 즉 음운론, 어휘론, 구문론, 의미론 등에서 연구된 결과를 기초로 하여 필요한 부분을 원용하는 방식을 취했다. 다시 말해서 시의 특성상 주류를 이루고 있는 어느 한 분야에 대해서만 상세히 논의한 것은 거의 찾아볼 수 없었다. 따라서 지금까지 의미론에서 연구된 성과에 힘입어 한 편의 시를 오로지 의미론적 측면에서만 고찰하는 것은 매우 의미 있는 일이 될 것이다.

　『물고기 강의실』은 강희안이 최근에 발간한 시집이다. 여기엔 54편의 시가 4부로 나뉘어 수록되어 있다. 이 가운데 의미론적으로 손쉽게 접근해 볼 수 있는 시는 열다섯 편 가량이다. 의미론적 분석 대상이 시집에 실려 있는 전편의 30% 정도에 육박한다는 것은 다른 시집에서는 상상할 수도 없는 분량이다.

여기서는 의미론에서 주요한 연구 대상으로 삼았던 문제가 어느 정도 해결되었으며, 그 연구 결과에 비추어 볼 때 여러 문제가 이들 시에서 어떠한 역할을 하며 시의 가치를 증진시키는지 들여다볼 것이다. 이 중에서 어휘의미론뿐만 아니라 문장의미론 나아가 문맥의미론에서까지 중요한 역할을 하는 동음 관계를 집중적으로 살펴 그것이 시에서 얼마만큼의 시적 의미 상승 효과를 거두는지 들여다볼 것이다.

2.

동음 관계란 두 개 이상의 동음어가 한 편의 시에 함께 등장하거나 연상을 가능하게 하여 의미 관계를 형성하는 것을 뜻한다. 여기에서 동음어는 단어의 형태가 같으나 의미가 다른 단어를 일컬으며, 소리가 같다는 점에서는 동음어라 하고, 의미의 차이에 초점을 맞춰 이의어라고도 하지만, 두 가지를 함께 아울러 동음이의어라고도 한다. 한편 단어의 범주를 넘어 동음 관계를 형성하는 것을 동음성이라고도 칭한다.

(1) 가[1]이 음계의 제6음, 곧 라(la)에 집착하므로 가:[2]는 복판으로부터 먼 끝진 데서 판을 짠다 가:(可)가 옳거나 좋다는 화성을 내세운 장조이므로 가[12]는 받침 없는 체언의 후미에서 변성하는 단조의 뉘앙스를 풍긴다 가(加)가 더하기라는 구시대 가곡이므로 가:-(假)는 진(眞)의 상대편에서 시험적인 악상에 골똘한다 가(家)가 호적상 일가로 등록된 친족 단체라는 다단계 음계이므로 -가(家)는 그 방면에 남보다 뛰어난 악성을 일컫는다 가[21]이 서술어의 동작, 상태를 확정하는 계명의 어미이므로 가[5](加)는 씨족이나 부족의 우두머리 사내를 가리키는 으뜸화음이다 가[11]

이 보족적 동작으로 주체의 격을 높이는 지휘자이므로 가[18](價)은 일부 명사의 뒤에
서서 객체의 가격을 매기는 장사치다 –가(哥)가 인명이나 성(姓)씨의 배후에서 '그
성씨 자체나 사람들'을 조종하므로 –가[16](街)은 일부 명사나 수사의 말미를 차지하
는 거리나 지역에서 구성지게 판을 벌이는 것이다

  (1)은 ''가'라는 판의 조합'이라는 시의 상단부이다. 10개가 넘는 '가'라
는 동음어를 이용하여 '가'라는 판의 조합을 이룬 것은 시인이 동음 관
계의 가치를 충분히 알고 이를 이 시에서 적절히 활용한 것이다.

  물론 (1)에서 모든 '가'가 동음 관계에 놓이지는 않는다. 그것은 동음
관계가 결코 동질적이지 않기 때문이다. 동음 관계는 그 성격에 따라 완
전동음성과 부분동음성으로 나뉜다. 즉 의미상 관련성이 없으며 어형
이 모든 형태에서 동일할 뿐만 아니라 동일 형태 간에 문법적으로 대등
한 관계를 유지하는 경우는 완전동음성 관계에 있으며, 어형이 모든 형
태에서 완전히 동일하지 않거나 동일하더라도 문법적으로 동질적이지
않은 것은 부분동음성 관계에 있다고 구분한다.

  (1)에서 '가장자리'를 뜻하는 '가'와 주격조사로 쓰이는 '가', 그리고
의문형종결어미로 역할을 하는 '가'는 사전에서 그 어형만 놓고 볼
때 똑같은 '가'인 듯하지만 문장구조적 측면이나 의미·형태적 측면
에서 그 상관관계를 고려할 때 부분동음어에 불과하며, 이마저도 동음어
의 규정을 엄격하게 적용하는 학자에게는 동음 관계를 전혀 인정받지
못하고 여지없이 대상에서 제외될 수 있다.

  한편 동음어엔 동철동음어 이외에 이철동음어와 동철이음어가 있다.
이철동음어는 철자는 다르지만 소리가 같은 동음어이고, 동철이음어는
철자가 같지만 소리는 다른 동음어를 일컫는다. 그런데 동철이음어는
과거엔 장단에 의해 의미가 구분되는 까닭에 엄밀한 의미에서는 동음
어라고 간주될 수 없었지만 점차 장단음으로 변별하는 언중이 줄어들

어 부분동음어로 자리잡고 있다.

이 점에서 (1)에서 옳거나 좋다는 의미의 '가'와 진짜가 아닌 것을 뜻하는 '가'는 길게 발음되어 다른 '가'와 동철이음 관계를 이루고 있다.

또한 동음어는 의미면에서 기원이 같은 동음어가 있고 전혀 그렇지 않은 동음어가 있다. 거의 모든 동음어는 후자에 속하는데, (1)에서 호적상 일가로 등록된 친족 단체를 일컫는 '가'와 그 방면에 남보다 뛰어난 사람을 뜻하는 '가'는 어원상 기원이 같을 개연성이 있다고 볼 수 있다.

어쨌든 (1)에서 시인은 거의 모든 동음어가 완전동음어가 아닌 부분동음어이고 그것도 동음어로 인정받기 힘든 동음어를 조합하여 한 편의 시를 완성하였다. 또한 동철동음어만 다룬 것이 아니고 동철이음어까지 함께 엮어 동음 관계를 획득하도록 하였다.

이와 같이 시인은 의미상 결코 동질적일 수 없는 동음어를 다수 동원하여 어떻게든 의미망을 조성하려 애썼다. 그리하여 몇 개의 문장에서는 동음어 간에 연결고리가 형성되어 의미상 상관관계가 있는 것처럼 여기게 만들었다. 즉 "가(家)가 호적상 일가로 등록된 친족 단체라는 다단계 음계이므로 -가(家)는 그 방면에 남보다 뛰어난 악성을 일컫는다"처럼 '가(家)'와 '-가(家)' 간에 의미적으로 함께 운위될 수 있는 발판을 마련하였다. 그러나 이것마저도 몹시 작위적이고 다른 문장에서는 그것조차 찾기 힘들어, 그가 아무리 음악과 관련된 어휘 곧 음계, 화성, 변성, 단조, 가곡, 악상, 악성, 계명, 으뜸화음, 지휘자, 판 등을 동원하여 '음악 어휘장'을 인위적으로 설정하려 했지만 독자들을 그 세계에까지 이끌고 가지는 못했다. 그것은 의미상 아무런 상관관계가 없는 단어들을 동음어라는 이름 아래 한꺼번에 모아 놓고 동일한 낱말밭을 부여하려고 시인이 너무나 무리한 수를 두었기 때문에 빚어진 일이었다. 이처럼 비록 심층적인 의미 수렴에는 한계를 보였으나 동음어를 이용하여 언어유희를 도모하려는 시도는 남다른 것이었다.

그러나 (2)는 '떼다'라는 서술어가 이항서술어로서 주어와 목적어에 격을 부여하는 술어이기 때문에 비교적 동음어로서의 역할을 충실히 수행하고 있다.

> (2) 그들이 떼어 놓은 놈은 '버리다'와 '가져오다'사이에 있다 그 남자가 호적초본을 떼자 그녀의 눈빛은 시치미를 뗀다 그녀가 깍짓손을 떼자 그는 떼어 놓은 당상이라며 입을 뗀다 그가 집착의 시선을 떼자 비로소 그녀가 주차 위반 딱지를 뗀다 그녀가 은밀한 가락을 떼자 그는 신경질적으로 한 소절 맺으며 잘라 뗀다 샴쌍둥이 형제가 '떼다'란 작자의 메스와 바늘 사이에서 피들피들 학을 뗀다 그가 말직 한자리를 떼어 주자 그녀는 벽에 걸린 액자를 뗀다 그가 젖꼭지에 입을 떼자 그녀는 자신이 경영하는 호프집 간판을 뗀다 그녀가 봉급에서 떼지 말라고 간청하자 그는 화분의 잎을 뗀다 그가 거실의 미닫이를 떼자 그녀는 동료 교수의 성추행 시비를 뗀다 그녀가 아편을 떼자 그는 50년 지기 불알친구에게 돈을 뗀다 그가 신용불량자란 오명을 떼자 그녀는 그간 자신을 괴롭히던 영어 회화 독본을 뗀다 그녀가 시의 행을 한 줄씩 떼자 그는 급기야 출세가도를 달리던 직장에서 목을 뗐다며 울먹댔다

(2)는 '떼는목'의 윗부분으로서 (1)에 비해 비교적 안정적인 동음 관계를 형성하고 있다. (1)은 형태론적으로나 구문적으로 결코 동질적일 수 없는 동음어들이 예측할 수 없이 출현하여 독자들을 혼란스럽게 하였다. 이에 반해 (2)에 등장하는 동음어 '떼다'는 이항술어로서 대체로 앞의 논항에는 주어 자격을 부여하고 뒤의 논항에는 목적어 자격을 부여하기 때문에 시의 형식이 일단 단순성을 유지한다. 예를 들어 구문상 필수 성분만을 뽑아 보면 "그 남자가 호적초본을 떼자", "그녀의 눈빛은 시치미를 뗀다", "그녀가 깍짓손을 떼자", "그는 입을 뗀다", "그가 시선을 떼자", "그녀가 주차 위반 딱지를 뗀다"에서와 같이 '떼다'라는 동사는 반드시 주어와 목적어를 동반한다. 게다가 전반적으로 부사절에 뒤따르는 주절의 구조가 동일하여 시가 산만하지 않다. 여기에 '떼다'는 형태상으로도 모든 형태에서 똑같이 나타나며, 의미상으로도 서로 연관성이

없어 완전 동음어를 구성하는 데 조금도 부족함이 없다. 물론 "액자를 뗀다", "간판을 뗀다", "잎을 뗀다", "학을 뗀다", "목을 뗀다"가 서로 동음어가 아니고 같은 단어이거나 일부는 관용 표현으로 쓰였을 따름이지만, 그 이외의 '떼다'는 대체로 동음 관계를 형성하고 있다.

(2)는 앞에서 논의한 바와 같이 비교적 동일한 구문 구조가 시의 외형을 안정적으로 이끌었지만, (1)과 같이 의미가 전혀 다른 동음어들이 결코 단일하거나 유사한 의미장을 형성할 수 없기 때문에 시의 의미 구조가 탄탄하지 않아, 미적인 면에서의 시의 기능을 온전히 실현하지는 못하였다.

그러나 (3)에서는 (1)이나 (2)에 비해 동음어의 사용이 훨씬 자연스럽고 작위적인 것이 많이 사라졌다.

> (3) 상습 애연가들은 기도를 조심하라 가래는 비등점 없이도 물목에 떠서 끓는다 목마른 기도와 말의 개폐를 조율하는 수상기관에 은거한다 원래는 환절기마다 둥글넓적 점막의 보호자로 출현하지만, 푸른 수심에 잠긴 주일에도 크롱크롱 신음 소리 그치지 않으리라 그들은 워낙 생명력이 질기므로 가래로도 쉽게 막지 못한다 외부 환경에 따라 세력을 넓힐 때, 몽그르르 칵- 한 덩이 꽃을 뱉는 것이다 말즘의 줄기라도 잡는다면 먹잇감이나 은신처로 삼기에 제격이다 몇몇 변종들은 관상용으로 자리 잡아 기관지에 널리 소개되기도 했다
>
> 병약한 흡연자들은 모두 기도하라 가래는 부드럽게 끓어올라 기도를 막는 안락한 죽음의 종족이다

(3)은 '가래의 힘' 전문으로 동음어를 적절히 사용하여 시의 품격을 한껏 높인 시이다. 즉 기도에서 끓는 '가래'가 "워낙 생명력이 질기므로 가래로도 쉽게 막지 못한다"는 구절에 보이는 '가래'와 "병약한 흡연자들은 모두 기도하라 가래는 부드럽게 끓어올라 기도를 막는 안락한 죽음의 종족이다"라는 연에 나타나는 '기도'처럼 동음어가 신선하게 제 자

리를 잡고 있다. 그뿐 아니라 '비등점'이라는 단어를 매개로 하여 가래가 '끓는' 것이 물이 '끓는' 것과 동음 관계가 형성될 수 있음을 보여 주었으며, 가래가 끓는 곳인 '기관지'가 "기관지에 널리 소개되기도 했다"에서와 같이 동음어로 치환되어 활용될 수 있음을 드러내었다.

　　3.

　　이제까지 (1)∼(3)에서 찾아본 동음어는 모두 표제어를 달리하여 사전에 등재되어 있는 동음어들이다. 그런데 다른 시에서는 이런 동음 관계는 거의 찾아보기 어렵고 대신에 유음 관계로 독자에게 언어적 쾌감을 주려는 장면이 다수 연출되어 있다.

> (4) ㄱ. 문명은 문맹의 텍스트였다.
> 　　ㄴ. 빗발의 환영이 밥과 법을 들먹이는 순간
> (5) ㄱ. 비트박스에 담기자 mother는 murder의 혐의를 부인합니다.
> 　　ㄴ. 엘리베이터 엘리게이터
> 　　ㄷ. 'rein'은 모든 유럽 국가에서 'rain(비)'으로 응결된 '왕비(王妃)'를 지시하죠.
> 　　ㄹ. New-sugar 뉴스입니다.

　　(4ㄱ)에서 '문명'과 '문맹'은 의미적으로는 대립 관계에 놓이지만 음운적으로는 유음 관계에 놓여 있다. 이들을 살려 시의 제목으로 삼은 것이 의미있다. 이에 비해 (4ㄴ)은 유음 관계만을 고려했기 때문에 긴장감이 다소 떨어진다.

　　그런데 유음 관계는 국어에 국한되지 않고 외국어의 영역까지 침투할 수 있는데 (5)가 이를 잘 보여 준다. 곧 (5ㄱ)에서 'mother'와 'murder'가 유음 관계를 유지하며 나란히 등장한 것이나 (5ㄴ)에서 '악어'를 뜻하는 영어 단어의 정확한 발음인 '앨리게이터' 대신 '엘리게이터'를 사용하여 '엘리베이터'와 유음적 친밀도를 높인 것이 흥미롭다. 또한 (5ㄷ)의 'rain'과 'rein', (5ㄹ)의 'New-sugar'의 앞부분과 '뉴스' 등 유음을 활용한 외국어의 예가 많이 있다.

(6)의 시는 이제까지 살핀 유음어 즉 국어에서의 유음어와 외국어에서의 유음어는 말할 나위도 없고 국어와 외국어의 유음까지 넘나들고 있으며 몇 곳에서는 부분동음어도 적절하게 활용하였다.

> (6) Knock 소리가 들리거든 당장 일어나라 누구라도 지금은 편히 앉아 있을 때가 아니다 안사람이 깊은 사색에 잠겨 있는 동안 바깥사람은 사색이 되어 간다 절대 Knuck 놓고 볼일 보지 마라 내가 밀어내기에 힘쓰는 동안 그는 끌어당기느라 골몰한다 단단한 두개골을 두드려 본 적 있는 사람이라면, 파열음 'K'자가 왜 묵음에 빠졌는지 알게 되리라 신은 인간에게 '똑똑'할 수 있는 능력을 주셨기 때문이다 신도가 똑똑했으므로 목사도 똑똑했다
>
> 문밖의 신은 인간이 '똑똑'하자 어쩔 줄 몰라 허둥댔다

(6)에서 '똑똑 하다'와 '똑똑하다'는 연접에 의한 국어에서의 유음어이고 'Knock'과 'Knuck'은 영어에서의 유음어이다. 그런데 "절대 Knuck 놓고 볼일 보지 마라"에서 'Knuck'은 국어의 '넋'과 유음 관계를 형성한다. 이와 함께 "안사람이 깊은 사색에 잠겨 있는 동안 바깥사람은 사색이 되어 간다"에서 앞의 '사색'과 뒤의 '사색'은 동음어로서 존립할 수 있는 환경이 극히 제한적인 부분동음어로서 이 시에서 말놀이에 동원되었다. 이와 같이 시 (6)은 여러 가지 양태의 동음과 유음이 잘 어울어져 독자들에게 흥미를 불어 넣을 뿐만 아니라 시를 읽는 독자들의 사고의 폭을 훨씬 넓게 해 주었다.

4.

그런데 강희안의 시 중에서 동음성을 가장 활발하게 수행한 시는 '감성의 돔을 짓다'이다.

(7) 백제 태생으로 감성의 돔을 짓던 그들은 도미과에 속한다고 구전된다 도미가 의에 따른다면 그의 아내는 예의 도리를 섬기는 싱싱한 족속이다 암수한몸의 예의를 갖추고 불의에 강한 내성의 도리를 섭렵한다 시절이 하 배째실려고그런 개로의 도마 위인지라 후드닥 엄호의 눈초리를 추킨다 〈중략〉 도미는 난생설화를 전하며 수컷의 정소를 얻는다 바닥 치는 생활을 풍미하는 바다의 바닥이다 바야흐로 성신의 궁에서 무럭무럭 난세포가 자라리라 뻘뻘 기는 도미는 돔의 도우미다 개로는 도미가 아내인지 도미가 도우민지 돔이 도마인지 도미의 돔에 빠져 허우적댄다 〈중략〉 백제 신라 고구려 등지를 전전하다 도미했다고 회자되나 그 이후의 삶은 여기에 적지 않는다

(7)에서는 제목부터 동음어를 활용하고 있음을 알 수 있다. 즉 '감성의 돔'은 일차적으로 '감성(感性)'이라는 '돔(dome)'의 의미를 지닌 것으로 파악된다. 특히 이어지는 동사 '짓다'가 건물의 한 양태인 '돔(dome)'을 짓는 것과 직결되기 때문에 그런 의미를 지니는 것이 더욱 분명해진다. 그러나 첫째 줄에서 "도미과에 속한다"와 연결지으면 '감성의 돔'은 도미의 일종인 '감성돔'으로 쉽사리 이해될 수 있다.

한편 '그의 아내'와 대비되는 이가 '도미'와 동음 관계를 이루는 '도미'인 것으로 드러나고 그가 '백제 태생'의 인물로 아내와 함께 다정다감하게 감성적으로 살아 가는 사람으로 귀결되면 이 시가 물고기 '감성돔'이 아니라 도미처 설화에 기반을 둔 시로 이해하여야 마땅함을 드러낸다. 그럼에도 그들 부부가 지극히 사랑하며 사는 모습이 다시 물고기 '도미'와 연결하여 '암수한몸'으로 표현된다.

도미가 살던 시기는 백제와 신라, 고구려 삼국이 치열하게 다투던 때

였다. 다시 말해서 당시는 각각 적국으로 호시탐탐 다른 나라의 정세를 엿보다 쳐들어가 상대 국민을 죽이고 영토를 넓히던 시절이었다. 그리하여 백제, 신라, 고구려를 한꺼번에 일컫는 유음어 '배째실려고그러'는 음운적으로는 그 나라들의 통합 명칭이지만 의미적으로는 전쟁의 의미장을 형성하여 상대방의 '배를 째시려고 그러는' 의미를 부여한다.

그리고 "개로의 도마 위인지라"도 '도미'와 '도마'의 유음성을 활용한 데다 물고기 '도미'가 '도마 위'에 놓일 수 있는 상황을 금방 연상할 수 있기 때문에 쉽사리 시어로 선택되었으며, 의미상으로는 개로왕의 통치 시절 위험천만한 처지에 직면한 '도미'가 '도마 위'에 놓인 것으로도 해석될 수 있는 중의적 표현임을 드러내었다.

그런가 하면 "도미는 난생설화를 전하며"도 인간 도미 부인의 설화에 뿌리를 두고 있지만 설화 가운데는 난생설화가 중요한 위치를 차지한다는 것과 물고기 도미가 무수한 알을 까서 탄생한다는 것을 함께 상정한 구절이다.

이처럼 이 시는 백제인 '도미'와 물고기 '도미'가 두 축을 이루며 제각기 나름대로 의미망을 펴 나가다가 어느 지점에서는 동음 현상 때문에 하나가 되고 또 다시 갈라져 각각의 축을 이루며 시를 이끌어 가고 있는 것을 보여 준다.

이어서 "바닥 치는 생활을 풍미하는 바다의 바닥"에서도 동음성은 위력을 발휘하였다. 즉 '바닥 치는'은 관용 표현으로 '바다의 바닥'에서 힘겹게 '생활'하는 도미를 묘사하고 있는데, 여기에서 '바다'와 '바닥'이 유음어로 나란히 등장하며 반복에서 오는 강조 효과를 거두고 있다.

그런데 이 시에서 동음어와 유음어가 뒤섞여 그 효과가 가장 극대화된 곳은 다음 행이다. 곧 "뻘뻘 기는 도미는 돔의 도우미다 개로는 도미가 아내인지 도미가 도우민지 돔이 도마인지 도미의 돔에 빠져 허우적 댄다”에서 ‘도미’, ‘돔’, ‘도우미’, ‘도마’ 등이 표면적으로는 유음 관계를 이루면서 동시에 등장함으로써 독자들의 시선을 집중시키고, 심층적으로는 동음어가 지닌 의미 관계를 더욱 복잡하게 하여 여러 갈래의 의미 해석이 가능하도록 하였다.

마지막으로 “백제 신라 고구려 등지를 전전하다 도미했다고 회자되나”에서도 시인은 앞에서 세 번씩이나 언급되었던 ‘배째실라고그러’가 무슨 뜻인지 모르는 독자들에게 그것이 ‘백제 신라 고구려’의 유음임을 친절하게 일러 주었다. 또한 도미가 고구려로 건너가 살았다는 도미설화에 근거하여 마치 그 사실이 ‘미국으로 건너감’이라는 뜻의 또 다른 동음어인 ‘도미(渡美)’란 단어를 의도적으로 사용하여 시를 마무리지었다.

5.

한편 강희안 시인은 연접에 의해 동음 관계가 자연스럽게 형성되는 데에 주목하여 이를 여러 곳에서 적극적으로 활용하였다. 주지하는 바와 같이 연접은 숨을 쉴 정도의 완전한 휴지는 아니지만 어떻게든 약간의 간격을 두고 이어붙이는 특징이 있다.

> (8) ㄱ. ‘행복 한복집’과 ‘행복한 복집’ 사이에 ‘밀양’이 있다.
>
>   ㄴ. ‘살면 서정이 드는 집’이 ‘살면서 정이 드는 집’으로
>
> (9) ㄱ. 너 정말 정 통한 적 없니?
>
>   ㄴ. 말의 상하좌우에 정통한 그런 집에 사니?
>
>   ㄷ. 통속에 젖은 기타의 줄을 끊어 버렸으니
>
>   ㄹ. 함부로 기타의 통 속에서 뛰쳐나오는

ㅁ. 세상사 다 ‘간’ 이란 ‘통’ 에서 나왔다는 이가 있다.

ㅂ. 그는 ‘간통’ 이란 말이 에서 나왔다는 문장을 완성하고는

(8)은 한 문장에서 이를 이용하여 독자들에게 즉시 언어적 희열을 맛볼 수 있도록 한 예이며, (9)는 동일한 문장이 아니고 서로 다른 문장에 배치되어 있지만 (9ㄱ)과 (9ㄴ)에서 ‘정 통한’ 과 ‘정통한’ 이 관련성이 있고, (9ㄷ)과 (9ㄹ)에서 ‘통속’ 과 ‘통 속’ 이 유관하며, (9ㅁ)과 (9ㅂ)에서 ‘간 통’ 과 ‘간통’ 이 무관하지 않음을 쉽사리 알아챌 수 있도록 안배한 예이다.

제3부

국어의 현상과 본질

동음어의 숨바꼭질

1.

이 글은 동음어의 존재 양상과 의미 파악 과정을 다룬다. 동음어가 다른 어휘 의미 관계와는 달리 매우 독특한 양상을 지니고 있으며, 그에 따라 어떤 동음어가 무슨 뜻으로 쓰이는지 대뜸 알기가 어렵다는 것을 제기하고자 한다.

따라서 이 소논문은 동음어를 둘러싼 언어생활의 어려움을 극복하는 과정을 다각도로 살펴 의미파악의 진면목을 들여다 봄으로써, 어휘의미론뿐만 아니라 문장의미론 나아가서는 문맥의미론의 발전에 자그마한 디딤돌이 되고자 한다.

2.

동음어는 다른 어휘 의미 관련성과는 매우 이질적인 속성을 몇 가지 지니기 때문에 이에 대한 정밀한 이해가 필요하다.

첫째로, 동음어는 반의어, 유의어, 상하의어와는 달리 그 출현 양상이 다양하여 의미를 예측하기가 상당히 힘들다.

<blockquote>

(1) ㄱ. 이제야 저는 철이 들었습니다.

　　ㄴ. 어르신 연세에 철이 들다니요?

　　ㄷ. 병원에서 철을 넣어 수술했거든요. 그러니 철이 든 거죠.

　　ㄹ. 이젠 철부지가 아니시네요?

</blockquote>

우리는 철 없는 사람을 '철부지'라고 한다. '철부지'는 철 곧 계절의 변화를 모르듯이 아주 기본적인 옳고 그름을 모르는 사람을 일컫는다. 그러나 이것이 (1ㄷ)에서는 '쇠'를 뜻하는 '철'로 구체화되어 이미 '철부지'의 '철'로 이해했던 대화 당사자를 낯설게 한다.

이와 같이 동음어는 다른 의미 관련 어휘와 달리 그 의미 파악이 더디고 힘겨운 절차를 밟아 간다. 만약 반의어의 경우라면 (2)에서와 같이 '철'의 반의어가 동일한 품사인 명사이고 금속을 일컫는 '금', '은', '동' 따위로 헤아리기가 훨씬 쉬웠을 것이다. 그것은 유의어나 다의어에서도 마찬가지이다. 즉 (3)과 (4)에서 유의어와 다의어는 모두 같은 품사에 속하고 그 의미가 원의미에서 크게 동떨어져 있지 않기 때문에 단어의 어형이 지시하는 의미를 그다지 힘들이지 않고 유추할 수 있다.

<blockquote>

(2) ㄱ. 영수가 철탑산업훈장을 받았다.

　　ㄴ. 영수가 금탑산업훈장을 받았다.

(3) ㄱ. 영수가 죽었다.

　　ㄴ. 영수가 사망했다.

</blockquote>

(4) ㄱ. 손이 크다.

　　ㄴ. 손을 타다.

　그런데 동음어는 유사한 문장 구조에서도 전혀 다른 의미를 지니고 때로는 전혀 다른 품사에서도 동음어가 등장하여 문장이나 문맥의 이해를 방해하는 경우가 많이 있다. 예를 들어 (5)는 문장구조가 동일하여 '훔치다'의 의미 또한 똑같으리라는 의식을 갖게 한다. 물론 (5ㄱ)처럼 (5ㄴ)도 "남 몰래 남의 물건을 가져다가 자기 것으로 하다."란 의미를 지닐 수도 있다. 그러나 "물기나 때 따위가 묻은 것을 닦아서 말끔하게 하다."는 의미를 간직할 수도 있다. 그렇다고 해서 (5ㄱ)이 (5ㄴ)처럼 해석될 가능성은 매우 희박하다. 또한 (6)에서 '못 박았다'는 결코 동일하거나 유사한 문법 형식이 아닌 데도 동일한 어형의 동음어로 등장할 수 있다. 물론 (6ㄱ)은 '쇠, 대, 나무 따위로 가늘고 끝이 뾰족하게 생긴 물건'을 '박았다'는 의미이고, (6ㄴ)은 능력부정문으로서 '박지 못했다'는 뜻을 간직하고 있다.

　　(5) ㄱ. 영수가 돈을 훔치다.

　　　　ㄴ. 영수가 그릇을 훔치다.

　　(6) ㄱ. 영수가 못[nail] 박았다.

　　　　ㄴ. 영수가 못[not] 박았다.

　둘째로, 동음어는 어형이나 발음이 분명히 차이가 나는 데도 동음어쌍을 이루는 경우가 흔하여 여타 의미 관련 어휘와 상당히 다른 면을 드러낸다. 곧 반의어에서 '애비'의 반의어는 '에미'이고, 상하의어에서 '아버지'의 상의어는 '어버이'이다. 그것들은 어형이나 발음이 동일하여 누구나 그 관련성을 쉽사리 찾아낼 수 있다. 그러나 동음어에는 (7)에서와 같이 어형은 같은데 발음이 다른 경우가 있고, (8)과 (9)에서와 같이 발음

은 같은데 어형은 다른 경우가 있다. 이와 같이 동음어는 구어와 문어에
서 이중성을 드러낸다. 그리하여 (7ㄱ)과 (7ㄴ)은 초·중급 학습자들도
어느 정도 제대로 의미해석을 할 수 있지만 (7ㄷ)에 이르면 '눈'이 무엇
을 의미하는지 파악하기가 퍽 힘들다. 왜냐하면 단순히 '계엄령'이란 고
개에 내린 '눈'을 의미할 수도 있지만, 이것이 시적 중의성을 살린 것이
라면 정부의 '계엄령'이 내려진 삼엄한 상황에서 감시하는 '눈'과 감시
당하는 '눈'의 의미를 띨 수 있기 때문이다.

> (7) ㄱ. 창에 창을 던져 창구멍이 났다.
>   ㄴ. 눈에 눈이 들어가서 눈물이 났다.
>   ㄷ. 계엄령 속의 눈
> (8) ㄱ. 네 낫 좀 보자.
>   ㄴ. 네 낯 좀 보자.
> (9) ㄱ. 이 전차 길음으로 가요?
>   ㄴ. 기름으로 안 가고 전기로 가요.

　셋째로, 동음어의 간섭으로 인하여 오류를 범할 수 있는 동음어의 영역
이 다른 의미 관련 어휘와 비교할 수 없을 정도로 넓고도 깊다. 예를 들어
반의관계에서 '아버지'의 반의어는 한국인을 비롯하여 한국어를 배우는
사람이라면 누구나 의심 없이 '어머니'로 받아들인다. 그러나 (10ㄱ)에
서 보듯이 '감자'의 의미를 '땅 속의 덩이줄기이며 식용 작물'인 감자로
오해하여 '감자탕'을 그것으로 끓인 탕이라고 잘못 알고 있는 경우가 흔
하다. 실제로 '감자탕'은 "돼지 등뼈를 고아 만든 육수에 갖은 야채를 넣
어 얼큰하게 끓인 국"이다. 또한 (10ㄴ)에서와 같이 '갈매기살'은 돼지
의 안창살인 '가르막이살'이 형태변화한 것인데 마치 바다새 중 가장 으
뜸인 갈매기의 살이라고 여기는 언중이 많이 있다. 그리고 (10ㄷ)에서 '연
못'은 '연'(淵)과 순우리말 '못'이 합쳐진 의미중첩어인데 동음어의 간

섭으로 인해 아예 '연(蓮)이 있는 못'인 '연못'으로 변모하였다. 마지막으로 (10ㄹ)에서 언중들은 '물'을 '물'[水]로 오해하는 일이 자주 일어난다. 그러나 여기서의 '물'은 마시는 '물'이 아니고 '색'[色]을 뜻하는 물로 '물감', '물감식물' 등에 쓰이는 '물'이다.

>   (10) ㄱ. 감자탕에 감자가 많이 없다.
>   ㄴ. 갈매기살이 바다 갈매기 고기예요?
>   ㄷ. 이 연못엔 연꽃이 없네.
>   ㄹ. 그 나이트크럽 물이 좋다던데.

　　넷째로, 동음어의 학습목록은 천편일률적으로 제시될 수 없는 것이 특징이다. 다른 항목의 교육은 아주 단순하고 일정한 단계에서 학습이 한두 번에 걸쳐 이루어지지만 동음어의 경우에는 의미난이도가 일정하지 않으며 개별 동음어쌍마다 그 형성과정이 단일하지 않고 심지어는 동음어의 출현쌍이 전혀 예측불가능한 적도 있다. 일례로 '치다'라는 동음어는 목록제시가 단계별로 이루어지긴 하지만, (12)의 '치다'는 (11)의 '치다'와 그 난이도를 비교하여 볼 때 국어를 배우는 이가 사전류를 통해 직접 체득할 수밖에 없는 특성이 있다.

>   (11) ㄱ. 도랑을 치다.
>   ㄴ. 가지를 치다.
>   (12) ㄱ. 난을 치다.
>   ㄴ. 체를 치다.

　　다섯째로, 동음어의 의미를 파악하는 과정은 복잡하고 미묘하며 동음어의 의미를 온전히 파악했을 때 느끼는 쾌감은 실로 대단하다. 상하의어 관계에서 '동물'과 '식물'의 상의어인 '생물'이란 단어를 찾는 일은 지극히 단순하고 즉각적이다. 그러나 (13)에서 '죽이네', '역전' 그리고 '명수'의 의미를 완전히 찾아냈을 때 국어의 오묘한 맛을 느낀다. 그리하여 국어에 대해 더욱 애착을 갖게 되어 동음어를 이용한 광고나 재담 나아가 의미 파악이 가장 어려운 시어에서조차 동음어가 어떻게 의미 상승 효과를 거두는지 관심을 갖게 된다.

      (13) ㄱ. 이거 죽이네. 맛있게 잘 끓였네.
         ㄴ. 역전의 명수

  (13ㄱ)에서 '죽이네'는 "곡식을 오래 끓이어 알갱이가 흠씬 무르게 만든 음식이네."라는 의미를 가장 먼저 떠올리게 한다. 그것은 뒤에 이어지는 문장의 서술어 '끓였네'와 의미호응관련을 맺어 언중으로 하여금 더욱 확신을 갖게 한다. 그러나 그 의미는 거기에 머무는 것이 아니다. 속어로 사용되는 '죽이네'는 "더할 나위 없이 좋으네.", "최고로 좋으네."의 뜻을 지니므로 학습자는 앞의 '죽'이란 해석에서 한 걸음 나아가 속어 쪽으로 기울어진다. 그리하여 그것은 '맛있게 잘'과 어우러져 의미해석을 굳어지게 한다. 그러나 다시금 음식의 한 종류를 일컫는 서술형인 '죽이네'와 속어인 '죽이네'가 동시에 상호 상승 효과를 촉발하여 더 한층 매력을 갖게 된다.

  그런 과정은 (13ㄴ)에서도 똑같이 나타난다. 즉 '역전의 명수'는 "역 앞에 사는 명수라는 이름을 가진 사람"으로 대뜸 해석이 가능하다. 그러나 그런 해석은 초·중급 학습자에게 어울리는 것이며, 고급 학습자는 다른 뜻이 숨어 있으리라는 의구심을 갖는다. 그러다 '역전'이 '역 앞'이 아니라 "경기나 싸움에서 형세가 뒤집힘"을 일컫는 말로 이해되고, 이어지는 '명수'가 사람의 이름이 아니고 "어떤 일에 훌륭한 소질과 솜씨를 가진 사람"으로 재해석되면서, 결국 '역전의 명수'가 '경기에서 뒤집기를 잘하는 사람'으로 이해된다. 그런데 그것은 다시 처음에 역 앞에서 의미 없이 살던 명수가 그 동안의 삶이 바뀌어 마지막 인생에서 누구보다도 최고의 삶을 영위하고 있다는 의미로 상승작용을 함으로써 동음어의 해석과정에서 오는 쾌감을 한껏 맛보게 한다.

3.

앞에서 검토한 바와 같이 동음어의 존재는 결코 단순하지 않다. 다음의 예화는 이를 잘 보여 준다. 어느 외지인이 이상한 모자를 쓰고 소를 탄 채 마을에 나타나 동네 사람과 주고 받는 대화인데 동음어가 다양하게 사용되고 있는 상황이 제대로 연출되어 있다.

> (14) ㄱ. 여기 주가가 어디 있소?
>   ㄴ. 김가와 이가는 있지만 주가는 없는데.
>   ㄷ. 아니 술집이 어디 있느냐 말이오?
>   ㄹ. 술집이야 요기 있지. 입. 술이 들어가는 집이니까.
>   그나저나 거기 대가리 쓴 게 뭔가?
>   ㅁ. 대가리 쓴 거야 오이지.
>   ㅂ. 그 사람 참 말 못할 사람이네.
>   ㅅ. 그래서 소를 탔지.

(14)에서 우리는 동음어 몇 가지를 추출해 낼 수 있다. 무엇보다도 먼저 '주가'(酒家)와 '주가'(朱哥)가 발견된다. (14ㄱ)의 '주가'는 전자이며, (14ㄴ)의 '주가'는 후자이다. 그런데 이 둘은 의미가 완전히 다르고 어형이 모든 형태에서 같으며 동일 형태 사이에 문법적 대등성이 유지되는 동음어이다. 이와는 달리 (14ㄹ)의 '대가리 쓴'에서 '쓴'의 기본형이 '쓰다'이며, (14ㅁ)의 '대가리 쓴'에서 '쓴'의 기본형도 '쓰

다'이다. 이들은 '쓰다'라는 어형이 같고 의미가 서로 다르기 때문에 위와 같은 양태를 지니는 것처럼 보인다. 그러나 '쓰다'[wear]와 '쓰다'[bitter]는 동일 형태 간에 문법적으로 대등한 관계를 유지하지 못하고 있다. 즉 (14ㄹ)과 (14ㅁ)에서는 외형상 동일한 것처럼 여겨지나 실상은 각각 (15ㄱ)과 (15ㄴ)의 문장 구조를 지니고 있는 까닭에 완전한 동음어의 관계가 설정되어 있는 것은 아니다. 이 점에서 (15ㄷ)의 '쓰다'[use]도 여타 '쓰다'와 완전한 동음관계를 형성하고 있다고 간주할 수 없다.

  (15) ㄱ. 대가리에 쓰다.
      ㄴ. 대가리가 쓰다.
      ㄷ. 대가리를 쓰다.

  한편 (14ㅂ)에서 동네 사람이 말한 '말'은 '言'의 의미이고 (14ㅅ)에서 '소'와 연관되어 유추되는 또 다른 '말'은 '馬'의 의미를 지니고 있다. 그런데 이 두 '말'은 문자로 쓰일 때는 동형이고 동일 형태 간에 문법적으로 대등한 관계를 형성하고 있어 완전동음어인 양 보인다. 그러나 실제 언어생활에서 '말'(言)과 '말'(馬)은 각각 장음과 단음으로 달리 발음된다. 따라서 이들은 완전동음어에 속하지 못하는 부분동음어이고 그 중에서도 특히 철자만 같고 발음은 다른 동철이음어이다.

  그런데 (14ㅂ)에서 '말 못할'은 "사람 사이에 커다란 벽이 있어 서로 말을 주고 받을 수 없는 처지"임을 의미하지만 (14ㅅ)과 연관 지어 보면 '말 못 탈' 즉 "말을 탈 수 없는 처지"를 일컬을 수도 있다. 이렇게 되면 철자는 다르지만 발음이 같게 되어 구어에서는 얼마든지 동음어를 형성할 수 있다. 즉 '못할'과 '못 탈'은 의미는 다르지만 단어형 자체가 전혀 다르므로 완전동음어와는 온전히 동떨어진 이철동음어에 속한다.

　이와는 달리 (14ㄹ)과 (14ㅁ)의 ‘대가리 쓴’이나 (14ㅂ)의 ‘말 못할’은 (14ㄱ)과 (14ㄴ)의 ‘주가’와 차원이 다르다. 즉 ‘주가’라는 단어는 반의어, 유의어, 상하의어와 같이 어휘의미론 차원에서 거론되는 동음어휘이다. 그런데 ‘대가리 쓴’이나 ‘말 못할’은 단어가 아니고 구나 절의 형식에서 동음을 이루고 있다. 따라서 이는 어휘 차원을 넘은 단계의 동음 관계이기 때문에 ‘동음어’는 아니고 ‘동음성’ 차원에서 논의되어야 할 것이다.

　또한 (14ㄹ)의 ‘대가리’는 본래 ‘머리’의 낮춤말로 짐승의 머리를 일컬을 때 쓰였다. 그러다 (14ㅁ)에서처럼 식물의 ‘꼭지 부분’을 가리킬 때도 함께 쓰였다. 따라서 이 둘은 기원이 같은 단어였다가 이제 둘 사이에 더 이상 의미면에서 연관관계가 없다고 간주되는 동음어이다. 다시 말해서 이들은 다의어에서 갈라져 나온 동음어 즉 동기원 동철자 동음어라고 판단된다. 그러나 (14)에서 ‘대가리’ 이외의 모든 동음어는 기원이 전혀 다른 이기원 동음어에 속한다.

　　4.

　그런데 완전동음어 이외의 부분동음어 또는 유사동음어의 동음 관계 설정엔 일정한 규칙이 없다. 언중들이 동음 관련성이 있다고 여겨 조금이라도 의미 부여를 하면 동음성이 인정된다. (16)은 동음 관계가 성립하기 힘든 예이다. (16ㄱ)에서 ‘헌신’은 ‘헌신짝’의 ‘헌신’과는 의미와 형태면에서 대등성을 전혀 찾아보기 어렵다. 그런데도 회사원을 비롯한 언중들이 회사에 너무 헌신하다 보면 나중에 헌신짝처럼 버림을 당할 수 있다는 의식을 하기만 하면 이는 자연스럽게 동음성을 획득하여 웃음을 유발하게 한다. 이런 점에서 (16ㄴ)도 마찬가지다. '삶은'[life]과 '삶은'[boiled]은 품사도 다르며 전자는 곡용이고 후자는 활용을 하고 있듯이 전혀 다른 문법기제를 동원하고 있다. 그런데도 여기에 삶이 무엇인지 고민하는 사람이 기차에 탔고 그 와중에 "삶은 계란이오."하며 판매원이 지나가는 정황을 상정한다면 다소 억지스럽긴 하지만 동음성이 실현된다. 이뿐 아니라 (16ㄷ)과 (16ㄹ)에서 엄마가 라디오에서 흘러 나오는 음악을 듣고 있고 자녀가 전혀 처음 보는 생선을 식탁에서 먹고 있는 장면을 설정하면 (16ㄷ)과 (16ㄹ)은 동음성을 획득하게 된다.

> (16) ㄱ. 회사에 헌신하면 헌신짝 된다.
> ㄴ. 삶은 계란이다.
> ㄷ. 엄마, 이 고기 뭐야?
> ㄹ. 엄마, 이 곡이 뭐야?

5.

대개의 부분동음어와 유사동음어는 단순하게 의미 파악이 된다. 즉 (17ㄱ)과 (17ㄴ)에서 '인지'는 모양만 같을 뿐 동음어로서의 대등관계를 전혀 유지하지 못하고 있다. 따라서 그것들이 동음 관계를 형성하는지 아무런 상관이 없기 때문에 의미 파악이 일순간에 이루어진다.

> (17) ㄱ. 얼마인지 모른다.
> ㄴ. 잘 인지하고 있다.

또한 동철이음어와 이철동음어는 각각 구어와 문어에서는 동음성을 인정받지 못해 의미 파악이 용이하다. 곧 (18)에서 발음을 정확하게 하면 여타 동음어를 상정하지 못하고 화자가 의도하는 바대로 곧바로 청자가 이해하게 된다. 그리고 (19)에서도 철자가 다르므로 당연히 동음어의 존재 의미를 상실하게 된다.

    (18) ㄱ. 발[足]로 눈[眼]을 건드린다.
        ㄴ. 발[簾]로 눈[雪]을 건드린다.
    (19) ㄱ. 영수가 공을 찾다.
        ㄴ. 영수가 공을 찼다.

그런데 동음어의 존재를 인식하는 경우에 언중은 일단 여과하는 단계를 거친다. 즉 그 문장에서는 존재할 수 없는 동음어를 일차적으로 제외하는 과정을 겪는다. 그리하여 (20)에 관심을 둔 언중은 (21)의 '차다'는 일단 의미해석과정에서 걸러내는 경로를 밟게 된다.

    (20) ㄱ. 영수가 공을 차다.
        ㄴ. 영수가 시계를 차다.
    (21) ㄱ. 물이 차다[冷].
        ㄴ. 물이 차다[充].

이 단계를 거친 뒤 다음 단계에서는 여타 의미로 해석이 가능할 수 있다는 데에 초점을 맞추어 의미상 간섭 현상을 일으킬 수 있는 동음어의 실체를 파악할 뿐만 아니라 전후 문맥 상황을 고려하여 그 의미를 해석하기 위해 심혈을 기울인다. 즉 (20ㄴ)에서 '차다'가 시계를 휴대하는 것이 아니라 마치 공처럼 차 버리는 행위를 하는 것으로 의미 해석을 시도한다. 그것은 마치 (22ㄴ)의 대답을 들은 화자가 다른 '고래잡이'가 존재하며 그것이 곧 '포경수술'의 '포경'으로 해석될 수 있음을 깨달는 이치와 똑같다.

> (22) ㄱ. 네 걸음이 왜 그래?
>   ㄴ. 어제 고래 잡았어요.

그리고 마지막 단계는 (20ㄴ)의 '차다'가 본래 '휴대하다'의 의미였음을 재인식하고 '휴대하다'의 의미와 '차 버리다'의 의미가 상호 의미 상승 효과를 유발하여 영수가 손목에 차고 있던 시계를 차 버릴 수밖에 없는 상황을 상정하며 그 해석의 최종단계에서 언어유희에서 오는 희열을 맛본다.

이상에서와 같이 동음어의 의미 파악은 즉각적 단계, 구어와 문어의 장벽을 설치한 단순 단계, 여과와 삭제 단계, 확대 의미 해석 단계, 의미 재창출 단계를 거쳐 이루어진다.

재미있는 동음어 교육 :
최고급자용 유형별 과제 해결

1.

　이 글은 한국어 동음어 교육에 대한 연구이다. 한국어의 동음어를 외국인 학습자에게 지도할 때 고려해야 할 제반 사항을 여러 각도에서 조명하여 한국어 동음어를 습득하려는 외국인이 쉽사리 동음어를 체득할 수 있도록 이끄는 것이 이 글의 목표이다. 특히 최고급 학습자를 대상으로 하여 그들이 한국어 동음어를 마치 모국어처럼 친근하게 인식하게 하여 한국어에 대한 어려움을 온전히 극복하고 단순한 문장의 이해는 물론 문맥에서 다양하게 쓰이는 한국어 동음어의 실태를 두루두루 섭렵할 수 있도록 교육 영역을 확장하는 데 초점을 둔다. 그리하여 한국인과의 의사소통을 원활하게 할 뿐만 아니라 한국 문화의 이해를 넓히고 나아가 스스로 한국 언어·문화의 증진에 기여할 수 있는 터전을 마련하는 데 이바지하고자 한다.

한국어 동음어를 대하는 학습자들은 이구동성으로 동음어를 배우는 것이 무척 재미있다고 여긴다. 특히 최고급 학습자들은 주어지는 동음어를 이해하는 데 머무는 것이 아니라 동음어가 아주 매력적이고 흥미가 넘쳐 나기 때문에 능동적으로 한국어 동음어를 활용하려고 애를 많이 쓴다. 이 글에서는 이러한 최고급 학습자를 대상으로 실제로 동음어를 익힐 수 있는 교수법과 연습유형을 하나하나 제시하고자 한다. 물론 제시되어 있는 여러 가지 방안들 중 교육할 때 모든 방안을 활용하자는 것은 아니다. 이 가운데서 최고급 학습자이긴 하나 그의 국적, 연령, 성별, 학력, 한국 체류 기간 등 제반 사항을 고려하여 필요한 것 몇 가지만을 선택하여 지도할 수 있다.

2.

외국인 학습자가 가장 관심을 갖는 분야 중 하나가 인명이나 지역명 등에 나타나는 동음어이다. 이러한 동음어를 대할 때 학습자들은 내면에서 즉각적인 반응이 일어난다는 것을 알고 있으며, 따라서 그들이 한국어 이름을 지을 때 동음성에 유의한다는 것을 알 수 있다. (1)과 (2)는 인명과 관련한 이야기이고 (3)은 성과 직업명이 결합할 때 나타나는 흥미있는 현상이다.

(1) 한 환자가 병원에 갔다. 진료를 마치고 의사가 진료카드에 작은 글씨로 '소근' 암이라고 적는 것을 본 환자는 자기가 암에 걸렸다는 사실에 놀라면서 의사에게 자신이 소근암에 걸리면 얼마나 살 수 있을지 물었다. 잠깐 동안의 침묵 후에 의사가 대답했다. "저… 소근암은 제 이름입니다."
(2) 은행 직원이 손님을 호명하던 때가 있었다. 점심을 걸러 배가 고파 꼬르륵 소리가 났다. "허기진 손님, 2번 창구로 오십시오." 나를 부르는 건가 싶어 일어났다

앉으며 마음을 진정시켰다. 그런데 직원이 또 나를 부르는 것 같았다. "진정한 손님, 1번 창구로 오십시오." 그 뒤로 나는 이런 이름을 모아 보았다. 유행은, 이대로, 안죽자, 이인생, 손모아, 소설인, 변명의 등 재미있는 이름이 수도 없이 많았다.

 (3) ㄱ. 주기자, 이기자
   ㄴ. 남선생, 여선생

〈연습 1〉

> ① 동음성 때문에 빚어지는 재미있는 이름을 세 명 이상 적으시오.
> ② 본인의 이름을 쉽게 연상할 수 있는 한국 이름을 적으시오.
> ③ 성과 직업명 때문에 흥미있는 동음성이 실현되는 예를 세 개 이상
> 찾으시오.

인명이나 직업명 등에 나타나는 동음어에서 흥미를 느끼는 학습자들은 이어 상품명, 상호명은 물론 광고 언어에서 동음어를 살려 광고 효과를 거두는 데에도 커다란 관심을 보인다. (4)와 (5)는 이를 잘 드러내고 있다.

 (4) ㄱ. 마메든 도어, 유니나
   ㄴ. 이브자리, 다나약국, 자꾸만소니가
 (5) ㄱ. 여러분, 저 장인이 생겼습니다.(장인가구)
   ㄴ. 알 만한 사람은 다 아는 알마겔
   ㄷ. 열 날 땐 부르세요, 부르펜

〈연습 2〉 아래의 광고에서 동음어가 어떻게 활용되고 있는지 말해 보시오.

① 은행이 활짝 피었습니다.(주택은행)

② 행복 드림 S저축보험(신협)

③ 일상에서 일생까지(보람상조)

④ 같이의 가치(농협)

⑤ 해리는 개 셀리는 고양이 빌리는 사람(현대 캐피탈)

한편 전화번호의 동음성 해독에도 노력을 기울이는데 이사전문업체의 전화번호가 '2424', '0024'이고 물건을 사고 파는 상점의 전화번호가 '4989', '8289'인 것은 초·중급 학습자들도 익히 알고 있는 사실이다. 그런데 '9494'나 '4479'와 같은 전화번호는 상호명이 무엇인지 알기까지는 그 번호를 선택한 이유를 전혀 짐작할 수 없다. 이 전화번호는 둘 다 치킨 연쇄점 전화번호로 앞의 것은 '굽네치킨'이고 뒤의 것은 '네네치킨'이다. 그런데 학습자들이 이런 관련성을 찾아가는 일을 아주 즐겨한다. 그러나 (6ㄱ)에서처럼 전화번호의 발음이 회사에서 의도하는 것과 너무 동떨어져 있거나 (6ㄴ)에서처럼 외국인에게 상세한 설명이 요구되는 것에서는 흥미를 덜 느낀다.

(6) ㄱ. 1577-8179(편한친구, 대한적십자사), 1588-2504(둘오공사, 한국도로공사)

　　 ㄴ. 1577-5625(오육이오, 국방부)

〈연습 3〉 아래 전화번호와 가장 관련이 깊은 업종을 찾아 줄을 긋고 그 이유를 밝히시오.

① 0591, 9191 ·	· 공구회사
② 8275 ·	· 치과병원
③ 7979 ·	· 대화주선업체
④ 3309, 0966 ·	· 병·의원
⑤ 2875 ·	· 교회

조금 더 나아가 학습자들은 일상생활에서 동음어를 이용한 언어유희에 쉽게 빠져 든다. 일상생활에서 동음어를 이용한 언어유희는 여러 가지 면에 걸쳐 다양하게 나타난다. (7)과 같이 넌센스 퀴즈에서 동음성을 찾을 수 있고, (8)에서처럼 기존 한자성어의 의미를 파괴하거나, (9)와 같이 실제로 동일 문장에서 다른 동음어를 다시 쓰는 경우에서 볼 수 있으며, (10)에서처럼 휴지에 따른 순간적 감응 효과를 노리는 데서 쉽사리 발견할 수 있다.

(7) ㄱ. 사우디 아라비아 최고의 교육자 이름은? – 하나라도 알라

　　ㄴ. 학생들이 제일 싫어하는 나무는? – 야자

(8) ㄱ. 만사형통 – 모든 일은 형으로 통한다

　　ㄴ. 형설지공 – 형님의 말씀

(9) ㄱ. 형돈아 형 돈 좀.

　　ㄴ. 자가용이 너무 작아용.

(10) ㄱ. 행복 한복집, 행복한 복집

　　ㄴ. 저자극성 화장품, 저 자극성 화장품

〈연습 4〉 ①의 질문에 답을 하고, ②의 ( ) 안에 앞에 나온 동음어를 이용하여 문장을 완성하며, ③은 휴지를 달리할 때 어떤 의미가 생성되는지 말해 보시오.

① ㄱ. "자전거를 못 타다."를 5음절로 표현하면?

　ㄴ. 수퍼맨의 아들 이름은?

　ㄷ. 왜 아이스크림 차가 교통사고가 났을까?

② ㄱ. 싸우나에서 (　　　　　　)

　ㄴ. 우린 사이다 (　　　　　　)

　ㄷ. 시드니에 가면 (　　　　)

③ ㄱ. 벙커 안이에요.

　ㄴ. 무지 개 같은 장근석

3.

　어휘의 의미와 형태를 파악하거나 나아가 문장과 화맥의 의미를 파악할 때 동음어의 해석은 결정적 요소가 될 수 있다. 즉 한국어에서 한자어 차용이나 외래어의 유입으로 말미암아 동음어가 생성되는 것 중 (11)에서와 같이 고유어와 한자어, 한자어와 한자어의 동음관계는 허다하다. 그런데 때때로 (12)에서처럼 고유어와 외래어, 한자어와 외래어, 외래어끼리 동음어를 형성하기도 한다.

(11) ㄱ. 사랑 – 사랑(舍廊)

　ㄴ. 사고(思考) – 사고(事故)

(12) ㄱ. 볼 – 볼(ball)

　ㄴ. 기타 – 기타(guitar)

　ㄷ. 프로(그램) – 프로(전문가) – 프로(퍼센트)

〈연습 5〉

한편 어형의 단축으로 말미암아 동음어 관계가 형성되는 경우가 있다. '오류동'과 '용두동'이 만나는 지점에 있는 지하철역명은 각각의 어두문자를 따 '오룡'이 되어 '다섯 마리의 용'의 뜻을 지닌 '오룡'을 연상하게 되고, '당연히 그런 것'이 단축됨으로써 '당근'이 되어 채소의 일종인 '당근'과 동음관계를 이루었다.

〈연습 6〉

그런가 하면 다의어가 동음어로 전환하여 동음어쌍을 만들기도 한다. '眼'을 뜻하는 '눈'이 '싹'을 뜻하는 '눈', '자의 눈금'을 뜻하는 '눈' 등으로 의미분화하다 마침내 의미의 연관성을 잃고 동음어로 자리매김한다. 또한 "용변을 제때에 보다."는 뜻의 '가리다'와 "사물이나 사리를 분간하여 골라내다."라는 뜻의 '가리다'도 이런 과정을 거쳐 동음어가 되었다.

〈연습 7〉 아래 각각의 문장에서 동음어쌍을 이루는 과정을 설명하시오.

그리고 동근어에서 파생한 단어와 동근어의 파생과 전혀 상관성이 없는 단어 사이에 동음성을 발견할 수 있다. 즉 '가르다', '고르다', '가리다', '거르다'는 '분리하다'의 의미를 지닌 동근어에서 파생된 단어들이다. 이들이 다른 단어와 동음관계를 형성할 때 동근어의 존재를 일러 주는 것이 효과적이다.

〈연습 8〉

> 이와 같은 예를 학습자의 모어에서 찾아서 다른 학습자들과 이야기를 나누어 보시오.

이와는 달리 형태가 변화하여 어원의식이 희박해 기존의 동음어에서 의미 관련성을 찾으려 할 때 즉각 보조적인 설명이 필요하다. 예를 들어 "귀를 먹다."에서 '먹다'는 "음식을 먹다."에서 '먹다'와 동음이 되어 둘 사이에 의미상 아무런 상관관계가 없는 데도 학습자는 굳이 연관성을 찾으려 한다. 이때 학습을 지도하는 교원이 "귀를 먹다."의 '먹다'는 본디 "귀가 막히다."의 '막다'에서 온 것임을 일러 주면 동음어 쌍이 형성되는 것을 분명히 깨닫게 된다.

〈연습 9〉

> 이와 같은 예를 한 가지 이상 찾아 발음해 보시오.

마지막으로 단어의 반의어를 찾아 동음어의 상관관계를 이해하는 데 도움을 줄 수가 있다. 예를 들어 '쓰다'의 반의어를 찾아 '쓰다'의 동음어쌍의 존재 양상이 좀 더 선명해지며, 동음어의 수가 많을수록 반의어군이 크게 형성된다는 것도 쉽사리 체득할 수 있다.

〈연습 10〉

‘서다’의 반의어에는 어떤 단어가 있는지 찾아 ‘서다’의 동음성을 토의하시오.

어휘에서 한 걸음 더 나아가 문장의 구조나 앞뒤 의미 호응 관계가 동음어의 의미를 파악하는 데 결정적 요소가 될 수 있다. 따라서 어휘에서는 의미 판별이 불분명하지만 문장을 검토하면 다른 동음어의 간섭이 없어 정확한 의미를 파악해 낼 수 있다. (13)에서 서술어 ‘묻다’가 부여한 처소격과 여격이 서술어의 의미를 추론하는 데 크게 기여하며, (14)에서 문장의 전후 의미가 동음어를 다른 동음어로 해석하는 것을 불가능하게 한다.

    (13) ㄱ. 무덤에 **묻다**.
         ㄴ. 영수에게 **묻다**.
    (14) ㄱ. 날이 추워 손이 곱다.
         ㄴ. 아가씨의 하얀 손이 곱다.

한편 일반적으로 쉽게 해석될 수 있는 문장도 특수한 상황을 설정하여 화맥을 달리하면 전혀 다른 의미를 지닌 문장으로 해석될 수 있다. 즉 (15)에서 ‘여기’의 의미는 전체 문맥을 잘 살펴야 확정될 수 있다.

    (15) 늦은 밤 지하철 안에서 술에 취한 어른이 학생의 옆구리를 찌르며 여기가 어디냐고 물었다. 그런데 귀찮았던 학생은 퉁명스럽게 ‘옆구리’라고 대답했다.

〈연습 11〉 아래 문장에 쓰인 동음어는 누구에게나 쉽사리 이해될 수 있다. 그러나 이 동음어는 특수한 상황을 부여하여 다른 동음어로 파악될 수 있다. 그러한 상황을 설정하여 문장의 의미를 전혀 다르게 유도해 보시오.

① 전주에 올라가면 위험합니다.

② 배가 탈이 났다.

③ 영수가 졌다.

그리고 문장 또는 화맥에서 등장한 동음어나 유음어를 잘못 이해하여 실수를 저지른 경우가 있는데 이런 경험담을 나눔으로써 미묘한 연대의식을 공유할 수 있으며 동기유발을 일으켜 학습 능력 향상에도 커다란 효과를 거둘 수 있다. (16)은 영어 회화에서 벌어진 실수담이며, (17)은 한국어 회화에서 벌어진 실수담으로 동음어의 혼란에서 야기된 것이다.

(16) 영국에 간 지 얼마 안 되어 영국 친구와 하이드 파크에 갔다. 숲을 거닐며 이야기를 나누다 친구가 '비치'라고 말했다. 그러나 나는 당황했다. 왜 숲에서 '바닷가' (beach)를 언급하는지 이해가 안 되었다. 나중에야 그것이 동음어인 '너도밤나무' (beech)를 일컬었다는 것을 알고 쓸쓸하게 웃었다.

(17) 등산하던 중 한국 친구가 "너 신을 믿을 수 있느냐?"고 물었다. 나는 "하느님을 믿는다."고 대답했다. 그런데 한국 친구는 내 신을 가리키며 산이 미끄러운데 신이 괜찮으냐고 물었던 것이었다. 우리는 얼굴을 마주 보고 껄껄 웃었다.

〈연습 12〉 다음 물음에 답을 하고 왜 이런 문제를 냈을까 이야기해 보시오.

① 세종시는 행복한 도시라서 '행복도시'라고 말합니까?

② 아프리카에 사는 '누우'는 소[牛]의 일종이라 '누우'라고 적는 것이 올바릅니까?

동음어뿐만 아니라 유음어로 인한 오해에서 벌어진 실수 경험이나 자기 나름대로 그럴 듯하게 이해하여 의미 부여를 함으로써 웃음을 자아내는 이야기가 더러 생겨난다. (18)과 (19)는 이런 흥미있는 이야기를 보여 준다.

> (18) 김동리는 목청을 가다듬은 뒤 시를 읊었다. "꽃이 피면 벙어리도 우는 것을." 서정주는 첫 소절을 듣자마자 무릎을 쳤다. "좋다, 좋아! '꽃이 피면 벙어리도 운단' 말씨." 감탄하는 서정주를 보던 김동리는 얼굴을 찡그리며 말했다. "이 사람아, 잘못 들었어. '꽃이 피면'이 아니라 '꼬집히면'인데 말이야."
>
> (19) 지하철을 타고 가는데 어디선가 모차르트의 오페라 '돈죠반니'가 들려왔다. 고개를 돌려 바라보니 한 걸인 아저씨가 이 노래를 틀며 지나갔다. 매번 듣는 찬송가가 아니라 오페라 이중창이라니! 그런데 그 순간 '돈죠반니'가 '돈 줘 봤니?'로 생각될 줄이야.

〈연습 13〉 아래 문제에 대해 슬기롭게 해결해 보시오.

① 속담 "하룻강아지 범 무서운 줄 모른다."는 유음어에 대한 오해에서 비롯되어 현재의 모습으로 굳어졌습니다. 이 속담에서 '하룻강아지'의 본래 모습과 의미는 어떠했습니까?

② 어느 자매가 "그 국물 버리지 마."를 "그 꿈을 버리지 마."로 잘못 들었다. 이것을 근간으로 에피소드를 창작해 보시오.

4.

지금까지 다룬 유형별 해결 과제는 명민한 학습자들에게 그리 어려운 축에 속하지 않을 수도 있다. 그러나 동음어로 인한 지명 변천을 탐구하거나 문학 작품 속에 깃들어 있는 동음어의 가치를 분석하는 일은 한국어 학습자들에게 퍽 버거울 것이다.

먼저 동음어나 유음어가 지명 변천에 커다란 영향을 끼치는 경우를
살펴본다. (20)이 이를 잘 말해 준다.

(20) 대전광역시 중구 목동의 동명은 '牧洞'으로 알려져 있다. '司牧' 또는 '牧
羊'이란 단어에서도 알 수 있듯이 '牧'은 사람이나 동물을 지도하고 가르치며 기른
다는 뜻을 간직하고 있다. 호사가들은 목동에 '牧園大學校'가 오랫동안 자리잡고
있었으며 프란치스코 수도원과 거룩한 말씀의 수녀회가 위치하고 있으며 인근 고등
학교 또한 유구한 역사를 자랑하고 있는 까닭에 '牧洞'이란 지명에 특별한 의미를
부여한다. 그러나 목동은 사목과는 아무런 관련이 없고 과거에 커다란 '못'이 있어
그곳이 '못골'이라 불리웠는데, 한자로 표기하면서 '못'에 해당하는 유음어인 '목
(牧)'을 빌어다 썼을 뿐이다.

〈연습 14〉 지명 변천에 동음어가 어떻게 개입했는지 그 과정을 설명
하시오.

> ① 전라북도에서 한지로 유명했던 장파한지마을의 아랫마을 이름
> 은 '계곡마을'이다. 한지와 관련있는 마을 이름이 이렇게 바뀌게 된
> 배경은 무엇입니까?
> ② 대전광역시 중구에 '버드내'가 있다. '벌말'과 '들말' 사이를
> 흐르는 내인 '버드내'가 어떤 경로를 걸쳐 '버드내', '유등천'으로
> 변모했습니까?

고전 문학 작품은 말할 나위도 없고 현대 문학 분야의 모든 장르에서
동음어와 유음어의 사용은 퍽 활발하게 일어난다. (21)은 진도아리랑
의 일부로서 '세월'과 '네월'에서 동음성이 발견되고 '백 발'과 '백
발'에서도 그런 양상이 눈에 띈다. 그리고 (22)는 소설의 일부인데 '순
치'와 '준치'가 유음을 이루고 있다. 그런데 이러한 동음어나 유음어
는 그 활용이 매우 단순하다. 그렇지만 (23)과 (24)와 같이 그 의미가 더

욱 깊어지는 글도 있다. 이 둘은 유음어를 적절하게 활용하여 작자의 의
도를 심화하고 청자가 오래 기억하도록 유도하였다.

(21) 세월아 네월아 오고 가지를 말아라.
　　아까운 이 내 청춘 다 늙어간다.
　　새끼줄 **백** 발은 쓸모가 있어도
　　이 사람의 **백발**은 쓸모가 없다.
(22) **최순치**가 준치가시라도 되었더란 말인가.
　　그 이름만 떠올려도 목젖이 따끔거렸다.
(23) 우리말에서 '닦는다' 와 '담는다' 는 발음이 같다. 우리는 서로 같은 발음
의 두 단어에서 거룩한 변화를 위한 한 가지 비법을 배울 수 있다. 우리의 변화는
예수 그리스도를 닦은 것이고, 그렇게 되기 위해서는 우리 안에 그분을 담으면 된
다. 그분의 마음가짐과 행동양식을 우리 안에 담고, 그분의 연민을 우리 안에 담으
면 된다. 그러다 보면 어느 새 그분을 닮아 있을 것이다.
(24) '항복' 과 '행복' 은 한 획 차이다. 우리가 성령께 항복할 때 행복이 찾아
온다.

〈연습 15〉 아래 동음어나 유음어를 이용한 문장을 중심으로 (23)이나
(24)와 같은 글을 지으시오.

① 불의는 못 참고 불이익은 참는다.

② 나뿐인 사람은 나쁘다.

③ 통[소통]하지 않으면 통[고통]이 온다.

〈연습 16〉 다음 시 '떼는목' 을 읽고 동음어·유음어가 어떤 문학적
가치를 지니는지 분석해 보시오. 완벽한 분석이 어려우면 한국인의 도
움을 받아 해결하십시오.

　　그들이 떼어 놓은 놈은 ‘버리다’와 ‘가져오다’ 사이에 있다 그 남
자가 호적초본을 떼자 그녀의 눈빛은 시치미를 뗀다 그녀가 깍짓손
을 떼가 그는 떼어 놓은 당상이라며 입을 뗀다 그가 집착의 시선을
떼자 비로소 그녀가 주차 위반 딱지를 뗀다 그녀가 은밀한 가락을 떼
자 그는 그는 신경질적으로 한 소절 맺으며 잘라 뗀다 샴쌍둥이 형제
가 ‘떼다’란 작자의 메스와 바늘 사이에서 피들피들 학을 뗀다 그가
말직 한자리를 떼어 주자 그녀는 벽에 걸린 액자를 뗀다 그가 젖꼭지
에 입을 떼자 그녀는 자신이 경영하는 호프집 간판을 뗀다 그녀가 봉
급에서 떼지 말라고 간청하자 그는 화분의 잎을 뗀다 그가 거실의 미
닫이를 떼자 그는 50년 지기 불알친구에게 돈을 뗀다 그가 신용불량
자라 오명을 떼자 그녀는 그간 자신을 괴롭혔던 영화 독본을 뗀다 그
녀가 시의 행을 한 줄씩 떼자 그는 급기야 출세가도를 달리던 직장에
서 목을 뗐다며 울먹댔다

한국어 지시어 교육

1.

　이 소논문은 한국어의 지시어 교육을 다룬다. 한국어의 지시어를 외국인에게 지도할 때 고려해야 할 여러 가지 문제를 차근차근 제시하여 외국인이 효율적으로 한국어의 지시어를 습득할 수 있도록 이끄는 것이 이 글의 목표이다.

　그 동안 한국어는 세계 무대에서 점점 각광을 받는 언어로 성장하고 있다. 이에 따라 한국어를 배우려는 외국인들에게 좀더 효과적으로 한국어를 교육하기 위한 여러 가지 방안이 모색되고 있다. 즉 한국어 교재를 개발하고 편찬하는 것은 물론 교사양성 방안, 교과과정개발 방안, 교수방법개선 방안, 평가방법개선 방안 등 한국어 교육과 관련한 다양한 연구가 폭넓고 깊이있게 진행되고 있다.

　이제까지 국어의 지시어에 대한 연구는 끊임없이 진행되어 왔다. 그렇지만 지시어를 교육면에서 접근한 것은 그리 오래 되지 않는다. 국어교육에서 지시어의 지도에 대한 연구가 있고, 지시어의 습득과정에 대한 보고가 있긴 했으나, 한국어교육에 관심을 갖고 한국어 기능어의 어휘정보구축 중 지시어를 다룬 것이 눈에 띌 정도였다. 그러다 최근에 지시어의 교육을 본격적으로 체계화한 논문이 출현하여 주목을 받고 있다.

2.

지시어는 반복되어 쓰이는 개체의 의미해석 대신에 다른 문법적 표현으로 그것을 가리키는 말이다. 이러한 정의는 대체성과 문법성 그리고 반복성에 입각하여 지시어의 개념을 비교적 명확하게 규정한 것이라고 볼 수 있다.

한편 지시어는 본래부터 지시 기능을 가진 지시어와 다른 기능을 가지고 있다가 전용되어 지시 기능을 갖게 된 지시어로 나눌 수 있는데, 전자를 본원적 지시어라 하고, 후자를 전용적 지시어라고 명명할 수 있을 것이다. 전자에는 거리지시어인 '이', '그', '저' 류와 재귀지시어인 '자기', '자신' 등이 속할 것이며, 후자에는 '전자·후자' 따위의 선후지시어와 '첫째·둘째' 따위의 수지시어 등이 속할 것이다.

또한 지시어는 문맥에 선행사가 있으며 그것을 지시할 때 쓰이는 문맥지시어와 그렇지 않고 화자의 의식세계와 담화장면이 어우러져 지시할 때 쓰이는 상황지시어로 나뉜다. 그리고 지시어가 겉으로 있는 유형지시어와 문장 속에 드러나 있지 않은 무형지시어로 구분해 볼 수도 있다.

(1) ㄱ. 영수는 자기 형을 끔찍하게 생각한다.

　　ㄴ. 왜 이러냐?

(2) ㄱ. 영수는 방금 자기 집에 갔다.

　　ㄴ. 영수는 방금 ∅ 집에 갔다.

그리고 지시어는 선행하는 주체어에 대해 화자가 객관적 위치에서 서술하는 객관적 지시어와 선행하는 주체어에 대해 화자가 임시적으로 주관적인 경험을 도모하는 주관적 지시어로 분류할 수 있다.

(3) ㄱ. 영수는 그 애 반에서 일등이다.

　　ㄴ. 영수는 지 선생님을 존경한다.

그런데 객관화 지시어라 하더라도 화자와 청자의 물리적 거리에 따라 사용되는 지시어가 다르며, 나아가 화자의 심리적 거리감에 따라 발화 현장에서 쓰이는 지시어가 다르다. 어쨌든 이들 지시어는 거리에 따라 달리 쓰일 수 있는 까닭에 거리지시어라고 명명할 수 있을 것이다.

(4) ㄱ. 이게 무엇인가.

　　ㄴ. 그게 좋겠다.

　　ㄷ. 저것도 좋은데.

그리고 거리지시어 가운데는 화자가 '이', '그', '저'보다 심리적으로 더 가까이 있다고 판단할 때 쓰이는 어사인 '요', '고', '조'가 잘 발달되어 있다.

'이·그·저'나 '요·고·조'가 단독으로 쓰이는 데 반하여 거리지시어엔 다른 어사를 동반한 허다한 지시어들이 있다. 그러므로 후자의 형태를 결합형이라 명명하여 앞의 단독형과 구별하려 한다. 이러한 결합형에는 사람을 가리키는 말로 존대의 정도에 따라 그 어형이 여러 갈래로 나누어진다.

(5) ㄱ. 이분이 선생님입니다.
　　ㄴ. 이이가 왜 이래요?
　　ㄷ. 이새끼, 이리 와!

위와는 달리 대상, 시간, 장소, 방향, 양상을 나타내는 여러 가지 지시어가 거리지시어에는 발달되어 있다.

(6) ㄱ. 그걸 말이라고 하냐?
　　ㄴ. 그때 왔다.
　　ㄷ. 거기 언제 가나?
　　ㄹ. 그리 가면 안 돼.
　　ㅁ. 그런 사람을 못 보았다.

객관화 지시어와 대조적으로 화자가 선행하는 주체자의 의식을 주관적으로 표현하는 주관화 지시어인 재귀지시어는 '자기'가 대표적이고, 극존칭의 경우에만 사용이 가능한 '당신'도 있으며 이들은 각기 복수형을 간직하고 있다.

(7) ㄱ. 영수는 자기 방에 있다.
　　ㄴ. 할아버님은 당신 뜻대로 사셨다.

지시어 가운데 독특한 양상을 띤 지시어로 '본인'이 있다. 이 지시어는 여러 인칭에 두루 걸쳐 쓰일 수 있으므로 통칭지시어라고 부르게 되었다. 즉 '본인'은 1인칭으로 쓰여 다분히 화자의 권위를 강조하거나 담화현장이 공식적임을 드러낸다. 그런가 하면 2인칭으로 쓰여 여러 사건에 관련된 당사자라는 뜻을 함유한다. 그리고 3인칭으로도 쓰여 선행하는 주체자의 의식을 재귀지시어인 '자기'보다 더 객관적으로 표현하고 객관적 지시어인 '그'보다는 다소 주관적으로 표출한다.

    (8) ㄱ. 본인이 이 회의 대표입니다.
       ㄴ. 본인은 어떻게 생각하나?
       ㄷ. 영수는 본인이 다짐했던 대로 성공했다.

한편 지시어 중에는 담화현장에서 화자와 청자를 지시하는 화·청자 지시어가 있다. 먼저 화자 지시어 가운데 대표적인 것은 말할 나위도 없이 '나'이고 화자가 자신을 낮추어 얘기를 할 때는 '저'가 쓰이며, 복수형으로 '우리'와 '저희'류가 있다. 또한 가족이나 사회에서 상하관계를 나타내는 낱말이 화자지시어로 쓰이는 경우가 있는데, 이때는 반드시 화자가 청자보다 신분이나 계급이 높아야 한다.

    (9) ㄱ. 형이 여러번 가르쳐 줬었지.
       ㄴ. 대대장이 수차례 언급했었지.

화자지시어와 아울러 청자지시어로 대표되는 단어는 '너'이고 요사이는 '니'의 형태로 나타난다. 그리고 복수형으로 '너희'류와 '니들'류 형태가 있다. 그리고 화자지시어와 유사하게 가족이나 사회에서 관계를 규정짓는 단어가 청자지시어로 쓰일 수 있는데, 이때는 화자지시어와는 달리 청자가 화자보다 신분이나 계급이 꼭 높을 필요는 없다.

    (10) ㄱ. 할아버님은 언제 오셨어요?
        ㄴ. 학생은 언제 왔는가?

그런데 흔히 청자가 존칭의 대상일 때 쓰일 수 있다고 여겨지던 '당신'은 존칭의 의미를 상실하고 부부간의 호칭으로 쓰이거나 오히려 비존칭적인 어사로 바뀌었다. 또한 청자지시어 가운데는 '댁'이나 '임자' 따위가 있는데, 이들은 청자지시어로서의 역할을 상실해 가고 있는 형편이다. 그리고 호칭어가 막연할 경우에 신분이나 계급이 불분명한 어사인 '선생님, 아저씨' 따위가 청자지시어로 쓰이기도 한다. 이 밖에 손아래 사람이라 하더라도 존대를 표시하는 '자네'와 '그대' 등의 지시어가 있다.

이런 부류와는 달리 선후를 나타내는 지시어가 있는데 이를 선후지시어라고 이름 붙일 수 있을 것이다.

    (11) ㄱ. 사과와 배를 볼 때 전자가 후자보다 낫다.
        ㄴ. 영어와 수학을 보았는데 먼저것은 쉽고 나중것은 어려웠다.

한편 수를 지시하는 수지시어가 있는데, 이는 기수지시어와 서수지시어로 나뉠 수 있으며, 또 다시 각각 전칭지시어와 개별지시어로 분류될 수 있다. 그리고 전칭지시어는 다시 고유어 계열과 한자어 계열로 구분될 수 있다.

    (12) ㄱ. 영수와 영희가 온다. 둘은 사랑하는 사이다.
        ㄴ. 영수, 영희, 철수 중에 둘째가 제일 낫다.
    (13) ㄱ. 영수, 영희, 철수가 왔다. 모두가 늦게 왔다.
        ㄴ. 영수, 영희, 철수가 왔다. 전부가 늦게 왔다.
    (14) ㄱ. 영수, 영희, 철수가 왔다. 그들은 제각기 성격이 달랐다.
        ㄴ. 영수, 영희, 철수가 왔다. 그들은 각각 성격이 달랐다.

3.

외국인에게 한국어 지시어를 바르고 빠르게 가르치기 위해 고려해야 할 사항은 여러 가지가 있는데 이는 크게 두 가지로 나누어진다. 하나는 일반 고려 사항이고 다른 하나는 유형별 고려 사항이다. 전자는 외국어 교육 원리에 맞추어 지시어 교육을 효율적으로 수행하기 위해 요구되는 제반사항을 일컫고, 후자는 지시어를 유형별로 나누어 각기 어느 단계에서 어떤 내용을 학습하도록 유도하는 것이 바람직한지를 세심하게 고구하는 것을 일컫는다.

일반 고려 사항으로 가장 먼저 논의해야 할 것은 지시어의 선정이다. 즉 외국인에게 지시어를 지도할 때 어떤 지시어를 가르쳐야 하는가를 우선적으로 고려해야 한다. 이때 실제 언어생활에서 많이 쓰이는 지시어를 골라내어 지도하는 것은 너무나도 당연하다.

이제까지 이에 대한 연구는 크게 세 가지 방향에서 진행되었다. 첫째는 주관적으로 지시어의 중요도를 매겨 지시어의 어휘항목을 설정한 것이고, 둘째는 국어교육에 기초하여 국어교재 등에서 출현하는 지시어를 통계적으로 처리하여 중요한 어휘만을 뽑아 목록을 작성하고 그에 근거하여 한국어 교육 자료로 삼은 것이며, 셋째는 이와는 달리 이미 출간된 한국어교재를 대상으로 위와 같은 방법에 따라 어휘목록을 작성한 것이다.

주관적으로 어휘항목을 설정한 신현숙은 언어 사용자가 모르고 있는 내용을 가리키는 지시어를 포함하여 93개에 달하는 어휘항목을 추출하였다.

(15) 한국어 지시어 범주와 어휘항목

범주				어휘항목
언어 사용자가 알고 있는 내용을 가리키는 지시어	사람	1인칭	단수	나, 내, 저, 제
			복수	우리, 저희
		2인칭	단수	그대, 당신, 댁, 너, 네, 임자, 자네
			복수	그대들, 당신들, 너희(들)
		3인칭	단수	그분, 이분, 저분, 당신, 그, 그녀, 그이, 이이, 저이, 그애, 이애, 저애, 개, 애, 쟤, 그놈, 이놈, 저놈, 그자, 이자, 저자
			복수	그네들, 그들, 이들
		두루 가리킴	단수	본인, 스스로, 자기, 자기자신, 자신, 남, 어르신, 어르신네
	사물			그것, 이것, 저것, 그거, 이거, 저거
	장소			거기, 여기, 저기, 그곳, 이곳, 저곳
	시간			그때, 이때, 입때, 접때
	영역			그러한, 이러한, 저러한, 그런, 이런, 저런, 그렇게, 이렇게, 저렇게
	방향			그리, 이리, 저리
	두루 가리킴			그, 이, 저, 자체
언어 사용자가 모르고 있는 내용을 가리키는 지시어	사람			누구
	사물			무슨, 무엇, 뭐, 어느
	장소			어디
	시간			언제
	방법			어떻게
	수량			몇, 얼마
	이유			왜
	두루 가리킴			아무, 어떤

그런데 위의 표에서 알 수 있듯이 언어사용자가 모르고 있는 내용을 가리키는 지시어를 한국어 지시어에 포함시킬 수 있느냐가 가장 문제시되며, 2인칭단수인 '임자'나 3인칭 단수인 '그자' 류 그리고 사람두

루가리킴의 '스스로', '어르신', 시간의 '입때' 류, 두루가리킴의 '자체' 따위가 한국어 지시어 교육에 꼭 필요한지 의문시된다. 그러한 항목들은 국어의 지시어 체계를 한국인이 연구하거나 학습하는 데는 필수적이지만, 한국어 지시어 교육에서 다루는 것은 무리일 듯하다.

한편 조남호는 분야별로 일정한 분량의 자료를 조사하여 어휘빈도조사를 거쳐 한국어 학습용 어휘를 산정하였는데 이에 포함된 지시어는 (16)과 같다.

> (16) 거, 거기, 그, 그거, 그것, 그곳, 그녀, 그놈, 그대, 그러다, 그러하다, 그렇다, 그분, 그이, 그쪽, 나, 너, 너희, 당신, 여기, 여러분, 우리, 이, 이거, 이것, 이곳, 이놈, 이러다, 이러하다, 이렇다, 이분, 이쪽, 자기, 자네, 저, 저, 저거, 저것, 저곳, 저기, 저러다, 저렇다, 저쪽, 저편, 저희

그런데 (16)에는 지시어의 체계면에서 보완되어야 할 사항이 있다. 곧 거리지시어에 해당하는 어휘를 분석한 결과 3원체계가 성립되지 않는 항목이 많이 눈에 띈다. 예를 들어 '그분'은 있는데 '이분', '저분'은 없고, '이놈', '그놈'은 있는데 '저놈'은 없다. 또한 '이거', '그거'는 있는데 '저거'는 없고, '이곳', '그곳'은 있는데 '저곳'은 없으며, '저편'만 있고 '이편'과 '그편'은 없다. 비록 빈도수가 낮게 나타나 뽑히지 않았다 해도 한국어의 지시어를 체계적으로 이해하기 위하여 이런 항목들은 재조정할 필요가 있다.

위와 같은 연구에 덧붙여 한국어의 교재를 분석하여 한국어 교육용 지시어를 선정한 연구가 있다. 이 연구는 이미 발간된 한국어 교재인 『한국어회화』(고려대), 『한국어』(서울대), 『말이 트이는 한국어』(이화여대)에 수록되어 있는 지시어를 일일이 가려낸 다음 기존 연구를 참조하여 한국어 교육용 목록을 (17)과 같이 확정하였다.

(17) 그, 그, 그거, 그것, 그곳, 그녀, 그놈, 그대, 그러다, 그러하다, 그렇다, 그리
하다, 그분, 그쪽, 거기, 나, 너, 너희, 당신, 여러분, 여기, 우리, 이, 이거, 이것, 이
곳, 이놈, 이러하다, 이러다, 이렇다, 이리하다, 이분, 이쪽, 자기, 자네, 저, 저, 저거,
저것, 저놈, 저러하다, 저러다, 저렇다, 저리하다, 저곳, 저기, 저분, 저쪽, 저희

(17)은 (16)에 비해 훨씬 체계적인 지시어의 목록을 보인다. 그런데 몇
가지 면에서 좀더 검토해 볼 필요가 있다. 예를 들어 전혀 별개로 쓰이고
있는 동음이의어를 포함하고 있는 '그'와 '저'의 항목에선 각기 분리하
여 다른 항목으로 설정하였으나, '자기'에서는 그런 입장이 선명히 부각
되어 있지 않다. 또한 재귀지시어인 '자신'이 포함되었으면 좋았을 듯한
데 눈에 안 띄며 '자기자신'은 아니더라도 '본인'이나 '이이'류, '전
자·후자'류 등은 어휘항목으로 선정되는 것이 바람직했을 것 같다.

일단 어휘항목이 선정되면 이를 단계별로 교육해야 하는데, 교과과정
에서 문법요소가 순차적으로 제시되어 선수학습된 문법요소를 이용하
여 다음 학습이 이루어질 수 있도록 고안되어야 한다.

한국어 지시어는 등급에 따라 3단계로 나누어 볼 수 있다. 물론 더 세
분하여 등급을 매길 수도 있겠지만 지시어의 경우에 6단계나 그 이상
의 단계로 세밀한 등급을 두어 지도하는 것이 얼마나 효율성이 있는지
는 의문이다.

세 단계 중 어느 단계에 어떤 어휘항목을 배정할 것인가는 우선적으
로 빈도수가 결정한다. 그러나 그에 못지 않게 체계성이 고려되어야 한
다. 그러므로 빈도수는 낮지만 '그쪽'을 '이쪽'과 '저쪽'에 걸맞게 초
급단계에서 다룬다든지, '저놈'의 경우에도 '이놈', '그놈'과 같이 고
급단계에서 교육하도록 배려하는 것이 더없이 중요하다. 이런 면에서
이은영의 한국어 교육용 지시어의 등급은 매우 의미있다.

(18) 한국어 교육용 지시어의 등급

			초급	중급	고급
대명사	사람	1인칭	나, 저, 우리		
		2인칭	너, 여러분	저희, 너희	그대, 자네
		3인칭	이분, 그분, 저분	자기, 당신	이놈, 그놈, 저놈 그, 그녀
	사물		이것, 그것, 저것 이거, 그거, 저거 이, 그, 저		
	장소		여기, 거기, 저기 이곳, 그곳, 저곳		
	방향		이쪽, 그쪽, 저쪽		이편, 그편, 저편
대동사					이리하다 그리하다 저리하다
대형용사			이렇다, 그렇다, 저렇다 이리다, 그리다, 저리다	이러하다, 그러하다, 저러하다	

　이상에서 제시한 학습단계별 지시어를 한국어교재에 어떻게 효과적으로 제시할 것인가가 주요한 과제이다. 우선 빈도수를 고려하여 지시어 항목을 적절하게 배분하되 각 과의 주제에 필수적인 지시어를 최소화하여 포함시키고, 필수어휘와 주변어휘로 나누어 교재에 반영함으로써 체계성을 부여할 수 있다. 필수어휘는 전체 체계를 고려해서 본문에 싣고 주변어휘를 연습문제 속에 집어 넣어 수업 중에 학생들의 수준을 고려하여 확대하여 지도할 수 있도록 하는 것이 유익할 듯하다.

　학습단계별 지시어의 항목이 제시된 뒤 한국어의 지시어를 정확하게 알게 하기 위해서 대체로 정보 제공의 세 가지 측면이 고려되어야 한다. 다시 말해서 형태정보면, 의미정보면, 화용정보면이 외국인 학습자에게 충분히 제공될 때 각각의 지시어에 대한 이해가 가능해진다.

여기에서 형태정보는 어휘항목의 형태 특징에 관한 정보로 기본형태는 물론 결합할 때 형태가 바뀌는 변이형까지도 일컫는다. 그리고 의미정보는 단어의 의미 특징에 관한 정보로 지시어가 어떤 대상을 지시하는가가 기본의미이고, 다의어 따위로 파생되어 다른 의미를 갖게 되는 전이의미가 있다. 마지막으로 화용정보는 어휘항목의 화용 특징에 관한 정보로 어휘항목이 어떤 상황에서 쓰이는가를 알려 준다.

이와 아울러 어휘정보와 교육단계도 자세히 살펴볼 필요가 있다. 어휘정보 중 형태정보의 기본형과 변이형은 같은 단계에서 교육되어야 한다. 형태에서 다소 차이가 날 뿐 동시에 학습하는 것이 양자의 관련성을 파악하는 데도 유용하며 학습부담량도 그리 많지 않다. 예를 들어 '이거'의 형태 정보에서 기본형은 '이거'이며, 주격은 '이게', 목적격은 '이걸', 보조사 '-은'과 결합하면 '이건'이 된다는 정보는 동시에 주어져도 학습에 그리 지장을 주지 않는다.

그러나 의미정보면에서 전이의미 정보를 기본의미 정보와 함께 같은 단계에서 부여하는 것이 올바른 교육방법인가를 숙고해야 한다. 그것은 일반화하기 곤란하며 어휘항목의 전이의미가 어느 정도 기본의미에서 벗어났는가에 따라 달리 취급하는 것이 타당할 것 같다. 예를 들어 초급지시어에서는 기본의미만 다루고 전이의미는 중급단계나 고급단계에서 등급에 따라 정보를 제공하는 것이 나을 것이며, 중급지시어에서는 일부 어휘항목은 기본의미와 전이의미의 정보를 동시에 제공해도 괜찮지만, 기본의미에서 매우 벗어난 전이의미는 고급단계에서 취급하는 것이 온당할 것이다.

4.

한국어의 지시어는 다섯 유형으로 나누어 고구할 수 있다. 제1유형은 거리지시어로 '그'가 대표어휘이고, 제2유형은 재귀지시어로 '자기'가 대표어휘이며, 제3유형은 통칭지시어로 '본인'이 대표어휘이고, 제4유형은 화·청자지시어로 '나'와 '너'가 각각 화자지시어와 청자지시어의 대표어휘이며, 제5유형은 기타로 선후지시어와 수지시어가 있으며 '전자·후자'와 '첫째·둘째'가 각각 대표어휘이다.

이 가운데 제4유형과 제5유형에 대해서는 앞에서 논의한 것으로 어느 정도 어휘항목의 정보가 제시되었다고 볼 수 있다. 그러나 제1유형부터 제3유형까지는 더욱 상세하게 천착할 필요가 있어 유형별로 나누어 그 어휘특성을 살핀다.

제1유형인 거리지시어는 화자와 청자가 대상과의 거리를 지시하는 어사이다. 그런데 이때의 거리개념은 물리적 거리 개념은 말할 나위도 없고, 화자의 인식 관점에서 살펴야 한다. 따라서 '이', '그', '저'는 물리적·인식적 관점에서 각각 화자근거리지시어, 청자근거리지시어, 화·청자원거리지시어라고 명명될 수 있다.

한편 화자근거리지시어와 청자근거리지시어는 지시기능과 대용기능을 갖지만 화·청자원거리지시어는 지시기능만 갖는다. 그리고 앞의 두 가지는 본유적 지시기능과 대용적 지시기능으로 나누어 앞의 것은 현장지시와 관념지시로 나누어지며, 다시 전자는 실물지시와 도상지시로 하위분류되고, 후자는 추상지시와 구상지시로 갈라진다. 그리고 구상지시는 개체지시와 유지시로 대별된다. 이와는 달리 대용기능은 장형대용기능과 단형대용기능으로 파악될 수 있다.

한편 '이'는 단독으로 쓰이기도 하나 그때의 기능은 극히 미약하고 '저'는 아예 단독형으로 등장하지 않는다. 그러나 '그'는 다른 지시어와 비교도 안 될 정도로 단독으로 쓰이며 지시 기능이 탁월하다. 그리고 대용기능도 가장 강하게 발휘한다. 그렇기는 하나 세 지시어 모두 일부 어사와 결합하여 일정한 어휘를 형성함으로써 지시기능을 원만히 수행한다. 이렇게 하여 생성된 어사들엔 사물지시어와 인칭지시어가 있으며, 시간지시어와 장소지시어 그리고 방향지시어와 양상지시어도 있고, 이것들은 각기 고유한 의미기능을 갖고 있다.

제2유형인 재귀지시어는 선행하는 주체어에 대해 주관적 경험과 객관적 서술을 도모하게 하는 재귀어로 지시하는 것을 말한다. 그리고 앞서 있는 주체어를 선행어라 하고 '자기', '자신', '당신', '저'와 같이 선행어의 경험성과 시점 이동에 관련된 언어 요소를 재귀지시어라 이름한다. 그리고 그것들은 의미기능영역이 중첩되어 있는 것도 있으며, 고유한 영역을 지닌 것도 있다.

재귀지시어는 거리지시어의 용법과는 거리가 있다. 곧 거리지시어는 본원적으로 지시적 성격이 강한 언어요소이기 때문에 언제나 선행어를 필요로 하지 않는다. 특히 관념지시어나 상황지시어는 문장 안에 선행어가 전혀 표시되어 있지 않아도 된다. 그러나 재귀지시어는 항상 선행어가 상정되어야 한다.

재귀지시어는 그 동안 지시어와 선행어의 연결관계 구명에 지나치게 치우쳐 연구된 측면이 강하다. 그렇지만 치열한 연구에 비해 결과는 그리 만족스럽지 않았다. 따라서 한국어 지시어 교육에서 재귀지시어의 용법을 구문상으로 장황하게 가르치려는 태도는 지양되어야 한다.

제3유형인 '본인'은 1인칭, 2인칭, 3인칭에 두루 쓰이는 까닭에 통칭지시어라 명명하였다. 이의 기능은 크게 두 가지로 나뉘는데, 하나는 '본인'이 재귀적 의미기능을 하는 것이고, 다른 하나는 '본인'이 비재귀적 기능을 하는 것이다. 전자는 '자기' 류와 같은 의미기능을 하는 것이지만 그에 비해 주체와의 의식을 더 객관적으로 표현하며, 선행어의 존재 정도로 볼 때 '당신' 보다 하위에 놓이지만, '자기' 나 '저' 보다는 상위에 놓이며, 선행어는 반드시 인간이어야 한다는 조건이 첨부된다.

한편 비재귀적 의미기능을 하는 '본인' 은 1인칭을 지시하거나 2인칭을 지시한다. 그런데 1인칭으로 쓰이는 '본인' 은 다분히 [+권위적]이고 [+격식적]인 의미자질을 보유한다. 그리고 2인칭으로 쓰이는 '본인' 은 의문문이나 명령문에서 쉽사리 발견되며, 화자가 청자에게 존대하는 경우에만 쓰일 수 있다.

그런데 제3유형을 교육할 때 관심을 가질 내용은 비재귀적 의미기능을 지닌 '본인' 에 국한된다. 재귀적 의미기능을 하는 '본인' 은 실제 대화에서 사용되는 경우가 매우 드물며 최고급 학습자라 하더라도 외국인이 습득하여 사용할 만큼 비중이 높은 지시어가 아니다.

중국에서 한국어교육의 효율적 방안

1.

이 글은 중국에서 한국어 교육의 효율적인 방안을 모색한다. 중국에서 실시되고 있는 한국어 교육의 제반 사항을 분석하고 앞으로 좀 더 효과적으로 한국어 교육을 수행하기 위해 각 부문에서 새로운 방안을 강구하여 조목조목 제시하는 것이 이 소논문의 목표이다.

그 동안 한국어는 세계무대에서 점점 각광을 받는 언어로 성장하고 있다. 경제적으로나 문화적으로 우리나라의 위상이 높아지면서 우리나라의 언어도 놀랄 만한 속도로 퍼져 가고 있다. 이와 같은 추세는 중국에서 더욱 두드러진다. 과거에는 북한과 교류하기 위한 차원에서 극소수의 전문인만이 우리말의 연구와 교수에 몰두하였지만, 이른바 한류 열풍이 중국에서 불면서 한국어를 배우려는 이들이 급격하게 늘어나고 있다. 따라서 중국에서 한국어를 가르치는 조선인 교수를 중심으로 수

요자의 요구에 맞게 한국어를 효율적으로 지도하는 방법에 대한 논의가 훨씬 깊이 있고 다양하게 진행되고 있다.

한편 우리나라에서도 한국어의 체계적인 보급을 위해 대학 또는 학회 차원에서나 정부지원기관 차원에서 중국에서 활동할 교사를 양성하는 방안을 수립하여 실제로 교사를 파견하고 있으며, 외국인을 위한 한국어 교재를 기반으로 중국인에게 필요한 독본과 회화책, 사전류, 문화소개서 등을 꾸준히 편찬하고 있다.

그러므로 본고는 이제까지 중국과 한국에서 연구된 성과를 기반으로 한층 효율적인 한국어 교육의 방향을 설정하고자 한다. 곧 교수 양성, 교과과정 개발, 교재개발 및 편찬, 교수방법 개선, 평가방법 개선 등 여러 부문에서 현실성 있는 방안을 강구할 것이다.

모든 경우가 그렇듯이 훌륭한 방안을 내놓기 위해 가장 먼저 해야 할 일은 현실을 정확히 진단하는 것이다. 그러므로 이어지는 장에서는 개황을 살펴본 뒤에 교수 부문, 교과과정 부문, 교재개발 및 편찬 부문, 교수방법 부문, 교육평가 부문 등으로 나누어 현재 상황을 분석할 것이다.

2.

먼저 교수 양성 방안은 크게 두 가지로 나누어 생각할 수 있다. 하나는 중국에서 한국어교육에 임하는 교수의 양성 방안이고, 다른 하나는 한국에서 파견되는 교수의 양성 방안이다.

먼저 전자를 살펴보면 한국어교육에 종사하는 강사의 수준을 제고하기 위해서 다음과 같은 몇 가지 방안을 고려할 수 있다.

첫째, 강사가 되려면 한국어능력시험에서 상급단계의 성적을 거두고 한국어학과를 졸업한 뒤 소정의 연구프로그램을 이수하도록 제도화하여야 한다. 그리고 그 프로그램에는 개인별로 연구강의를 하여 교수나 강사 또는 동료들로부터 격려나 비판을 받도록 하며, 모범강의를 수강하게 하여 교육내용과 지도방법의 질적인 향상을 도모하여야 한다.

둘째, 학회가 주축이 되어 1년에 2~3회 보완교육을 실시할 필요가 있다. 즉 중국 또는 한국에서 초청된 강사들의 특강을 통해 한국어 또는 한국어교육의 연구 경향과 성과를 쉽사리 파악하게 한다든지, 교수방법에 대해 식견을 넓히는 계기로 삼도록 유도해야 한다.

셋째, 교내 또는 인근에 있는 대학의 강사들이 공동으로 연구발표회를 정례적으로 갖도록 공식화해야 한다. 그리고 그 회의는 단순히 개인의 연구나 발표에 머무르는 것이 아니라 함께 지향하는 목표를 향해 이론을 수립하고 그 이론을 실제 수업시간에 적용하며 그에 따른 결과를 취합·분석하여 수정된 이론을 정립하는 등, 한국어교육에 실질적인 도움을 주고 받을 수 있는 모임으로 성장하도록 도와 주어야 한다.

넷째, 신임교수 채용시 지원 자격을 지금보다 훨씬 상향 조정해야 한다. 이제까지와 달리 고급 학위를 취득해야 하고 교육경력 기간을 늘리고 연구 논문 수도 훨씬 증편해야 한다. 그리고 논문의 질을 검증받도록 외부 심사위원을 위촉하는 방안도 모색해야 한다. 그리하여 학사 학위 소지자가 졸업 후 즉시 교수로 임용되는 따위의 일이 더 이상 발생하지 않도록 자격요건을 강화하고 엄정한 심사를 거치도록 해야 한다.

다섯째, 교수승진자격기준을 강화하여 교수가 연구와 강의 그리고 봉사에 더욱 충실할 수 있도록 유도해야 한다. 다시 말해서 연구 부문에서 논문 발표 실적이나 저서 발간 실적 등을 계량화하여 일정 점수 이상을 취득하도록 제도화해야 한다. 이 경우 한국학회 논문게재 실적 등은 우대하는 등 차등화를 꾀해야 옳을 것이다. 또한 학회 참석을 독려하는 분위기를 확산할 필요가 있으며, 학회 활동이나 지역봉사활동, 진로지

234

도교수 업적이나 연구동아리 지도 업적 등도 승진 요소로 작용할 수 있도록 명문화해야 한다. 이뿐만 아니라 강의평가제를 과감히 도입하여 승진 또는 재임용시 적극 반영해야 한다.

여섯째, 교수나 강사에게 한국에서 재교육을 받거나 체험학습할 수 있는 기회를 많이 부여해야 한다. 이것의 중요성을 깊이 인식하여 중국 정부와 대학당국은 예산을 대폭 배정하여 지원할 수 있는 체제를 갖추어야 한다. 곧 교수나 강사들이 한국 대학에서 석·박사 학위를 취득할 수 있도록 배려하거나, 기존 학위 소지자가 연구년을 한국에서 지내며 한국어뿐만 아니라 정치, 경제, 사회, 문화 등 한국의 전반적인 면에 대해 폭넓게 이해하는 계기가 되도록 뒷받침해 주어야 한다.

일곱째, 교수와 강사가 연구와 봉사에 더욱 힘쓰도록 수업 부담량을 줄여야 한다. 지금은 강의 시간이 너무 많아 시간과 정력을 온전히 강의에만 쏟아야 할 실정이다. 따라서 좀 더 많이 유능한 인력을 확보하여 강의 부담을 완화해 나가는 것이 절실하다.

한편 한국에서 파견되는 교수의 양성을 위해 아래와 같은 몇 가지 방안이 강구되어야 한다.

첫째, 한국어교육에 필수적인 자격을 갖춘 고급 교육자가 파송되어야 한다. 현재 한국어교사양성기관은 학부와 대학원을 중심으로 하는 학위과정과 주로 대학 부설 한국어 교육기관을 중심으로 하는 비학위과정으로 대별해 볼 수 있다. 그러나 학위과정을 통하여 한국어교육을 받은 이들은 한국어교사의 자격 인증이 제도화되어 있지 않아 교사자격증을 받지 못하는 실정이고, 비학위과정은 교사양성과정에서 교육기간이나 과정, 교과과정이 기관마다 달리 이루어지고 있으며, 영리적인 목적으로 수료자를 양산하는 경향이 있어 한국어교사의 전문성 제고에 문제점으로 작용하고 있다.

그리하여 한국어교육 능력 인증시험을 통과하여 한국어교사자격을 취득하도록 하는 제도가 조속히 정착되어야 하고, 이 제도가 뿌리를 내리기 전에는 국가나 정부 출연 연구기관이 설정한 일정 수준 이상의 교사양성과정을 이수한 사람만이 교단에 설 수 있도록 해야 한다. 그리고 그들 가운데도 한국에서 외국인을 대상으로 상당한 기간의 교육경험이 있는 사람을 선발해야 한다.

둘째, 심신이 건강한 이를 뽑아 보내야 한다. 한국어교육자는 무엇보다도 한국어를 사랑하는 마음이 가득하고 한국어교육에 대한 열정이 남다르며, 한국인의 전통적인 가치관이나 선입견에 얽매여 그릇되게 재단하지 않으며 중국인과 중국문화를 겸허하게 수용하면서, 이국생활에 쉽사리 적응할 수 있는 능력을 두루 갖춘 인물이 바람직하다. 그리고 중국에서 강의하면서 불편을 느끼지 않을 만큼 건강한 신체조건도 필수적이다.

셋째, 기초적인 중국어를 구사할 수 있고 영어로 어느 정도 의사소통이 가능한 강사가 요구된다. 이런 요건은 대학의 강의실에서뿐만 아니라 중국에서 편리하게 일상생활을 영위하기 위해 필수불가결하다.

넷째, 장기간 체류하며 교육할 수 있는 강사를 확보해야 한다. 교육적인 면과 행정적인 면을 고려할 때 강사가 수시로 바뀌는 것은 결코 바람직스럽지 않다. 그러므로 오랫동안 중국에 머물며 중국문화에 익숙하고 중국어 구사 능력도 뛰어난 강사를 많이 배출해야 한다. 그러나 형편이 여의치 못할 경우에라도 교육의 지속성과 원활한 행정을 도모하기 위해 전후임 강사의 연계성은 유지될 수 있도록 힘써야 한다.

다섯째, 중국에 파견되어 한국어교육에 힘쓰는 강사들은 일정기간이 지나면 연수를 받을 수 있는 기회가 자동적으로 부여되어야 한다. 다시 말해서 국어연구원, 한글학회, 국제교육진흥원 등을 중심으로 실시되는 국외 한국어교원 연수회 등에 참여할 수 있도록 여러 가지 지원을 아끼지 말아야 하며, 정부나 정부지원기관의 전담부서에서 이런 일을 총

괄하는 것이 얼마나 효율성이 있을지도 심각하게 논의해야 한다. 그리고 이때의 연수방법은 종래의 전통적인 강의방식 이외에도 원격 영상강의를 통한 원격 연수, 인터넷을 이용한 인터넷 연수 등이 비용과 시간의 절감이라는 차원에서 적극 도입되어야 한다.

한편 교과과정 개발 방안도 교수 양성 방안 못지않게 중요하다.

교과과정 개발에서 가장 먼저 생각할 것은 저학년에 한국개황과목을 설정해야 한다는 것이다. 그리고 그 과목은 중국어로 진행해야 한다. 한국의 역사와 지리, 정치, 경제, 사회, 문화 등을 소개하는 이 과목은 1학년 1학기에 배치하는 것이 나을 것 같다. 다만, 주의해야 할 점은 모든 기술은 전혀 왜곡되지 않은 정확한 사실에 기초해야 하며, 전통적인 특성과 현대적인 경향을 고루 안배하고, 사실을 있는 대로 줄줄이 나열하는 방식을 지양하고, 학습자에게 유익하고 흥미로운 주제를 중심으로 가치 우열을 논하지 않으며 중국과 한국을 비교·설명하는 방식을 취해야 한다는 것이다.

둘째, 단계별로 표준적인 교과과정을 개발해야 한다. 즉 초급, 중급, 고급 단계별로 어떤 과목이 어느 학년에 개설되어야 하는지를 심도 있게 논의하여, 공동목표를 지닌 대학에서는 똑같이 필수과목으로 지정하여 단계별로 몇 과목을 언제 이수하도록 해야 한다는 등의 표준교과과정을 마련해야 한다.

셋째, 특수한 목표를 수립한 대학에서는 그 목표에 따라 번역실무와 통역업무 등을 강화한 교과과정을 편성하고, 외교나 국방 또는 언론이나 광고, 관광 등과 밀접한 관련을 맺고 있는 학교에서는 '한국어수사학'이나 '군사한국어' 혹은 '주간한국신문분석론'이나 '한국광고언어연구', '관광한국어특강' 따위와 같은 교과목을 2학기 이상 수강하도록 하여, 고급실용 한국어 구사능력배양에 초점을 맞춘 한국어 교육을 실현할 수 있다.

  그리고 교수 양성 과정에 필요한 교과과정도 몇 가지 면에서 숙고할 필요가 있다.

  첫째, 한국에서 한국어교사 양성을 제대로 하려면 체계적인 교육과정이 마련되어야 하는데, 각 기관과 대학에서 활용하는 교육과정이 각각 다르기 때문에 통합하고 조정하여 표준교육과정을 제시할 때가 되었다.

  둘째, 기본소양과 연구능력 제고를 지향한 교과과정을 편성해야 한다. 강사 개개인이 어학, 문학, 교육학 차원의 기본 소양을 갖추도록 지도하고, 이를 바탕으로 교육능력을 향상하도록 해야 한다.

  셋째, 한국인의 문화를 깊이 있게 재인식할 수 있도록 교과과정을 편성해야 한다. 한국어 교육이 다양한 국가나 문화권과 한국문화의 교류를 목표로 한다는 거시적 안목을 항상 견지할 수 있도록 한국의 전통문화와 현대문화에 대한 인식을 새롭게 해야 한다. 이 점에서 한국의 역사나 지리에 대한 이해에 그치는 것이 아니라 한국어로 표현되고 매개되는 한국인의 의식, 가치관, 정서, 심미적 경향 등에 대한 통찰과 체득이 어우러지는 문화교육이 될 수 있도록 교과과정이 조정되어야 한다.

  넷째, 현실성 있고 미래지향적인 교과과정을 편성해야 한다. 즉 외국인의 문화와 정서를 이해하기 위한 '국제문화론'이나 한국어교육정책을 폭넓은 시각에서 조망할 수 있는 능력을 배양하는 '한국어교육정책연구', 현대의 과학·기술과 연관된 '국어정보학'이나 '한국어교육공학론' 등의 교과목이 신설될 수 있도록 중지를 모아야 한다.

  3.

  교수 양성 방안과 교과과정 개발 방안에 이어 교재개발 및 편찬에 대해서도 다각도의 방안이 강구되어야 한다.

이미 알고 있는 바와 같이 교재는 교육의 방향을 제시해 주는 도구로, 교사와 학습자의 매개체이고 수업의 촉진제이며 교육 자료일 뿐만 아니라, 교수·학습내용 및 교수방법, 성과평가 등을 포괄하는 교육 기재이다. 그러므로 한국어교육에서 가장 중요한 요소에 속하는 교재개발 및 편찬을 위해 아래와 같이 여러 가지 사항이 고려되어야 한다.

첫째, 한국어교재편찬을 위한 다양한 연구가 심화될 필요가 있으며, 이에 대한 연구 결과가 곧바로 교재에 반영되어야 한다. 예를 들어 중국인 학습자에게 필요한 한국어 기초어휘목록작성, 문법항목선정과 배열 문제에 대한 기초적인 연구가 행해져야 하며, 이와 관련된 연구 성과는 교재개발에 직접 활용되어야 한다.

둘째, 교재의 공동개발이 절실하다. 한국어교육에 필요한 모든 교재를 통일하여 발간하는 것은 거의 불가능할 것이다. 인력동원이나 시간과 경비의 투입문제가 지난하기 때문이다. 그러나 교육목표가 다르더라도 기초적으로 반드시 학습해야 하는 교과목이나, 교육목표가 같거나 비슷한 대학의 전공교재는 공동으로 개발하는 것이 훨씬 효율적일 것이다. 그러므로 먼저 지역이나 대학별로 적정인원을 선임하여 공동교재개발위원회를 조직하고, 위원회가 연구하여 편찬한 교재로 2~3년간 교육을 실시하여 검증을 받은 뒤, 수정·보완하여 개정판을 내는 방안이 최적일 것이다.

셋째, 교재는 교육목표를 제대로 구현하면서 교수와 학생에게 모두 호응을 얻을 수 있도록 개발되어야 한다. 예를 들어 문법에 대한 설명이 지나쳐 초기단계부터 싫증이 나게 하거나 반대로 그것이 부족하여 교수가 따로 준비해야 할 분량이 많지 않아야 한다. 또한 교육대상이 유아가 아니라 상당한 지식수준과 이해력을 갖춘 대학생이란 점에 유의하여, 실제 사용하고 있는 언어맥락과 유리된 채 단편적이고 고착화된 문형만을 반복하는 방법을 탈피하여, 여러 가지 상황에 대처하는 의사소통능력을 기르거나 이야기의 흐름을 자연스럽게 이끌어가는 담화 구성능력을 배양하는 데 역점을 두어야 한다. 그리고 삽화 및 보조 자료를 적절히 이용하는 대목도 충분히 설정되어야 한다. 그런가 하면 교재는 현재성이 강조되어 지금 배우고 있는 이들의 사고와 표현과 동떨어져서는 안 되며 그들의 생활과 경험을 구현할 수 있어야 한다. 이뿐만 아니라 교재는 진취적이고 발전적인 교수·학습방법을 적용하고 학습자가 새로운 지식을 귀납하여 또 다른 학습능력을 창출해 낼 수 있어야 한다. 한편 한국인이 한국에서 배우는 규범문법의 술어나 설명을 중국어 학습자에게 똑같이 요구하기보다 중국학생이 이미 알고 있는 문법지식을 활용하여 한국어의 문법현상을 이해하도록 하는 것이 더욱 슬기롭다.

넷째, 수준별·단계별 욕구를 충족할 수 있는 다양한 교재를 개발해야 한다. 지금까지 편찬된 한국어교재는 대부분 강독을 중심으로 한 것과 초급 혹은 중급 회화책이 주류를 이루었다. 따라서 고급이나 최고급 과정의 교재개발에도 심혈을 기울여야 한다. 이 점에서 적절한 심의기구를 통해 기초적이고 객관적인 기술을 한 도서를 선정하고 이를 수준별로 목록을 만들어 제시함으로써 현장에 있는 교수에게 커다란 도움을 줄 수 있을 것이다.

다섯째, 여러 가지 구성상 균형과 조화미를 살린 교재를 만들어야 한다. 예를 들어 말하기, 듣기, 읽기, 쓰기를 골고루 익힐 수 있도록 기능통합형 교재를 발간하는 것이 바람직하다. 그리고 문어체와 구어체가 적절히 배합된 교재가 유익하다. 이 경우에 문법항목의 배열에서 문어체에 사용되는 문법항목의 빈도수가 높을지라도 구어체에 사용되는 문법항목을 우선적으로 배치하는 등의 균형 잡힌 감각이 동원되어야 한다. 이 밖에도 전문성과 실용성이 조화롭게 어우러진 교재가 교수나 학

생 모두에게 더 큰 도움을 줄 것이다. 또한 단원구성에 다소 변화를 주
어 다양성을 모색하는 것도 중요하다. 다양화가 지나쳐 산만한 느낌을
불러 일으켜서는 안 되고 몇 가지 유형으로 한정하여, 동일한 구성이 반
복되어 지루한 인상을 주는 것을 불식해야 한다.

　여섯째, 한국어 교재는 한국문화를 자연적으로 습득할 수 있도록 구
성되어야 한다. 주지하다시피 언어와 문화는 서로 밀접한 연관성을 맺
고 있다. 언어 속에 문화가 존재하고 문화 속에 언어가 존재한다. 그러
므로 언어를 생각하지 않고 그 문화를 이해할 수 없고, 문화를 상정하지
않고 언어를 논의할 수 없다. 즉 한국문화를 올바로 이해함으로써 한국
어의 학습을 원활하게 할 수 있고, 한국어를 능숙하게 구사하는 학습자
는 이미 한국문화를 터득한 것이라 볼 수 있다. 따라서 한국어교재는 한
국문화와 중국문화를 대조 설명하면서 한국문화의 특성을 쉽사리 파악
하여 한국어교육에 직결될 수 있도록 편성되어야 한다.

　일곱째, 한국어교수방법이나 심화학습을 위한 교수지침서나 자습안
내서가 속간되어야 하고, 한국어학습사전, 한국문학 부교재 등이 속히
발행되어야 한다. 특히 부교재류는 말이 쉬우면서도 내용이 풍부하고
일부 어려운 단어나 문법에 대해 간단한 해설까지 덧붙이는 것이 좋다.
그리고 크게 벗어나지 않는다면 원저자의 양해를 얻어 이해하기 좋은
단어나 문장 혹은 문단으로 고쳐 편찬하는 것이 나을 것이다.

　여덟째, 원격 교육용 교재개발이 시급하다. 21세기는 지식정보화시
대로 가치 있는 정보를 재빠르게 골라 활용함으로써 새로운 지식을 창
출하는 것이 어느 때보다도 중요하다. 그러므로 사이버공간의 급속한
확장과 인터넷 이용의 증가추세에 발맞추어 정보통신기술을 이용한 교
수학습 자료의 구축은 절실하다. 학습자의 능력과 흥미, 적성과 진로 등
을 고려하여 여러 가지 프로그램을 만들어, 배우려는 의지만 있으면 금
방 선택하여 학습할 수 있는 체제를 갖추어야 하고, 그 내용은 지속적

으로 개선되어야 한다.

이와 함께 교수방법 개선 방안도 다음 몇 가지로 나누어 상세히 검토해 보아야 한다.

첫째, 교수는 긍정적 자세를 견지하며 상호참여기회를 유도하는 교수법을 활용해야 한다. 교수는 학생들에게 한국어를 배우고 싶은 욕구를 불러일으키고 칭찬과 격려를 아낌없이 함으로써 더욱 한국어 학습에 열의를 갖도록 북돋워 주어야 한다. 이 외에도 교수와 학생, 학생과 교수가 서로 활발하게 교육에 참여하는 분위기를 조성하여 언제나 자유롭고 즐겁고 재미있는 한국어교육의 장이 될 수 있도록 이끌어야 한다.

둘째, 다양한 교수법을 활용하여 변화를 도모해야 한다. 즉 교수는 여러 가지 교수법을 체득하여 수강자의 상황이나 교수요목과 내용 등에 따라 교수법을 폭넓게 활용하는 이른바 통합적 교수법을 자유자재로 구현하여 학생의 학습의욕을 극대화하고 가장 능률적인 교수 · 학습이 되도록 매진해야 한다.

셋째, 동원할 수 있는 갖가지 자료를 최대한 활용하여 수업을 해야 한다. 이러한 자료엔 인터넷이나 드라마, 영화, 대중음악 등을 담은 영상자료나 한국어의 문체나 어감을 쉽사리 익히게 하고 한국어에 특히 발달되어 있는 색채어, 의성어, 의태어 등의 학습에 도움을 주며 한국인의 보편적 정서를 가까이 접할 수 있는 문학작품 따위가 포함된다.

넷째, 여러 형식의 글을 써 보도록 권고하는 것도 매우 중요하다. 다시 말해서 초급단계에서는 어렵겠지만 고급단계로 갈수록 교수가 학생에게 자기소개서나 일기를 쓰게 하거나 편지나 수필을 작성하게 하며, 마침내는 소논문을 완성할 수 있도록 인도하여야 한다.

마지막으로 각종 대회나 행사를 개최하여 한국어능력을 고양할 수 있다. 즉 한국노래부르기대회, 한국어말하기 · 쓰기대회, 한국어웅변대회, 한국어퀴즈대회나 한국어연극공연, 한국어회의시연 등의 대회나 행사를 치르면서 대내외에 한국어에 대한 관심을 촉발하게 하며, 발표와 표현단계를 거치면서 일시에 한국어능력이 향상되는 것을 체험하게 한다.

한편 평가방안에 대한 개선 방안도 모색되어야 한다. 한국어교육에 대한 평가는 교수목표의 설정과 교수의 교육열 제고, 교과과정의 개선과 수업계획서의 작성, 교수법의 사용과 교재의 개발 등과 관련될 뿐만 아니라, 학습자가 목표수준에 어느 정도 도달했는지를 측정하고 판정하는 척도가 되고 앞으로 공부하는 방향을 설정하는 효과적인 교육수단이다.

따라서 우선적으로 중국에서 한국어교육 실정에 맞는 교육목표의 수립과 이를 실현하기 위한 효과적인 등급별 교육평가체계와 평가기준을 확립하여야 한다.

둘째, 중국 실정에 맞는 능력시험을 개발해야 한다. 현재 실시되고 있는 한국어 능력시험은 때때로 지엽적이고 편협된 문제가 출제되고 있어 중국사정에 부합하고 보편적인 문항을 개발하여 자체적으로 평가할 수 있는 체제를 구축해야 한다. 여기에는 당연히 말하기와 변역 능력을 측정할 수 있는 평가 방안도 포함되어야 하고, 일정 급수 이상을 통과해야 졸업할 수 있다는 조항도 새로 설정되어야 한다.

셋째, 시험실시지역을 확대하고 시험시기를 조정해야 한다. 즉 현재 시행되고 있는 한국어 능력시험은 1년에 한 번 일부 지역에서만 치르게 되어 있다. 따라서 최소한 1년에 2~3회로 더 많은 기회를 부여하고, 한국어과가 많이 있는 지역이나 한국어를 필요로 하는 지역으로 확대해야 한다.

4.

  이제까지 효율적인 한국어교육을 하기 위해 다섯 가지 부문에 걸쳐 다양한 방안을 모색하였다. 마지막으로 이 절에서는 조금 다른 시각에서 몇 가지 접근방법을 제시하고자 한다.

  첫째, 중국에서 한국어교육에 대한 연구와 한국의 한국어교육계와의 연계연구가 활성화되어야 한다. 최근 몇 년 동안 중국에서 한국어교육에 대한 연구는 매우 활발했다. 그러나 어느 선각자의 지적대로 논문이 갖추어야 할 독창성, 정확성, 검증성, 형식성 따위에 부합하는 연구물은 그리 많지 않았다. 그러므로 연구자 개개인이 더욱 유익하고 가치 있는 논문을 발표하기 위해 고심해야 할 것이다. 그리고 동일한 주제에 대한 공동연구와 학회를 통한 역동적 구두 발표가 잦아지고, 연간 횟수를 늘려 논문집을 발간하고 그곳에 심도 있는 논문이 가득 수록될 수 있도록 애써야 한다. 이뿐 아니라 한국의 대학이나 학술연구기관과 교류를 꾸준히 확대하고, 국제학술대회를 유치하거나 해외에서 열리는 각종 학회에 참석할 필요가 있다.

  둘째, 학생 간의 결연을 추진해야 한다. 곧 한국어를 처음 배우는 학생들에게 상급학년 학생들을 소개하여 어려운 점을 해결해 주도록 유도하는 것이 바람직할 것이다. 그와 아울러 한국어과 교육현장에서 수많은 한국 유학생들을 적극적이고 제도적으로 활용하는 방안이 검토되어야 한다. 다시 말해서 '주제토론' 시간에 한국유학생을 초청하여 토론에 참여하게 하는 것도 좋은 방법이고, '한중문화비교'와 같은 강좌는 양국 학생이 함께 수업할 수 있도록 하여 공식적으로 만날 수 있는 장을 열어 줄 필요가 있으며, 나아가 한국유학생과 중국유학생이 서로 친분을 맺고 같이 한국어와 중국어 실력을 쌓아 가게 되면 더할 나위 없이 좋을 것이다.

셋째, 한국어실습을 강화할 필요가 있다. 즉 지금 연변 조선족 자치구역에서 시행하고 있는 한국어실습이 많은 대학으로 확산되기를 기대한다. 이러한 실습은 한민족의 일상생활과 민속 문화를 익히면서 의사소통능력을 신장하는 데 매우 적합하다. 또한 졸업 전에 일정 기간 한국계 기업에서 일하며 한국어를 활용하는 이른바 인턴십 제도도 하루 빨리 정착되어야 한다.

넷째, 한국유학기회를 확대하고 한국어마을의 조성을 앞당겨야 한다. 한국어습득의 지름길은 중국학생이 직접 한국으로 건너와 한국인과 함께 생활하는 것이다. 경제적인 문제가 대두되겠지만 현재 한국대학들이 중국 학생을 유치하기 위해 여러 가지 방안을 내놓고 있고 그 중 하나가 장학금을 제공하는 것이어서 적극적으로 고려해 볼 필요가 있다. 그리고 한국에서의 취업설명회 같은 것을 유치하여 한국어과의 실용적 가치를 학생들에게 깊이 심어 주고 학생들이 한국과 한국기업에 신뢰를 쌓는 계기가 되도록 이끄는 방안도 있다. 이 외에도 한국어만 사용하며 장기간 한국체험을 할 수 있는 이른바 한국어마을을 주요 도시에 조속히 조성할 수 있도록 양국의 여러 기관과 단체에서 관심을 기울여야 한다.

뿌리가 같은 말 : '도시락' 과 '다슬기'

1.

이 글은 국어의 어원에 대해 실제적인 연구를 한 것이다. 국어의 어원 가운데 아직까지 그 뿌리가 밝혀지지 않은 '도시락' 과 '다슬기' 를 어원적으로 탐구하여 그 어원을 밝히는 데 이 소논문의 목적이 있다. 그러기 위해 그 단어들과 무리를 이루어 의미를 형성하고 있는 단어장을 들여다 보며, '도시락' 과 '다슬기' 가 지니고 있는 본래의 뜻을 탐색할 것이다. 이리하여 한두 단어의 어원을 면밀히 고구하면서, 전반적으로 국어의 어원을 연구하는 데 도움을 주고자 한다.

사람들은 대개 사람이나 사물의 근원을 알아 보고 싶어하는 욕구를 지니고 있다. 그리고 이 세상에 존재하는 사물이나 대상에 붙어 있는 이름이 본시 무슨 뜻을 지니고 있는가에 흥미를 느낀다. 이렇게 사람들은 말의 본원적인 뜻을 캐내어 밝혀 보고 싶은 욕망을 지니고 있는 까닭에,

246

어원 탐구는 언제나 매력있는 주제로 떠올랐다.

2.

'도시락' 과 '다슬기' 에 대해서 어원을 논한 일은 없었던 듯하다. 김민수의 『우리말 어원 사전』에도 '도시락' 의 어원은 미상이라고 하였고, '다슬기' 에 대해서는 전혀 언급을 하지 않았다.

그러면 먼저 '도시락' 과 '다슬기' 가 무엇을 가리키는지 사전적인 정의부터 살피기로 한다. 아래의 약호에서 〈이〉는 이희승이 지은 『국어대사전』이며, 〈김〉은 김민수 등이 편찬한 『금성판 국어대사전』을 가리키고, 〈한〉은 한글학회에서 펴낸 『우리말 큰사전』을 이름하는데, 사전의 정의가 거의 같은 경우에는 한두 가지만 인용한다.

    (1) '도시락' 의 정의
    ㄱ. ① 고리 버들이나 대오리로 길고 둥글게 결은 작은 고리짝. 점심밥을 넣어
        가지고 다니는 그릇으로 씀.
      ② 엷은 나무 판자로나 알루미늄 또는 알루마이트 같은 것으로 상자처럼
        만들어, 밥을 가지고 다니는 그릇. 〈이 737〉
    ㄴ. ① 점심밥을 담는, 고리 버들이나 대오리로 길고 둥글게 결은 작은 그릇.
      ② 프라스틱이나 얇은 나무판자 · 알루미늄 등으로 상자처럼 만든, 밥을 담
        는 그릇. 또는, 거기에 반판을 곁들인 밥. 〈김 751〉
    ㄷ. ① 흔히 점심밥을 담아 가지고 다니는 데 쓰이는, 고리 버들이나 대오리로
        길고 둥글게 결은 작은 고리짝.
      ② 플래스티크 · 엷은 나무 · 알루미늄 따위로 가지고 다니기 편하게 상자
        처럼 만든, 밥을 담는 그릇. 〈한 1061〉

(1)에서 각 항의 ①은 '도시락' 의 원뜻을 제대로 정의하고 있다. 그리

고 각 항의 ②는 본래의 뜻에서 변화된 것으로 어원을 고구하는 데는 그리 도움이 안 된다. 그런데 ①에서 우리가 눈여겨 볼 것은 '도시락'이 "둥글게 결은 그릇"이라는 점이다.

한편 '다슬기'는 세 가지 사전에 각각 (2)와 같이 정의되어 있다.

   (2) '다슬기'의 정의
   ㄱ. 하천이나 연못에서 흔히 볼 수 있는 종류로서 각구는 긴 난형이며 나탑은
      높으나 각정 부분은 침식된 것이 많음. 〈이 636〉
   ㄴ. 다슬깃과의 한 종. 나탑이 높음. 〈김 650〉
   ㄷ. 흔히 냇물에 사는 고둥. 〈한 805〉

(2)에서 우리는 '다슬기'의 어원과 관련하여 나선형을 뜻하는 단어인 '나탑'이 등장하는 것을 알 수 있다. 이는 곧 '다슬기'가 "둥근 나선형 모습을 한 동물"임을 드러낸다.

그런데 옛 문헌을 살펴보면 '다슬기'는 그 어형이 전혀 나타나 있지 않고, '도시락'의 고형만이 〈청구영언〉에 보인다.

   (3) 시옴을 츠주 가셔 點心을 도슭 부시이고
      곰방디룰 톡톡 쩌러

(3)은 청구영언 대학본 132쪽에 실려 있는 고시조로, 교본 역대 시조 전서의 654페이지에 수록되어 있다. 위 시조에서 볼 수 있듯이 '도시락'의 고형은 '도슭'이었다.

이렇게 볼 때 우리는 세 어형, '도시락', '다슬기', '도슭'의 공통적인 특질을 추출해 낼 수 있을 것이다. 세 어형은 똑같이 네 가지 음소, 곧 /t/, /s/, /r/, /k/를 지니고 있다. 그리고 그 음운의 배열 순서도 동일하다. 다만, 차이가 있다면 자음과 자음 사이에 있는 모음이 다소 다르

248

다는 것뿐이다.

고어를 연구할 때 모음은 종종 그것이 본래 간직하고 있는 음을 유지 못하거나, 의미분화에 따라 후대로 갈수록 다른 모음을 동반하여 유사한 어형을 생산해 낸다. 그러므로 우리는 '도시락', '다슬기', '도 슭'에서 모음에 비중을 두지 않으면 이 세 어형이 동원어일 가능성이 있음을 눈여겨 볼 수 있다.

우리는 이제 '도시락', '다슬기'의 어원을 좀 더 세심히 탐색하기 위해 이들과 상당히 유사한 어형을 지닌 단어들을 폭넓게 조사하여 공통 의미자질을 추출해 내려 한다.

이 과정에서 가장 먼저 등장하는 단어는 '다스름'이다. 이 단어는 비록 어말에 /k/를 지니고 있지는 않지만 '도시락'과 '다슬기'에 보이는 자음을 똑같이 갖추고 있다. 그러면 우선 '다스름'의 정의부터 살펴 본다.

(4) '다스름'의 정의

ㄱ. 소리의 가락을 고르려고 줄풍류의 첫마디에 단소를 부는 짧은 곡조.
〈이 635〉

ㄴ. 국악기를 연주하기 전에 음률을 고르게 맞추어 보기 위하여, 적당한 짧은 곡조로 불거나 타거나 켜 보는 일. 또는, 그러한 악곡. 〈김 650〉

ㄷ. 국악 합주를 하기 전, 속도 · 호흡 · 음률을 고르고 악기에 손을 익히기 위하여 먼저 짧은 곡조를 연주해 보는 일. 또는 그 악곡. 〈한 905〉

그런데 '다스름'은 고어에서 '다ㅅ림'으로 나타난다.

(5) 調音 俗稱 다ㅅ림 調音似當書 于大葉之上
而初學未及 連音不能成形 故書之于未 〈양금신보 : 18〉

그리고 '다스름'의 방언형으로 '다스림'이 존재하는데, 그 단어의 생김새가 '도시락'과 '다슬기'와 유사한 것은 물론이다.

한편 '다스래기'란 어형이 존재하는 것을 확인할 수 있다.

  (6) '다시래기'의 정의
    ㄱ. 진도 지방의 민속으로, 상주를 웃기기 위한 이웃 사람들이 하는 굿거리.
       〈김 650〉
    ㄴ. 초상난 집에 가서 노래와 춤과 재담으로 상두꾼들과 밤을 새며 상제를 위
       로하던 놀이. 〈한 906〉

(4)와 (6)에서 우리는 음률이나 악기 또는 사람을 부드럽고 둥글둥글하게 하는 것을 공통적인 특징으로 설정할 수 있다.

그런데 그런 의미와 함께 /tvsvr/의 어형을 대표할 만한 단어가 있다. 그것은 '다스리다'이다. '다스리다'의 의미는 누구나 잘 알고 있는 것이어서 생략한다. 다만, 그 의미가 무엇인가를 부드럽게 하거나 둥글둥글하게 보살피는 것인 점에 유념할 필요가 있다.

또한 '다스리다'의 방언으로 몇 가지 어형이 잔존해 있는데, 이들의 형태도 /tvsvr/의 범주 안에 있다.

  (7) ㄱ. 다스리다 〈이 635, 김 649, 한 904〉
      ㄴ. 다시리다 〈한 906〉
      ㄷ. 다실리다 〈한 906〉

그런데 '다스리다'의 고어로는 세 단어, 즉 '다슬다', '다슬오다', '다스리다'가 존립해 있었다.

  (8) ㄱ. 다술 예(乂) 〈훈몽자회 하: 25〉
      ㄴ. 그 다슬기를 니뢰디 못ᄒᆞᄂ니라(不能致其治) 〈증보삼략직해 하 : 10〉
      ㄷ. 다술며 어즈러우며(理亂) 〈내훈 초간본 서 : 6〉

250

ㄹ. 다슬며 어즈러우미(理亂) 〈금강경삼가해 2 : 6〉

ㅁ. 나암나암 다ᄉᆞ라 간악애 니르디 아니케 ᄒᆞ시니라(蒸蒸乂不格姦) 〈소
학언해 4 : 7〉

ㅂ. 故人이 닐오디 집이 ᄀᆞ즉ᄒᆞᆫ 후에 나라히 다ᄉᆞᆫ다 ᄒᆞ니라(故人道 家齊
而後國治 〈박통사언해 중간본 : 45〉

(9) ㄱ. 다슬올 딩(懲) 〈신증유합 하: 21〉

　　ㄴ. 法을 爲ᄒᆞ야 魔를 隆ᄒᆞ오며 모디닐 다슬오고 어디닐 勸ᄒᆞ노라 호디
　　　(爲法隆 魔懲惡勸善) 〈원각경언해3-1 : 53〉

(10) ㄱ. 惑習 다ᄉᆞ료몰 爲커늘(爲治惑習) 〈능엄경언해 10 : 73〉

　　ㄴ. 四天下 다ᄉᆞ료미 아바님 ᄠᅳ디시니 〈월인천강지곡 : 48〉

　　ㄷ. 世間 다ᄉᆞ롤 마리며 〈석보상절 19 : 24〉

　　ㄹ. 잢간 다ᄉᆞ리고 〈능엄경언해 6 : 85〉

　　ㅁ. 님긊 허튼 시룰 어더 님금과 다못 다ᄉᆞ리고져 ᄒᆞ놋다(得君亂絲 與君理)
　　　〈두시 언해 초간본 16 : 55〉

　　ㅂ. 四天下를 다ᄉᆞ리시다가 〈월인석보 1 : 19〉

　　ㅅ. 다ᄉᆞ릴 리(理) 〈훈몽자회 하 : 32〉

　　ㅇ. 다ᄉᆞ릴 치(治) 〈신증유합 하 : 10〉

　　ㅈ. 그저 나의 이 心頭火를 ᄢᅵ면 良藥으로 病 다ᄉᆞ림도곤 나으리라(只滅
　　　了我這心頭火 强如良藥治病) 〈박통사언해 중간본 : 18〉

　　ㅊ. 大王이 四百 小國 거느려 겨샤 正ᄒᆞᆫ 法으로 다ᄉᆞ리더시니 〈월인석보
　　　8 : 90〉

　　ㅋ. 正ᄒᆞᆫ 法으로 다ᄉᆞ리더시니 〈월인석보 8 : 90〉

　그리고 이와 의미가 다소 다르지만 넓은 테두리에서 동일 범주에 넣
을 수 있는 어형으로 '다슬이다'가 있다.

(11) 장기 연장 다슬여라 〈해동가요 : 65〉

　또한 '도사리다'도 이제까지 열거한 단어들의 의미 범주에 드는 것
으로 간주할 수 있다.

(12) ‘도사리다’ 의 정의

ㄱ. 들뜨고 어수선한 마음을 가라앉히다. 〈이 735〉

ㄴ. 긴장된 심리 상태로 몸을 웅크리다. 〈김 749〉

ㄷ. 긴 물건을 둥그렇게 감아 붙이다. 〈한 1058〉

(12)에서 알 수 있듯이 ‘도사리다’ 에는 “부드럽게 하다.”는 의미와 함께, “몸이나 물건을 둥그런 모양으로 하다.”는 뜻이 있다.

이와 유사한 의미로 방언을 포함하여 몇 가지 어형이 존재하는데, 이들 모두도 앞에서 언급한 대로 /tvsvr/의 형태를 유지하고 있다.

(13) ㄱ. 도스르다 〈이 736, 김 751, 한 1061〉

　　 ㄴ. 도슬르다 〈한 1061〉

　　 ㄷ. 도스리다 〈한 1061〉

　　 ㄹ. 도시르다 〈한 1061〉

이 밖에 ‘뒤스르다’ 가 있는데, 그 정의는 (14)와 같다.

(14) ‘뒤스르다’ 의 정의

ㄱ. 일이나 물건을 가다듬느라고 이리저리 바꾸거나 변통하다. 〈이 797, 김 810~811〉

ㄴ. 일이나 물건을 가다듬느라고 이리저리 바꾸거나 융통하다. 〈한 1160〉

(14)에서 알 수 있듯이 ‘뒤스르다’ 에는 가다듬으려는 의도와 이리저리 바꾸는 행위가 들어 있는데, 이를 헤아려 보면 무엇인가를 둥글둥글하게 하려는 뜻이 담겨 있다는 것을 짐작할 수 있다.

그리고 ‘뒤스르다’ 의 방언형으로, 이와 비슷한 어형이 있다.

(15) ㄱ. 뒤슬르다 〈이 797, 한 1160〉

ㄴ. 두스르다 〈김 804, 한 1146〉

ㄷ. 두실르다 〈충청 방언〉

이 외에도 '뒤스럭'과 관련된 어형도 상당히 잘 발달되어 있다.

(16) ㄱ. 뒤스럭 〈한 1160〉

ㄴ. 뒤스럭거리다 〈이 797, 김 810, 한 1160〉

ㄷ. 뒤스럭대다 〈이 797, 김 810, 한 1160〉

ㄹ. 뒤스럭뒤스럭 〈이 797, 김 810, 한 1160〉

ㅁ. 뒤스럭뒤스럭하다 〈이 797, 김 810, 한 1160〉

ㅂ. 뒤스럭스럽다 〈이 797, 김 810, 한 1160〉

ㅅ. 뒤스럭스레 〈김 810〉

ㅇ. 뒤스럭떨다 〈한 1160〉

ㅈ. 뒤스럭쟁이 〈한 1160〉

ㅊ. 뒤슬뒤슬 〈이 797, 한 1160〉

ㅋ. 뒤슬뒤슬하다 〈이 797, 한 1160〉

그리고 '도수리'라는 어형도 보이는데, '도수리구멍'에만 잔존하고 있으며, 아래의 정의와 함께 그 형태가 원형임에 유의할 필요가 있다.

(17) '도수리구멍'의 정의
도자기를 굽는 가마의 옆으로 난 불 때는 구멍. 〈이 736, 김 750, 한 1060〉

한편 '다슬기'와 '도시락'의 방언형으로 몇 가지가 있는데, 이들도 모두 /tvsvr/ 어형을 유지하고 있다.

(18) ㄱ. 다슬기 〈이 625, 김 650, 한 905〉

ㄴ. 도실기 〈이 737, 김 752, 한 106〉

ㄷ. 대사리 〈이 691, 김 704, 한 989〉

3.

그런데 /t/ 다음에 /ŋ/만이 첨가되어 둥근 것과 연관되어 있는 단어
도 여럿 있다.

 (19) ㄱ. 당실거리다 〈이 671, 김 685, 한 962〉
   ㄴ. 당실당실 〈이 671, 김 685, 한 962〉
   ㄷ. 당실당실하다 〈이 671, 김 685, 한 962〉
   ㄹ. 당실대다 〈김 685, 한 962〉
   ㅁ. 당실하다 〈김 685, 한 962〉

그리고 (19)보다 큰 것을 가리키는 데 (20)이 쓰인다.

 (20) ㄱ. 덩실 〈한 1034〉
   ㄴ. 덩실거리다 〈이 719, 김 732, 한 1034〉
   ㄷ. 덩실대다 〈이 719, 김 732, 한 1034〉
   ㄹ. 덩실덩실 〈이 719, 김 732, 한 1034〉
   ㅁ. 덩실덩실하다 〈이 719, 김 732, 한 1034〉
   ㅂ. 덩실하다 〈김 732, 한 1034〉
   ㅅ. 더덩실 〈이 713, 김 725, 한 1018〉

이 밖에 (19)와 (20)에서 모음만이 바뀌어 다양한 어형이 생겨났다.

 (21) ㄱ. 동실 〈김 786, 한 1115〉
   ㄴ. 동실동실 〈이 772, 김786, 한 1115〉
   ㄷ. 동실동실하다 〈이 772, 김 786, 한 1115〉

ㄹ. 동실거리다 〈한 1115〉

ㅁ. 동실대다 〈한 1115〉

ㅂ. 동실하다 〈한 1115〉

(22) ㄱ. 두둥실〈이 786, 김 800, 한 1138〉

ㄴ. 두둥실거리다 〈한 1138〉

ㄷ. 두둥실대다 〈한 1138〉

ㄹ. 두둥실두둥실 〈한 1138〉

ㅁ. 두둥실두둥실하다 〈한 1138〉

ㅂ. 둥덩실 〈이 796, 김 808, 한 1155〉

ㅅ. 둥실 〈이 796, 김 809, 한 1156〉

ㅇ. 둥실둥실 〈이 796, 김 809, 한 1156〉

ㅈ. 둥실둥실하다 〈이 796, 김 809, 한 1156〉

ㅊ. 둥실거리다 〈한 1156〉

ㅋ. 둥실하다 〈한 1156〉

ㅌ. 두둥둥실 〈이 789〉

그리고 /t/ 대신에 음운이 /th/로 교체되었지만, 어형상으로 음가가
본래 설정된 규칙에 합당한 단어들이 몇 가지 있다.

(23) ㄱ. 토실토실 〈이 2960, 김 3142, 한 4324〉

ㄴ. 토실토실하다 〈이 2960, 김 3142, 한 4324〉

ㄷ. 투실투실 〈이 2979, 김 3163, 한 4352〉

ㄹ. 투실투실하다 〈이 2979, 김 3163, 한 4352〉

그런데 이들 단어의 의미는 살이 보기 좋게 쪄 둥글둥글한 모습을 표
현할 때 쓰인다. 때문에 이들의 의미도 둥근 것을 뜻하는 것과 깊이 관
련을 맺고 있다.

이 외에도 형태상 다소 차이를 보이긴 하나, 의미상 이미 언급한 단
어들과 동일한 범주에 속하는 단어가 더 있다. 대표적인 단어가 '동고

리'와 '동고리다' 그리고 '동고림'이다.

(24) ㄱ. 동고리(小開披) 〈동문유해 하 : 15〉

　　ㄴ. 동고리예 다마 드리더라 〈계축일기 : 79〉

(25) ㄱ. 동고리다(圈了) 〈동문유해 상 : 43〉

　　ㄴ. 글머리예 동고리다(字頭圈圈) 〈한청문감 98 : 3〉

(26) ㄱ. 동고림(圈) 〈동문유해 상 : 43〉

　　ㄴ. 글ᄌ 동고림(字圈) 〈한청문감 99 : 4〉

4.

　이제까지 우리는 '도시락'과 '다슬기'의 의미를 비롯하여 이들과 형태와 의미가 동궤의 것으로 추정되는 단어들의 의미를 천착하여 어원을 탐색하였다.

　그 결과 어형의 공통적인 특질, 즉 /tvsvr/ 어형을 추출해 내었으며, 이런 어형을 지닌 단어들의 의미상 동질성은 동그란 것임을 확인하였다. 그러므로 '도시락'과 '다슬기'는 '도실'과 접미사 '악', '다슬'과 접미사 '기'로 분석될 수 있는 단어들로 모양이 동그란 물체와 모습이 동그란 동물을 지칭하는 말로 자리잡게 되었다. 그리고 이런 원형 어근은 우리말에 잘 발달되어 있으며, 무수한 접미사를 동반하여 명사, 동사, 형용사, 부사로 기능이 확대되어 둥그런 모습의 사물과 동식물명이나 동그랗게 움직이는 모양 또는 동그란 상태나 양상을 나타내는 단어를 양산하였다.

국어 문법의 단순화 현상

1.

이 글은 국어 문법의 단순화 현상에 대하여 다룬다. 국어 문법 가운데 점차로 단순하게 변모하는 양상을 상세히 기술함으로써, 일반인들에게 국어 문법을 좀 더 올바르게 이해하는 데 기여하며, 나아가 국어 문법이 어떤 방식으로 단순화하면 좋을까를 부분적으로 제시하여, 국어 문법을 배우려는 학생들이나 국어 문법을 습득하려는 외국인들에게 더욱 정확하고 간편한 국문법의 면모를 접하는 데 도움을 주기 위해 이 소논문은 작성된다.

요사이 국어 문법이 달라지고 있는 것 가운데 가장 두드러진 것은 단순화 현상이다. 단순화 현상이란 국문법이 이전에 비해 훨씬 간략화되고 종합화된다는 것을 의미한다. 다시 말해서 이제까지는 두세 갈래로 갈려져 기술될 필요가 있었던 사항이 한 가지로 묶인다든지, 아주 복잡하게 논의될 수 있었던 문법 사실이 좀 더 간편하게 줄어들었다든지 하는 것을 일컫는다. 따라서 문법의 단순화는 음운 면에서 축약, 생략은 말할 나위도 없고, 달리 발음되던 음운이 어느 한 쪽으로 통합되는 것을 포함하여, 형태ㆍ의미 면에서 단축현상을 위시하여 호칭의 단순화 등을 거론하며, 구문 면에서 경어법의 파괴로 인한 어법의 간략화나 각종 구문의 단순화 성향을 언급한다.

이 소논문은 아주 심층적인 부분까지 분석하지는 않고, 대개 겉으로 드러나는 경향에 따른 변모 양상만을 기술하는 데 그친다. 그러나 일부에서는 국문법이 단순화되어야 함을 역설하기도 한다. 그것은 언급한 대로 국문법의 단순화가 국문법을 배우는 이들에게 현실적으로 꼭 필요하며, 통일 문법을 구축하는 데도 고려되어야 할 사실이기 때문이다.

2.

음운의 단순화에서 가장 주목할 만한 사실은 모음이 단순화함으로써 모음체계 자체에 커다란 변화가 도래했다는 것이다.

   (1) ㄱ. 게 〉 개, 헐레벌떡 〉 헐래벌떡
      ㄴ. 강산에 〉 강산애, 서울에 〉 서울애
      ㄷ. 섹션 〉 색션, 메리 〉 매리
      ㄹ. 재일동포 〉 제일동포

(1)에서 보듯이 'ㅔ'와 'ㅐ'가 함께 쓰이다가 'ㅐ'로 단순화되는 현상은 매우 생산적이다. 1음절어에서는 말할 것도 없고 다음절어에서도 동일하며, 모든 품사에 걸쳐서도 일어난다. 그런데 그것이 (1ㄴ)에서와 같이 앞에 어떤 모음이 오든지 제한을 받지 않으며, (1ㄷ)에서와 같이

258

외래어나 외국어에서도 똑같다. 다만, (1ㄹ)에서 보듯이 오히려 역현상
이 일어난 것 같은 예도 있다. 그러나 그것은 한자어의 의미를 제대로
파악하지 못한 데 말미암은 듯하다. '재독교포'를 '독일에 있는 제일
교포'라고 일컫는 것에서 알 수 있듯이 '在日'이 아니라 '第一'로 오
인한 데서 빚어진 것 같다.

> (2) ㄱ. 계수나무 〉 게수나무, 폐사 〉 페사
>   ㄴ. 예수, 예산
>   ㄷ. 가계부 〉 가개부, 무례 〉 무래

(2)에서 알 수 있듯이 어두의 자음과 이어지는 'ㅖ' 모음은 그것과 함께
실현되던 'ㅔ'로 단순화되었다. 단지 어두 자음이 없는 경우에는 'ㅖ'가
그대로 나타난다. 그리고 (1)에서처럼 어중에서 'ㅔ'로 단순화된 모음은
(2ㄷ)에서와 같이 'ㅐ'로 재단순화된다.

> (3) ㄱ. 외삼촌 〉 웨삼춘, 퇴비 〉 퉤비, 사퇴 〉 사퉤
>   ㄴ. 되, 쇠

(3)에서와 같이 'ㅚ'는 'ㅞ'로 단순화되고 있다. 자음이 없는 첫 음
절에서의 단순화는 현저하며, 자음을 동반한 일음절에서나 이음절에서
의 실현은 보편적이다. (3ㄴ)에서처럼 일음절어인 경우 극히 드물긴 하
나 일부 노인층에서 본래의 음가를 유지하기도 한다. 그렇지만 그것이
얼마동안 더 지속될지는 의문이다.

> (4) ㄱ. 위, 귀리, 생쥐
>   ㄴ. 귀, 뉘

(4)에 나타난 결과는 대개 (3)과 비슷하다. 즉 '귀' 음이 사라지고 복모음이 되거나 아예 두 개의 단모음으로 되었다. 그것은 첫 음절에서 '귀' 앞에 자음이 있든 없든 똑같으며, 2음절에서도 마찬가지이다. 그러나 (4ㄴ)에서처럼 1음절인 경우 (3ㄴ)에서와 같이 일부 노인층에서 원 발음을 내기도 한다. 그렇지만 '귀' 음이 없어지고 있는 대세를 오랫동안 버티기는 어려울 것으로 보인다.

    (5) ㄱ. 의리 〉 으리, 나의 〉 나애, 희년 〉 히년, 너희들 〉 니들
       ㄴ. 의도, 의사

(5)에서 보듯이 '늬'는 제 음가를 제대로 드러내지 못하고 다른 음운으로 단순화되어 나타난다. 물론 아직도 언중에 따라서는 (5ㄴ)에서와 같이 비교적 정확한 발음을 구사하는 이들도 적지 않다.

    (6) ㄱ. 살어, 곯어, 배워
       ㄴ. 쑤어, 세어
       ㄷ. 씻어
       ㄹ. 쏴, 봐
       ㅁ. 보러, 보았었다

한편 모음조화는 상당히 깨어지고 음성모음으로 단순화되는 경향이 주도를 이루고 있다. (6)에 잘 나타나 있듯이 어간에 붙어 있는 어미는 앞선 모음이 양성모음은 물론 음성모음일 경우에도 거의 다 음성모음으로 실현된다. 물론 (6ㄹ)에서와 같이 축약이 일어난 경우에는 어형 자체가 없기 때문에 예외로 취급될 수밖에 없다. 그리고 (6ㅁ)과 같은 것은 음성모음으로 단순화된다고 여겨서는 안 된다. 그것은 음운적인 면이 아니라 형태적인 면에서 고려되어야 한다.

그리고 (7)에서와 같이 고모음으로 단순화하는 경향도 아주 짙게 일어나고 있다.

(7) ㄱ. 외삼촌 〉 웨삼춘, 고모부 〉 고무부
ㄴ. 놀고서 〉 놀구서, 하고한 〉 허구헌

모음에서와 마찬가지로 자음에서도 단순화 현상이 급격히 일어나고 있다. 대표적인 예가 경음의 출현 영역이 넓어지고 있다는 것이다.

(8) ㄱ. 효과 〉 효꽈, 치과 〉 치꽈
ㄴ. 세지다 〉 쎄지다, 줄다 〉 쭐다
ㄷ. 김밥 〉 김빱, 과대표 〉 꽈대표
ㄹ. 과자 〉 까자, 공 〉 꽁

(8)에서 보듯이 이전에는 경음화를 유발하던 언어 환경이 아닌 데도 이미 다수는 경음으로 단순화되었으며, 일부는 특정 지역에서부터 전국적으로 확산되고 있는 실정이다. 그렇지만 모든 평음이 어느 곳에서나 경음으로 단순화되지는 않는다. 다만, 그러한 경향이 짙어감을 지적한 것이다.

(9) ㄱ. 기름, 형
ㄴ. 라디오, 리사이틀

또한 구개음으로 변하던 어휘가 어형 그대로 발음이 되거나, 두음법칙의 적용을 받지 않고 역시 원활하게 발음이 되는 경우가 늘어나고 있다. 즉 기존의 연구개음화는 사라지고 외국어의 급속한 유입으로 두음법칙의 적용을 받는 영역이 좁아졌다. 그렇지만 이들을 둘러싼 제반 문

제는 앞으로 북한어와 통합되는 과정에서 좀더 세밀하게 논의될 필요
가 있을 것이다.

　그리고 (10)에서 보듯이 중화가 허다하게 일어나 형태소의 경계에서
만 일어나던 중화가 격조사와 연결될 때도 발생하기도 한다. 그런가 하
면 (11)에서와 같이 중자음으로 기록된 어휘가 실제로 실현될 때는 이
원적인 양상을 보였는데 이제는 단일하게 등장하고 있다.

　　　　(10) ㄱ. 무릎이 〉 무릅이, 부엌을 〉 부억을
　　　　　　　ㄴ. 꽃이 〉 꼿이, 넋을 〉 넉을
　　　　(11) ㄱ. 맑다 〉 막다, 읽다 〉 익다
　　　　　　　ㄴ. 닭 〉 닥, 흙 〉 흑

　한편 (12)에서와 같이 수의적 동화로 처리되던 것들이 대개 의무적 동
화와 같이 통합되는 양상을 보이기도 한다. 그런가 하면 'ㅎ'음도 그
대로 발음되거나 약화되거나 묵음으로 실현되다가 이제는 묵음으로 단
순화되었다.

　　　　(12) ㄱ. 신문 〉 심문, 한국 〉 항국
　　　　　　　ㄴ. 좋은 〉 조은, 많이 〉 만이

　초분절음의 단순화는 요즘 들어 더욱 뚜렷하게 드러나고 있다. 가장
대표적인 것이 장음과 단음이 단음으로 단순화되는 것이다. 그것은 단
음절어에서뿐만 아니라 2음절어에서도 동일하다. 비록 언중 가운데 비
교적 노인층에 속하는 이들과 교육기관이나 언론기관에 종사하는 사람
들 중 일부가 아직도 의식적으로 장·단음을 구별하여 사용하긴 하나,
지금 단순화되는 속도로 보아 그런 노력이 그렇게 오랫동안 이어지지
는 않을 것 같다.

장음이 단음으로 단순화하는 것과 아울러, 문자표기에 이끌려 본래의
음운이 실현되지 않고 문자대로 발음되는 현상도 보편적이다.

(13) ㄱ. 밤, 눈, 발
ㄴ. 근강 〉건강, 스산 〉서산

3.

형태의 단순화에서 가장 먼저 눈에 띄는 것은 불규칙활용과 규칙활
용으로 이원화되던 것이 일부에서나마 규칙활용으로 단순화된다는 것
이다.

(14)에서 보듯이 일부 이동동사의 활용이 구분되어 나타나다가 단순
화되고 있으며, 일부 동작동사나 상태동사가 과거에는 혼용되던 것이
이제 규칙적으로 활용하고 있다.

(14) ㄱ. 가거라 〉가라, 오너라 〉와라
ㄴ. 날으니, 달으면

한편 부사화접미사 '-이'와 '-히'는 적어도 발음상으로는 거의 단
순화되었으며, 앞으로는 표기에까지도 영향을 미치리라 생각된다.

(15) ㄱ. 일일이, 틈틈이
ㄴ. 쓸쓸히, 불쌍히

그리고 축약도 (16)에서와 같이 활발하게 일어나 어형에 적잖은 변화
를 일으키고 있다. 빠른 전달 효과를 누리기 위해 계속해서 진행될 것

인데, 이러한 사실은 요사이 컴퓨터 통신에서 흔히 보이는 축약이나 어형의 단축현상 등에서 이미 확실시되고 있다. 특히 단축은 외래어나 외국어를 수용하는 과정에서도 뚜렷하게 나타나고 있다.

(16) ㄱ. 나의 것 〉 내꺼, 쏘아 〉 쏴
    ㄴ. 리모컨, 레미콘, PC, CD

과거에는 굳이 복수표지어를 붙이지 않아도 복수의 의미를 살릴 수 있었지만, 외국어의 영향을 받아 점차 복수표지어를 동반한 어형과 그렇지 않은 어형이 양립하다가 이제 복수표지어를 동반한 어형으로 단순화되었다.

또한 단어경계의식이 작용하여 일단 중화가 일어난 뒤에 연음현상으로 이어지던 어형과 그렇지 않은 어형이 대립을 보이다가 지금은 (17ㄴ)과 같이 단순화되었다.

(17) ㄱ. 국민들, 민족들, 가족들
    ㄴ. 마시따, 유기오

그런가 하면 감탄형어미는 과거에 발달되었으나 이제 (18ㄱ)으로 천천히 단순화하는 과정을 거치고 있다. 그리고 유추의 확대로 비슷한 어형들이 제 모습을 유지하거나 유추되어 쓰이다가 아예 단순화되는 단어들도 있다.

(18) ㄱ. 좋다, 좋아
    ㄴ. 삼가하다, 날라가다, 일르다

어휘의 전반적인 변화 면에서도 단순화는 여러 군데에서 발견되고 있다. 그 가운데서 가장 현저한 단순화로 고유어와 한자어가 함께 쓰이다가 상당히 많은 어휘에서 한자어로 수렴하는 경향을 보이는 것이다. 이런 현상은 벌써 오래 전에 목격되다가 지금은 상당히 많은 어휘에서 고착화되었다.

(19) ㄱ. 넙치, 달걀, 글감
ㄴ. 광어, 계란, 소재

한자어로의 단순화와 어울려 외래어로의 단순화도 괄목할 만하다. 예전엔 두 개 이상의 단어가 대립하면서 광범위하게 사용되다가 지금은 쉽사리 외래어나 외국어로 흡입된 경우가 허다하다. 그것은 단순히 고유어에서만 일어나는 것이 아니라 한자어나 외래어 사이에서도 보이며, 특히 국명인 경우에도 한자어식 표기가 아니라 (20ㄹ)처럼 영어식 표기로 자연스럽게 단순화 현상이 빠르게 진행되고 있다.

(20) ㄱ. 열쇠, 모임, 상자, 복사
ㄴ. 키, 미팅, 박스, 카피
ㄷ. 비율빈, 화란, 불란서
ㄹ. 필리핀, 네델란드, 프랑스

그런데 일본어 차용어와 전래 국어는 일반 언중 사이에서는 아직도 복합적으로 쓰이고 있다. 그리고 일본을 거쳐 들어온 외국어 중 상당수는 본래의 외국어형으로 기울었지만 아직도 제 위치를 잡지 못하고 세대 간에 혼전을 계속하고 있는 어휘도 더러 있다.

(21) ㄱ. 덴뿌라, 에리
ㄴ. 튀김, 동정

ㄷ. 바깨스, 빵꾸, 백미러
ㄹ. 버킷, 펑크, 사이드미러

그런가 하면 기존에 쓰이던 격언, 고사성어 등이 눈에 띄게 줄어들고 있다. 화자 자신이 고유어의 의미를 모르거나 어려운 한자어 따위에 익숙하게 되지 않자 일어나는 현상이다. 그러한 것들은 이제 요즘 사회에서 통용되는 언어로 단순화되고 있다.

이와 아울러 금기어도 많이 사라졌다. 과거에 금기시되던 것들이 지금은 아무렇지도 않게 직설적으로 표현될 수 있는 개방적 사회로 변모한 것과 인지의 발달, 과학의 발전 따위가 적잖은 영향을 끼쳤을 것이다. 이와 비슷한 경우로 많은 명사 어휘가 아예 쓰이지 않거나 손쉬운 용어로 단순화되었다. 곧 과거와 같이 세분화되거나 정교하게 쓰일 필요가 없게 되자 급격히 사라지고 (22ㄴ)과 같이 일상적인 용어로 단순화되었다.

(22) ㄱ. 마마, 4층, 밉게 생겼다.
ㄴ. 남풍, 서풍

그리고 색채어나 감각어 따위도 상당히 단순화하는 경향을 보이고 있다. 특히 (23ㅁ)과 (23ㅂ)에서와 같이 '푸르다'는 청색과 녹색을 다 가리켰으나 지금은 청색을 지칭하는 것으로 단순화되었다.

(23) ㄱ. 누르스름하다, 누리끼리하다
ㄴ. 노랗다, 누렇다
ㄷ. 달착지근하다, 들큰하다
ㄹ. 달다
ㅁ. 파란 하늘, 푸른 신호등

ㅂ. 초록 물고기, 녹색등

한편 호칭어와 지칭어에서도 단순화 현상을 엿볼 수 있다. 당장 '어머니'나 '아버지'를 가리키던 허다한 한자어들이 자취를 감추고 '어머니'와 '아버지'로 단순화되었다. 그런가 하면 (24ㄴ)과 (24ㄷ)이 함께 쓰이다 (24ㄷ)으로 단순화되고 있다. 따라서 과거에 가까운 친인척을 가리키던 어려운 한자어도 거의 사라지고 관계에 대한 특별한 의식이 없이 나이에 따라 (24ㄹ)과 같이 정리되고 있다.

그리고 2인칭과 3인칭에 쓰이던 '당신'은 서서히 자취를 감추는 추세이고, (25)에서와 같이 다양하게 쓰이던 2인칭도 점차 단순화되고 있다.

> (24) ㄱ. 자당, 훤당, 춘부장, 가친
> ㄴ. 장모님, 장인어른
> ㄷ. 어머님, 아버님
> ㄹ. 아저씨, 형
> (25) ㄱ. 당신, 임자, 그대
> ㄴ. 선생님, 댁
> ㄷ. 아가씨, 처자, 군, 양, 자네

도량형에 쓰이는 어휘도 퍽 단순화되고 있다. 곧 (26ㄱ)에서와 같이 전통적으로 쓰이던 어휘가 (26ㄴ)에서처럼 미터법으로 집약되고 있다.

> (26) ㄱ. 한 자, 십 리, 한 근, 두 말
> ㄴ. 1cm, 2kg, 3℃, 4㎡

한편 수와 관련된 어휘나 표현법이 단순화된 것이 많이 있다. (27ㄱ)은 (27ㄴ)과 같이 단순화되었으며, 이원적으로 쓰이던 월명도 (27ㄹ)처럼 단순화하는 추세에 있다.

또한 (28ㄱ)도 (28ㄴ)의 형태로 모아지고 있다. 물론 아직도 (28ㄷ)과 같이 널리 쓰이는 것이 없는 것은 아니나, 위와 같은 현상이 더욱 폭넓고 빠르게 전개될 것으로 본다. 그리고 독특한 양상을 보이던 수관형사가 보편성을 띤 수관형사로 통합되는 양상이 뚜렷하여, 숫자를 나타낼 때 고유어로 쓰이던 것이 점차 (28ㅅ)에서와 같이 한자어로 변모되어 대립하다가 이제 그것으로 굳어지고 있다.

(27) ㄱ. 1시 5분 전, 일백육십

ㄴ. 12시 55분, 백육십

ㄷ. 유월, 시월, 정월, 동짓달

ㄹ. 유월, 십월, 1월, 11월

(28) ㄱ. 한 장, 두 달

ㄴ. 한 개, 두 개

ㄷ. 한 마리, 두 대

ㄹ. 서 말, 넉 되

ㅁ. 세 말, 네 되

ㅂ. 스무 개 들이, 한 주에 스무 시간

ㅅ. 20개 들이, 1주에 20시간

어휘의 의미 면에서도 단순화는 광범위하게 보이고 있다.

그 중에서 가장 먼저 눈에 띄는 것은 고유어가 격감했다는 사실이다. 앞에서 논의한 대로 고유어는 한자어에 밀려 많이 소멸하였다. 거기다가 어려운 한자어는 그보다 쉽게 느껴지는 한자어에 밀려 버렸다. 그런 까닭에 다양하게 영역을 차지하고 있던 유의어가 자연적으로 사라졌다. 이미 널리 알려져 있는 바와 같이 생명종식어는 무려 260여 개의 유의어를 동반하고 있었으나 현재는 몇십 개의 단어로 단순화되었다.

이와 아울러 동의중첩어도 많이 사라져 단일어로 등장하고 있다. 그리고 한자어와 고유어가 많이 소멸됨에 따라 동의어의 수효도 격감하였으며, 따라서 이들 사이의 충돌도 이전처럼 활발하지 않다.

      (29) ㄱ. 붕어하다, 훙하다
          ㄴ. 입적하다, 선종하다
          ㄷ. 죽다, 돌아가시다
      (30) ㄱ. 7월달, 역전앞
          ㄴ. 7월, 역전

다음으로 유연성의 상실로 말미암아 다의어도 상당히 줄어들어 본래의 뜻으로 다시 의미 초점이 모아지고 있다.

      (31) ㄱ. 붉다, 벌겋다, 벌거숭이, 불그레하다, 빨갱이
          ㄴ. 묽다, 맑다, 말랑거리다, 물렁거리다, 물렁뼈
          ㄷ. 짧다, 잘다, 절다, 졸다, 줄다

4.

구문의 단순화에서 제일 선두에 놓이는 것은 다름 아니라 경어 체계의 단순화이다. 누구나 알고 있는 바와 같이 국어는 경어 체계가 대단히 발달되어 있는 언어이다. 그러나 외래어나 외국어의 유입과 상하관계에 대한 가치관의 변화, 자아 정체성을 확고히 드러내려는 의지, 신속한 전달을 도모하려는 의식, 복잡성을 탈피하려는 심리 따위가 복합적으로 작용하여 경어 체계가 상당히 단순화되었으며, 압존법도 그 복잡성 때문에 자취를 감추었다. 그런가 하면 격조사를 달리하거나 선어말어미를 첨가하여 존경 대상을 높이는 방법이 그렇지 않은 단순한 형태로 통합되었으며, 수하존대에 대한 표현법도 없어지고 있다. 이러한 의

식 때문에 문법체계뿐만 아니라 특별한 단어로 대체하던 방식도 크게 힘을 잃고 보편적인 단어로 쓰이고 있다. 또한 화자를 낮춤으로써 청자를 높이는 방법도 차츰 사라지고 있는데, 이는 언중 사이에 상대방과 대등한 위치에 있으려는 심리가 작용한 것이 아닐까 한다.

(32) ㄱ. 안녕하십니까?
　　　ㄴ. 안녕하세요?
(33) ㄱ. 할아버님, 애비가 왔는데요.
　　　ㄴ. 할아버님, 아버지가 오셨는데요.
(34) ㄱ. 선생님께서 오셨다.
　　　ㄴ. 선생님이 왔다.
(35) ㄱ. 자네가 하게나.
　　　ㄴ. 사위가 해.
(36) ㄱ. 진지를 해 놓았는데요.
　　　ㄴ. 뫼를 해 놓았는데요.
　　　ㄷ. 밥을 해 놓았는데요.
(37) ㄱ. 제가 했는데요.
　　　ㄴ. 내가 했는데요.

　한편 명사화접미사와 '-것'이 혼용되다가 후자로 단순화되고 있다. 그러다 보니 (39)에서처럼 (39ㄴ)이 (39ㄱ)을 앞지르게 되었고, 화자의 의지를 나타내는 말에도 이와 같은 현상이 벌어지고 있다.

(38) ㄱ. 네가 가기가 좋다.
　　　ㄴ. 네가 감이 좋다.
　　　ㄷ. 네가 가는 것이 좋다.
(39) ㄱ. 따개, 마개
　　　ㄴ. 따는 것, 막는 것
(40) ㄱ. 가겠다, 보련다

ㄴ. 갈 것이다, 볼 것이다

격조사의 사용에도 변화가 일어났다. 곧 명사와 명사가 연결될 때 과거에는 격조사가 쓰이지 않거나 혹은 간단히 쓰이던 것이 이제는 (41ㄴ)과 같이 쓰이게 되었다. 그리고 특수조사와 복수접미사가 일부에서는 자연스럽게 쓰이지만 과거처럼 어느 위치에서나 쉽게 쓰이지는 않게 되었다. 그뿐만 아니라 격조사와 그에 준하는 의미기능을 띤 문법기제들이 급격히 줄어 들어 그 사용 범위가 어느 한 쪽으로 모아지고 있다.

> (41) ㄱ. 민족 통일, 국가 안위
>
> ㄴ. 민족의 통일, 국가의 안위
>
> (42) ㄱ. 안녕들 하십니까?
>
> ㄴ. 여러분 안녕하십니까?
>
> (42) ㄱ. 네가 온 까닭에
>
> ㄴ. 네가 와서
>
> ㄷ. 네가 온 연유로
>
> ㄹ. 네가 왔기 때문에

한편 국어의 피동형은 외국어의 영향으로 짧은 형과 긴 형을 누르고 이중피동형이 강세를 나타내고 있으며, 사동형도 본래 사동문형에 포함되지 않던 '-게 시키다' 형이 우세를 보이고 있다. 그리고 부정형은 짧은 형이 다소 우위를 점하고 있는 듯하다. 또한 진행형도 '-는 중이다' 형이 앞지르고 있다.

이러한 추세와 맞게 판에 박힌 영어식 문장 표현법이 발달하였다. 그리고 무주어문이 많이 있었으나 문장에서는 주어문의 출현이 자연스러우며, 문장의 도치형도 과거에 비해 줄어들고 있다. 그뿐 아니라 지시어와 관형어의 연결이 이원적이었으나 (45ㄴ)과 같이 일원화하였으며, 일부 부사어가 관형어의 의미영역이 선명히 구분되다가 이제는 경계의 구분이 없이 폭넓게 쓰이는 것도 있다. 그리고 간투사도 단순화되어 여러 어형이 (47ㄹ)로 통합되었다.

> (44) ㄱ. 거기에 가기엔 충분한 시간이 아니다.
> 　　 ㄴ. 상처의 덧남은 세균에 기인한다.
> 　　 ㄷ. 영수가 거기에 간 것은 확실하다.
> (45) ㄱ. 아름다운 소녀
> 　　 ㄴ. 그 아름다운 소녀
> (46) ㄱ. 아주 좋다.
> 　　 ㄴ. 너무 좋다.
> (47) ㄱ. 에, 또, 마
> 　　 ㄴ. 그러니까, 거시기
> 　　 ㄷ. 가설랑은, 뭐시냐
> 　　 ㄹ. 있잖아요, 음, 응

또한 외국어의 영향으로 문체가 상당히 바뀌었다. 문장 자체가 이해하기 어려워졌을 뿐만 아니라, 동사와 부사어, 서술어를 자주 쓰기보다는 명사와 관형어를 주로 사용한다. 게다가 컴퓨터에 의해 쉽사리 활자화가 되는 까닭에 과거에는 잘못된 문장으로 분류되던 것들이 정형문처럼 인식되고, 교정을 소홀히 함으로써 비문법적 문장이나 군더더기 문장이 양산되고 있다. 그러므로 쉽고 부드러운 문체가 많이 사라지고, 점점 더 어렵고 딱딱한 문체가 득세를 하게 되었다.

마지막으로 표기가 한글로 단순화함으로써 가로와 세로를 함께 쓰던 표기 방식도 가로쓰기로 일원화되었고, 독서 속도도 훨씬 빠르게 되었다.

제4부

국어학의 전개 양상

『성경전서 새번역』의 형태 · 구문론적 검토

1.

이 글은 『성경전서 새번역』을 국어학적 관점에서 고구한 것이다. 『새번역』을 국어학적으로 접근하여 잘못 번역되었거나 좀 더 다른 관점에서 생각할 만한 점을 요모조모 점검하여 앞으로 수정·간행되는 성경이 훨씬 우리말 어법에 맞고 젊은이들에게 친근하게 다가갈 수 있도록 국어학적 측면에서 기틀을 다지는 데 이 소논문의 목적이 있다.

이미 알고 있듯이 우리말 성경 번역 역사는 유구하다. 1882년에 『예수성교 누가복음젼셔』와 『예수성교 요안니복음젼셔』가 출간된 이후 신약성경의 낱권이 줄곧 나오다 1911년에 『셩경젼셔』가 간행되었다. 그 뒤 1938년에 『셩경 개역』이 세상에 모습을 드러내고 1952년에는 '한글 맞춤법 통일안'에 따라 표기를 바꾼 개역한글판이 등장하였으며, 그 후 약간의 개정을 거쳐 마침내 1961년에 『성경전서 개역한글판』이 출현하였다. 그러나 이 번역본이 현대인들에게 동떨어진 옛말이나 한자어가 지나치게 많고 이해하기 어려운 관용표현이 허다하고 국어정서법이 올바로 반영되어 있지 못하여 1993년 『성경전서 표준새번역』이 출간되었다. 그런 다음 2001년에 이를 개정한 『성경전서 표준새번역 개정판』이 새로 출현하였으며, 이 개정판의 책 이름을 좀 더 쉽고 친숙하게 부를 수 있도록 2004년에 『성경전서 새번역』으로 달리 명명하였다.

　본고는 『새번역』 중 '마가복음'을 중심으로 국어학적 부문 특히 형태·구문론적 측면에서 연구를 함으로써 앞으로 간행될 『새번역』의 수정번역본이나 후대에 전혀 새로운 모습으로 등장할 성경의 어휘나 문장을 다듬는 데 조금이나마 이바지하고자 한다.

2.

　『새번역』에서 가장 먼저 눈에 띄는 것은 문장이 짧아지고 읽기가 쉽고 이해하기 편한 문장으로 바뀌었다는 것이다. 이것은 『새번역』을 자세히 보지 않더라도 누구나 쉽사리 발견할 수 있는 특징이다. 사실상 『새번역』의 '머리말'에 제시되어 있는 것과 같이 번역이 명확하지 못했던 본문과 의미 전달이 미흡한 본문은 뜻이 잘 전달되도록 고쳤으며, 될 수 있는 대로 번역어투를 없애고 뜻을 우리말로 표현하려고 노력했으며, 대화문에서는 현대 우리말 존대법을 적용한 결과이다.

　그렇지만 아직도 이 번역본에 안주하지 말고 또 다시 새로운 번역본의 출간을 독려하는 목소리에 귀를 기울일 필요가 있다. 즉 옥성득은 "한국 교회는 분발하여 원문에 충실하면서, 누구나 쉽게 읽고 외우기 좋고, 성경 각 권이 양식과 특성이 살아 있고, 어휘가 통일된 새 성경전서 판본을 만들기 위해 함께 힘을 모으고 번역자를 기르고 투자해야 하며, 『새번역』을 열린 마음으로 수용하고 적극적으로 활용하면서 지속적인 수정 작업을 병행해야 한다."고 역설하였다. 그런가 하면 민현식은 "원전에 담긴 복음의 본질을 훼손하지 않고 청소년에게 적합한 성서 문체로 혁신 하는 것이 한국 교회의 미래가 달려 있다고 해도 과언이 아니라는 점에 서 청소년 스스로가 읽는 재미에 빠질 수 있는 성서 문체는 무엇인지 끊 임없이 탐구해 성서가 청소년의 언어로 제시되고 청소년에게 생명의 양 식이자 삶의 등대가 되어야 한다."고 강조했다.

『새번역』이 현대어법에 맞는 번역본이 되기 위해서 가장 먼저 수정을 해야 할 것은 국어의 존대법에 어긋나는 문장을 바로잡아야 한다는 것이 다. 존대법에 맞지 않아 (2)에서와 같이 '예수'라고 지칭하는 부분이 허 다한 것은 커다란 문제이다. 주격과 여격, 대격 등에서 존칭격조사가 쓰 이고 서술어에서 존경선어말어미가 엄연히 나타나는 까닭에 존칭접미 사를 붙여 (1)에서와 같이 '예수님'으로 바꾸어야 마땅하다. (3)의 '선 생님'과 '랍비님', '주님'의 형태가 존립하는 것도 이를 지지한다. 이 점에서 (4)의 '어머니'는 '어머님'으로 바꾸고 서술어인 '먹을'도 존 경의 뜻을 지닌 다른 단어로 대체해야 한다.

(1) ㄱ. 나사렛 사람 예수님, 왜 우리를 간섭하려 하십니까(1:24)

  ㄴ. 하나님의 아들 예수님(5:7)

(2) ㄱ. 예수께서는 고물에서 베개를 베고 주무시고 계셨다(4:38)

  ㄴ. 그들이 예수께로 나아왔다(3:13)

  ㄷ. 예수를 배에 계신 그대로 모시고 갔는데(4:36)

(3) ㄱ. 선생님, 내가 다시 볼 수 있게 하여 주십시오(10:51)

  ㄴ. 랍비님, 저것 좀 보십시오(11:21)

  ㄷ. 하나님이신 주님은 오직 한 분이신 주님이시다(12:29)

(4) ㄱ. 선생님의 어머니와 동생들과 누이들이 선생님을 찾고 있습니다(3:32)

  ㄴ. 예수의 일행은 음식을 먹을 겨를도 없었다(3:20)

이와 마찬가지로 '이'는 '분'으로 '그'는 '그분'으로 옮기고 격조사와 봉사의미를 지닌 어휘도 호응관계에 맞게 구사하여야 한다.

　　(5) ㄱ. 나보다 더 능력이 있는 이가(1:7)
　　　　 ㄴ. 그가 하신 모든 일을 소문으로 듣고, 그에게로 몰려왔다(3:8)
　　　　 ㄷ. 그가 하시는 일은 모두 훌륭하다(7:37)
　　　　 ㄹ. 이분이 누구이기에, 바람과 바다까지도 그에게 복종하는가(4:41)
　　　　 ㅁ. 그의 신발 끈을 풀 자격조차 없습니다(1:7)

현대 어법에서 2인칭으로 쓰이는 '당신'은 존경의 의미가 바랬다. 따라서 (6)에서 '당신'은 '선생님'으로 번역하는 것이 옳고, (7)에서 존경의 의미를 지닌 3인칭대명사는 '자기'가 아니라 '당신'이어야 한다.

　　(6) ㄱ. 나는 당신이 누구인지 압니다(1:24)
　　　　 ㄴ. 당신은 하나님의 아들입니다(3:11)
　　(7) ㄱ. 예수께서는 무리가 자기에게 밀려드는 혼잡을 피하시려고(3:9)
　　　　 ㄴ. 예수께서 그들을 자기와 함께 있게 하시고(3:14)

한편 화자가 자신을 낮추어 청자를 높이는 겸양법이 우리말에 발달되어 있는데, 『새번역』에서는 이것이 제대로 쓰이지 못한 곳이 자주 눈에 띈다. 따라서 1인칭대명사는 '나'가 아니고 '저'이며 복수형도 '저희' 류가 쓰여야 한다. 그리고 3인칭대명사는 '그'뿐만 아니라 '그녀'도 의미에 맞게 분리하여 써야 한다.

　　(8) ㄱ. 선생님께서 하고자 하시면, 나를 깨끗하게 해주실 수 있습니다(1:40)
　　　　 ㄴ. 내 어린 딸이 죽게 되었습니다(5:23)
　　　　 ㄷ. 우리를 없애려고 오셨습니까(1:24)
　　　　 ㄹ. 왜 우리는 귀신을 쫓아내지 못했습니까(9:28)

ㅁ. 그는 내게 아름다운 일을 했다(14:6)

이와 아울러 2인칭대명사의 사용에도 유의해야 한다. 예수님께서 제자들을 대할 때 단수로는 ‘너’, 복수로는 ‘너희’를 사용했다. 그렇지만 제자가 아닌 사람한테 그 어휘를 사용하는 것은 적절하지 않다. 따라서 (9)에서 ‘네’는 ‘자네’ 정도로 바꾸는 것이 올바르고 그에 따라 서술형종결어미도 달라져야 한다.

(9) ㄱ. 중풍병 환자에게 "이 사람아! 네 죄가 용서받았다"(2:5)
　　ㄴ. 귀신이 네 딸에게서 나갔다(7:29)

3.

이뿐만 아니라 격조사가 달리 쓰여야 할 곳이 있다. 곧 (10ㄱ)에서 방편의 뜻을 지닌 ‘-로’보다 대격조사 ‘-를’이 더 낫고, (10ㄴ)과 (10ㄷ)에서는 여격조사인 ‘-에게’가 더 잘 어울린다.

(10) ㄱ. 그들에게 여러 가지로 가르치기 시작하였다.(6:34)
　　ㄴ. 나를 헛되이 예배한다(7:7)
　　ㄷ. 십자가에 달린 두 사람도 그를 욕하였다(15:32)

또한 격조사를 삽입하여 원문의 이해를 도울 수도 있다. 다시 말해서 (11)에서 ‘믿음’, ‘잎’ 뒤에 주격조사를 첨가하면 훨씬 문장이 부드러워진다. 그러나 (11ㄷ)에서와 같이 ‘-를’을 삭제하는 것이 나은 경우도 있다.

(11) ㄱ. 믿음 없는 나를 도와주십시오(9:24)

ㄴ. 잎 많은 생나무 가지들은 꺾어다가(11:8)

ㄷ. 이런 일을 하는지를 너희에게 말하지 않겠다(11:33)

문장을 명사화한 것을 살펴보면 『새번역』은 『개역개정』에 비해 '-음'을 적게 사용하여 훨씬 매끄러운 문장으로 번역하였다. 그렇지만 (12)에서 '알므로'는 '알았기 때문에'로 고치고 '묻기'는 '묻는 것'으로 바꾸는 것이 현대인에게 더 부합할 것이다.

(12) ㄱ. 그녀에게 일어난 일을 알므로(5:33)

ㄴ. 예수께 묻기조차 두려워하였다(9:32)

한편 (13)과 (14)에서처럼 재귀대명사나 3인칭대명사가 쓰인 문장에서 그것들을 삭제하면 문장이 한층 매끄럽게 될 부분이 간간이 보이며, 이는 2인칭대명사가 겹쳐 쓰이거나 지시관형사를 곧이곧대로 번역한 부분에도 적용된다.

(13) ㄱ. 그는 자기의 겉옷을 벗어 던지고(10:50)

ㄴ. 그 사람은 차라리 태어나지 않았더라면 자기에게 좋았을 것이다.(14:21)

(14) ㄱ. 열두 제자를 불러놓고, 그들에게 말씀하셨다.(9:35)

ㄴ. 누구든지 첫째가 되고자 하면, 그는 모든 사람의 꼴찌가 되어서(9:35)

ㄷ. 예수께서 제자 둘을 보내시며, 그들에게 말씀하셨다(11:1-2)

(15) ㄱ. 너희는 내가 너희에게 무엇을 해주기를 바라느냐(10:36)

ㄴ. 가지지 못한 사람은 그 가진 것마저 빼앗길 것이다.(4:25)

ㄷ. 그 온 지방을 뛰어다니면서(6:55)

ㄹ. 지옥에, 곧 그 꺼지지 않는 불 속에(9:43)

이 외에도 문법적으로나 의미적으로 보아 (16)에서 '하나'와 '선택받은'은 모두 삭제하여 원활한 문장이 될 수 있도록 고려해야 한다. 그

리고 '또한'과 조사 '-도'는 함께 첨가의 의미를 지니므로 '또한'을
삭제해야 한다.

> (16) ㄱ. 악한 귀신 들린 사람이 하나 있었는데(1:23)
> ㄴ. 주님이 뽑으신 선택받은 사람들을 위하여(13:20)
> ㄷ. 그러므로 인자는 또한 안식일에도 주인이다(2:28)

이와는 반대로 문맥상 지시사항을 명백히 하기 위하여 (17)에 보이
는 명사 앞에 '어떤'이나 '저' 같은 관형어를 삽입하는 것이 바람직
하다.

> (17) ㄱ. 사람이 등불을 가져다가 말 아래에다(4:21)
> ㄴ. 마을로 들어가지 말아라(8:26)

한편 수동 표현을 써야 할 곳에 능동 표현이 출현하는데 이것도 일일
이 수정해야 할 것이다.

> (18) ㄱ. 멸시를 당할 것이라고 기록한 것은, 어찌 된 일이냐(9:12)
> ㄴ. 성경에 기록하기를(14:27)

그리고 어미의 사용에도 유의해야 한다. 동시적인 행위를 표현할 때
는 '-고'보다 '-며'가 온당하고, 더 적극적이고 능동적인 표현일 경
우 '-는'보다는 '-을'이 적당하다.

> (19) ㄱ. 떼어서 그들에게 주시고 말씀하셨다(14:22)
> ㄴ. 예수께서는 그들이 알아들을 수 있는 정도로(4:33)

또한 접속부사를 잘못 사용하여 문장이나 문단의 연결이 부자연스러
운 곳도 있다. (20ㄱ)은 동시성을 드러내기 때문에 '그러면서' 가 더 적
합하고, (20ㄴ)도 예수님의 말씀에 대해 곧바로 대꾸하는 것이므로 '그
러자' 가 좀 더 나을 듯하며, (20ㄷ)에서도 그 앞 절과 상호배타적이지
않기 때문에 '그러니' 또는 '이제' 따위가 적절할 것 같고, (20ㄹ)에서
도 '그리하니' 보다는 '그러자' 가 더 보편적으로 쓰이고 있으며, (20ㅁ)
에서도 앞의 소원에 대한 즉각적인 꾸짖음이므로 '그러자' 가 훨씬 매
끄럽다.

    (20) ㄱ. 그리고 그들에게 명하시기를(6:8)
        ㄴ. 그러나 그 여자가 예수께 말하였다.(7:28)
        ㄷ. 그러나 인자가 땅에서 죄를 용서하는 권세를 가지고 있음을(2:10)
        ㄹ. 그리하니 사람들이 다 놀랐다(5:20)
        ㅁ. 쓰다듬어 주시기를 바랐다. 그런데 제자들이 그들을 꾸짖었다(10:13)

이 밖에 명령형종결어미도 현대어법에 맞게 고쳐 써야 한다. 즉 (21)에
서 '말아라' 는 '마라', '보여보아라' 는 '보여 달라' 라고 고쳐야 한다.

    (21) ㄱ. 들어가지 말아라(8:26)
        ㄴ. 나에게 보여보아라(12:15)

    4.

시제면에서도 검토해 볼 문장이 더러 있다. (22ㄱ)과 (22ㄴ)은 과거
진행표현이 더욱 좋을 듯하여 '알고 있었기' 와 '질려 있었기' 가 알맞
을 것이며, (22ㄷ)은 '하시던', (22ㄹ)은 '서 있던', (22ㅁ)은 '일어났

다는' 으로 각각 바꿀 필요가 있다.

    (22) ㄱ. 그들이 예수가 누구인지를 알았기 때문이다(1:34)
       ㄴ. 제자들이 겁에 질렸기 때문이다.(9:6)
       ㄷ. 그는 늘 하시는 대로(10:1)
       ㄹ. 예수를 마주 보고 서 있는 백부장이(15:39)
       ㅁ. 전쟁이 일어난 소식과(13:7)

이뿐만 아니라 어순을 고치면 좋은 번역문이 될 수 있는 문장이 많이 있다. 즉 (23)을 일부 단어와 함께 (24)로 바꾸면 좋은 국어 문장이 된다.

    (23) ㄱ. 너는 내 사랑하는 아들이다(1:11)
       ㄴ. 베드로와 야고보와 요한만을 데리고, 따로 높은 산으로 가셨다(9:2)
       ㄷ. 형제가 일곱 있었습니다(12:20)
       ㄹ. 너희는 생각을 크게 잘못 하고 있다(12:27)
       ㅁ. 그들은 뛰쳐 나와서, 무덤에서 도망하였다(16:8)
    (24) ㄱ. 너는 사랑하는 내 아들이다.
       ㄴ. 베드로와 야고보와 요한만을 따로 데리고, 높은 산으로 가셨다.
       ㄷ. 일곱 형제가 있었습니다.
       ㄹ. 너희는 크게 잘못 생각하고 있다.
       ㅁ. 그들은 무덤에서 뛰쳐 나와서 달아났다.

그런데 온전히 현대 한국어 문장이 되지 못하고 번역에 급급하여 아직도 외국어투의 문장이 자못 발견되는데 이들도 (26)과 같이 읽기 쉽고 이해하기 편한 문장으로 잘 다듬어야 한다.

    (25) ㄱ. 하늘로부터 소리가 났다(1:11)
       ㄴ. 출혈의 근원이 마르니(5:29)
       ㄷ. 아무도 따라오는 것을 허락하지 않으셨다(5:37)

ㄹ. 옛 예언자들 가운데 한 사람과 같은 예언자다(6:15)

ㅁ. 그가 죽임을 당하고 나서(9:31)

ㅂ. 형제가 형제를 죽음에 넘겨주고(13:12)

(26) ㄱ. 하늘에서 소리가 들렸다.

ㄴ. 출혈이 그치니

ㄷ. 아무도 따라오지 못하게 하셨다.

ㄹ. 옛 예언자들과 같은 예언자다.

ㅁ. 그분이 처형되시고 나서, 그분이 피살되시고 나서

ㅂ. 형제가 형제를 죽이고

『성경전서 개역개정판』의 의미론적 점검

1.

이 글은 『성경전서 개역개정판』을 국어학적으로 연구한 것이다. 『개역개정』을 국어학적으로 검토하여 잘못 번역되었거나 다른 각도에서 좀더 생각할 만한 점을 하나하나 짚어 보아 앞으로 수정·간행되는 성경이 훨씬 국어 어법에 맞고 현대인들에게 친근하게 다가갈 수 있도록 국어학적인 면에서 기반을 다지는 데 이 소논문의 목적이 있다.

주지하다시피 우리말 성경 번역의 역사는 장구하다. 1882년에 로스와 한인 번역자들이 최초의 한글 성경인 『예수성교 누가복음젼서』와 『예수성교 요안늬복음젼서』를 출간한 이후 신약성경의 낱권이 지속적으로 간행되었다. 그러다 드디어 1911년에 구약이 완역되면서 『성경전서』가 탄생하였다. 『성경전셔』의 출간은 한국 기독교의 쾌거요 기독교인 모두에게 자긍심을 불러일으킨 최대의 사건이었다.

그러나 신약성서의 경우 두 차례나 개정을 하며 공인역으로 간행되었으나, 구약의 경우 이러한 개정의 과정을 거치지 않았기 때문에, 전체적으로 개인역 차원을 넘어서지 못하고 있었다. 그래서 모든 이들로부터 만족할 만한 번역본으로 인정받지 못하였다. 그리하여 곧장 개정 작업의 필요성이 제기되어 우여곡절을 거쳐 1938년에 『성경 개역』이 출간되고 이후 1952년에는 '한글 맞춤법 통일안'에 따라 표기를 바꾼 개역한글판이 나왔다. 그 후 약간의 개정을 거쳐 마침내 1961년에 『성경전서 개역한글판』이 등장하였다. 그렇지만 이 번역본이 현대인들에게 고루 사랑을 받기엔 실생활과 동떨어진 옛말이나 한자어가 지나치게 많고 이해하기 어려운 관용표현이 그대로 쓰인 데다 그 동안 여러 차례 바뀐 표준어와 국어 정서법이 반영되어 있지 못하였다. 그리하여 이 번역본을 개정한 『개역개정』을 1998년에 출간하였다.

본고는 『개역개정』 중 '마가복음'을 중심으로 국어의미론적 연구를 함으로써 앞으로 『개역개정』의 수정번역본의 간행에 조금이라도 기여하고자 한다. 그리고 국어정서법에 어긋난 부분도 함께 제시하여 내용뿐만 아니라 형식에서도 완벽한 성경간행을 도모할 것이다.

2.

의미론적 측면에서 가장 먼저 논의할 사항은 어려운 한자어 사용 문제이다. 『개역개정』의 원칙상 독자들이 이해하기 어려운 고어나 한자어는 쉬운 말로 고쳤다고 『개역개정』의 해설에서 밝혔지만 아직도 어려운 고어와 한자어가 많이 발견된다. 더 쉬운 한자어로 바꾸거나 아예 고유어로 옮기면 더욱 좋은 번역문이 될 수 있는 곳이 허다하다.

(1)에서 '심히'는 '매우'나 '몹시'로 바꾸고, (2)에서 '완악함'은

ㄱ에서 '굳어진 것'으로 옮기고 ㄴ에서는 이어지는 구와 더불어 '굳어졌기 때문에'로 번역하는 것이 나으며, (3ㄱ)과 (3ㄴ)의 '축사하시고'는 이미 잘 번역되어 있는 (3ㄷ)을 고려하여 '축복하시고'로 고쳐 쓰는 것이 타당하다.

 (1) ㄱ. 그들이 심히 두려워하여(4:41)
   ㄴ. 심히 통곡함을 보시고(5:38)
 (2) ㄱ. 그들의 마음이 완악함을 탄식하사 노하심으로(3:5)
   ㄴ. 너희 마음이 완악함으로 말미암아(10:5)
 (3) ㄱ. 하늘을 우러러 축사하시고(6:41)
   ㄴ. 떡 일곱 개를 가지고 축사하시고(8:6)
   ㄷ. 예수께서 떡을 가지고 축복하시고(14:22)

이와 함께 '-로 인하여'는 '-로 말미암아' 또는 '때문에'로 옮기고, (5ㄱ)의 뒷부분은 '권능을 떨치며 오는 것을'로 바꾸고, (5ㄴ)의 '임하여'도 '내려'로 고치는 것이 바람직하다. 또한 (6)에서 '사하심을 얻지' 류는 '용서를 받지'로 수정하는 것이 현대인에게 유익하다.

 (4) ㄱ. 말씀으로 인하여 환난이나 박해가 일어나는 때에는(4:17)
   ㄴ. 자기가 맹세한 것과 그 앉은 자들로 인하여(6:26)
 (5) ㄱ. 하나님의 나라가 권능으로 임하는 것을(9:1)
   ㄴ. 제육시가 되매 온 땅에 어둠이 임하여(15:33)
 (6) ㄱ. 영원히 사하심을 얻지 못하고(3:29)
   ㄴ. 죄 사함을 얻지 못하게(4:12)

아울러 (7)에서 명사류인 '우편'은 '오른쪽', '좌편'은 '왼쪽', '전토'는 '논밭', '군호'는 '신호', '검'은 '칼'로 옮기고, '몽치'는 더 쉬운 고유어인 '몽둥이'로 바꾸는 것이 올바르다.

(7) ㄱ. 하나는 주의 우편에, 하나는 좌편에 앉게 하여(10:37)

　　ㄴ. 자식이나 전토를 버린 자는(10:29)

　　ㄷ. 군호를 그가 이르되(14:44)

　　ㄹ. 검과 몽치를 가지고(14:43)

한편 (8)에서 이해하기 어려운 동사류는 각각 '논쟁하였다', '폐기하여', '머물러라', '조용히 하라고 하나', '섬기었다', '일하시어', '넘어지게', '속이려', '항의하므로'로 교체하여야 매끄러운 문장이 된다.

(8) ㄱ. 누가 크냐 하고 쟁론하였음이라(9:34)

　　ㄴ. 너희가 전한 전통으로 하나님의 말씀을 폐하여(7:13)

　　ㄷ. 그곳을 떠나기까지 거기 유하라(6:10)

　　ㄹ. 잠잠하라 하되(10:48)

　　ㅁ. 사탄에서 시험을 받으시며 들짐승과 함께 계시어 천사들이 수종들더라(1:13)

　　ㅂ. 제자들이 나가 두루 전파할새 주께서 함께 역사하사(16:20)

　　ㅅ. 누구든지 나를 믿는 이 작은 자들 중 하나라도 실족하게 하면(9:42)

　　ㅇ. 할 수만 있으면 택하신 자들을 미혹하려 하리라(13:22)

　　ㅈ. 베드로가 예수를 붙들고 항변하매(8:32)

그 외에 (9)에 보이는 '홀연히'는 '갑자기'로, '많은 고로'는 '많으므로' 또는 '많기 때문에'로 알기 쉽게 고쳐야 한다.

(9) ㄱ. 그가 홀연히 와서 너희가 자는 것을 보지 않도록 하라(13:36)

　　ㄴ. 그 사람은 재물이 많은 고로(10:22)

그런데 한자어를 쉬운 고유어로 풀어 쓰려는 노력 가운데 가장 돋보이는 말은 '하나님 나라' 또는 '하나님의 나라'이다. 이것은 '천국'을 옮긴 것인데 독자들이 훨씬 쉽게 이해하게 되었다. 따라서 '인자'도 신학

적인 근간을 크게 흔드는 것이 아니라면 위와 유사하게 '사람의 아들' 로
바꾸는 것도 고려해 봄직하다.

> (10) ㄱ. 하나님 나라의 비밀을 너희에게는 주었으나(4:11)
> ㄴ. 하나님의 나라가 권능으로 임하는 것을(9:1)
> (11) ㄱ. 인자가 많은 고난을 받고(8:31)
> ㄴ. 인자도 아버지의 영광으로(8:38)

아울러 쉬운 한자어나 고유어라 하더라도 현대인이 더욱 쉽고 빠르게 의미를 파악할 수 있도록 단어나 구를 바꿀 필요가 있는 곳도 간간이 눈에 띈다. (12)는 부사어로 '즉시로' 를 '즉시', '당돌히' 를 '당돌하게' 로 교체하여 의미를 더욱 분명하게 하며, (13)은 동사류로 '도망하고' 를 '나와 달아나' 로, '만족을 주고자 하여' 를 '만족시키려고' 로 바꾸어 원만한 문장이 되게 하고, (14)는 실제 언중이 쓰고 있는 단어에 주목하여 '옷 가' 를 '옷자락 술에' 로, '먼저 된 자' 와 '나중 된 자' 를 각각 '첫째' 와 '꼴찌' 로 대체할 수 있음을 보여 준다.

> (12) ㄱ. 즉시로 나를 비방할 자가 없느니라(9:39)
> ㄴ. 요셉이 와서 당돌히 빌라도에 들어가(15:43)
> (13) ㄱ. 무덤에서 도망하고 무서워하여(16:8)
> ㄴ. 빌라도가 무리에게 만족을 주고자 하여(15:15)
> (14) ㄱ. 옷 가에라도 손을 대게 하시기를 간구하니(6:56)
> ㄴ. 먼저 된 자로서 나중 되고 나중 된 자로서 먼저 될 자가 많으니라(10:31)

이와 더불어 현대 독자들의 독해 능력을 높이기 위해 과거에 쓰이던 시각 표현도 누구나 알아듣기 쉽게 바꾸어야 한다. 즉 (15)는 각각 '새벽녘에', '오전 아홉 시가 되어', '정오가 되어' 로 고쳐야 한다.

(15) ㄱ. 밤 사경쯤에(6:48)

    ㄴ. 때가 제삼시가 되어(15:25)

    ㄷ. 제육시가 되매(15:33)

3.

장애인을 지칭하는 용어의 번역은 신중해야 한다. 그 동안 장애인을 비하하는 듯한 단어들은 공공기관의 문건에서나 공공단체의 발언에서 많이 사라지고 있다. 그러나 이 성경에서는 (16)과 같이 병명이나 장애인의 명칭을 그대로 쓰거나 (17)처럼 장애의 양태를 곧이곧대로 풀어 쓴 것이 대부분이며, (18)처럼 '장애인' 이란 용어를 쓴 곳은 단 한 군데이다.

(16) ㄱ. 한 나병환자가 예수께 와서(1:40)

    ㄴ. 사람들이 맹인 한 사람을 데리고(8:22)

    ㄷ. 맹인이 겉옷을 내버리고 뛰어 일어나(10:50)

(17) ㄱ. 한쪽 손 마른 사람이 거기 있는지라(3:1)

    ㄴ. 귀 먹고 말 더듬는 자를 데리고(7:32)

    ㄷ. 못 듣는 사람도 듣게 하고 말 못하는 사람도 말하게 한다(7:37)

    ㄹ. 다리 저는 자(9:45)

(18) ㄱ. 장애인으로 영생에 들어가는 것이(9:43)

장애인이 (16)과 (17)과 같은 단어나 표현을 싫어한다면 정부나 지방자치단체에서 강요하거나 권유하지 않더라도 자발적으로 '지체부자유자', '신체장애자', '시각장애인', '언어장애인' 등으로 부르는 것이 도리이며, 그토록 장애인을 사랑했던 예수님께서 지금 이 땅에 나타나셨다면 어떤 단어를 사용하셨을까 하는 것을 곰곰이 생각해 봐야 한다.

한편 동음어 '곧'은 '바로', '금방', '곧장'을 뜻하기도 하지만 부가설명어 '곧'으로도 쓰인다. 따라서 이들의 충돌을 막기 위해서뿐만 아니라 의미를 더욱 명확하게 하기 위해 전자에 대하서 몇 가지 방안이 강구되어야 한다. 즉 (19ㄱ)에서 '곧'은 "하늘이 갈라짐과 성령이 비둘기 같이 거기에서 내려오심을 보시더니"를 꾸미므로 '하늘' 앞으로 옮겨야 하며, (19ㄴ)에서도 "그물을 버려 두고" 뒤에 '곧'이 놓여야 한다. 그리고 (19ㄷ~ㅁ)에서 '곧'은 '곧장'이나 '곧바로'로 바꾸고, (19ㅂ)에서는 '곧'을 삭제하고 "배에서 나오시자마자"로 고쳐야 한다.

(19) ㄱ. 곧 물에서 올라오실새 하늘이 갈라짐과 성령이 비둘기같이 거기에서
　　　　 내려오심을 보시더니(1:10)
　　 ㄴ. 곧 그물을 버려 두고 따르니라(1:18)
　　 ㄷ. 그물을 깁는데 곧 부르시니(1:20)
　　 ㄹ. 사람들이 곧 그 여자에 대하여 예수께 여짜온대(1:30)
　　 ㅁ. 사람들이 곧 크게 놀라고 놀라거늘(5:42)
　　 ㅂ. 배에서 나오시매 곧 더러운 귀신 들린 사람이(5:2)

그리고 '사람'을 뜻하는 '자(者)'는 (20)에서와 같이 가치상 특별한 의미를 나타내지 않는 경우도 있지만, 현대어에서는 낮춤말 성격이 강하므로 다른 단어로 옮기는 것이 낫다. 곧 (21)에 나타나 있는 '자'는 (22)와 (23)에 보이는 바와 같이 '이'와 '사람'으로 바꾸는 것이 타당하다.

(20) ㄱ. 있는 자는 받을 것이요 없는 자는 그 있는 것까지도 빼앗기리라(4:25)
　　 ㄴ. 하나님의 나라가 이런 자의 것이니라(10:14)
(21) ㄱ. 씨를 뿌리는 자가 뿌리러 나가서(4:3)
　　 ㄴ. 곧 넘어지는 자요(4:17)

ㄷ. 결실하지 못하게 하는 자요(4:19)

ㄹ. 백배의 결실을 하는 자니라(4:20)

(22) ㄱ. 회당장 중의 하나인 야이로라는 이가 와서(5:22)

ㄴ. 이들을 가리킴이니(4:15)

(23) ㄱ. 더러운 귀신 들린 사람이(5:2)

ㄴ. 사람들이 어떻게 되었는지를 보러 와서(5:14)

이와 아울러 정확한 의미 전달 효과를 도모하기 위해 그 동안 의미 변화가 일어났을 경우 변화된 의미를 제대로 반영할 수 있는 단어를 선택해야 한다. 그 대표적인 예가 (24)의 '표적'으로 이는 '표징'으로 바꾸어 번역하는 것이 나을 것이다. 왜냐하면 현대 성서 독자들은 '표적'이라는 단어에서 '과녁'을 연상하지 '표징'을 뜻하는 것으로 받아들이지 못한다. 이와 같이 (25)에서도 '외식'은 '가식'이나 '가장'을 의미하는 것으로 이해하기보다는 '집 밖에서 하는 식사'를 떠올리기가 쉽다.

(24) ㄱ. 하늘로부터 오는 표적을 구하거늘(8:11)

ㄴ. 어찌하여 이 세대가 표적을 구하느냐(8:12)

(25) ㄱ. 이사야가 너희 외식하는 자에 대하여 잘 예언하였도다.(7:6)

ㄴ. 외식으로 길게 기도하는 자니(12:40)

또한 의미가 매우 비슷하긴 하나 동의어 또는 유의어로 간주되기 어려운 단어는 그 용법을 고려하여 정확히 사용해야 한다. 즉 (26ㄱ)에서 '변형'은 사물의 모양이 바뀌는 뜻일 뿐 인간적인 면모의 변화를 제대로 드러내지 못하기 때문에 '변모'에 자리를 내주어야 하며, (26ㄴ)에서 '탄식하시며'는 '근심하여 한탄하며'라는 뜻이 아니기에 '한숨을 내쉬며'로 옮기는 것이 옳다. 마지막으로 (27)에서 '권위'는 '권한'으로 바로잡아야 한다.

(26) ㄱ. 그들 앞에서 변형되사 그 옷이 광채가 나며(9:2-3)

　　 ㄴ. 하늘을 우러러 탄식하시며 그에게 이르시되(7:34)

(27) ㄱ. 나도 무슨 권위로 이런 일을 하는지(1:33)

　　 ㄴ. 무슨 권위로 이런 일을 하느냐(11:28)

4.

의미론적 측면 이외에도 정서법적 측면에서 점검해야 할 사항도 한
두 가지가 아니다. 『개역개정』에서는 독자들이 쉽사리 의미를 파악할
수 있도록 문단의 내용이 바뀌는 것에 ○표시를 하거나 (28)에서와 같
이 시편에서 인용한 구절을 들여써서 시각적으로 도드라지게 하는 기
술을 선보였다.

(28) ㄱ. 건축가들이 버린 돌이 모퉁이의 머릿돌이 되었나니(12:10)

　　 ㄴ. 주께서 내 주께 이르시되 내가 네 원수를(12:36)

그러나 이 외에 문장의 이해에 필요한 구두점은 거의 없다. (29)에서
와 같이 대등한 표현이거나 반복 표현에서 쉼표가 다섯 군데 보이는 것
으로 판단할 때 번역인은 그 필요성을 은연중 인지하였던 것으로 생각
한다. 그러나 전체적으로 문장부호를 쓰지 않기로 한 번역 방침에 따를
수밖에 없었다고 여겨진다.

(29) ㄱ. 더러는 엘리야, 더러는 선지자 중의 하나라 하나이다(8:28)

　　 ㄴ. 하늘에 있는 천사들도, 아들도 모르고(13:32)

　　 ㄷ. 저물 때일는지, 밤중일는지, 닭 울 때일는지, 새벽일는지(13:35)

　　 ㄹ. 하나는 우편에, 하나는 좌편에 있더라(15:27)

ㅁ. 나의 하나님, 나의 하나님(15:34)

사실상 문장부호를 쓰지 않은 것은 잘못이다. 세로쓰기를 가로쓰기로 바꾼 것과 더불어 현대 국어 정서법에 맞는 각종 부호도 생략하지 말고 올바로 써야 옳다. 문장부호를 사용하지 않는 것이 더 품위가 있거나 과거 회귀적인 듯이 여긴 것은 그릇된 것이다. 문장부호가 없는 현대 국어 서적을 상상할 수 없듯이 현대인이 사용하는 성경도 독서의 속도와 이해도를 높이기 위해 마땅히 적절한 문장부호를 문단과 문장에 사용해야 한다.

그리고 본문에서 일정한 크기의 활자를 유지하다가 갑자기 활자가 작아진 곳이 몇 군데 발견되는데 (30)의 경우에는 그 까닭이 무엇인지 알기 어렵지만 (31)의 경우는 작은 활자가 오히려 전후 문맥을 이해하는데 도움을 주고 있다.

> (30) ㄱ. 또 지나가시다가 알패오의 아들 레위가(2:14)
> ㄴ. 또 세베대의 아들 야고보와 야고보의 형제 요한이니(3:17)
> (31) ㄱ. 사방에서 사람들이 그에게로 나아오더라(1:45)
> ㄴ. 고르반 곧 하나님께 드림이 되었다고 하기만 하면 그만이라 하고(7:11)
> ㄷ. 또 잔을 가지사 감사 기도 하시고 그들에게 주시니(14:23)
> ㄹ. 네가 세 번 나를 부인하리라 하심이 기억되어 그 일을 생각하고 울었더라(14:72)

한편 『개역개정』은 띄어쓰기에 심혈을 기울였다. 따라서 극히 일부분에서 오류를 범했을 뿐 거의 모든 곳에서 국어 정서법에 맞게 표기하고 있다.

가장 먼저 오점을 발견할 수 있는 것은 본용언과 보조용언의 결합부분이다. 이 번역본은 본용언과 보조용언은 띄어 써야 한다는 원칙을 충실하게 지켰으나 (32)에서와 같이 붙여 쓴 곳이 있으며, '시간이 얼마 지속되었음'을 뜻하는 '만'이 명사인 까닭에 띄어 써야 마땅하나 (33 ㄷ)에서처럼 미처 교정을 놓친 부분이 있다.

(32) ㄱ. 모세는 이혼 증서를 써주어(10:4)
 ㄴ. 말씀을 읽어보지 못하였느냐(12:26)
(33) ㄱ. 사흘 만에 살아나야 할 것을(8:31)
 ㄴ. 그는 삼 일 만에 살아나리라 하시니라(10:34)
 ㄷ. 죽은 지 삼 일만에(9:31)

그리고 두 단어로 나누어 취급하기보다 의미상 한 단어로 굳어진 단어로 간주하여 띄어 쓰지 않는 것이 바람직한데, 이 점에서 (34ㄷ)과 (34ㄹ)은 '들어가는'과 '한가운데에'로 고쳐 써야 한다.

(34) ㄱ. 하나님의 나라에 들어가기 심히 어렵도다(10:23)
 ㄴ. 하나님의 나라에 들어가는 것보다(10:25)
 ㄷ. 영생에 들어 가는 것이(9:43)
 ㄹ. 한 가운데에 일어서라 하시고(3:3)

그 밖에 (35)에서처럼 조사 '-같이'를 띄어 쓴 것이나, (36)에서와 같이 접미사 '-하다'를 명사 뒤에 이어 써 동사형을 취하지 않고 띄어 썼는데 이런 방식을 고수하려면 차라리 명사 뒤에 대격조사 '-을'을 넣어 (37)와 같이 번역하는 것이 나을 듯하다.

(35) ㄱ. 그 아이가 죽은 것 같이 되어(9:26)
 ㄴ. 강도를 잡는 것 같이(14:48)
(36) ㄱ. 거짓 증언 하지 마라(10:19)
 ㄴ. 누가 이런 일 할 권위를 주었느냐(11:28)
(37) ㄱ. 거짓 증언을 하지 마라(10:19)
 ㄴ. 누가 이런 일을 할 권한을 주었느냐(11:28)

국어 신체어휘의 생성과 변화

1.

　이 글은 국어 신체어휘의 생성과 변화에 대해 다룬다. 우리말 가운데 신체를 가리키는 어휘가 어떻게 생겨나며 생성된 어휘는 어떤 양상을 띠는지를 파악하기 위해 이 소논문은 작성된다.

　국어 신체어휘에 대해서는 오랫동안 연구가 진행되어 왔다. 지금까지의 연구는 크게 두 가지로 나뉠 수 있다. 한 가지는 신체어휘의 생성 과정에 초점을 맞추어 어느 시기에 어떤 어휘가 생겨나 인간에게 사용되었는지 하는 데 관심을 가진 것이었으며, 다른 한 가지는 신체어휘의 의미변화에 주목한 것으로 특히 의미 확장의 원리와 방법, 방향과 모형 따위를 궁구한 것이었다. 그런데 전자의 연구 중 신체어의 어원까지 탐색한 시도는 눈여겨볼 만했으나 어느 정도까지 인정할 수 있을지가 미지수이고, 후자의 연구 중 결과면에 관해서는 쉽게 수긍할 수 있으나 논자들이 일컫는 대로 천편일률적인 과정을 거치는지가 납득하기 어렵다. 그러므로 필자는 신체어휘의 원형을 모태로 한 어형의 생성, 갈래 등을 고구하고, 의미의 제 양상을 살피는 데 만족하고자 한다. 이를 통하여 어휘의미론 체계를 공고히 하며, 인간의 인지 양태를 이해하는 데 조금이라도 도움이 되고자 한다.

   2.

   신체어휘는 인간에게 가장 기초적인 어휘일 것이다. 의·식·주와 함께 인체의 일부를 지칭하는 단어는 원시시대에서 가장 보편적으로 쓰였을 것으로 짐작된다. 물론 당시에 가족관계를 일컫는 단어나 생활 주변에서 보이는 가축이나 식물 등의 단어도 그에 못지않게 널리 사용되었으리라 판단된다. 다시 말해서 신체어휘는 모든 어휘에 비해 일찍 습득되었으며, 현재에 이르기까지 어형상으로 크게 변화하지 않은 기초어휘이다. 특히 신체외부를 지칭하는 어휘는 신체의 특정부위를 가리키기 때문에 구체적이고 직접적인 관계로 변화와는 거리가 멀었다. 그러나 그 변화가 여타의 단어에 비해 크지 않았을 뿐이며 미세한 부분에서는 변화의 과정을 거쳤다.
   신체어휘를 연구하기 위해서는 그것들을 수집·정리하는 일이 우선시 되었는데, 이에 선편을 잡은 이는 임지룡으로 그는 기초어휘 중에서 신체어휘 42개를 제시하였다

   (1) ㄱ. 가락, 가슴, 귀, 근육, 낯, 얼굴, 눈, 다리, 등, 머리, 목, 몸, 무릎, 발, 배, 볼, 뺨, 뼈, 살, 손, 시울, 어깨, 엉덩이, 이, 이마, 입, 젖, 주먹, 코, 키, 턱, 팔, 피부, 항문, 허리, 혀

ㄴ. 간, 뼈, 심장, 위, 창자, 허파, 피

  (1ㄱ)은 신체외부어휘이고 (1ㄴ)은 신체내부어휘이다. 그리고 고유
어가 한자어보다 많음을 쉽게 알 수 있다. 그런데 이들 어휘만이 신체어
휘를 가리키지는 않는다. 그리하여 문금현은 기초어휘에 파생어와 합
성어의 바탕이 되는 어휘를 포함하여 일차 어휘라 명명하고, 모두 400
여 개의 신체어휘의 생성과정을 밝혔다. 한편 이경자는 신체어휘 간의
동의관계, 부속관계, 상대관계, 합성관계 등을 고려하여 600여 개의 신
체어휘를 나열하였는데, 인체의 바깥 부분 이름과 바깥 모습 이름에 국
한하였고, 뼈 이름이나 몸 안의 여러 기관 이름들은 배제한 것이 이색
적이다.

  그런데 역사적으로 문헌에 처음으로 등장하는 신체어휘는 향가에서
찾아볼 수 있으며, 전기중세국어의 모습을 담고 있는 계림유사를 분석
한 결과 12개가 추가되었다.

(2) ㄱ. 脚[가롤], 面[늦], 目[눈], 心[ᄆᆞᅀᆞᆷ], 身[몸], 膝[무릎], 手[손], 舌[혀]
    ㄴ. 掌[솞바룸]

(3) ㄱ. 頭曰麻帝, 足曰撥, 腹曰擺, 口曰邑, 耳曰愧
    ㄴ. 眉曰嫩涉, 毛曰毛

  (2ㄱ)과 (3ㄱ)은 기초어휘이고 (2ㄴ)과 (3ㄴ)은 기초어휘가 아니다.
그런데 여기에서 알 수 있듯이 (3ㄴ)을 제외하곤 나머지 어형은 현재
와 아주 유사하다는 것이다. 그리고 (3)에 등장하는 어휘가 (2)에 나타
나지 않는다 하여 (2)보다 후대에 생성되었다고 판별하는 것은 잘못이
다. 단지 문헌에만 늦게 실려 있을 뿐 본래는 다 같이 쓰였을 가능성이
매우 높다. 단어의 분포상 (2ㄱ)과 (3ㄱ)사이에는 신체어휘 중 어느 것

이 더 중요한지 구별이 되지 않고, 어느 면에서 (3ㄱ)은 (2ㄴ)보다 중요
도가 높다고 판단된다.

> (4) ㄱ. 사지(四肢), 항문
> ㄴ. 간, 위, 폐, 골(骨), 골슈(骨髓)

> (5) ㄱ. 목, 다리, 엇기, 졎, 피
> ㄴ. 귀밑, 귓가, 귓구무, 귓밥
> ㄷ. 눈섭, 눈시울, 눈굿, 눈어엿
> ㄹ. 손목, 손발, 솑가락, 솑금

이와 함께 (4)와 (5)는 후기중세국어에 나타난 몇 개의 단어를 보이고
있다. 이때의 특징 중 두드러진 것은 (4)에서처럼 신체외부어나 신체내
부어휘에서 한자어가 등장한다는 것이다. 그러나 그 수효는 극히 미미
한 수준이다. 그뿐 아니라 (5ㄱ)에서와 같이 기초어휘에 해당하는 어휘
가 다량 발견되고, (5ㄴ~ㄹ)과 같이 신체의 세밀한 부분까지 지칭하려
는 의도에서 합성법에 의한 단어가 많이 생겨났다.

또한 근대에 이르러 기초어휘의 출현은 드물고 합성에 의한 신체외부
어휘가 (6ㄱ)에서처럼 부쩍 늘었으며, 이와는 반대로 개화기에는 신체
내부어휘가 (7ㄱ)에서처럼 많이 생겨났다. 또한 전자에서는 고유어가
대종을 이루었지만 후자에서는 전문성을 강조한 나머지 차용한 한자어
가 훨씬 많이 등장하였다.

> (6) ㄱ. 덧니, 송곳니, 졎니
> ㄴ. 피부, 수염, 심장

> (7) ㄱ. 우방실, 말초신경, 십이지장
> ㄴ. 가운데발가락, 새끼발가락, 집게손가락, 새끼손가락

한편 신체어휘의 생성과정에서 흥미로운 사실은 상위어만 기초어휘가 가장 먼저 생성되고 이어서 합성에 의해 주요어휘가 생겨나며, (8ㄷ)과 같이 하위어가 필요하면 주요어휘에 다시 단어가 합성되는 방식을 취하였다. 그리고 이때 고유어끼리의 합성이 대부분이었다. 그러나 합성에 비해 파생에 의한 신체어휘는 극히 드물어 (8ㄹ)에 불과하였다.

    (8) ㄱ. 눈, 손
       ㄴ. 눈섭, 숛가락
       ㄷ. 속눈섭, 새끼숛가락
       ㄹ. 겨드랑, 녑당이, 볼다기, 터럭, 주먹

상위어가 하위어보다 먼저 생성된다는 사실에 덧붙여, 사람에게 중요하다고 여겨지는 신체어가 먼저 생성되며 덜 중요하다고 여겨지는 신체어휘는 나중에 생성된다는 견해나 어휘의 중요도가 어휘 사용의 빈도에 비례한다는 주장은 설득력이 있다.

3.

신체어휘 중에는 유의관계를 맺고 있는 단어가 많이 있다. 이에는 (9ㄱ)에서와 같이 고유어끼리 유의관계를 맺는 단어도 있고, 반대로 (9ㄷ)에서와 같이 한자어끼리 유의관계를 유지하는 경우도 있다.

    (9) ㄱ. 거웃·수염, 거웃·음모, 눗빛·안색
       ㄴ. 만하·혀다기·지라, 애·창주
       ㄷ. 양미간·인당, 음수·정액

그런데 이들 유의어들은 서로 경쟁을 하게 되어 어느 한 쪽이 생존하고 다른 한 쪽이 소멸의 길을 걷게 된다. 그런데 (9ㄱ)에서 보듯이 고유어는 한자어에 밀려 사라지는 경우가 많이 있다. 일례로 '거웃'은 '수염'에도 밀리고 '음모'에도 경쟁에 패한 결과 지금은 사라져 버렸다. 그렇지만 이와는 다른 경로를 걷는 단어도 있다. 곧 (10ㄱ)은 고유어가 살아남고 한자어가 경쟁에서 눌린 경우이며, (10ㄴ)은 고유어와 한자어가 공존하는 것으로 각각 일반적 성격을 띠고 구어에 자주 쓰이는가 아니면 전문적 성격을 지니고 문어에 흔히 나타나는가로 나뉜다. 그리고 (10ㄷ)에서와 같이 한자어가 우세하긴 하나 아직까지 관용표현에서는 고유어가 굳건히 사용되는 예도 있는데 이들이 모두 신체내부어휘란 점이 독특하다.

 (10) ㄱ. 소지 · 새끼손가락, 미모 · 눈섭, 현옹수 · 목젖
   ㄴ. 살갗 · 피부, 이자 · 췌장, 지라 · 비장
   ㄷ. 비알 · 내장, 부아 · 폐, 애 · 장

그리고 단어 기원 면에서 신체어휘는 고유어가 한자어보다 월등히 많다. 특히 신체외부어휘는 고유어가 대종을 이룬다. 그런데 이와는 대조적으로 신체내부어휘엔 한자어가 많이 들어 있다. 이는 아마도 신체외부어휘는 오래 전부터 사용해 오던 것이고, 신체내부어휘는 문명과 의학의 발달에 의한 개화기의 한자어 차용에 말미암는 것 같다.

어원 면에서 (11)은 혼종어의 양상을 보여 준다. (11ㄱ)과 (11ㄴ)은 고유어와 한자어의 결합방식을 취하고 있고, (11ㄷ)은 외래어에 한자어가 붙어 혼종어가 된 것이다.

 (11) ㄱ. 눈동자, 턱수염, 큰창자
   ㄴ. 관자놀이, 환도뼈

ㄷ. 아킬레스건, 카이저수염

이뿐 아니라 신체어휘는 단음절어와 다음절어로 나뉜다.

   (12) ㄱ. 눈, 손, 몸
      ㄴ. 가슴, 머리, 다리
      ㄷ. 갈빗대, 궁둥이, 눈까풀
      ㄹ. 겨드랑이, 넓적다리, 머리카락
      ㅁ. 새끼발가락, 넓적다리뼈, 엄지손가락
      ㅂ. 가운데발가락, 머리꼭대기뼈, 오른쪽염통방

신체어휘 중 2음절어가 가장 많으며 그 뒤를 3음절어가 차지하고 있다. 그리고 3음절어 이상은 대개 합성어이다. 그리고 1음절어는 대개 고유어이며 기초어휘에 속하는 단어가 대부분이다.

또한 신체어휘엔 존대어휘가 일부 존재하며, 이와는 달리 비속어휘가 상당히 발달되어 있다.

   (13) ㄱ. 치아 · 이, 기체 · 몸
      ㄴ. 용안 · 얼굴, 옥수 · 손, 성체 · 몸

(13ㄱ)에서 앞의 단어는 존대어이며 뒤의 단어는 각각 평대어이다. 그런데 극존대에 해당하는 궁중어 중 신체어휘가 두루 쓰이고 있다. 특히 (13ㄴ)에서와 같이 임금과 관련된 단어는 여러 군데서 보인다. 한편 비속어휘는 극히 생산적인데 특히 (15)에서와 같이 기존의 신체어휘에 파생이나 합성의 방법이 동원되어 비속어휘가 양산되었다. 그리고 그것은 일부 어휘에 그치지 않고 거의 모든 신체어휘에 걸쳐 있다.

   (14) ㄱ. 골머리/골치 · 머리
      ㄴ. 대가리 · 머리

ㄷ. 아가리/주둥이 · 입

(15) ㄱ. 눈깔, 눈꽁댕이, 눈텅이
　　ㄴ. 코빼기, 코잔등이, 코주배기
　　ㄷ. 귀때기, 귀퉁배기
　　ㄹ. 뺨대기, 뺨다구니, 뺨다귀
　　ㅁ. 볼따귀, 볼때기, 볼텡이
　　ㅂ. 이마빼기, 이마빡
　　ㅅ. 머리끄대기, 머리끄덩이, 머리채
　　ㅇ. 가슴패기, 가슴팍
　　ㅈ. 뼈다귀, 뻑다귀, 뻑다구
　　ㅊ. 낯짝, 낯싸대기
　　ㅋ. 대갈통, 대갈빡, 대갈패기
　　ㅌ. 주둥아리, 주둥빼기
　　ㅍ. 궁둥빼기, 궁둥짝

이러한 비속어는 방언에서 많이 나타나고, 비교적 지식수준이 낮은 계층이나 청소년 층에서 널리 쓰이고 있으며, 이는 더욱 자극적인 단어를 사용하여 화자의 전달욕구를 극대화하려는 의도에서 비롯되는 것 같다.

이 밖에도 신체어휘 가운데는 금기어가 몇 가지 있다. 대개가 생식기와 관련된 어휘이고, 은유적 표현이 주를 이루며, 한자어로 대체된 단어도 있다.

(16) ㄱ. 음부 · 더러븐아래, 음근 · 불줄기
　　ㄴ. 불알 · 고환, 자지 · 남근/음경
　　ㄷ. 항문 · 밋구무

그런데 (16ㄷ)은 흥미롭다. 본래 (16ㄱ)처럼 은유적 표현으로 '밋구

무'라는 금기어를 사용했으나, 현대에 가까워올수록 다시 한자어인 '항
문'이 세력을 획득하여 고유어가 주는 불유쾌한 연상의미를 떨치게 되
었다.

　그런가 하면 근대 이후 개화기를 거치면서 서양의 의학을 비롯한 각
종 문물이 유입되면서 한자로 된 전문어가 급증하였다. 그리고 현대에
이르러 영어로 된 전문어가 점점 늘어나고 있는 추세이다.

> (17) ㄱ. 신장·콩팥, 췌장·이자, 폐·허파
> 　　 ㄴ. 식도, 동공, 인대, 자궁
> 　　 ㄷ. 결막, 수정체, 홍채
> 　　 ㄹ. 체스트·가슴, 스토막·위, 알서·궤양

　(17ㄱ)은 이미 오래전에 한자어가 좀더 전문적이란 사실을 말해 주고
있으며, (17ㄴ)은 초창기엔 전문어였다가 언중에게 널리 쓰이면서 일반
화된 것이고, (17ㄷ)은 아직도 전문어적 성격이 강한 것이고, (17ㄹ)은
전문인들 사이에서 광범하게 쓰이는 영어 단어이다.

　4.

　한편 의미의 평가 면에서 가치가 하락한 신체어휘가 눈에 띈다.

> (18) ㄱ. 양·위, 염통·심장
> 　　 ㄴ. 귀청·고막, 젖통·유방, 쓸개·담낭
> 　　 ㄷ. 콩팥·신장, 허파·폐

　(18ㄱ)은 고유어가 점차 동물의 신체부위를 지칭하자 점점 그 가치가
떨어져 한자어로 대체되는 경우이다. (18ㄴ)은 두 단어가 모두 인간의

신체를 일컫긴 하나 고유어가 비속어로 전락하는 예이다. 그러나 모든 신체어휘에서 고유어가 한자어에 비해 가치가 떨어지는 것은 아니다. (18ㄷ)이 이를 대변해 준다.

또한 의미의 변화 면에서 범위가 축소된 신체어휘가 발견되는데, 일부는 의미의 평가 면에서 가치가 하락하여 범위까지 좁아진 신체어휘이고, 일부는 단순히 범위만 축소된 신체어휘이다.

> (19) ㄱ. 갈비, 양, 염통
> ㄴ. 마리
> ㄷ. 눈초리, 보죠개, 얼굴, 힘

(19ㄱ)에서 '갈비'나 '양', '염통'은 모두 인간이나 동물의 신체부위를 가리키다가 동물에만 쓰이게 된 경우이고, (19ㄴ)은 '사람의 머리'와 '머리털', '동물을 세는 단위'로 쓰이다가 후자로만 사용하게 된 경우이다. 그리고 (19ㄷ)에서 '눈초리'는 '眼角'이나 '눈의 구석'을 지칭하다가 '눈길'로만 변한 것이고, '보죠개'도 '볼'을 가리키다 '보조개'로 그 지시대상이 축소되었으며, '얼굴'도 '형체'를 뜻하다 '안면'에 국한되고, '힘'은 '힘'이나 '근육'의 의미를 지니다 '힘'만을 가리키는 상황이 되었다.

그리고 의미의 변화 면에서 단일어는 물론 합성어에서 의미전이가 몇 가지 나타난다.

> (20) ㄱ. 줏, 거웃
> ㄴ. 손발, 수완, 눈살
> ㄷ. 귀밑, 뱃속, 손위

(20ㄱ)에서 '줏'은 '모양'의 뜻에서 '동작'의 의미로 바뀌었고, '거

웃’은 ‘수염’을 뜻하다가 현대엔 ‘陰毛’만을 일컫게 되었다. 그리고 (20
ㄴ)에서는 신체어휘의 합성어로 ‘손발’은 ‘충복’이나 ‘협동관계’를, ‘수
완’은 ‘손목’의 의미에서 ‘일 처리 능력’을, 그리고 ‘눈살’은 ‘속눈섭’의
의미에서 ‘두 눈썹 사이에 잡힌 주름’을 의미하며, (20ㄷ)은 다른 단어와의
결합으로 각각 제3의 의미인 ‘수염’, ‘심사’, ‘연장자’ 등을 뜻한다.

이와 더불어 의미의 변화 면에서 신체어휘가 갖는 대표적인 특성 중
하나는 의미범위가 확대된다는 것이다. 그리고 그 확대기제는 다의어
이며, 거의 모든 신체어휘에서 이것은 목격된다.

(21) ㄱ. 가슴 : 속, 유방, 폐

ㄴ. 눈 : 시력, 식견, 안목, 핵심

ㄷ. 다리 : 근거, 단계, 신분, 토대

ㄹ. 등 : 반대, 배반

ㅁ. 머리 : 두상, 윗부분, 앞부분, 시초, 사고력

ㅂ. 손 : 계책, 관계, 교제, 마음씨, 수완, 소유, 아량, 협조자

ㅅ. 입 : 언어, 식구, 식사, 시초, 출입구

ㅇ. 허리 : 중심부, 중간부

금강 유역어의 문법과 어휘

1.

이 연구 보고는 금강 유역의 언어를 대상으로 그 방언 특색을 규명하는 데 목적이 있다. 이 지역어를 살펴 금강 유역의 토박이들이 그들 언어에 대해 가지고 있는 직관과 언어 현상을 지배하는 규칙의 체계를 발견해 내려는 것이 우리의 의도이다.

우리는 한 지역어에 대해 음운과 형태의 구조에 관한 연구는 말할 것도 없고, 형태소 배합 구조나 구문 구조에 이르는 종합적인 고구를 통해 그 언어의 체계가 밝혀진다는 것을 알고 있다.

금강 유역은 구석기 시절부터 우리 민족이 거주하던 지역이라고 알려져 왔다. 그러나 그 때가 언제라고 정확히 지적하기는 여러 면에서 어려울 것이다. 어쨌든 그 이후 금강 지역의 선조들은 나름대로 문물을 발달시키고 그것을 전수하는가 하면, 때로는 외침에 의해 다른 문화와 문명

을 받아들이는 한편, 해외에 고유한 문물을 이식하는 데 공헌하기도 했
다. 금강 지역은 삼국 시대 때는 백제 문화라는 이름을 유지하며 여러
방면에서 고구려 또는 신라와 상관 관계를 맺었고, 이후에는 신라에 병
합되어 독자성이 약화되었으며, 그것이 그대로 고려와 조선을 거쳐 현
재에 이르고 있다. 현재 충청남도라는 명칭은 조선 시대 충청도의 남쪽
지역을 이름하는 뜻에서 붙여졌으며, 대전광역시는 충청남도에서 분리
되어 행정안전부의 직할 광역시가 되었다.

　이렇게 볼 때 금강 유역어는 타 지역어와 전혀 섞이지 않고 이전의 모
습을 그대로 지닌 채 현금에 이르렀다고 볼 수는 없다. 어떤 언어라도
과거 수백 년 동안 아무것도 변하지 않은 채 전수된다는 것은 상상할 수
도 없는 노릇이다. 그렇다고 하여 모든 것이 완전히 변하여 언어마다 지
니고 있던 특징이 전부 상실되고 전 세계의 언어가 비슷비슷해진다는
것도 생각할 수 없는 일이다. 이런 까닭에 우리는 이 유역어가 다른 지
방의 말과는 다른 독특한 양상을 보이고 있다는 데 주목하려 한다. 그
리고 그러한 주목은 결국 중부 방언의 특성을 규명하는 데 커다란 도움
을 줄 것이라 확신한다.

　이 연구 보고에서 분석 기술하는 방언 자료는 질문지 등 사전에 계획
적으로 준비된 자료에 의해 채록된 것이 아니라, 주민과의 대화 중 발견
된 것이 주가 되었다. 이런 방언 자료는 자료로서는 다소 불완전한 듯
한 느낌을 줄 수도 있으나, 어떤 면에서는 오히려 순수한 자료라는 점에
서 높이 평가할 만하다. 그러나 보다 완전한 자료로 삼기 위해 우리는
기존 자료에 대해 확인하는 과정을 거쳤다.

　이 연구 보고에서 우리가 특히 관심을 기울인 부분은 금강 유역어의
문법론과 어휘론으로 전반부에서는 불규칙 용언, 조사와 어미, 의존 용
언, 시상, 부정법에 나타난 특성을 추출하고, 후반부에서는 접미 파생

어, 중간 자음 유지 따위를 상세히 고찰할 것이다.

2.

　문법론적 특성으로 가장 먼저 운위될 수 있는 것은 불규칙 용언으로, 금강 유역어에서 이른바 '르' 불규칙 동사라 일컬어지는 동사는 ㄹ이 덧붙는다. 그러나 소위 '러' 불규칙 동사로 처리되던 어휘들은 이러한 양상을 띠지 않는다. 그리고 일부 어휘는 고모음화되거나 음운 생략이 되어 이러한 규칙을 벗어나 있기도 하다.

　　　(1) ㄱ. 걸러, 일러, 찔러
　　　　 ㄴ. 이르러, 푸르러
　　　　 ㄷ. 치루어, 치러

　이렇게 볼 때 대체로 이 지역어의 '르' 불규칙 활용은 그 해당 어사가 없는 까닭에 '으' 불규칙 동사로 처리되는 것이 마땅하다. 그리고 이 규칙은 곧 어떤 모음 뒤에 ㄹ이 뒤따르고 그 뒤에 ㅓ가 있을 때 ㄹ이 첨가된다고 규정될 수 있을 것이다.

　한편 이 지역어에서 소위 'ㅅ' 불규칙 용언은 대개 규칙 활용을 한다. 즉 모음과 모음 사이에서 ㅅ가 없어지지는 않는다. 그러나 이것이 일률적으로 지켜지는 것은 아니다. (2ㄴ)에서와 같이 '짓다'의 활용어들은 서울 지역어와 같이 규칙 활용을 하는 것이 있는가 하면, (2ㄷ)에서처럼 지역이나 연령 또는 성별에 따라 두 가지 양상이 공존하는 경우도 있다. 그런가 하면 (2ㄹ)에 나타나 있는 대로 '씻다'의 활용형은 다른 어휘의 활용 때와는 전혀 다른 모습을 드러내기도 한다.

(2) ㄱ. 이서라, 저서

　　ㄴ. 지으니, 지어라

　　ㄷ. 그서/그어

　　ㄹ. 씨처/씨서

　또한 어간말 'ㅂ' 용언은 대체로 표준어와 같이 활용을 한다. 그렇지만 이것 역시 다소 상이한 양태를 보이는 것이 더러 있다. 즉 (3ㄴ)에서와 같이 두 가지 활용형이 존재하는 것도 있고, (3ㄷ)에서처럼 완전히 여타의 활용형과 이질적인 어휘도 있다.

(3) ㄱ. 자브니, 이버서

　　ㄴ. 구버/구어

　　ㄷ. 주서라, 주스니

　그리고 용언 어간 말음 ㄹ은 이 지역어에서 대개 규칙 활용을 하고 이 때에 ―가 첨가되는 것이 특징이다. 그러나 일부 형태에서는 불규칙 활용을 하기도 한다.

(4) ㄱ. 부르니, 우르면

　　ㄴ. 아능가, 부능구나

　금강 유역어에서도 조사는 격조사와 보조사로 분류되고 어미는 곡용 어미, 활용 어미, 종결 어미로 3분될 수 있을 것이다.

　그 가운데서 먼저 조사의 특성을 살펴 보자.

(5) ㄱ. 니가, 지가

　　ㄴ. 네게, 제게

　　ㄷ. 바티(밭에), 바티다(밭에다)

ㄹ. 나에(나의), 우리에(우리의)

ㅁ. 너두, 칭구하구, 버스루, '이리 오라' 구

ㅂ. 도널(돈을), 마으멀(마음을)

ㅅ. 너버팀(너부터)

ㅇ. 날마닥(날마다)

ㅈ. 너꺼정(너까지)

(5)에서 보이는 대로 이 지역어에서 조사의 양태는 매우 다양하다. (5ㄱ)에서 ㅐ는 주격 조사 앞에서 ㅣ로 변하는 것을 볼 수 있는데, 그것이 모든 조사 앞에서 그렇지 않음이 (5ㄴ)에 잘 나타나 있다. 그리고 폐구조음화된 '-이'는 원래의 ㅣ와는 달리 구개음화를 일으키지 못하며 (5ㄷ)과 같은 형태를 유지한다. 그리고 관형격 조사는 발음하기 쉽게 ㅔ로 바뀌며, 말음에 ㅗ모음을 가진 조사는 예외없이 고모음인 ㅜ로 변한다. 이것은 그 조사가 포함의 의미이든 공동의 의미이든 마찬가지이며, 도구나 인용 그리고 서술의 의미인 경우에도 동일하게 적용된다. 한편 대격 조사인 ㄹ은 ㅡ모음을 동반하지 않고 약한 ㅓ모음을 대동하는 것이 일반적이다. 그리고 유래를 의미하는 '부터'나 일정 시간이나 장소 따위의 반복을 의미하는 '마다', 그리고 최종 포함의 뜻을 지닌 '까지'는 그 기본 어형이 다소 변질되어 나타나는 것이 이색적이다.

그런데 어말 자음의 중화 및 자음군 탈락과 연관된 곡용도 매우 특이한 양상을 띠고 있다. 즉 일부 어휘에서 어말 자음 'ㅌ, ㅍ, ㅋ'가 어말이나 자음 앞에서 'ㄷ, ㅂ, ㄱ'로 중화되는 것은 지극히 자연스럽다. 그런데 이들이 모음 앞에서도 중화되는 것은 독특하다.

이와 같은 현상을 대하며 우리가 생각할 수 있는 것은 (6)에 등장하는 명사가 각각 '밧, 집, 꼿, 부억'으로 재구조화되었다는 가정이다. 그렇지만 (6ㄷ)과 같은 형태가 현존하며 일부 지역에서나마 '부어키' 등이 자리하고 있는 것을 감안하면 지금 재구조화가 완벽하게 이루어진 것은 아니다.

 (6) ㄱ. 바시, 바스루

   ㄴ. 지비, 지베서

   ㄷ. 꼬시, 꼬스루

   ㄹ. 부어기, 부어그루

 이러한 현상은 어말 자음군의 경우에도 비슷하다. 다시 말해서 어말 자음군이 단순화되어 나타나는 것이 일반적이어 재구조화가 완전히 이루어져 있다고 판단할 수 있으나, '목시' 따위와 같은 어형이 잔존하는 것으로 보아, 재구조화가 온전히 이루어졌다고 속단할 수는 없을 것이다.

 (7) ㄱ. 흐기, 흐글

   ㄴ. 다기, 다글

   ㄷ. 너기, 너글

 그런가 하면 동사의 활용 어미 중 전성 어미는 표준어와 유사한데, 일부 연결 어미에서 음운의 일부가 교체되는 현상이 발견된다. 그리고 그 현상은 때때로 선어말 어미에서도 동일하게 목도되는데 그 중 가장 대표적인 것은 ㅏ와 ㅓ모음이 넘나드는 것이다. 그뿐 아니라 앞에서도 보았듯이 고모음화의 조건을 갖춘 어미들은 모두 ㅗ가 ㅜ로 바뀌며, 의도의 의미를 지닌 '-려고'는 ㄹ이 삽입될 뿐 아니라 음운도 다소 수정되는 양상을 보인다.

 (8) ㄱ. 자버, 조버서(좁아서)

   ㄴ. 가퍼써(갚았어)

   ㄷ. 보구, 가두

ㄹ. 갈라구, 볼라구

    널리 알려져 있는 바와 같이 종결 어미의 특성은 일반 언중들에게 한 지역어가 다른 지역어와 변별적이라는 사실을 금방 느낄 수 있게 해 주는 데 커다란 역할을 한다. 이 점에서 이 유역어의 종결 어미의 특징은 세심히 고구될 필요성이 있다.

    그런데 무엇보다도 이 유역어에서 종결법의 존대 어미 중 '-유'는 그 사용 빈도상 언중들이 이 지역어임을 가장 잘 감지할 수 있는 어사임이 틀림없다. 그것은 그 발음이 장음으로 실현되는 까닭에 더욱 뚜렷한 것이다.

    (9) ㄱ. 돌 굴러가유, 갸가 철수유.
        ㄴ. 발써 가씨유? 그개 그리유?(그게 그래요?)

    한편 종결형에서 축약되어 이중 모음으로 바뀌는 어미가 있는데 이 경우엔 모두 장음으로 실현되는 특질을 갖고 있다. 그리고 이것은 서술형뿐만 아니라, 억양에 따라 의문형이나 명령형 문장에서도 동일한 성격을 지니고 있다.

    (10) ㄱ. 카레 벼써.(칼에 베었어.)
        ㄴ. 월만지 셔유?(얼마인지 세어요?)
        ㄷ. 이불 좀 갸.(이불 좀 개어.)

    그리고 서술형 어미 중 강조하여 긍정을 나타내는 어미들은 다양한 모습으로 이 지역어에서 나타난다. 그것은 금강의 상류 지방과 하류 지방이 다르고, 북부 유역과 남부 유역이 상이하기도 하다.

(11) ㄱ. 그러탕께(그렇다니까)

ㄴ. 그러항깨

ㄷ. 그러니깨

ㄹ. 그러깨루

또한 체언 서술형 종결 어미에서 흔히 쓰이는 '-이어요' 형도 이 지역어에서 특이한 형태로 나타나며, '-이오' 형도 이와 마찬가지이다.

(12) ㄱ. 똑가터유, 봐씨유

ㄴ. 기여.(그것이오.)

의문문에 쓰이는 종결 어미도 역시 다양하다. 먼저 (13ㄱ)에 보이는 바와 같이 '-느냐' 형은 '-느'가 생략되고 '-냐' 만 실현된다. 그리고 화자가 청자에게 제3자에 대해 알고 있는 사항들을 묻는 경우에는 (13ㄴ)에서와 같이 '-댜' 형이 쓰인다. 그뿐 아니라 '-ㄹ까' 형은 '-까' 형으로만 나타나는 경우가 본래형으로 나타나는 경우보다 빈도가 높으며, 이 유역에서만 특별하게 쓰이는 의문형 어사가 몇 가지 더 발견되고 있다.

(13) ㄱ. 원재 가냐?(언제 가느냐?)

ㄴ. 머거 바땨?

ㄷ. 양중에 보까?(나중에 볼까?)

ㄹ. 공부해 남주남?

ㅁ. 지가 가써깨미유?(제가 갔었을까 봐서요?)

그리고 명령형 종결 어미 중 하대체로 쓰이는 '-번져' 혹은 '-뻔져' 형은 그 의미가 화자의 강한 불만이나 의지를 담고 있는 경우가 많은 듯하다. 그런데 이때에 서울 지역어에서는 ㅈ음 뒤에서 단모음으로

314

실현되는 것이 원칙이나 이 지역어에서는 여전히 장음을 보유하는 것
이 특색이다.

(14) ㄱ. 일찌감치 뒈져번져.
ㄴ. 먹어뻔져.

3.

의존 용언 가운데 이 유역어에서 가장 유별난 것은 아마도 '보다'일
것이다. 이것은 서술형에서와 의문형에서 그 모습이 다르고 어형 또한
양형으로 존재한다. 그리고 이 의미는 미확인된 추측의 뜻을 담고 있
으며, 시제에 따라 서울 지역어와는 상이한 어형을 간직하고 있는 것
도 있다.

(15) ㄱ. 간개벼.
ㄴ. 무거운갑다.
ㄷ. 간는개벼.
ㄹ. 갈랑개벼.

그런데 이러한 의미와는 달리 '시도'의 뜻을 지니는 '보다'가 있다.
이때 내포문 어미는 '-어' 뿐만 아니라 '-고', '-ㄹ라구', '-다', '-다
가' 등이 있다.

(16) ㄱ. 머거 바야지.
ㄴ. 살고 바야지.
ㄷ. 머글라구 보니.
ㄹ. 살다 보니.

ㅁ. 먹따가 보니까.

　한편 ‘버리다’ 는 ‘종결’ 의 의미를 띠는 의존 용언으로서, 자립 동사
일 때와 의존 동사일 때 그 어형이 전혀 다르며, 내포문의 어미는 오
직 ‘-어’ 이다.

　　　(17) ㄱ. 오슬 버리고 간내.
　　　　　 ㄴ. 오슬 후지르고 가 뻔전내.
　　　　　 ㄷ. 오슬 후지르고 가 뻐런내.

　그리고 ‘종결’ 의 의미를 지닌 의존 용언에는 몇 가지가 더 있는데, (18
ㄱ)에 보이는 대로 ‘보다’ 는 주로 문장을 끝맺지 못하고 접속문의 선행
문 역할을 하는 것이 특징이며, (18ㄴ)에서와 같이 ‘내다’ 는 ‘종결’ 뿐만
아니라 ‘능력’ 의 의미를 갖기도 하며, 이들 이외에 ‘말다’ 도 있다. 그런
데 이 어휘들은 문장에서 내포문 어미를 각각 다르게 선택하는 이질성
을 보이기도 한다.

　　　(18) ㄱ. 부꼬 보내깨 갠찬구만.
　　　　　 ㄴ. 노내 피를 다 뽀바 내짜녀.
　　　　　 ㄷ. 끄꺼정 하구 말구유.

　그리고 의미 특성으로 ‘보존’ 의 뜻을 지니는 것으로 ‘놓다’ 와 ‘두
다’ 가 있으며, 이들은 모두 내포문 어미 ‘-어’ 를 요구한다.

　　　(19) ㄱ. 쌀까마 누가 욍겨 놨냐?
　　　　　 ㄴ. 일거 둬야지.

　한편 ‘강세’ 의 의미를 지니는 것으로 ‘대다’ 와 ‘쌓다’ 등이 있는데, 내

포문 어미는 '보존'의 의미를 지니는 의존 용언과 같이 '-어'이다. 그러나 '자빠지다'만은 '-고'를 필요로 한다.

> (20) ㄱ. 엥가니 머거 대더라.
> ㄴ. 뼁아리가 주거 싸니 전디기 어려워.
> ㄷ. 놀고 자빠전냐?

그 밖에 '바램'을 나타내는 의존 동사 '잡다'와 상태 지속의 강조를 뜻하는 '그래다', 그리고 '의무'의 의미를 지니는 '쓰다' 따위가 이 유역어에서 광범위하게 혹은 편협된 지역에서 쓰이고 있으며, 이들은 각기 다른 내포문 어미를 필요로 한다.

> (21) ㄱ. 빨랑 머꼬 자버.
> ㄴ. 왜 자꾸 울고 그래?
> ㄷ. 공부해야 쓰지.

한편 이 지역어에서 시상과 관련하여 가장 먼저 눈에 띄는 것은 회상법의 선어말 어미라 일컬어지는 형태소 '-드-'이다. 이것은 과거에 이미 경험한 일을 회상할 때 쓰이는 것으로, 화자가 주체의 행위에 대하여 직접 목격한 것을 청자에게 이야기할 때나 청자에게 경험한 사실을 회상하여 말해줄 것을 요구할 때 쓰인다. 그리고 '-드-' 앞에서 선어말 어미 '-었-'이 올 수 있어 나름대로의 시제를 표시할 수 있으며, 보통 주어가 화자 자신일 때는 그 특성상 서술 종결형에서는 쓰이지 않는다. 이 외에도 '-드-'는 관형사형에서도 나타나는데 이때는 앞에서 언급한 것과는 전혀 다른 모습을 드러내기도 한다. 곧 주어가 일인칭일 때도 쓰이고 직접 경험하지 않은 사건에 대해서도 쓰인다.

(22) ㄱ. 영수가 영화를 보고 이뜨라.

ㄴ. 영수는 무얼 보고 이뜨냐?

ㄷ. 워디서 바뜨라?(어디서 보았더라?)

ㄹ. 지가 먹뜬 강냉인디유.

ㅁ. 사랑하는 추냥이는 끈내 뜨슬 이루구.

그런가 하면 여러 가지 시상을 지니는 '-겠-'은 대체로 이 유역어에서 '-것-'으로 나타난다.

(23) ㄱ. 이따가 비가 오거따.

ㄴ. 지가 하거씀니다.

ㄷ. 나두 그까지껀 하건내.

(23)에서 보는 바와 같이 '-것-'은 추측뿐만 아니라 화자의 의지, 그리고 화자의 능력이 가능하다는 의미도 지닐 수 있다. 이러한 까닭에 단순히 미래 시제로 '-것-'을 규정하는 것은 잘못이다. (24)에서 규지하듯이 '-것-'은 현재의 사건이나 과거의 사건을 추측하는 데도 쓰이기 때문이다.

(24) ㄱ. 지끔 사넨 비가 오거따.

ㄴ. 발써 창데기 떠나꺼다.

그런데 '-것-'과는 달리 관형사형 어미인 '-ㄹ'은 양태성이 분명히 나타나지 않는다. 물론 미래의 의미를 나타내는 경우가 많긴 하지만, 그렇지 못하여 단순히 시간 표시와 관계없는 사실을 표시하기도 한다.

(25) ㄱ. 할 니를 꼬바 바따.

ㄴ. 보일 때꺼정 거러라.

　한편 이 지역어에서 주목할 것은 관형사형 어미와 의존 명사 '것'이 합쳐진 '-ㄹ꺼'형이 많이 쓰인다는 것이다. 이 형태는 '-것-'보다는 양태성이 약한 듯하다. 다시 말해서 (26ㄱ)은 (26ㄴ)에 비해 판단의 근거가 비교적 강할 때 쓰이는 것 같다.

　　　(26) ㄱ. 내일 비가 오거따.
　　　　　ㄴ. 내일 비가 올꺼다.

　그리고 '-ㄹ꺼'형은 음운 변이에 따라 다양한 모습으로 등장하기도 한다.

　　　(27) ㄱ. 안 갈끼유.
　　　　　ㄴ. 갈껴, 안 갈껴?

　그런가 하면 이 유역어에서 '-리-'형은 화자가 청자의 의도를 묻는 경우에나 화자가 자신의 의도를 밝힐 때 '-ㄹ려' 형태로 나타나고, 이와 유사한 의미로 '-ㄹ터'가 구개음화된 '-ㄹ쳐'형이 쓰이기도 한다.

　　　(28) ㄱ. 갈려, 안 갈려?
　　　　　ㄴ. 내가 갈쳐.

부정법에 있어서 중세 국어의 '-들 못하다'에 해당하는 '-덜 못하다'가 이 지역어에서 나타나는 것은 독특하다.

(29) ㄱ. 보덜 몯하거따.

　　　ㄴ. 먹떨 몯하문 워짜냐?

4.

　이 지역에서 어휘 형태상 가장 많이 눈에 띄는 것 가운데 하나는 접미사 파생어가 유달리 많다는 것이다. 그리고 동일한 의미를 지닌 접미사가 여러 형태로 이 유역어에 발달되어 있으며, 이것들 중 상당수는 소수 언어 집단에 따라 다양하게 침투해 있다. 이런 까닭에 우리는 그 모든 접미사 파생어들을 일일이 사용 지역과 대비하면서 고찰하기는 힘들다. 그러므로 이 보고에서는 대체적으로 드러나는 특질을 간추려 다음과 같이 종합화를 꾀하였다.

　첫째로, '-아지' 형이 이 유역어에서 흔히 발견된다. 이것은 축소의 의미를 지니는 것으로 일부 어사에서는 '-아치' 형으로 나타나기도 한다.

(30) ㄱ. 강아지, 모가지

　　　ㄴ. 송아치, 바가치

　둘째로, '-앵이' 형이 이 유역어에서 종종 눈에 띈다. 이는 명사 뒤에 '-앙'이 붙고 다시 접미사 '-이'가 첨가되어 어형이 생성된 것도 있고, 동사나 형용사가 마찬가지의 과정을 거쳐 명사로 바뀐 것도 있다. 그리고 접미사 '-이' 대신 앞항에서 본 '-아지' 형이 덧붙어 특이한 어휘를 형성하기도 한다.

(31) ㄱ. 가생이, 꼬챙이, 뿌렝이

ㄴ. 가랭이, 지팽이

ㄷ. 노랭이, 누렝이

ㄹ. 꼬랑지, 누룽지

셋째로, '-애기'나 '-악찌' 형이 더러 발견되는데, 이들 중 어느 것은 본래 것보다 작은 것을 이름할 때 쓰이기도 하나, 전혀 그렇지 않은 의미로 사용되는 것도 많이 있다.

(32) ㄱ. 끄내기, 지푸래기

ㄴ. 깨구락찌, 뽀드락찌

넷째로, 대체로 어떤 접미사가 덧붙어 인체의 여러 부분을 지칭할 때 속된 의미를 간직하는 경우가 있는데 (33ㄱ)과 (33ㄴ)에서 보이는 것들이 그것이다. 그러나 가치 면에서 그저 평범한 의미를 지니며 다소 본래 것보다 작은 뜻을 부여하는 접미사도 있다.

(33) ㄱ. 이마빡, 가슴팍

ㄴ. 볼때기, 배때지, 뺵따구, 쌰대기

ㄷ. 바때기(밭), 뜰팡(뜰)

그 밖에도 '-아리'뿐만 아니라 모음이 다소 변모된 이와 유사한 어형이 존재하며, 이미 명사가 된 어휘에 다시 접미사 '-이'가 덧붙어 다른 명사형을 탄생시킨 것도 있고, '-개'나 '-게'에 의한 파생 대신 '-깨' 형을 취하는 것도 있다.

(34) ㄱ. 이파리, 둥우리, 벙어리

ㄴ. 뚱그래미, 쓰르래미

ㄷ. 홍두깨, 도리깨

또한 이 지역어에서는 중세 국어에서 흔히 나타나는 중간 자음을 그대로 보유하고 있는 어휘가 많이 있다. 그런데 이런 현상이 남부 방언에서보다는 적게 나타나지만, 여타 지역어에서보다는 많다고 할 수 있다. 그리고 유지되는 중간 자음은 ㅂ와 ㄱ 그리고 ㅅ이며, 이 중에서 ㅅ를 간직하고 있는 어휘가 다수를 점령하고 있다.

첫째로, ㅂ음을 유지하고 있는 어휘들은 그리 많지는 않지만 그것의 잔형을 보여줄 수 있기에는 충분하다. 그런데 그러한 어형의 존재가 금강 유역의 모든 언어에서 동일한 것은 아니어서, 일부 지역어에서는 그것이 벌써 사라졌지만, 다른 지역어에서는 그 실체가 그대로 남아 있는 것을 볼 수 있다.

(35) ㄱ. 새뱅이, 새붕개
      ㄴ. 똬리/도바리

둘째로, ㄱ음을 보유하고 있는 어휘들은 금강 유역의 전체에서 두루 발견된다. 그 가운데 상당수는 쌍형이 존재하는 경우가 흔하며, 이들 어형들은 많은 품사에서 골고루 공통적인 특성을 발휘한다.

(36) ㄱ. 실경/살경, 씨갑씨(씨앗)
      ㄴ. 낭구/나무, 벌거지/버러지
      ㄷ. 낑구다, 빵구다

셋째로, ㅅ음을 유지하고 있는 어휘들은 이 지역에서 가장 흔하다. 이것 역시 쌍형을 보유하고 있는 어휘들이 있는가 하면, 이런 어형이 모든 품사에 골고루 분포되어 있는 것이 특색이다. 이것은 앞에서 살펴

보았듯이 ㅅ음을 어간 말음으로 지닌 어휘가 규칙 활용을 하는 것과 맥이 닿아 있다.

(37) ㄱ. 가새, 마실, 아수, 여수
　　ㄴ. 무수/무, 아시/애
　　ㄷ. 나서따, 부스니

이 밖에도 이 유역어에서는 여타 지역어와는 다른 어휘들이 상당수 발견된다. 그러한 어휘들을 살펴 보면 중세 국어의 어형을 유지하는 경우가 대부분이며, 적절한 음운 변화에 따라 현재의 어형을 갖게 된 것도 있고 모든 지역어에서와 같이 이 지역어에서만 노출되는 어휘도 숱하다.

(38) ㄱ. 가이, 맹길다, 푸성기, 끄시르다
　　ㄴ. 명(목화), 쓰다(켜다), 에우다(여의다), 가찹다, 즉(겨울)
　　ㄷ. 탑쌔기(먼지), 대꾸(자꾸), 입썽, 후제, 경거니, 지청구, 개갈안나다,
　　　 대간하다, 상구

이뿐 아니라 유기음이 약화되어 평음으로 변하는 경우도 있고, 자음 교체가 일어나거나 자음 첨가가 이루어져 독특한 어형을 유지하는 어휘가 많이 있다.

(39) ㄱ. 불무(풀무)
　　ㄴ. 거큼(거품)
　　ㄷ. 잔네(자네), 양중(나중)

명사형성 접미사 '-지' 류의 양상

1.

　이 글은 국어의 명사형성 접미사 '-지' 류에 대하여 다룬다. 국어의 접미사 가운데 비교적 생산성이 높은 접미사 '-지' 류의 의미와 기능을 파악하는 것은 물론, '-지' 류에 의해 형성된 단어의 어원과 생성과정, 의미 따위를 밝히기 위해 이 소논문은 작성된다.

　국어의 단어형성 과정에 대해서는 오랫동안 연구가 진행되어 왔다. 특히 여러 가지 접사에 대한 의미와 기능에 관하여 연구한 논문은 그 수효가 적잖으며, 성과 또한 괄목할 만하다. 그러나 어근과 접사의 결합 관계에 대하여 언급한 연구물은 많지만, 정작 접사 자체의 의미를 세심히 분석하거나 어근의 어원까지 제대로 천착한 글은 그리 많지 않았다. 또한 그런 연구물 중에도 한두 가지 접사를 대상으로 세세히 고찰한 경우는 극히 드물었다. 그러므로 단어형성에 크게 기여하는 접미사 가운데 '-지' 류를 검토하여 그 의미를 상고하고 그와 결합하는 어근의 어원과 의미를 탐색함으로써, 단어형성론, 어원론, 어휘의미론의 발전에 조금이라도 이바지하는 것은 의미있는 작업일 것이다.

2.

이 글에서 다루는 명사형성 접미사 '-지' 류란 접미사 '-지'는 말할 나위도 없고 그와 형태와 기능이 유사한 접미사들을 일컫는다.

    (1) ㄱ. 아버지, 가락지

       ㄴ. 바가지, 미꾸라지

       ㄷ. 꼴찌, 팔찌

       ㄹ. 갈치, 눈치

       ㅁ. 동냥아치, 벼슬아치

       ㅂ. 갖바치, 호사바치

(1)에서 보듯이 '-지' 류에는 '-지'와 '-아지', '-찌', '-치', '-아치', '-바치' 등 여러 형태가 보이며, 이 밖에도 어근에 포함된 모음이나 기타 요인에 의해 어형이 다소 다른 접미사도 여럿 있다.

그런데 겉으로 드러난 바로는 마치 '-지' 류와 동질적인 것처럼 보이는 어형 가운데 형태분석을 한 결과 전혀 이질적인 것도 상당수가 있다.

    (2) ㄱ. 도라지, 이바지

       ㄴ. 나뭇가지, 뒷바라지

       ㄷ. 두더지

       ㄹ. 장아찌

ㅁ. 꼬치, 고슴도치

(2ㄱ)은 '도랒+이', '이밭+이'와 같이 분석되므로 접미사의 어형
은 '-이'이며, (2ㄴ)은 (1ㄴ)에서와 같이 '-아지'로 분석되지는 않고 다
만 겉모양만 같을 뿐이다. 그리고 (2ㄷ)에서의 '지'는 명사 '쥐'의 변형
일 뿐 접미사와는 무관하며, (2ㄹ)의 '-찌' 혹은 '아찌' 형은 간에 절인
채소를 가리키는 고어 '디히'의 변환형일 따름이다. 또한 (2ㅁ)에서 보
이는 '-치' 형은 '꽂+이', '고슴돝+이'와 같이 분석될 수 있기 때문에
외형만 유사할 뿐 실제 어형은 결코 똑같지 않다.

3.

그럼 먼저 접미사 '-지'를 비롯하여 그와 결합되어 명사를 형성하는
단어들을 고찰해 보자.
무엇보다도 '-지'는 물건을 의미하는 접미사로 두루 쓰인다.

    (3) ㄱ. 심지(불을 붙이는 물건)
       ㄴ. 번지(흙을 긁어 모으는 데 쓰는 농기구)
       ㄷ. 지지(더러운 것)
       ㄹ. 가락지
       ㅁ. 누룽지
       ㅂ. 콩깍지
    (4) ㄱ. 장용지(담의 마구리에 대는 널조각)
       ㄴ. 세로지(종이나 피륙이 세로로 긴 조각)
    (5) ㄱ. 오둠지(그릇의 윗부분)
       ㄴ. 함지, 전함지
       ㄷ. 단지, 꿀단지

(3)에서 (5)에 이르기까지 여러 예에서 보듯이 접미사 ‘-지’는 고유 어형으로서 여러 가지 물건을 가리키는 명사형을 생성하였다.

이 중에서 (3)의 ‘가락지’는 ‘가르다’의 어간 ‘가르-’에 명사형 접미사 ‘-악’이 덧붙으며 모음 ‘ㅡ’가 탈락하였으며, 여기에 마지막에는 물건을 뜻하는 접미사 ‘-지’가 따라 붙어 지금의 어형으로 자리잡게 된 것이다. 또한 (3ㅁ)의 ‘누룽지’는 ‘눋다’의 어간 ‘눈-’에 명사화 접미사 ‘-웅’이 붙고 호전현상에 따라 ‘ㄷ’가 ‘ㄹ’로 바뀌어 ‘누룽’의 형태를 띠었고, 이어서 물건을 뜻하는 ‘-지’가 붙어 “조금 타서 누렇게 된 음식”을 지칭하게 되었다. 그리고 (30ㅂ)의 ‘콩깍지’는 명사 ‘콩’에 사이시옷이 연결되고 거기에 껍질을 뜻하는 ‘각’과 사물을 가리키는 ‘-지’가 붙어 생겨난 단어이다.

특히 (4)에서와 같이 ‘조각’을 뜻하는 의미로 ‘-지’가 쓰인 것이나, (5)에서와 같이 물건 가운데 그릇과 관련된 단어가 많은 것도 눈여겨 볼 만하다.

    (6) ㄱ. 아버지, 할아버지
       ㄴ. 엄지(어머니)
    (7) ㄱ. 우지(걸핏하면 우는 아이)
       ㄴ. 업저지(어린아이를 업고 돌보는 계집아이)
       ㄷ. 안저지(어린아이를 안고 돌보는 계집아이)

(6)에서와 같이 ‘-지’는 부모를 비롯하여 친족어휘에 두루 나타난다. 이제까지 친족어휘의 어원에 대해서는 활발하게 연구가 진행되었다. 그렇지만 연구 논문 가운데엔 정설로 받아들이기 힘든 경우가 허다했다. 그 중에서도 ‘아버지’의 어원과 관련된 연구물에서 많은 허점이 발견된다는 것은 이미 널리 알려져 있다. 곧 ‘아버지’의 어원이 父性을 뜻하는 어근 ‘압’에 축소사 ‘-아지’ 또는 ‘-어지’가 붙어서 생겨났다

는 견해에 동조하기는 쉽지 않다. 다시 말해서 '아버지'의 호칭에 축소 접미사가 결합된다는 것은 설득력이 약하다. 그리고 '아버지'의 어원을 분석하면 '압+엇+이'라는 주장은 어떻게 하여 그것이 '아버지'의 형태까지 오게 되었는지 설명이 미흡하다.

그러므로 호칭어 '아바'에 접미사 '-지'가 결합되었다는 주장이 비교적 온당하다. 이 외에도 美稱이나 존칭으로 쓰였다는 의견이나 중국어 접미사의 '子'가 고유어화했다는 설에도 문제가 있다. 따라서 '아버지'는 그 이전의 고형인 '아바지'를 분석하면 알 수 있듯이 평칭의 호칭어 '아바'에 사람을 뜻하는 접미사 '-지'가 결합된 것이다.

한편 '할아버지'는 '크다'는 말의 고유어 '한'에다 '아버지'가 결합되어 생겨난 말이다. 그러나 '한아버지'는 뒤에 발음이 훨씬 쉬운 '할아버지'에 그 자리를 내어주고 말았다.

이 밖에 (6ㄴ)의 '엄지'는 여성이나 모성을 뜻하는 어기 '엄'에 사람을 일컫는 접미사 '-지'가 붙어 태어난 단어이고, (7ㄱ)의 '우지'는 '울다'의 어간 '울-'이 사람을 지칭하는 '-지'와 결합할 때 'ㄹ'이 탈락하여 만들어진 말이다.

접미사 '-지'는 사람이나 동물의 신체부위를 가리키거나 그것과 연관된 단어를 생성한다.

> (8) ㄱ. 꽁지, 꼬랑지
> ㄴ. 어깻죽지
> ㄷ. 젖꼭지
> ㄹ. 자지, 보지, 잠지
> ㅁ. 장딴지, 허벅지
> (9) ㄱ. 귀지
> ㄴ. 뾰루지
> ㄷ. 쇠딱지

ㄹ. 배지('배'의 낮춤말)

ㅁ. 덩지

(8)에서 보는 것처럼 '-지'는 신체의 부분부분을 일컫는 단어에 널리 자리잡고 있으며, (9ㄱ)에서부터 (9ㄷ)에 이르기까지에서와 같이 신체에서 생기는 불순물, 발병양상, 특정 불순물 따위를 지칭하는 데 두루 쓰이고, (9ㄹ)에서처럼 비어를 생산해 내기도 하며, (9ㅁ)에서와 같이 신체의 모양을 일컫는 단어를 형성하기도 하였다.

한편 '-지'는 동물이나 식물명을 만들어 낸다.

(10) ㄱ. 붕어지, 개지

ㄴ. 얼레지

(10ㄱ)에서와 보듯이 동물의 이름을 붙이는 데 '-지'가 동원되었으며, (10ㄴ)에서와 같이 드물긴 하나 식물의 이름을 짓는 데 등장하기도 하였다. (10ㄱ)의 '개지'는 동물명 '개'에 접미사 '-지'가 붙어 작은 개 곧 강아지를 일컫는 것인데, '버들강아지'를 '버들개지'로 부르는 것에서도 동일한 과정을 엿볼 수 있다.

그런데 동물명과 식물명을 살펴보면서 겉으로 보기엔 접미사 '-지'가 결합된 양태가 동일한 듯이 보이는 것 같아도 전혀 이질적인 모습을 갖춘 단어도 많이 있다.

(11) ㄱ. 모래무지

ㄴ. 두더지

ㄷ. 가마우지

즉 (11ㄱ)의 '모래무지'는 명사 '모래'에 '묻다'의 어간 '묻-'이 붙

고 이어서 접미사 '-이'가 결합된 단어로서, '묻이'가 '무지'가 된 것
은 구개음화에 따른 것이다. 그리고 (11ㄴ)의 '두더지'는 고형이 '두디
쥐'로 '두디다'의 어간 '두디-'에 명사 '쥐'가 결합되었다가 '쥐'가
발음경제원리에 따라 '지'로 변한 말일 따름이다. 또한 (11ㄷ)의 '가
마우지'에서 '-지'는 접미사가 아니다. '가마우지'의 고형은 '가마
오디'이다. '가마'는 '검다'는 말의 고형 '감다'의 어간 '감-'에 모
음이 결합된 것이며, '오디'는 '오리'의 고형이다. 그리고 후대에 오
면서 '오'는 '우'로 변하였으며 구개음화가 작용하여 '우지'의 형태
를 띠게 되었다. 따라서 '가마우지'는 '검은 오리'라는 말이다.

　그런데 이와 비슷한 양태를 (12)에서도 볼 수 있다.

　　　　(12) ㄱ. 싱건지
　　　　　　ㄴ. 짠지
　　　　　　ㄷ. 오이지

　(12)에 보이는 단어에서 '-지'는 본래 접미사가 아니었다. '지'의 고형
은 '디히'로 두시언해에 처음으로 등장하며 그 후 박통사언해를 비롯하
여 동문유해, 한청문감 등에 걸쳐 나타난다. 그러므로 평안 방언에 남아
있는 '짠디'는 '짠디히'에서 '히'가 탈락된 것이며, 나머지 방언에 등
장하는 (12)와 같은 어형은 '디히'에서 구개음화와 ㅎ음약화, 동일모음
삭제에 따라 지금의 '지'와 같은 형태로 굳어진 것이다. 그러므로 (12ㄱ)
의 '싱건지'는 '싱거운 김치'이고, (12ㄴ)의 '짠지'는 '짠 김치'이며, (12
ㄷ)의 '오이지'는 '오이김치'를 일컫는 말이다.

　한편 접미사 '-아지'는 작은 것을 뜻하는 것으로 동물 가운데 작은 동
물 즉 동물의 새끼를 가리킬 때 흔히 쓰인다.

(13) ㄱ. 강아지, 송아지

　　ㄴ. 망아지

　　ㄷ. 보가지

　　ㄹ. 돼지

　　ㅁ. 미꾸라지

(13ㄱ)은 각각 '개'와 '소'에 축소접미사가 붙어서 형성된 낱말이며, (13ㄴ)은 '말'에 축소접미사가 결합될 때 자음 'ㄹ'이 탈락한 어사이다. 그리고 (13ㄷ)은 어류에 속하는 '복' 중에 작은 것을 가리키는 단어로 명사 '복'에 축소접미사가 덧붙은 것이다.

그런데 (13ㄹ)의 '돼지'는 그 생성과정과 의미변화의 양태가 자못 흥미롭다. 원래 '돼지' 중 큰 돼지를 의미하는 단어는 '돝'이었다. 여기에 축소접미사가 붙으며 'ㅌ'가 탈락하고 모음에 다소 의미변화까지 일으켜 '돼지'는 결국 새끼돼지만을 일컫지 않고 모든 돼지를 가리키게 되었다.

(13ㅁ)의 '미꾸라지'도 위의 경우와 유사하게 생겨난 단어다. '미꾸라지'는 '미끌'에 '-아지'가 붙은 것으로 'ㅡ'가 원순모음으로 바뀌어 지금의 형태로 고착된 것이다. 따라서 위와 같은 경로에 비추어 보면 이것은 미꾸라지 중 작은 것만을 일컫다가 의미가 확대되어 '미꾸리' 전체를 지칭하게 되었을 것이다.

그런데 '-아지'는 동물에서만 축소의 의미를 드러내는 것이 아니다.

(14) ㄱ. 골마지(간장 따위에 생기는 곰팡이 같은 것)

　　ㄴ. 보무라지(실, 헝겊 따위의 잔 부스러기)

　　ㄷ. 옹두라지(자그마한 옹두리)

　　ㄹ. 주두라지(주둥아리)

　　ㅁ. 화라지(작은 활대)

ㅂ. 바라지(햇빛을 받아 들이는 작은 창)

ㅅ. 노다지(금을 일컫는 말)

(14ㄱ)은 '곪+아지'와 같이 분석될 수 있는 것으로 '곪다'의 어간 '곪-'에 축소접미사가 붙은 것이며, (14ㄴ)과 (14ㄷ)의 어근은 각각 '보물'과 '옹둘'이었다. 그리고 (14ㄹ)의 어근 '주둘'은 후에 '주둥'으로 형태가 변화하였으며, (14ㅁ)은 '활+아지'로 분석될 수 있고, (14ㅂ)은 '받'과 '-아지'가 결합되는 과정에서 호전현상이 일어나 '바라지'로 고착되었다.

그런데 (14ㅅ)의 어원에 대한 연구는 그 동안 일탈한 적이 많이 있다. 곧 미국 사람이 해방 전에 금덩어리가 나오면 노터치(no touch) 즉 만지지 말라고 했다는 데서 유래되었다는 식은 상당히 위험한 발상이다. '노다지'는 '놀+아지'로 분석되어야 마땅하다. 그리고 '놀'은 노란 색깔의 광물을 지칭하는 말이고, 여기에 '-아지'가 붙어 그것보다 더 귀엽고 아름다우며 값나가는 광물인 '금'을 말하게 되었다.

축소접미사 '-아지'는 그 의미를 그대로 간직하면서 때때로 낮추어 부르는 말에 사용되기도 했다.

(15) ㄱ. 소가지, 모가지

ㄴ. 며가지

(15ㄱ)에서 '소가지'는 '속' 가운데서도 상대방의 마음 씀씀이가 마음에 들지 않는 상황, 곧 도량이 좁은 심성을 일컬을 때 흔히 쓰이고, '모가지'는 '목'에 비어적인 의미를 부여할 때 사용되며, (15ㄴ)은 비어적인 강도가 한 단계 더 높아질 때 이용되는 경향이 농후하다.

이 밖에 '-아지'는 본시 작은 것을 뜻하다가 의미가 전이되어 언중들의 언어생활을 윤택하게 하기도 한다.

    (16) ㄱ. 바가지, 물바가지
       ㄴ. 해골바가지, 탈바가지
       ㄷ. 주책바가지

  (16)에서 나타나는 '바가지'는 모두 '박+아지'로 분석될 수 있다. 곧 그 뜻은 '작은 박'이다. 그러나 시간이 지남에 따라 박의 크기와는 상관없이 '박'은 '바가지'의 형태로 변모하였고, 이어서 (16ㄴ)에서와 같이 모양과 관련하여 둥그런 것을 지칭하거나 (16ㄷ)에서와 같이 속이 빈 것을 가리키게 되었다.

    4.

  접미사 '-찌'는 '-지'에 비해 그리 생산적이지 못하다. 그리고 어미의 발음이 유성음일 경우만 나타나는 특성을 지닌다. 그러므로 어원면에서 볼 때 '-지'와 동일하며 단지 단어의 환경에 의해 '-찌'로 바뀌었을 뿐이다.

    (17) ㄱ. 펑찌(나지막하고 팽팽하게 날아가는 화살)
       ㄴ. 살찌(화살이 날아가는 모양새)
    (18) ㄱ. 팔찌
       ㄴ. 깔찌(밑에 깔아서 괴는 물건)
    (19) ㄱ. 안찌(윷놀이에서 말판의 방에서 꺾인 둘째 밭)
       ㄴ. 매찌(매의 똥)

접미사 '-찌'는 (17)에서와 같이 활과 관련된 용어로 쓰이고, (18)에서처럼 갖가지 물건을 지칭하는 데도 관여한다. 그리고 (19)에서 보는 바대로 특정 장소나 새의 분비물을 가리킬 때도 적용된다.

그런데 접미사 '-찌'가 사람을 지시하는 예는 극히 드물다. 오로지 (20)이 전부인 듯하다.

    (20) ㄱ. 꼴찌

        ㄴ. 벌찌(평안도 사투리로 벙어리를 가리킴)

(20)의 '꼴찌'는 '차례의 맨끝'이라는 상태와 행위를 가리키기도 하지만 일반적으로 그러한 행위를 하는 사람을 지칭하거나 호칭하는 말로 더 많이 사용된다.

'꼴찌'의 어근 '꼴'은 '꼬리'가 줄어서 된 형태로 최하위나 최하등의 의미를 직접 나타낸다. 여기에 '-지'가 덧붙을 때 경음화가 일어나 지금의 형태를 유지하게 되었다. 그리고 본래는 '사람'을 뜻하는 실사였다가 후대에 허사로 변모하여 현재는 접미사의 기능을 담당하게 되었다.

5.

접미사 '-치'는 매우 생산적이다.

먼저 '-치'는 사람을 가리키거나 사람의 행위나 태도를 일컫는 단어를 형성한다.

    (21) ㄱ. 수할치(매사냥하는 사람)

ㄴ. 날치(날아가는 새를 쏘아 잡는 일)

ㄷ. 본치(남의 눈에 띄는 태도)

그리고 '-치'는 신체 일부를 지칭하는 어휘를 많이 생성한다.

(22) ㄱ. 팔꿈치, 발꿈치

ㄴ. 명치, 새치

(23) ㄱ. 눈치, 골치

ㄴ. 학치(정강이를 속되게 부르는 말)

(22)는 각각 '팔'과 '발'에 '뒤'를 뜻하는 '곰'이 고모음화하여 '굼'으로 바뀌고 앞단어와 결합할 때 경음화하여 '꿈'의 형태를 취한 다음 '-치'가 연결된 것이다. 그리고 (23)에서와 같이 신체명 가운데 '-치'가 붙어 비속어로 탈바꿈한 예도 더러 있다.

그런가 하면 '-치'는 동물을 지시하는 데 가장 널리 쓰이는 접미사 중 하나이다. 그 중에서 어류의 이름에 '-치'는 매우 흔하다.

(24) ㄱ. 넙치, 갈치, 날치

ㄴ. 가물치, 산치

(25) ㄱ. 둘치(갈치), 설치(뱅어)

ㄴ. 수치, 암치

(24)에서와 같이 '-치'는 바닷물고기나 민물고기의 이름을 짓는 데 커다란 역할을 하였다. 그리고 그 의미와 형태를 볼 때 (24ㄱ)에서 '넙'은 '넓다'의 어간 '넓'의 어형이며, '갈'은 '칼'의 고어형이 현재까지 남아 있는 형태이고, '날'은 '날다'의 어간 '날-'이다. 이와 더불어 (24ㄴ)의 '가물치'는 '검은 고기'라는 뜻의 '감은치'가 변하여 생겨난 말이고, 열목어를 뜻하는 '산치'는 산에 사는 물고기라는 뜻에서 붙여진 이

름이다. 그런데 (25ㄱ)에서와 같이 물고기를 일컫기는 하나 특히 새끼를 가리킬 때 쓰이는 단어도 있으며, (25ㄴ)에서와 같이 유독 민어의 숫놈과 암놈을 가리킬 때에만 쓰이는 것도 있다.

접미사 '-치'는 (26ㄱ)과 같이 특별한 짐승을 일컫는 것과 관련을 맺고 있다. 그리고 (26ㄴ)에서와 같이 짐승의 새끼를 가리키는 데도 쓰이며, (27ㄱ)에서처럼 특정한 고기 부위를 지칭하는 데도 사용된다. 또한 (27ㄴ)에서처럼 조류와 곤충의 이름을 짓는 데 작용하기도 한다.

    (26) ㄱ. 불치(총으로 잡은 짐승), 매치(매를 놓아 잡은 짐승)
        ㄴ. 송치, 청치
    (27) ㄱ. 살치(소의 갈비 윗머리에 붙은 고기)
        ㄴ. 까치, 여치

그뿐 아니라 '-치'는 식물의 이름이나 그와 관련된 단어를 생성한다.

    (28) ㄱ. 북치(작은 오이), 벌치(벌판에 심어 놓고 돌보지 않는 참외)
        ㄴ. 색깔치(색소체), 잎파랑치(엽록소)

이와는 달리 '-치'는 사물의 이름을 붙이는 데 크게 기여한다. (29)에서와 같이 각종 도구를 일컫는 데 동원되거나, (30)에서처럼 신이나 옷과 관련된 단어를 창출해 내기도 한다.

    (29) ㄱ. 언치(소나 말의 등에 얹어 주는 멍석이나 담요)
        ㄴ. 밀치(안장이나 길마에 딸린 나무 막대기)
        ㄷ. 버치(자배기보다 좀 큰 그릇)
    (30) ㄱ. 마상치(말을 탈 때 사용하는 우장이나 가죽신)
        ㄴ. 사마치(말 탈 때 입는 옷)

한편 물건이 만들어진 성격에 따라 여러 가지 단어가 생겨났다.

> (31) ㄱ. 죽치(날림으로 여러 죽을 만들어 파는 물건)
> ㄴ. 당년치(그 해에 만든 물건)
> ㄷ. 날림치, 버림치, 막치

그런가 하면 물건의 가치, 크기, 생김새와 관련된 단어가 많이 있다.

> (32) ㄱ. 하치, 중치, 상치
> ㄴ. 중간치, 뺨치
> ㄷ. 뭉치, 몽치, 망치

이 밖에도 돈을 가리키거나 특히 빚을 일컬을 때 '-치'가 기능을 발휘하기도 하며, 이전에는 땔나무를 가리키기도 하였다.

> (33) ㄱ. 장치(장이 설 때마다 이자를 갚는 빚)
> ㄴ. 동교치(동대문 밖에서 들어오던 땔나무)

또한 접미사 '-치'가 눈이나 비 또는 그것과 관련된 날씨를 일컫기도 하였다.

> (34) ㄱ. 보름치(보름깨 눈이나 비가 오는 날씨)
> ㄴ. 조금치, 그믐치
> ㄷ. 진사치('진'이나 '사' 일에 내리는 눈이나 비)

마지막으로 접미사 '-치'는 방향을 일컫는 데도 간여하며, 곡조를 운위할 때도 등장한다.

(35) ㄱ. 발치(누울 때 발이 가는 쪽)

　　　ㄴ. 세마치

6.

접미사 '-아치'와 '-바치'는 단어 형성면에서 비생산적이다.

(36) ㄱ. 시정아치, 동냥아치

　　　ㄴ. 빗아치, 반빗아치

　　　ㄷ. 구실아치, 벼슬아치

　　　ㄹ. 장사아치

(37) ㄱ. 갖바치

　　　ㄴ. 호사바치(몸치장을 호사스럽게 하는 사람)

'-아치'와 결합하여 명사가 된 단어는 몇 개에 불과하며, '-바치'는 그보다 못해 (37)에 보이는 것이 전부이다. 그리고 '-아치'와 '-바치'는 다 같이 사람만을 뜻할 뿐 다른 것은 지시하지 못한다. 또한 사람을 일컬을 때도 특수 계층에 속하는 인물이 아니라 빈부귀천을 막론하고 두루 지시하는 특성을 지니고 있다.

농업과학 술어의 재정립

1.

    이 소논문은 농업과학 술어를 국어학적으로 고찰한 것이다. 농업과학 술어로 쓰이고 있는 어휘를 국어학적 측면에서 고구하여, 농업과학 술어가 지니고 있는 여러 가지 특성을 분석하고 그 특징을 규명함과 아울러, 술어들이 지니고 있는 문제점을 파악하여 좀 더 나은 술어를 제정할 것을 이 글은 제의한다. 그렇게 함으로써 농업과학과 관련된 여러 사람들이 누구나 공감할 수 있는 술어를 도출해 내고, 그 술어의 정확한 개념을 정립하는 데 도움을 주는 것이 이 연구의 목적이다.

    현재 농업과학 술어로 쓰이고 있는 어휘 가운데는 아직까지 국어로 정착되어 있지 못한 외래어나 외국어가 많이 있는 까닭에 이들을 적정한 우리말로 옮기는 작업이 절실히 요구된다. 그뿐 아니라 이미 널리 잘못 사용되고 있는 술어를 알아내어 대체할 만한 술어를 제시하고, 지

극히 어려운 한자어로 된 술어를 이해하기 쉽고 사용하기 편리한 술어
로 바꾸어 줌으로써 바람직한 농업과학 술어를 제정하는 것은 시급한
일이다.

이와 같이 바람직한 술어를 선택하거나 새로 만들어 이를 확정하고
공포하며, 이어서 관공서를 비롯한 관련 기관과 단체에 신속하고 광범
위하게 알려야 한다. 그렇게 함으로써 학자마다 쓰는 술어가 달라 논문
을 이해하거나 교수하는 데 장애가 되고, 관계 공무원과 농민 사이에 문
체적 의미의 차이에 따라 의사소통이 부자연스러우며, 기술의 개발자
와 사용자 사이에 일컬어지는 술어의 지시 의미가 동떨어져 관련 분야
의 발전에 커다란 지장을 가져오는 것을 방지할 수 있을 것이다. 그리
고 나아가서 술어의 통일로 말미암아 그 동안 쓸데없이 들이던 경비나
시간, 정력 등을 절감함으로써 농업과학 분야의 학문과 기술이 나날이
향상될 수 있을 것이다.

2.

농업과학 용어를 축산 분야, 작물보호 분야, 기타로 나누어 수집하여
이 연구의 목적에 적합한 것으로 생각되는 술어를 골라 정리한 결과는
(1)과 같다.

    (1) ㄱ. 축산 분야 1024(51%)

        ㄴ. 작물보호 분야 876(44%)

        ㄷ. 기타 98(5%)

        ㄹ. 합계 1998(100%)

수집 정리한 술어 가운데는 축산 분야가 작물보호 분야보다 다소 많았다. 그러나 이 정도의 차이는 별로 의미가 없다. 그리고 기타에 해당하는 술어는 엄밀하게 이야기하면 축산 분야나 작물 보호 분야 등 어디에도 한 자리를 차지할 수 없지만, 넓게 보면 이 분야와 관련이 있을 것으로 간주되어 수집 술어에 포함시켰다.

수집된 농업과학 술어를 국어학적 관점에서 크게 두 가지로 나누어 보았다. 하나는 어원에 따른 분류이며, 다른 하나는 조어법에 따른 분류이었다.

수집한 농업과학 술어를 어원에 따라 분류한 결과는 (2)와 같다.

(2) ㄱ. 고유어 80(4%)
    ㄴ. 한자어 1659(81%)
    ㄷ. 외래어 · 외국어 100(5%)
    ㄹ. 혼합형 199(10%)
    ㅁ. 합계 1998(100%)

(2)에서 보듯이 예상 외로 고유어가 차지하는 비중은 작았다. 대신에 한자어가 점유하는 정도는 극히 높았다. 그리고 혼합형도 결코 적지 않은 수효이나 첨단 농업과학 분야와는 달리 외래어나 외국어가 차지하는 정도는 미미하였다.

고유어가 극히 적은 것은 고유어의 가치를 낮게 여기고 한자어를 숭상하던 지식인들의 의식이 농업과학 술어에 반영된 것으로 보인다. 그러나 (3)에서와 같이 아름답고 의미 전달이 분명한 고유어가 다만 얼마라도 존재하는 것은 그나마 다행이라 하겠다.

(3) ㄱ. 솜깃털, 가시돌기, 숨문뚜껑, 주름곰팡이
    ㄴ. 철새, 소울음, 콩깻묵, 소코뚜레

ㄷ. 거짓임신, 건조갈퀴, 부속교미주머니
ㄹ. 소금물절임, 줄기마름, 끓는점오름
ㅁ. 고기말리기, 김매가꾸기, 끝김매기, 나방고르기

한편 조사 대상 어휘 중 81%가 한자어였는데, 그 중에는 한자를 곁에 쓰지 않으면 정확한 의미 파악이 쉽지 않을 만큼 이해하기 어려운 한자어가 상당수 있었다. 농업과학 술어로 쓰이는 한자어는 그 갈래의 성격상 대략 (4)와 같이 분류될 수 있겠다. (4ㄱ)은 본래 한자에서 온 말로 한자어이던 것이 어형이나 발음이 바뀌어 한자를 더 이상 뿌리로 여기게 되지 않아 지금은 거의 고유어인 듯 사용되는 것이며, (4ㄴ)은 서양어를 한자어로 번역한 것이고, (4ㄷ)은 일본에서 만들어진 한자어를 차용한 것으로서 가능한 한 사용을 자제하는 것이 좋은 한자어이다. 그리고 (4ㄹ)은 국어의 역사로 보아 결코 쓰지 않을 수 없는 만큼 분명히 국어에 속하는 한자어이다.

    (4) ㄱ. 강냉이[江南-], 상추, 배추
       ㄴ. 불완전변태, 간헐사여상, 나사선포자
       ㄷ. 구전섬모환, 균류전반, 무동협각, 부각대
       ㄹ. 보통명, 무동포자, 교미춤, 근균, 감별추

이 밖에 외래어나 외국어가 5%를 차지하고 있는데, 이는 관련된 연구가 서양에서 활발하게 이루어지는 데 기인할 것이다. 말할 나위도 없이 영어가 대부분이며, 독일어나 일본어도 눈에 띄지만 영어에 비해 현저하게 적다.

    (5) ㄱ. 보트리오스패리아, 볼루미닌, 볼복스, 브델로비브리오, 블라스타마이
          신, 부르시콘
       ㄴ. 알레르기, 비타민, 비루스

ㄷ. 쓰쓰가무시병, 미야자키폐흡충

　농업과학 술어에 등장하는 합성어는 여러 가지 양상으로 나타나는데, 그 예를 몇 단어씩 들어보면 다음과 같다.

　　　(6) ㄱ. 날개딱지, 꼬리마디, 깜부기홀씨, 껍질번데기, 가을송아지
　　　　　ㄴ. 붉은떡곰팡이, 칼날어금니, 좀개구리밥
　　　　　ㄷ. 별꽃꽃부리, 중병아리깃털
　　　　　ㄹ. 짝지워먹이기, 끝넓적다리마디
　　　(7) ㄱ. 부채꼴분무두, 부채벌레목, 부피일도, 붉은곰팡이병
　　　　　ㄴ. 보온깔때기, 보통밀
　　　　　ㄷ. 분절홀씨주머니, 각뜬어깨
　　　　　ㄹ. 붉은녹병, 그을음곰팡이병
　　　　　ㅁ. 붉은옥수수곰팡이
　　　　　ㅂ. 기문밑선, 나사마개병
　　　　　ㅅ. 붉은별무늬병

　위에서 (6)은 고유어끼리 결합하여 합성어를 이룬 것을 보여 주고 있으며, (7)은 고유어와 한자어가 어떻게 결합하여 합성어를 생성했는가를 다양하게 제시하고 있다. 이 가운데 (7ㅅ)은 고유어인 형태소가 여러 개가 결합된 뒤에 마지막으로 한자어가 들러붙어 있는 모습을 여실히 보여 주고 있다.

　한편 고유어와 외래어 또는 외국어와의 결합은 그리 흔한 것은 아니나 (8)에서와 같이 두 가지 결합 양상이 나타나고, 한자어와 외래어 또는 외국어와의 결합도 앞의 경우와 거의 비슷하다.

　　　(8) ㄱ. 종이크로마토그래피
　　　　　ㄴ. 부채꼴노즐, 붉은눈피토니아
　　　(9) ㄱ. 존스톤씨기관, 브로닌균사, 보르도액, 보슈법

ㄴ. 종두비루스, 보조바이러스

그리고 이들보다 그 결합이 더욱 복잡한 것으로 고유어와 한자어 그
리고 외래어나 외국어의 결합으로 이루어진 합성어를 볼 수 있는데, 이
것의 예는 (10)에서 잘 살필 수 있다.

  (10) ㄱ. 그레엄의 법칙
    ㄴ. 귀밑샘염바이러스
    ㄷ. 가공치즈유화솥, 가성소다처리짚

위에서 검토한 바와 같이 고유어+한자어, 한자어+외래어, 외래어+한
자어로 형성된 합성어는 많이 있지만, 외래어+고유어의 예는 전혀 없
다. 그리고 세 갈래의 형태소가 결합하는 방식도 그리 다양하지 않으며
그 예도 지극히 적었다. 또한 위에서 언급하지는 않았지만 한자어끼리
결합하여 합성어를 생성하는 능력은 매우 생산적이어서 대개의 합성어
는 이에 해당된다고 보아도 무방하다.
  그런데 합성어 중에는 통사적 합성어도 간간이 눈에 띈다. 심지어는
단어라기보다 구로 여기는 것이 더욱 당연할 듯이 보이는 합성어도 있
다.

  (11) ㄱ. 붉은색소, 붉은샘, 붉은옥수수곰팡이
    ㄴ. 굳은점토, 굳은날개, 뿌리썩는병
    ㄷ. 그레엄의 법칙, 꿀벌의 언어

  한편 조어법에 따라 농업과학 술어를 분류하면 크게 단일어, 파생어,
합성어, 혼합형으로 나눌 수 있다.
  농업과학 술어로 사용되고 있는 단일어에는 고유어가 가장 흔하며,

한자어와 외래어도 간혹 발견된다.

> (12) ㄱ. 별, 갈기, 안심, 양[위]
>   ㄴ. 세관, 축우, 추파, 총생, 치은
>   ㄷ. 쇼크, 에너지

그리고 파생어로는 접두파생어는 찾아보기 힘들고 접미파생어가 대종을 이루며, 고유어 파생어에서 명사화 접미사가 매우 생산적이고, 한자어 파생어에서는 일부 접미사만 이용되었다.

> (13) ㄱ. 볕데기, 스스로먹기, 끝김매기
>   ㄴ. 소금물절임, 꼬리썩음, 꾀임약
>   ㄷ. 차돌박이
>   ㄹ. 저항성
>   ㅁ. 기계적, 병균적

그리고 합성어나 파생어와 합성어가 혼합된 형태는 앞절에서 검토한 것과 같다.

3.

좋은 농업과학 술어를 제정하기 위하여 우리는 다음과 같은 일반 원칙을 제시할 수 있다.

첫째로, 술어는 시각적으로나 청각적으로 언중이 쉽게 이해할 수 있어야 한다. '곤포건초'나 '조포사과'와 같이 말이나 글로 아무리 반복해도 무슨 뜻인지 모를 경우에는 좋은 술어라고 보기 힘들다.

둘째로, 술어는 될 수 있으면 짧아야 한다. 그러므로 '곡물정선부산물펠렛'이나 '분리용초원심기' 따위는 술어가 지나치게 길어 적정한 술어라고 판단할 수 없다. 그렇다고 하여 술어를 단축하여 일반화하는 것도 그리 의미있는 일은 아니다. 그나름대로 언중에 불편을 초래하는 결과를 나을 수도 있기 때문이다.

셋째로, 술어는 개체의 의미를 정확하게 전달할 수 있어야 한다. 포기 사이에 비료를 주는 것을 '주간시용'이라고 한다든지 유인색을 '지도색'이라고 일컫는 것은 이 점에서 다시 한 번 생각해 봐야 한다.

넷째로, 술어는 해당 술어와 발음이 동일한 동음어가 없는 것일수록 좋다. 주지하는 바와 같이 동음어로 인한 의미 충돌 현상은 매우 심각하다. 그러므로 날개를 '시'로 정하거나, 이른 서리를 '조상', 바닷물 피해를 '조해', 물에 떠다니는 식물을 '부수식물' 등으로 술어를 확정하는 것은 문제가 있다. 왜냐하면 기존의 술어와 동음 충돌을 일으켜 의미 전달에 혼란을 초래하기 때문이다. 그런 까닭에 '건초가(架)'는 '건초시렁'이 낫고, 부수식물은 '부유식물(浮游植物)'로 술어를 제정하는 것이 바람직하다.

다섯째로, 술어는 해당 술어의 반의어가 쉽게 연상될 수 있는 것이면 더욱 좋다. 즉 '스스로먹기'라는 술어는 '억지로먹이기'와 의미상 대칭을 이루므로 적합한 술어라고 결론 내릴 수 있다.

그뿐 아니라 술어는 해당 술어의 상의어나 하의어가 쉽사리 파악될 수 있는 것이면 매우 좋다. 곧 '보정살포'보다는 '추가살포'라고 할 때 그 상의어가 뚜렷하며, '국부전단파괴'보다는 '부분가지치기'라고 할 때 어떤 하의어가 존재할지 암시를 받는다.

4.

 한편 농업과학 술어를 제정할 때에는 다음과 같은 세부적인 기준에도 합당한가를 염두에 두어야 한다.

 첫째로, 농업과학 술어 중 이미 쓰이고 있는 고유어가 있으면 우선적으로 그것을 채택하여 사용한다. 그 가운데는 술어 전체가 고유어인 것도 있고, 합성어인 까닭에 일부 형태소가 한자어인 것도 있다. 그러므로 (14)의 술어는 계속해서 사용하는 것이 좋다.

 (14) 솜깃털, 가시돌기, 볕데기, 부속교미주머니, 부속샘, 세발톱형유충, 가을송아지, 북더기솜, 소금물절임, 거센털, 소리상자, 거짓임신. 거짓발정, 소리주머니, 소울음, 소코뚜레, 속대날개, 숨문뚜껑, 스스로먹기, 짝지워먹이기, 짧은목, 차돌박이, 철새, 칼날어금니, 콩깻묵, 가로주름띠, 병든식물, 건초갈퀴, 고구마덩굴, 고기말리기, 좀개구리밥, 종아리마디, 종자고랑처리, 주름곰팡이, 주머니버섯, 줄기마름, 중병아리깃털, 증기찜약, 지렁이꼴, 별모양홀씨, 별무늬, 별꽃꽃부리, 분자간힘, 분절작은가루, 불꽃멸균, 불마름병, 구멍병, 구멍썩음, 균사다발, 그루터기썩음, 그물모양균사체, 기름종이이끼목, 길잡이벌, 김매가꾸기, 깔대기법, 깜부기홀씨, 껍질번데기, 날개모양힘살, 날개딱지, 날개갈고리, 날개가슴마디, 꼬리마디, 꼬리춤, 꼭지썩음, 꽃가루바구니, 꽃꿀, 꽃대, 꽃밥, 꽃줄기, 꾀임약, 끓는점오름, 나누어살기, 끝김매기, 나방고르기, 끝넓적다리마디

 그런데 고유어를 술어로 채택한 경우에 한두 가지 더 생각할 점이 있다. 즉 고유어가 두 개 이상 있을 경우에는 더욱 널리 쓰이고 있는 것으로 술어를 택해야 한다.

 이와 아울러 고유어라고 하더라도 방언은 될 수 있으면 채택하지 않는 것이 원칙이며, 고유어 가운데 고어를 찾아 술어로 제정할 수 있으나 이미 사어가 된 것은 가능한 한 채택에서 제외하여야 한다. 그리고 고유어로 된 신어를 만들 경우 국어의 음운, 조어법, 문법 등에 합당해야

하며, 기존의 고유어 표현이 부실한 경우에는 이를 바로잡아 주어야 한다. 즉 (15ㄱ)은 각각 (15ㄴ)처럼 바뀌어야 한다.

> (15) ㄱ. 수기관, 수단위생식, 수물질
>   ㄴ. 숫놈기관, 숫놈단위생식, 숫놈물질

다음으로 한자어는 되도록 고유어로 바꾸어 쓰는 것이 낫다. 물론 이때에도 고려할 사항이 한두 가지가 아니다. 즉 거의 모든 언중들이 이미 쓰고 있는 한자어에 익숙해 있으며, 그 한자어가 이해에 지장을 초래하지 않을 경우에도 고유어를 고집해야 하는가 하는 문제이다. 이 경우 우리는 굳이 고유어로 대체해야 한다고 우길 필요는 없다.

이 밖에 사라지고 없는 고유어로 한자어를 대체해야 옳은가 하는 문제가 생긴다. 이때에도 역시 언중을 설득할 힘이 너무 미약하기 때문에 이전부터 전해 오는 한자어를 그대로 쓰는 것이 좋다. 또한 지나치게 긴 고유어를 제정해야 되는가 하는 문제도 제기된다. 이것도 앞의 항과 마찬가지로 비경제적이고 언중이 따르기 힘든 사항이므로 강행할 필요가 없다. 마지막으로 고유어가 너무 생소하여 언중들에게 비웃음을 자아내지는 않을까 하는 문제도 상정해 볼 수 있다.

이 외에도 한자어와 고유어가 유의어로 존재할 경우 어려운 한자어 대신 고유어로 대체하여 사용하는 것이 설득력이 있으며, 해당 한자어가 두 개 이상 있을 경우 좀 더 이해하기 쉬운 것으로 택하며, 한자어 술어가 지나치게 길 경우 단축할 수 있으나 의미 전달이 불가능할 정도로 단축해서는 안 된다.

이와 같이 여러 가지를 검토한 결과 우리는 기존에 사용되던 술어를 폐기하고 (16)에서와 같은 술어를 추천하고자 한다.

(16) 추천 술어 목록

사용 술어	추천 술어	사용 술어	추천 술어
부종	부기, 붓는병	교미비상	짝짓기날기
분두	분출구, 분무구멍	나사전포자	한쪽감기홀씨
교미낭	교미주머니	구전	먹이전달
교미춤	짝짓기춤	굴착정	굴착우물, 인공우물
난각막	알껍질막	균류전반	곰팡이전파, 곰팡이터짐
구전섬모환	앞가는털띠	급사	먹이주기
규조각	규조껍질	기생웅	기생수컷
근부명	뿌리썩는병	꿀벌의방화성	꿀벌꽃찾기
기관새	기관아가미	분생자병속	분생자자루다발
극상돌기	가시모양돌기	분아괴	분아덩어리
기주교대	기주바꿈	종격막	세로격막
낙시현상	날개떨어짐	주간시용	포기사이뿌림
분쇄	바수기	중절변태	몸마디불어나기
근균	뿌리균	봉개	꿀덮개, 벌덮개
복시	앞날개	봉쇄	꿀벌사슬
구왕	늙은왕	부거절	뒤밑마디
봉아	어린벌	부등협각	이상집게발
부각대	아랫입술	부채형균총	부채형균무리
부동포자	움직이지않는홀씨	불완전변태	불완전탈바꿈

앞에서 제시한 것은 한자어 중 극히 일부분이다. 여타의 한자어는 큰 무리가 없는 한 계속해서 사용하는 것이 좋다. 그러나 이미 널리 쓰이고 있다 하더라도 언중에게 어렵거나 덜 익숙한 한자어는 쉽고 친근한 한자어로 바꾸어 쓰는 것이 현명하다. 이 가운데는 (17ㄴ)과 같이 정확한 의미 전달 효과를 누리기 위한 것도 있으며, (18ㄴ)과 같이 언중이 쉽게 접할 수 있는 술어를 제시한 것도 있고, (19ㄴ)과 같이 동음어의 충돌을 회피하기 위하여 새로 추천한 술어도 있다.

(17) ㄱ. 체계적변이, 분류학적동의어

ㄴ. 조작변이, 분류학적유사종

(18) ㄱ. 카라멜풍미, 병해사정, 국부감염, 국부전단파괴

ㄴ. 카라멜향기, 병해조사, 부분감염, 부분가지치기

(19) ㄱ. 부수식물, 기지(忌地)

ㄴ. 부유식물, 연작장해

이 밖에도 (20) 이하에서 알 수 있듯이 형태의 일부분을 덧보태거나 없앤 것, 언중이 쉽사리 이해할 수 있게 한 것, 그리고 의미를 더욱 분명하게 한 것 등이 있다.

(20) ㄱ. 봉기구, 균사결조직

ㄴ. 양봉기구, 균사결합조직

(21) ㄱ. 기계적제초, 기계적조직, 공냉원, 가축에 유행하는

ㄴ. 기계제초, 기계조직, 공냉, 가축유행성

(22) ㄱ. 불의도잔류, 불편공생, 지도색

ㄴ. 간접농약, 중립공생, 유인색

(23) ㄱ. 보정살포, 복동펌프, 길항미생물

ㄴ. 추가살포, 복식펌프, 억제미생물

그런데 이러한 한자어를 올바로 이해하기 위해서는 초분절 요소에 따라 의미가 달라지는 것을 고려해야 한다. 즉 합성어의 의미를 정확히 파악하기 위해 휴지, 장단 그리고 부수적으로 일어나는 경음화 따위에 세심한 관심을 쏟아야 한다.

(24) ㄱ. 반상관교차저항성, 병타전기(bottle capper)

ㄴ. 돈유형성폐렴, 이영양증(異營養症)

ㄷ. 부유성지수(浮游性指數), 성적과시(性的誇示)

한편 한자어인 술어 가운데는 일본에서 제정된 한자어도 있다. 이런

경우는 될 수 있으면 배척하지만 대체할 만한 적당한 한자어가 없을 경우에는 차용한다. 그리고 한자어와 외래어가 함께 있을 경우 한자어를 우선하여 채택하나 외래어의 세력이 이미 한자어보다 강력할 경우엔 외래어를 채택한다. 이 경우 외래어뿐만 아니라 외국어도 동일한 범주에 포함된다.

그리고 외래어나 외국어로 된 술어를 우리말로 옮길 때에도 몇 가지 유의할 사항이 있다. 곧 외국어를 번역할 때는 형태론적으로 관련된 말의 번역에도 해당 번역 술어가 적절한지 고려해야 한다.

이와 아울러 원어와 번역어가 일 대 일 대응을 가지도록 한다. 즉 원어에서 구별되는 말은 번역어에서도 구별되도록 한다. 또한 원어의 의미적, 문법적 속성이 번역어에서도 유지되도록 해야 하며, 번역어는 국어의 조어 방식에 부합해야 한다. 그뿐 아니라 지나친 직역이나 의역을 삼가고 원어가 가지는 다의를 충분히 인지해야 하며, 원어가 약어로 쓰일 경우 번역하지 않고 그대로 쓰고 이미 언중에게 널리 쓰이고 있는 술어도 위와 같이 번역하지 않고 원형을 똑같이 사용할 수 있다.

이에 따라 기존의 술어를 대체할 만한 술어를 (25ㄴ)과 같이 제시하였다. 그러나 모든 외국어 술어를 고유어나 한자어로 바꿀 수는 없다. 즉 이미 광범위하게 사용되고 있는 술어는 (26)과 같이 그대로 쓰고, 줄임말도 세계에서 통용되는 대로 계속 쓰는 것이 바람직하다.

> (25) ㄱ. 가스건(Cassou gun), 고나도스타트(gonadostat), 보트리티스
> (botrytis), 분무팁
> ㄴ. 정액주입기, 성호르몬분비시기, 잿빛곰팡이병균, 분무꼭지
> (26) ㄱ. 볼루미닌, 볼복스, 부르시콘, 브델로비브리오
> ㄴ. 아드레날린, 아트로핀, 부틸기
> ㄷ. DNA, DHA, DHEA

ⓒ박영환, 2018

초판 1쇄 | 2018년 8월 1일

지 은 이 | 박영환
펴 낸 곳 | **시와정신**
주　　소 | (34445) 대전광역시 대덕구 대전로1019번길 28-7
　　　　　신창회관 2층
전　　화 | (042) 320-7845
전　　송 | 0507-713-7314
홈페이지 | www.siwajeongsin.com
전자우편 | siwajeongsin@hanmail.net
편　　집 | 정우석 010_9613_1010
공 급 처 | (주)북센 (031) 955-6777

ISBN 979-11-959539-4-3　　03810

값 25,000원

· 이 책의 판권은 박영환과 **시와정신**에 있습니다.
· 지은이와 협약하여 인지를 생략합니다.
· 잘못된 책은 바꿔드립니다.